作賦津梁
明代萬曆年間辭賦選本研究

王欣慧 — 著

五南當代學術叢刊

目　　錄

第一章

緒　論

第一節　研究緣起

　　「賦」作爲一種文體，從原本暇豫事君的產物，發展成爲一代廟堂文學，至唐、宋時期又轉化爲科舉取士的掄才玉尺，始終雄踞文學主流的地位[1]。有明一代，科舉不再試賦，然而辭賦的書寫隊伍依舊龐大，不僅作家逾1100多人，作品更是多達5000餘篇[2]，它之所以能夠歷久不衰，主要原因還是在於賦兼才學的傳統文化命意。

　　《漢書・藝文志》論賦云：「感物造端，材知深美，可與圖事，故可爲列大夫」[3]，〈敘傳〉述司馬相如賦時則強調：「多識博物，有可觀采」[4]，《北史・魏收傳》言：「會須作賦，始成大才士」[5]，北宋孫何〈論詩賦取士〉也說：「唯詩賦之制，非學優才高，不能當也」[6]，又說：「觀其命句，可以見學殖之淺深；即其構思，可以覘器業之大小」[7]，是故清代劉熙載言：「才弱者往往能爲詩，不能爲賦」[8]。由此可見，作賦不僅是能文的表徵，同時也是考察文人才學、是否可與圖事的標準。

　　明代取士，雖然不以考賦作爲拔擢人才的標的，卻仍然可見應制、獻賦、試賦之舉。以應制言，洪武元年十一月，上賜宴東宮，命

---

[1]　見簡師宗梧《賦與駢文》（臺北：臺灣書店，1998年），頁225。

[2]　見馬積高《歷代辭賦研究史料概述》（北京：中華書局，2001年），頁141。

[3]　見漢・班固《漢書》（北京：中華書局，1997年）卷30，頁1755。

[4]　同前註，卷100下，頁4256。

[5]　見唐・李延壽《北史》（北京：中華書局，1997年）卷56，頁2034。

[6]　見曾棗莊、劉琳主編《全宋文》（上海：上海辭書出版社，2006年）冊9，卷186，頁205。

[7]　同前註。

[8]　見清・劉熙載《藝概・賦概》，袁津琥校註《藝概註稿》（北京：中華書局，2009年），頁468。

大本堂諸儒作〈鍾山蟠龍賦〉[9]；八年五月，上御端門，出示元內庫藏物蟠桃巨核，命宋濂作〈蟠桃核賦〉[10]；永樂十九年，成祖遷都北京，金幼孜、楊榮、胡啓先等人分別作有〈皇都大一統賦〉，陳敬宗、李時勉、錢幹等人則作有〈北京賦〉，從賦文內容可知諸賦皆是爲皇帝賀壽而作，且應是出於成祖御敕[11]；嘉靖十三年五月，上以祀天重器始成，召輔臣同赴重華殿瞻看，命各爲賦以紀之，曰〈奉制紀樂賦〉[12]；萬曆十四年，郭正域作〈瑞蓮賦〉，其序言：「萬曆丙戌，禁中重臺瑞蓮盛開，上以示臣等。既被之聲歌矣，尤以其韻簡而語寂，不足揚盛美也，乃奉命作賦。」[13]可見明代帝王時有特命文臣作賦的情況。

　　以獻賦言，明太祖建都金陵，聶鉉獻〈南京賦〉，得授翰林院待制[14]；永樂年間，彭大雅進〈兩京賦〉，上嘉之，特賜冠帶[15]；成化

---

[9]　《明史·興宗孝康皇帝傳》載：「先是，建大本堂，取古今圖籍充其中，徵四方名儒教太子諸王，分番夜直，選才俊之士充伴讀。帝時時賜宴賦詩，商榷古今，評論文字無虛日。命諸儒作〈鍾山龍蟠賦〉。置酒歡甚，自作〈時雪賦〉，賜東宮官。」（見明·張廷玉《明史》卷115，頁3549。）

[10]　見明·宋濂〈奉制撰蟠桃核賦序〉，羅月霞編《宋濂全集》（杭州：浙江古籍出版社，1999年），頁579-580。

[11]　相關論述可參見拙著《歷代京都賦的文化審視》（國立政治大學中國文學系博士論文，2009年），頁307-310。

[12]　《明世宗實錄》（臺北：中央研究院歷史語言研究所，1964-1966年）卷173，「嘉靖十四年三月丁丑」條，頁3765。

[13]　見明·郭正域《合幷黃離草》（《四庫禁燬書叢刊》集部第13冊，北京：北京出版社，2000年）卷4，頁518。

[14]　明·張廷玉《明史·聶鉉傳》載：「聶鉉，字器之，美和同邑人。洪武四年進士。為廣宗丞，疏免旱災稅。秩滿入覲，獻〈南都賦〉及〈洪武聖德詩〉。授翰林院待制，改國子助教，遷典籍。」（頁3954。）

[15]　明·周敘〈送致仕訓導彭先生序〉云：「聖天子嗣登寶位，越十有二年，以所著〈兩京賦〉進，極鋪張混一之盛，創業守成之規。上嘉之，特賜冠帶，俾為致仕訓導歸老。」收入明·程敏政《明文衡》（臺北：世界書局，1962年）卷44，頁11。

十五年，江西泰和縣訓導桑悅，進呈〈兩都賦〉[16]；弘治二年，莫旦作〈大明一統賦〉以獻[17]；嘉靖十五年，浙江道御史余光上所撰〈二京賦〉，世宗詔付史館，並賜鈔千錠[18]；不久，翰林編修黃佐亦上〈兩京賦〉以章聖明之制[19]；萬曆二十二年，南京刑部郎中帥機亦撰〈二京賦〉以獻[20]。可見獻賦一事，有明一代歷久不衰。

　　以試賦言，永樂時期，周啓「以薦爲教官，召與修撰，廷試

16　明・桑悅〈兩都賦後序〉云：「臣成童時許國，為邑庠生。年一十有九領成化乙酉鄉薦，屢舉進士。之京，每見安南、朝鮮進貢陪臣尋買本朝〈兩都賦〉，市無以應。臣私念我朝聖聖相承，治隆唐虞，則反無班孟堅、張平子等頌德之臣，非缺典邪？是心日往來胸中，奔走南北，觚臨仲尼。去年春，蒙恩除授本職，訓課之暇，頗有長暑，因憶舊閱，衍成兩篇，總若干言，自起草至脫稿，凡三閱月而成。蓋臣之此賦，經真緯實，不敢耕奇獵異，故不待十年之久也。」收入明・黃宗羲《明文海》（北京：線裝書局，2004年）卷1，頁17。

17　明・莫旦〈大明一統賦序〉云：「洪惟我聖朝，啓運開天，堂堂一統，功德隆盛，曠古所無，而在廷公卿，必有鉅筆鴻文，如頌商歌周而賦漢者，蓋已書之玉堂，藏諸金匱，為萬世之盛典矣。若愚臣者，官卑學謭，曾何足云，然平生濫以文詞為業，猥以科目進身，千載遭逢已為至幸，豈宜默默而甘與草木同腐哉？……謹勉撰〈大明一統賦〉，雖詞意鄙凡，不足以鋪張盛美而追配古作，然事皆實錄，不敢鑿空杜撰，以為欺誑，故託為不虛生與瀛洲真人，問答以立言，謂不虛生其事，而真有其人也。……天下後世或有誦臣之詞者，不難得以知大明一統之盛如此，而又以見人才眾多，雖下位小官亦有歌功頌德如愚臣者焉，則臣補報涓埃亦可謂不虛生於世矣。臣誠歡誠忭，百拜稽首，以獻其詞。」（見氏著《大明一統賦》，《四庫禁燬書叢刊》史部第21冊，頁2。）

18　《明世宗實錄》卷191，「嘉靖十五年九月戊寅」條，頁4039-4040。

19　明・黃佐〈兩京賦序〉云：「嚮者御史余光作賦進覽，鋪張娓娓數萬言。黃扉嘉賞，秩宗揚詡，亦既繙傳矣。佐嘗伏念菲材耳，學獲廁詞館，奚可默無一言，以抒中情而宣上德？竊不自揆，續紹刻鵠，率爾成篇，遠採漢代班、張之春華，近摭永樂李、陳之秋實。庶幾克艱保大或有小補，而聖明之制章於來茲。」（《四庫禁燬書叢刊》集部第137冊，卷214，頁70）

20　明・帥機〈進呈二京賦疏〉云：「原任南京刑部廣東清吏司郎中，今回籍養病，臣帥機謹奏，為躬際文明，無由效忠，謹獻〈二京賦〉以隆。」（收入氏著《陽秋館集》，《四庫禁燬書叢刊》集部第139冊，卷1，頁216）

〈大明一統賦〉，擢爲第一」[21]；弘治以後，庶吉士的考選，賦是參考項目之一[22]；萬曆年間出版的《國朝館課經世宏辭》、《皇明館課》等翰林館課總集中亦收錄有賦類作品[23]。由此可知，明代朝廷始終有試賦事實。

此外，自英宗以降，內閣大學士中便有人提出恢復科舉試賦制度之說，如李賢《古穰集·雜錄》云：

> 嘗怪前元博雅之士，朝野甚多，以爲時運如此。及觀取士之法用賦，乃知所謂博雅者，上之使然也。今則革之，蓋抑詞章之習，專欲明經致用，意固善矣。竊謂作

[21] 見明·錢謙益《列朝詩集小傳》（上海：上海古籍出版社，2008年）乙集，「周學官啓」條，頁238。

[22] 明·張廷玉《明史·選舉志二》載：「弘治四年，給事中涂旦以累科不選庶吉士，請循祖制行之。……令新進士錄平日所作論、策、詩、賦、序、記等文字，限十五篇以上，呈之禮部，送翰林考訂。少年有新作五篇，亦許投試翰林院。擇其詞藻文理可取者，按號行取。禮部以糊名試卷，偕閣臣出題考試於東閣，試卷與所投之文相稱，即收預選。」（頁1701）

[23] 如王錫爵、沈一貫輯《增定國朝館課經世宏辭十五卷》（《四庫全書存目叢書補編》集部第18冊，濟南：齊魯書社，2001年），收錄有：顧鼎臣〈聖駕躬耕帝籍賦〉、蔡昂〈瑞鹿賦〉、王家屏、徐顯卿、田一儁、陳于陛、張一桂等人〈日方升賦〉、趙用賢〈萬寶告成賦〉、羅萬化、張道明等人〈經筵賦〉；陳經邦輯《皇明館課》（《四庫禁燬書叢刊補編》集部第48冊，北京：北京出版社，2005年），收錄有：許國、戴洵、陳經邦等人〈擬聖駕臨雍賦〉、陳經邦〈擬初春賦〉、許國、陳經邦等人〈擬嘉禾賦〉、沈一貫、陳于陛、李維楨、于慎行、沈位、李長春等人〈擬經筵賦〉、王家屏、張一桂、陳于陛、李維楨、徐顯卿、田一儁、韓世能等人〈擬日方升賦〉、唐文獻〈擬秋日懸清光賦〉、馮有經、黃輝等人〈擬日重光賦〉、王祖嫡〈擬瀛洲亭賦〉、張元忭、劉克正、劉元震、吳中行、劉虞夔等人〈擬越裳獻雉賦〉、顧紹芳、余繼登、沈自邠等人〈擬雍肅殿賦〉、陸可教、馬象乾〈擬聖駕躬耕籍田賦〉、葛曦〈擬北郊賦〉、葉向高、鄒德溥、王萱〈擬萬寶告成賦〉、李沂〈擬玉壺冰賦〉、陶望齡、黃輝〈述志賦〉、翁正春、史繼偕、韓爌、陳懿典〈讀祕閣藏書賦〉。

賦非博雅不能，而經義、策、論拘於正意，雖不博雅可也。試於二場中仍添一賦，不十數年，士不博雅者，吾未之信也。[24]

又如孝宗朝的王鏊，也主張恢復試賦：

唐宋以來，科有明經，有進士；明經即今經義之謂也，進士則兼以詩賦。當時二科並行，而進士得人為盛，名臣將相皆是焉出。明經雖近正，而士之拙者則為之，謂之學究；詩賦雖近於浮豔，然必博觀泛取，出入經史百家。……今科場雖兼策論，而百年之間，主司所重，士子所習，惟在經義，以為經義既通，則策論可無竢乎習。夫古之通經者，通其義焉耳，今也割裂裝綴，穿鑿支離，以希合主司之求，窮年畢力，莫有底止，偶得科目，棄如弁髦，始欲從事於學而精力竭矣。人才之不如古，其實由此。然則進士之科可無易乎？曰：科不竢易也。經義取士，其學正矣，所恨者，其途稍狹，不能盡天下之才耳。愚欲於進士之外，別立一科，如前代制科之類，必兼通諸經，博洽子史詞賦，乃得預焉，有官無官，皆得應之。其甲授翰林，次科道，次部屬，而有官者，則遞升焉。如此天下之士，皆將奮志於學，雖有官者，亦翹翹然有興起之心，無復專經之陋矣。[25]

24　見明・李賢《古穰集》（《四庫全書珍本》，臺北：臺灣商務印書館，出版年月不詳，集部六，別集類五）卷28，頁2。

25　見明・王鏊《王文恪公集》（明萬曆間震澤王氏三槐堂寫刊本，臺北國家圖書館善本書室藏）卷33，〈擬皋言〉，頁13-14。

再如萬曆時期，由於科舉仕進之路壅塞，導致多數讀書人只能滯留社會下層，屠隆對此提出解決方案，亦言及辭賦或可為舉薦的項目之一：

> 制科之外，當別開一途，或備德行，或負其才，或學識足備顧問，或辭賦足潤太平，名流郡國，取信鄉閭，而為制科所遺者，許有司特薦以聞，天子臨軒，集公卿大夫親試，果有可採，令得與制科士一體擢用。[26]

由此可見，明人普遍認為「賦」是朝廷選拔人才時不可或缺的重要文體，主要原因就在於作賦「必博觀泛取，出入經史百家」，是「非博雅不能」的表徵。

除了上述國家禮制、朝廷掄才必需之外，有明一代作賦之所以重要，恐怕還與中晚明商品經濟崛起，連帶使得辭賦成為文化消費中的一環有關[27]。從桑悅〈兩都賦序〉[28]云及「安南、朝鮮進貢陪臣尋買本朝〈兩都賦〉」而「市無以應」一事看來，辭賦作品已然成為書市中的文化商品之一，供人消費；《二續金陵瑣事》記盛時泰每日早起，「或改〈兩京賦〉，或完詩文之債，命童子焚香煮茗以待客，客至灑筆以成」[29]，則〈兩京賦〉或為受人請託而作，並收有酬金，也不無可能。

傅錫壬〈從市場行銷觀點看漢賦的興盛與模仿〉一文指出：在漢

---

[26] 見明·屠隆《鴻苞》（《四庫全書存目叢書》子部第88冊，濟南：齊魯書社，1997年）卷5，「用人」條，頁706。

[27] 關於中晚明社會的消費文化研究，可參看卜正明（Timothy Brook）《縱樂的困惑：明代的商業與文化》（臺北：聯經出版公司，2004年2月初版）及巫仁恕《品味奢華：晚明的消費社會與士大夫》（臺北：聯經出版公司，2007年6月初版），當中對於中晚明社會奢侈消費的觀念以及形成背景均有深入的探討。

[28] 見註16。

[29] 見明·周暉《二續金陵瑣事·改兩京賦》（筆記小說大觀第十六編(四)，臺北：新興書局有限公司，1981年），頁105。

代，漢賦已具備可價購的「商品」特質，因為「誦讀《楚辭》或賦篇，可以得到御賜粥與帛」。而左思寫成〈三都賦〉，「洛陽為之紙貴」，也是因為「市場需求」而將〈三都賦〉視為商品傳抄[30]。如果說辭賦在漢晉時期已具備商品特質，那麼明代中期桑悅、盛時泰的兩京賦作則可說是真正的「文學商品化」了。因為漢晉賦家並不將自身的獻賦行為視為鬻文，因此不具備買賣性質；而明代賦家則明白指出賦作可以進入書業市場供人消費，已將作品視為商品，直接進行交易。明末清初的李漁便曾言及自己的賣文生涯，並抱怨所得過於微薄：

> 即有可賣之文，然今日買文之家，有能奉金百斤以買〈長門〉一賦，如陳皇后之於司馬相如者乎？然則賣文之錢，亦可指屈而數計矣。[31]

毛先舒對此則不以為然地點出：「賣賦多金者，相如以後，如笠翁者原少。」[32]姑且不論李漁的埋怨是否合宜，透過引文可以得知，賦在中晚明時期確實已進入商品交易市場，成為文人治生的項目之一。

　　綜上所述，明代科舉雖已不考賦，然而作賦象徵著對「博雅」、「能文」的肯定，是以朝廷仍視賦為必需、市場間以賦為交易，寫賦已然成為一種必要的社會文化能力。因此，賦在明代仍保有龐大的書

---

[30] 見傅錫壬〈從市場行銷觀點看漢賦的興盛與模仿〉，《淡江大學中文學報》第12期，2005年6月，頁17。

[31] 見清‧李漁〈上都門故人述舊狀書〉，《李漁全集》（杭州：浙江古籍出版社，1991年）第1卷，《笠翁──家言文集》，頁225。

[32] 清‧毛先舒評〈上都門故人述舊狀書〉語，見清‧李漁《李漁全集》第1卷，《笠翁──家言文集》，頁225。

寫隊伍，便不足爲奇。由是之故，指導寫賦的辭賦選本也就有可能應
運而興、乘勢而起。

關於選本的產生及其功能，《隋書・經籍志・總集類序》云：

> 總集者，以建安之後，辭賦轉繁，眾家之集，日以茲
> 廣，晉代摯虞，苦覽者之勞倦，於是採摘孔翠，芟剪繁
> 蕪，自詩賦下，各為條貫，合而編之，謂為《流別》。
> 是後文集總鈔，作者繼軌，屬辭之士，以為覃奧，而取
> 則焉。[33]

依《隋書・經籍志》的說法，《文章流別集》成書的原因乃在於
「建安之後，辭賦轉繁，眾家之集，日以茲廣」，摯虞爲免去「覽
者之勞倦」，於是「採摘孔翠，芟剪繁蕪」，以作爲屬辭之士取則
的範本；而蕭統《昭明文選》的編纂用意也同於《文章流別集》，
〈文選序〉云：

> 自姬漢以來，眇焉悠邈，時更七代，數逾千祀。詞人才
> 子，則名溢於縹囊；飛文染翰，則卷盈乎緗帙。自非略
> 其蕪穢，集其清英，蓋欲兼功太半，難矣！[34]

蕭統所謂的「略其蕪穢，集其清英」便是摯虞所謂的「採摘孔翠，
芟剪繁蕪」，其目的是爲與才學之士討論篇籍、商榷古今、著述文
章時收到事半功倍的效果[35]。由此可知，文章選集的產生，多少和文

---

33 見唐・魏徵《隋書》（北京：中華書局，1997年）卷35，頁1089。
34 見梁・蕭統《文選》（臺北：華正書局，2000年），頁2。
35 《梁書・昭明太子傳》言蕭統：「引納才學之士，賞愛無倦，恆自討論篇籍，或與學士商榷
　 古今，閒則繼以文章著述，率以為常。於時，東宮有書幾三萬卷，名才並集，文學之盛，

人屬辭作文有關係。

至於選賦爲集，則始見於謝靈運，據《隋書・經籍志》總集類所載，南朝宋時期編纂賦集者有：謝靈運《賦集》92卷、新渝惠侯《賦集》50卷、宋明帝《賦集》40卷，爾後又有佚名《賦集鈔》1卷、《續賦集》19卷、後魏祕書丞崔浩《賦集》86卷、梁武帝《歷代賦》10卷[36]，可惜均已亡佚，無從窺見選賦及編輯體例，但從謝靈運〈山居賦序〉言：「今所賦既非京都、宮觀、遊獵、聲色之盛，而敘山野、草木、水石、穀稼之事。」[37]可知其賦體題材的分類意識，早於劉勰《文心雕龍・詮賦》述及的「京殿苑獵，述行序志」、「草區禽族，庶品雜類」[38]，以及蕭統《文選》將賦體題材劃分爲十五小類的分類方式，或可推測謝靈運等人《賦集》的編纂原則就是採取《皇覽》「隨類相從」[39]的形式，並爲蕭統撰集《文選》時沿用。

編纂賦集之風至唐宋時期更盛，《舊唐書・經籍志》及《新唐書・藝文志》除載錄宋明帝《賦集》40卷，並又載錄卞鑠（南朝齊人）[40]《獻賦集》10卷[41]，均已亡佚。《宋史・藝文志》則載有：徐鍇《賦苑》200卷、《廣類賦》25卷、《靈仙賦集》2卷、《甲賦》

晉、宋以來，未之有也。」（見唐・姚思廉《梁書》，北京：中華書局，1997年，卷8，頁167）《文選》三十卷，極有可能就是利用東宮三萬卷藏書編輯而成。

[36] 見唐・魏徵《隋書》卷35，頁1082。

[37] 見清・陳元龍《御定歷代賦匯》（南京：鳳凰出版社，2004年）外集卷12，頁608。

[38] 見范文瀾《文心雕龍註》（香港：商務印書館，1995年），頁135。

[39] 見晉・陳壽《三國志・魏書・文帝紀》載：「使諸儒撰集經傳，隨類相從，凡千餘篇。」（北京：中華書局，1997年，頁88）

[40] 見唐・李延壽《南史・丘巨源傳》載：「初仲明與劉融、卞鑠俱為袁粲所賞，恆在坐席。粲為丹陽尹，取鑠為主簿。」（北京：中華書局，1997年，頁1771）

[41] 見後晉・劉昫《舊唐書》（北京：中華書局，1997年）卷27，頁2077；宋・歐陽修《新唐書》（北京：中華書局，1997年）卷50，頁1619。

5卷、《賦選》5卷、江文蔚《唐吳英秀賦》72卷、《桂香賦集》30
卷、楊翱《典麗賦》64卷、《類文賦集》1卷、王咸《典麗賦》93
卷、李祺《天聖賦苑》18卷[42]，亦均散佚。據李調元〈賦話序〉云：
「徐鉉〔鍇〕之集唐宋律賦爲《賦苑》二百卷。」[43]又據姚鉉《唐
文粹‧序》言：「今世傳唐代之類集者，……賦則有《甲賦》、
《賦選》、《桂香》等集，率多聲律，鮮及古道，蓋資新進後生
干名求試者之急用爾。」[44]可知此時賦選集的大量出現應與科舉試
律賦有關。

范仲淹於天聖五年編成的《賦林衡鑑》一書（今亡佚），亦選錄
唐宋律賦百餘首，析爲敘事、頌德、紀功、贊序、緣情、明道、祖
述、論理、詠物、述詠、引類、指事、析微、體物、假象、旁喻、敘
體、總數、雙關、變態等二十門，以供時人作賦之用[45]。

又，陳振孫《直齋書錄解題‧集部總集類》著錄有《後典麗賦》
40卷，言：「金華唐仲友與政編。仲友以辭賦稱於時。此集自唐
末及本朝盛時，名公所作皆在焉，止於紹興間。先有王戌集《典
麗賦》93卷，故此名《後典麗賦》。王氏集未見。」又著錄有
《指南賦箋》55卷、《指南賦經》8卷，云：「皆書坊編集時文，
止於紹興以前。」[46]晁公武《郡齋讀書志》著錄有《唐賦》20卷，
言：「右唐科舉之文也，蕭穎士、裴度、白居易、薛逢、陸龜蒙
之作皆在焉。」[47]可見這些著作都是律賦選集，是提供時人準備科考

[42] 見元‧脫脫《宋史》（北京：中華書局，1997年）卷209，頁5394。

[43] 見清‧李調元《賦話》（《續修四庫全書》集部第1715冊，上海：上海古籍出版社，2002
年），頁639。

[44] 見宋‧姚鉉《唐文粹》（臺北：世界書局，1962年），頁3。

[45] 見宋‧范仲淹〈賦林衡鑑序〉，《范文正公別集》卷4，《范仲淹全集》（南京：鳳凰出版
社，2004年），頁453。

[46] 見宋‧陳振孫《直齋書錄解題》（北京：中華書局，1985年）卷15，頁433。

[47] 見宋‧晁公武撰、宋‧姚應績輯《昭德先生郡齋讀書志》（臺北：臺灣商務印書館，1981

時的學習範本，今皆亡佚。

　　此外，《新唐書‧藝文志》與《宋史‧藝文志》又錄有唐人專論律賦格律、作法的賦格書六種：張仲素《賦樞》3卷、范傳正《賦訣》1卷、浩虛舟《賦門》1卷、白行簡《賦要》1卷、紇于俞《賦格》1卷、和凝《賦格》1卷，亦皆散佚。由現存佚名氏《賦譜》內容看來[48]，此類賦格書雖置於集部總集類目下，但由於卷帙不大，書中僅摘引時人所作律賦賦句以論析寫作要領，嚴格說來，不能算是賦選本，卻也從旁證明了科舉試賦對於賦集編纂的影響。

　　元代的賦文選本，由於《元史》未立〈藝文志〉，是以清代學者對其進行了補撰，其中影響較大的有金門詔、黃虞稷與盧文弨、錢大昕三家，塡補了《元史》無〈藝文志〉的空白[49]。據錢大昕《補元史藝文志》記載，元代的賦選集有：郝經《皇朝古賦》1卷、虞廷碩《古賦準繩》10卷、吳萊《楚漢正聲》2卷、祝堯《古賦辨體》8卷、《外錄》2卷、《元賦青雲梯》1卷[50]。另黃虞稷《千頃堂書目》載錄者有：郝經《皇朝古賦》1卷、馮子振《受命寶賦》1卷、虞廷碩《古賦準繩》10卷、佚名氏《古賦青雲梯》3卷、《古題賦》10卷，又《後集》6卷[51]，今僅存祝堯《古賦辨體》及《青雲梯》二種。《古賦辨體》卷7言：「方今崇雅黜浮，變律爲古，愚故極論律之所以爲律，古之所以爲古者」[52]，可知此書是在元代延祐年間

年）卷20，頁711。

[48]　《賦譜》原文可參見詹杭倫、李立信、廖國棟《唐宋賦學新探》（臺北：萬卷樓圖書公司，2005年），頁60-98。

[49]　見何廣棪〈明清以來學者補《元史藝文志》成果述考〉，《樹人學報》第4期，2008年4月，頁21-55。

[50]　見清‧錢大昕《補元史藝文志》（《百部叢書集成》之86，臺北：藝文印書館，1964年）卷4，頁19-20。

[51]　見清‧黃虞稷《千頃堂書目》（上海：上海古籍出版社，2001年）卷31，頁756。

[52]　見元‧祝堯《古賦辨體》（《四庫全書珍本》集部6，臺北：臺灣商務印書館，1976年），

確定科舉改以試古賦之後[53]，為試子取法而作；至於《青雲梯》，從題名便可知此書的產生與科考有關，因青雲梯有謀取高位門徑的意思，換言之，《青雲梯》亦是指導試子作賦的選集。

綜上所述，從晉宋以迄元代，賦選本的大量出現都與作文有關，從早期貴遊文學集團的賦作活動，到唐、宋、元三代的科舉試賦，不論從編纂方式或性質內容上，都可以看出賦選本在指導寫作上藉以取資的功能，然因多數選本今已亡佚，無法窺得全貌。

至於明代賦文輯錄狀況，《千頃堂書目》載錄有：李鴻《賦苑》八卷、劉世教《賦紀》100卷、王守志《賦藻》（缺卷數）、俞王言《辭賦標義》18卷、陳山毓《賦略》50卷，又《外篇》15卷、施重光《賦珍》8卷[54]，至於《明史‧藝文志》僅錄有：劉世教《賦紀》100卷、俞王言《辭賦標義》18卷、陳山毓《賦略》50卷[55]。今依北京中華書局2009年出版的《中國古籍總目‧集部‧總集類》所載，現存明人選編的賦集尚有：俞王言《辭賦標義》18卷、李鴻《賦苑》8卷、袁宏道、王三餘《精鐫古今麗賦》10卷、陳山毓《賦略》34卷、〈緒言〉1卷、〈列傳〉1卷、《外篇》20卷、周履靖、劉鳳、屠隆《賦海補遺》30卷、施重光《賦珍》8卷、佚名氏《類編古賦》24卷、陳仁錫《賦品寫函》2卷、祝允明《祝允明手抄賦文》不分卷[56]。

由於明代以前專門輯錄賦文的諸多選本除祝堯《古賦辨體》及《青雲梯》尚見於世，其餘均僅存目而已，因此，現存的明代辭賦選本對於賦學領域的研究，可謂極其珍貴。

有學者指出，明代編選賦集的高潮是在復古旗幟下應運而起的結

頁41。

[53] 見明‧宋濂《元史‧選舉志》（北京：中華書局，1997年），頁2019。

[54] 見清‧黃虞稷《千頃堂書目》卷31，頁753。

[55] 見清‧張廷玉《明史》卷99，頁2495。

[56] 見陽海清主編《中國古籍總目》（北京：中華書局，2009年），頁2935-2936。

果，並以爲《辭賦標義》、《賦略》、《賦海補遺》、《賦苑》、
《賦珍》等選本承續《昭明文選》，唯古（宗漢）是崇[57]。然細考上
述五選本選賦狀況，除《辭賦標義》採《文選》體例，收賦90篇[58]，
其中楚國14篇、漢代41篇、三國4篇、晉代21篇、南朝10篇，以及
《賦略》（《正集》34卷、《外篇》20卷）共收賦306篇，其中楚
國44篇、漢代80篇、曹魏5篇、晉代32篇、南朝35篇、北朝9篇、隋
1篇、唐宋25篇、明代75篇，明代所選又以復古派文人（如：李夢
陽、何景明、徐楨卿、盧柟、王世貞）作品居多外，《賦珍》收賦
453篇，其中楚2篇、漢26篇、魏20篇、晉71篇、南朝40篇、北朝8
篇、隋3篇、唐234篇、宋30篇、元6篇、明12篇，唐賦占了一半以
上，且當中大量選錄律賦，明顯不符合明代復古派「祖騷宗漢」、
「唐無賦」的賦論宗旨；《賦海補遺》收賦887篇（當中2篇有目無
文），選賦270篇，包括漢28篇、吳2篇、魏29篇、晉112篇、南朝60
篇、北朝2篇、隋2篇、唐35篇，次韻268篇，自作賦347篇，騁才炫
學的用意明顯，且所錄之賦以六朝詠物題材爲宗，亦非明代復古思潮
下的產物；《賦苑》收賦875篇，先秦15篇、西漢40篇、東漢74篇、
三國166篇、兩晉346篇、南北朝234篇，由於〈凡例〉自言：「此
書選賦斷自陳、隋以上，厥後作者代不乏人，迺其氣象萎薾，兼
亦不能遍收，故率置不載。」[59]學者因此認爲該選本崇尚古賦，輕
賤今體[60]。事實上，李鴻所錄之賦一半以上（496篇）取自唐高祖武
德年間所編定的《藝文類聚》，唐以後賦不取，恐非僅因「氣象萎
薾」，而是選家便宜行事的結果，似不宜斷言李鴻選賦崇古賤今。

---

[57] 見許結〈明代的選學與賦論〉，《南京師大學報》（社會科學版）2013年3月，頁113-124。
[58] 此篇目之統計，乃據西北師範大學圖書館古籍書庫館藏之萬曆二十九年金溥渾樸居刻本，其
　　中〈九歌〉、〈九章〉、〈九辯〉、〈兩都賦〉、〈兩京賦〉、〈三都賦〉均視為一篇，故
　　收賦90篇，許結〈明代的選學與賦論〉指出《辭賦標義》共收賦120篇，乃分別計算。
[59] 見明・李鴻《賦苑》，《景印文淵閣四庫全書》集部第384冊，頁4。
[60] 見許結〈明代的選學與賦論〉，頁116。

此外，袁宏道《精鐫古今麗賦》收先秦至明賦228篇，其中楚6篇、漢18篇、魏6篇、晉14篇、南朝20篇、北朝3篇、唐105篇、宋16篇、元2篇、明30篇、無名氏8篇，當中所收唐賦幾達全書二分之一，正符合袁宏道〈與江進之〉一文中所表露出的選賦傾向，其言：

> 近日讀古今名人諸賦，始知蘇子瞻、歐陽永叔輩識見，真不可及。夫物始繁者終必簡，始晦者終必明，始亂者終必整，始艱者終必流麗痛快。……世道既變，文亦因之。今之不必摹古者，亦勢也。張、左之賦，稍異揚、馬，至江淹、庾信諸人，抑又異也。唐賦最明白簡易，至蘇子瞻直文耳。然賦體日變，賦心益工，古不可優，後不可劣。若使今日執筆，機軸尤為不同。何也？人事物態，有時而更，鄉語方言，有時而易。事今日之事，則亦文今日之文而已矣。盧楠諸君不知賦為何物，乃將經史《海篇》字眼，盡意抄謄，謬為復古，不亦大可笑哉！[61]

袁氏不但肯定唐、宋賦的簡易明白，甚至對復古派標榜的盧楠賦大肆抨擊，直指其「不知賦」，且於明賦的部分大量選入湯顯祖及徐渭等人賦作，是以《精鐫古今麗賦》作為寫賦範本，其選文標準實乃不同於復古派理念。

事實上，依《中國古籍總目》所載錄明代現存的九種辭賦選本，除《類編古賦》及《祝允明手抄賦文》為抄本外，其餘七種均為刻本。且七種刻本中，除了《賦品寫函》纂輯於天啓年間，其餘六種

---

61 見明・袁宏道《袁中郎尺牘》，《袁中郎全集》（臺北：世界書局，1964年2月），頁36-37。

均纂輯於萬曆時期。此時期，各文學流派（唐宋派、公安派、竟陵派）的領袖級人物業已嶄露頭角，非復古派所能獨領風騷；加以科考之途壅塞，坊間大量刊刻制舉用書以方便士子應試，辭賦雖非首試必需，然於考選庶吉士時仍有機會派上用場，且賦之博雅，有助於二、三場考試中考策論時旁徵博引，一如當時坊刻刊行了不少今古文選本，其目的多少帶有決勝前茅的意味[62]。因此，辭賦選本在萬曆時期大量出現，應有多方因素；尤其山人周履靖，本身即有書坊，參與的工作包括創作、編寫、纂集、刊刻、出版，甚至銷售，《賦海補遺》30卷，除選錄歷代賦，還加以次韻，並自作同題賦，其成書原因，斷非只是復古思潮一語可帶過。

由於目前學界對明代辭賦選本的研究仍停留在選家的考證及選本序目、凡例的簡單爬梳上，即便涉及選本的文學主張，也僅略舉數條評點資料加以評述，關於明代辭賦選本的全面性研究仍付之闕如，是以本書以萬曆年間五種辭賦選本（刻本）為研究對象，先就個別選本進行編者、成書、選文、評註的分析，再試圖梳理出：萬曆時期辭賦選本大量產生的原因；選家的社會角色、文學主張對選文的影響。透過以上問題的釐清，當可裨補學界對此論述的不足，亦當深具開創意義。

第二節　學界相關研究成果

目前學界對於明代辭賦選本的研究，仍寥若晨星，一方面或因清代學者對明代選本多持蔑視態度，所謂「至明萬曆以後，儈魁漁利，坊刻彌增，剿竊陳因，動成巨帙，並無門徑之可言。姑存其

---

[62] 有關坊刻大量刊行今古文選本以應付科舉考試的舉措，可參見沈俊平《舉業津梁——明中葉以後坊刻制舉用書的生產與流通》（臺北：臺灣學生書局，2009年），頁229-237。

目，爲冗濫之戒而已。」[63]以致學界對明代選本不夠重視；一方面
或因資料取得不易，以臺灣地區而言，除了《四庫全書存目叢書》
收錄李鴻《賦苑》（山東圖書館藏明萬曆刻本），以及臺灣大學圖
書館藏有施重光《賦珍》微卷（美國哈佛大學燕京圖書館藏明萬曆
間刊本）、國家圖書館藏有周履靖《賦海補遺》二十卷本（明金陵
書林葉如春刻本）外，其餘如祝允明《祝允明手鈔賦文》、陳山毓
《賦略》、俞王言《辭賦標義》、袁宏道《精鐫古今麗賦》、陳仁
錫《賦品寫函》、佚名氏《類編古賦》等善本古籍，均散見於大陸
各地區圖書館，資料的借閱、檢索相當不易，因此未能得到足夠的
闡發。是以與本論題直接相關的研究，僅有大陸學者冷衛國、程章
燦、楊居讓、蹤凡、許結等人。

　　冷衛國、蹤凡〈陳山毓《賦略》及其賦學觀〉（2005），旨在
介紹《賦略》一書的編纂體例，並解釋了〈賦略序〉及〈緒論〉的大
概內容，至於《賦略》的賦學觀，文中僅舉出數條陳山毓對漢賦的批
點進行說明，仍有開發空間。

　　程章燦〈《賦珍》考論〉（2005）一文，主要介紹哈佛燕京
館藏本的版本由來，並考證編者施重光及序文撰者吳宗達的生平事
蹟，並據此推論《賦珍》很可能爲施重光任官刑部時所刻，且刊刻時
間肯定在萬曆二十九年之後，極可能在萬曆三十二年前後數年。文中
並指出《賦珍》不收已見於《文選》的賦作，而收錄已見於《文苑
英華》的作品，似有意爲《文選》拾遺補闕。同時，本文又提出明
代考選翰林庶吉士時頗重作賦本領，因此《賦珍》所選之賦多爲試
賦、獻賦時常見的詠物、頌聖、應制題材。文末則指出《賦珍》在
編纂上的不嚴謹，如漏標時代、作者等。綜上所述，皆可看出本文
對《賦珍》研究的貢獻，唯部分賦文所附施重光眉批、評語，以及
《賦珍》所收唐賦多爲律賦等現象，可再進一步分析。

63　見《四庫全書總目提要》（臺北：臺灣商務印書館，1983年）卷186，頁1685。

　　程章燦〈《賦苑》考評〉（2005），該文篇幅短小，主要考證編者確爲李鴻，並以《四庫全書總目》所舉三個重出失考之例，指出《賦苑》在體例編排上有許多粗疏失誤之處。

　　楊居讓、姜妮〈袁選《精鐫古今麗賦》價值初探〉（2010），本文旨從兩方面談論《精鐫古今麗賦》的價值，一是就版本價值而言，該選集爲明崇禎四年刻本，現今收藏單位僅三家，[64]傳世少，因此珍貴；二是就文獻價值而言，首先《精鐫古今麗賦》所收賦文中，有20篇爲清代陳元龍《歷代賦匯》所未收，可補《歷代賦匯》之缺；其次，《精鐫古今麗賦》有4篇賦文，可補《歷代賦匯》缺考作者。此外，文中指出袁宏道幾乎於所選每篇賦文之後綴加按語（即評鑑之語），亦是此書的價值所在。可惜本文未進一步分析袁氏按語[65]，因此無由窺得袁氏選賦觀點。

　　蹤凡、孫晨〈《賦海補遺》編者考〉（2011），旨在考證原題劉鳳、周履靖、屠隆同輯之《賦海補遺》一書，其作者實爲周履靖一人。文中從卷首陳懿典〈序〉、卷一周履靖自序、卷末〈螺冠子自序〉、劉鳳與屠隆生平著述、《賦海補遺》收賦情況、命名和編纂旨趣等六方面加以考察，斷定《賦海補遺》只有一位編者，即周履靖。此外，文末又補充說明既然劉鳳、屠隆未參與編輯，《賦海補遺》署上其名的可能原因爲：一、劉鳳乃藏書家，爲周履靖提供了資料；二、劉鳳爲該書撰寫了〈螺冠子傳〉附於書後；三、劉鳳、屠隆可能提供了出版資金；四、三人經常往來唱和，周履靖爲紀念友誼，因此署上兩人姓名；五、周履靖自作賦占全書比例甚高，爲免後人譏評，因此將好友列爲編者。以上五點補充說明皆出自作者推測，缺乏直接論據。

---

[64]　據筆者了解，分別是吉林省圖書館、陝西省圖書館及西北大學圖書館。

[65]　本文僅略舉數例說明袁宏道按語特色，如：文字深刻切要，又不失機警幽默；以引用明人言論最爲常見等（《圖書管理與實踐》2010年1月，頁66）。

　　蹤凡〈《賦珍》補論〉（2012），主要針對程章燦〈《賦珍》考論〉未暇顧及的幾個問題進行補充和引申。文中先就目前海內外四家圖書館所藏的《賦珍》版本進行比對，認為四家所藏《賦珍》的印行時間並不一致；其次指出西北大學所收的《賦珍》版本刻有〈賦珍總目〉，雖頗便讀者，卻有多處與正文不一致；最後分析了《賦珍》的體例與特點，認為《賦珍》的編纂具有薈萃名篇、資料豐富、批註靈活等優點。

　　許結〈明代的選學與賦論〉（2013）一文，旨從明代的選學談明人選賦的狀況，指出當時的選賦之作可分為三大類，一是廣、續《文選》系，二是賦集系，三是文總集系，並歸結出明人選賦是由尊《選》與辨《選》到辨「體」而宗「漢」。許氏的論證過程主要從明人仿《文選》體例編纂的《廣文選》、《廣廣文選》、《續文選》入手，論證明人尊《選》；又以《廣文選》依王言、臣言、士言為選錄範文的排列順序，以及列「天地」目於「京都」之前，為明人辨《選》之例；其間又舉吳納《文章辨體》、徐師曾《文體明辨》說明明人重辨體而尊古體；爾後再以明人尊《選》，而《文選》選賦重漢代作手，且以京都大篇居首，因此形成了明人追摹《選》學而尊「漢」的賦學傾向，並以此藉由幾部賦選集之序言或凡例，遽言明人選賦具「祖騷宗漢」的復古特色，又藉由《賦珍》之「珍」字，指出此部賦集選賦的經典化。如此看似周密的論證過程，確實道出了明代賦學的某些現象，諸如：對《文選》的重視、對「漢賦」的推崇、對「辨體」的強調，但若仔細考察各選本選賦狀況，誠如前述，乃呈現多元化發展，實非「祖騷宗漢」一語可以蔽之。

　　此外，由蹤凡指導的兩部碩士論文楊清琴《《辭賦標義》研究》（2010）、江曉《陳山毓辭賦創作及其《賦略》研究》（2012），對於《辭賦標義》及《賦略》的成書背景、評註狀況、價值缺陷進行了簡要梳理，可供讀者快速掌握兩帙的整體樣貌。至於選文特色、評點的深入分析，則有待進一步挖掘。然其中不乏有價值者，即楊清琴分別比對了浙江圖書館、清華大學圖書館、人民大學圖書館館

藏《辭賦標義》。此三處館藏本同爲十八卷，唯前二者題爲俞王言撰、金溥次公參訂；後者則題爲俞王言撰、鄭之槼逸少參訂，與姜亮夫於《楚辭書目五種》中所介紹的杭州大學圖書館藏本應屬同一個版本。是知《辭賦標義》的版本，至少有兩個系統，其一爲金溥次公參訂，另一爲鄭之槼逸少參訂。此一發現，可供從事版本研究者進一步考證。

　　除以上單篇及學位論文之外，幾部通論性賦論史專著中，亦有部分與本論題相關涉者：何新文、蘇瑞隆、彭安湘等人撰著的《中國賦論史》（2012），可說是何新文《中國賦論史稿》（1993）的擴充。該書首先於緒論中概述自兩漢至當代的賦論歷史發展，並簡單就賦的起源、賦的體制類別、賦的創作原則、寫法技巧、思想內容、功用價值等面向，勾勒出中國賦論的基本內容；其次，則是以斷代分章的形式，縱向論述了兩漢、魏晉南北朝、唐宋、元明、清及近代、現當代六個時期賦論的基本樣貌。在明代部分，將明代賦學發展分爲前、中、後三個時期。前期從辨體的角度談論吳訥《文章辨體》、徐師曾《文體明辨》的賦學觀點；中期則從文學的復古思潮辨析謝榛《四溟詩話》、王世貞《藝苑卮言》、胡應麟《詩藪》等詩話中的賦學主張；後期則透過兩部文學總集介紹了當中的賦學思想，一是陳山毓的〈賦略序〉，一是張溥的《漢魏六朝百三家集題辭》。此書對於明代賦學發展走向的觀照面較爲寬廣，對於書中所舉賦論家的論賦文字也有較深入的爬梳與探討。唯本書囿於通史性質，於各朝代僅能列舉數家賦論作爲論述依據，仍有開發空間。

　　踪凡《漢賦研究史論》（2007）是一部探究中國歷代如何看待、認識「漢賦」的專著，書中將自古迄今對於漢賦的研究劃分爲兩漢、魏晉南北朝、唐宋元、明清及近代四個時期。雖然該書旨在梳理漢賦研究的歷史嬗變，但當中述及明代漢賦研究時，分從文論、詩話、總集、漢賦評點等面向，一一分析各賦論家對漢賦的認同或批評，大抵粗略可見明代賦學的部分樣貌；且書中羅列出的明代編錄漢賦的六種文獻資料，對本研究在收集材料方面也提供了不少指引。

　　以上爲目前學界對明代辭賦選本的相關研究，大都集中在編纂者的考證及選目的整理上，關於選家的編纂目的、選文標準、評點思想，以及選本的時代意義等諸多議題，仍是一片沃野，有待開發。

第三節　研究對象與進路

　　本書以萬曆年間辭賦選本爲研究對象，之所以選定萬曆爲研究斷限，主因《中國古籍總目》所載錄的現存明代九種辭賦選本中，除無名氏《類編古賦》無法判定年代，以及《祝允明手抄賦文》乃嘉靖前作品、陳仁錫《賦品寫函》大約成書於天啓年間，其餘六種選本均成書於萬曆時期。而萬曆時期正是明代出版業勃興、出版物驟然激增的階段[66]，辭賦選本於此時大量出現，且又均爲刻本，其成書動機、纂輯體例、選文取向、賦學觀點是否一致，又是否各自爲營，頗值關註。

　　又，萬曆年間所存的六種辭賦選本中，本書僅就俞王言《辭賦標義》、施重光《賦珍》、李鴻《賦苑》、周履靖、劉鳳、屠隆《賦海補遺》、陳山毓《賦略》等五種選本進行析論，署名袁宏道輯、王三餘增補《精鐫古今麗賦》一書暫時排除。主因筆者今日所見《精鐫古今麗賦》刻本，乃王三餘自言依據袁宏道所選之賦，加以增補並刊刻而成，其於〈古今麗賦敘〉中言：

> 余少冥搜遠覽六朝《文選》、《唐文粹》、《宋文苑》所蒐萃，以及昭代諸名公作者如林至律，以麗則之，槩不無嗣攷於其間。右公先生向有騷賦，膾炙海內，余習靜明居湖上，與二三友人揚摧今曩，得是集讀之，因為增訂

66　見繆咏禾《明代出版史稿》（南京：江蘇人民出版社，2000年），頁15。

　　而布之同志，更以麗名，不敢為中郎帳中祕也。[67]

　　由文中「因爲增訂而布之同志，更以麗名」句得知，《古今麗賦》的題名恐是王三餘所定；而書中所錄之賦，何者爲袁宏道選，何者爲王三餘增補，無法判定；且各賦篇末尾所繫的按語，作者爲袁宏道？抑或王三餘？也無從得知。故暫且存目，留待日後取得更多相關資料及例證時，再行論述。

　　至於本書所採取的研究進路，顏崑陽在〈論唐代「集體意識詩用」的社會文化行爲現象——建構「中國詩用學」初論〉提到：

　　假如我們在研究的態度與進路上，能暫時離開「文學本位」的價值立場，從文學活動所關係到的社會文化環境這個面向，去研究中國自古以來即普遍存在的「詩用」現象；在研究的目的上，側重於對這種現象的描述以及社會文化意義上的詮釋，而不汲汲於預設立場的評價。或許如此，對於古典詩歌的研究，會有「文學本位」之外的另類見解。[68]

　　一般而言，選本的編輯目的，在於爲作文者提供可資學習的範本，其「用」的意義優先於「評」的意義[69]。是以本論題的提出亦不

---

[67] 見明‧王三餘增補《袁選精鐫古今麗賦》（陝西省圖書館古籍保護中心藏，明崇禎四年刻本）卷首。

[68] 見顏崑陽在〈論唐代「集體意識詩用」的社會文化行為現象——建構「中國詩用學」初論〉，《東華人文學報》第1期，1999年7月，頁33。

[69] 例如南宋呂祖謙所編的《古文關鍵》，乃是現存最早的帶有評點的文章選本，開啓了爾後散文評點風氣。雖然如此，呂祖謙選評此書的出發點卻是為了指導學子閱讀和學習科考之文，清代張雲章〈古文關鍵序〉即言：「觀其標抹評釋，亦偶以是教學者，乃舉一反三之意。且

先汲汲於預設立場的評價，而是就現存的幾部明代辭賦選本進行閱讀、歸納，並透過文獻分析法以檢示、鑑別歷史資料，從而形成對研究課題的初步認識，其次再採取歷史文化學所揭示的「多重求證文化闡釋方法」，進一步考辨剖析各選本之所以「如是選」（選本與編者的關係）、「哪些人」之所以被納入（作者與選本的關係）的社會文化行為現象。因此，本書的各章節將以下列方式進行：

一、分辨各選本的選型（編選體例）、考察各選本的選心（選賦意圖）、探究各選本的選源（採選對象及範圍）、釐析各選本的選域（所選賦家的時代跨度及所選作品的內容豐富性）[70]，即選本自身的研究，包括序跋、凡例、卷帙、評點等分析。

二、了解選本編纂者的生平事蹟、社會角色認定、具體編選過程，以釐清社會風氣、文學思潮對其選編的影響。

三、比較各選本的選文現象，必要時參照其他綜合類文學總集中選賦情況，以明白作品於選本中的消長變化，以及該選本在文學史上的意義。

卷後論策為多，又取便於科舉。」（見宋·呂祖謙《古文關鍵》，《叢書集成新編》第58冊，臺北：新文豐出版社，1985年，頁580）

[70] 所謂選型、選心、選源、選域等名稱用法，乃參考蕭鵬《群體的選擇：唐宋人選詞與詞選通論》（臺北：文津出版社，1992年）一書，頁5-10。

第二章

俞王言《辭賦標義》
選賦及其評註析論

　　俞王言《辭賦標義》18卷，是目前可見的明代辭賦選本中，較早的一部除了選文並加以評點的著作。據西北師大圖書館古籍書庫館藏本，書末封底前，附有一張缺損不全的商標圖記，可知《辭賦標義》的刊刻，不只是單純的文化行為，而是涉及了文化經營，即商業出版活動。是以本文即針對《辭賦標義》的編纂動機、選賦情況，以及俞王言的評點特色，並結合選家所處的時代環境進行分析，以明此一選本在賦學史上的意義。

第一節　俞王言及其《辭賦標義》

　　俞王言，史籍無傳，僅《明史‧藝文志》載其撰有《金剛標指》1卷、《心經標指》1卷、《楞嚴標指》12卷、《圓覺標指》1卷，以及《辭賦標義》18卷。據〈刻辭賦標義序〉末署「萬曆辛丑端陽日，海陽俞王言臯如著」[1]，可知：俞氏字臯如，海陽（明徽州府休寧縣）人，大約生於嘉靖年間，活動於萬曆年間；又據金溥〈刻辭賦標義跋〉所言：

> 溥自束髮，從臯如先生遊，其彈射古人往往破的，故嘗解《南華》矣，兼以陰符、道德、文始、沖虛，名玄聖五宗，直剖混元之竅。又解《楞嚴》矣，兼以般若、金剛、圓覺、維摩、楞伽、華嚴，名西天七曜，直躡須彌之巔。又解《楚辭》矣，兼以漢、魏、晉、宋、齊、梁諸賦，直扣文人之閫奧，宇宙奇觀。[2]

---

[1]　見明‧俞王言《辭賦標義》（蘭州：西北師範大學圖書館古籍書庫藏萬曆二十九年休寧縣金氏渾樸居刻本），卷首，頁5。

[2]　同前註，卷末，頁3-4。

得知：俞氏似以註書爲業，曾註解《南華經》、《楞嚴經》等道、釋類經典，又曾註解《楚辭》、漢魏六朝賦等文章、文集。其中註解《楚辭》及漢魏六朝賦等部分，即爲金溥刊刻成《辭賦標義》18卷。

　　晚明圖書出版事業發達，所出版的書籍可分爲官刻、坊刻及家刻[3]。據西北師範大學圖館藏《辭賦標義》出版項下載錄，此書乃俞王言標義，金溥參訂，明萬曆二十九年（1601）休寧縣金氏渾樸居刻本。帙首有俞王言〈刻辭賦標義序〉，序後鐫刻工「新安剞劂氏黃鋑」，次爲凡例、目錄，卷末則有金溥〈刻辭賦標義跋〉，跋後鐫刻工「黃一桂刻」。由此可知，渾樸居爲當時徽州刻書坊之一，金溥即書坊主，書坊主既是圖書出版者、發行人，有時亦兼創作者、編輯者、校訂者，多於卷端書名「校梓」、「校鋟」、「參訂」、「校刻」、「輯定」等字眼[4]，《辭賦標義》既載明金溥參訂，可見金溥除身爲渾樸居坊主，同時也參與了校訂工作。至於渾樸居刊刻《辭賦標義》的緣由，金溥〈刻辭賦標義跋〉云：

> 溥不敏，雅好古文辭，博綜群集，竊以爲域中有三奇，則《南華》、《楞嚴》、《楚詞》是已。《南華》借吻爲眞，撥影爲象，善以虛爲實，玄於文者也。
> 《楞嚴》緣跡顯心，託物標性，善以實爲虛，幻於文者也。《楚辭》雲興電滅，神奔鬼騰，時實而虛，時虛而實，仙於文者也。三家代各有解，然解《南華》者，援經以狗意，無論氣脈窾綮，茫不睹指歸，即句字合離，且多牽附，是郭象之後皆郭象也，其失十五。解《楞

3　見繆咏禾《明代出版史稿》（南京：江蘇人民出版社，2000年），頁9-10。

4　見郭孟良《晚明商業出版》（北京：中國書籍出版社，2010年），頁26。

嚴》者，執意以比經，無論如來密議，冥無所擘畫，即阿難機鋒，且多齟齬，是天如之後皆天如也，其失十七。解《楚辭》者，隨唇吻相依和，如下女比賢人也，強以為君將宓妃，二姚何指？椒蘭比善行也，妄以為臣將樵艾，糞壤何屬？上征茫渺，不根西天，迂誕無謂，是王逸之後皆王逸也，其失十六。蓋訓解之家其病有三，下焉者，專舊守殘，黨同伐異，辟畫師摹臨善本，株守繩墨而飛灑索然，病在拘。中焉者，旁穿蹊竇，曲植藩垣，辟畫師偏為鬼魅，勤思怪誕而貌象無徵，病在縱。上焉者，字索句探而意脈涸淆，氣機茫渺，辟畫師原本山川，經紀人物，形形色色而神骨不全，病在著。故善畫者，點睛而龍翔，刺心而女痛。善解者，片語而星迴，半偈而輪轉，皆三昧筆也。溥自束髮，從皋如先生遊，其彈射古人往往破的，……溥濊有味乎其言，欲盡屬剞劂氏而勢難兼舉，故為首刊詞賦，豈其熠爤是為，亦緣斯以識迷途，開覺路，是溥所為仙仙乎鑪錘間也。若乃五宗七曜，必有繼踵起者，用為之嚆矢云。[5]

跋中指出，當時文壇有三大奇書，分別為玄於文的《南華經》、幻於文的《楞嚴經》、仙於文的《楚辭》[6]。雖然歷來為三家作註者不

---

[5]　見明・俞王言《辭賦標義》（蘭州：西北師範大學圖書館古籍書庫藏萬曆二十九年休寧縣金氏渾樸居刻本），卷末，頁1-4。

[6]　以《南華》、《楞嚴》、《楚辭》為三大奇書的說法，亦可見於明萬曆三十六年陳忱《水滸後傳》（上海：上海古籍出版社，1994年），其〈序〉云：「昔人云：『《南華》是一部怒書，《西廂》是一部想書，《楞嚴》是一部悟書，《離騷》是一部哀書。今觀《後傳》之群

少，然而不是過於牽附、失於齟齬，就是迂誕不知所謂。因此，郭象之後，註《南華》者皆本《莊子註》；天如之後，註《楞嚴》者皆本《楞嚴會解》；王逸之後，註《楚辭》者皆本《楚辭章句》。不僅毫無新意，再加上訓解者或株守繩墨而飛灑索然，或勤思怪誕而貌象無徵，或字索句探而意脈溷淆，往往產生「拘、縱、著」的弊病。相較於此，俞王言「彈射古人往往破的」的註書特點，正是其與眾不同的地方，是以獲得書坊青睞而得以出版流通。

然而，不可忽略的是，金溥作為書坊主事者，其刻書多少帶有商業盈利目的，透過跋文以標榜自家刻本既能符應社會好尚，又能精闢訓釋文本，此乃晚明書坊刻書常見的廣告手法之一[7]，以便藉此抬高身價，利於銷售。換句話說，《辭賦標義》的刊刻，其文化消費目的大於學術意義，此亦可由俞王言為《辭賦標義》所撰寫的序，非是一般說明纂述動機的書序，而是特別強調書籍刊刻緣由的〈刻辭賦標義序〉，可見一斑。俞氏〈序〉云：

> 藝林之技，首推辭賦。辭則屈子從容於騷壇，賦則馬卿神化於文苑。宋玉、景差嗣其風，揚雄、賈誼振其響，班、張、潘、左、曹、陸之徒尋其緒。今讀其遺編，囊括宇宙，席捲陰陽，奔走風雷，飛騰雲雨。星辰惟所指顧，鬼神惟所驅役。翔鸞鳳鵬鶚於毫端，走蛟龍麟鹿於楮末。此天地之奇觀，古今之偉業也。然屈子發憤於忠肝，存君興國之外無他腸焉。而篇各異軸，語各殊製，觸意成聲，矢口成響，辟之橐籥，虛而不屈，動而愈

雄之激變而起，是得《南華》之怒；婦女之含愁斂怨，是得《西廂》之想；中原陸沉，海外流放，是得《離騷》之哀；牡犡灘、丹露宮之警喻，是得《楞嚴》之悟。不謂是傳而兼四大奇書之長也！」」（頁1）

7　關於書坊刻書的廣告應用及其傳播功能，可參見郭孟良《晚明商業出版》，頁130-138。

出，其天行者乎。馬卿藻思淵泓，才情霞起。立乎四虛
之地，遊乎萬有之途。有境必窮，無象不肖，辟之大
壑，舟焉者浮，飲焉者飽，其泉湧者乎。宋景揚名公力
追古調，標斗杓於中天。故令經生博士家，亦知縱觀乎
文章之金闕，遊目乎翰墨之清都。人人自謂壯夫，笑子
雲老不曉事矣。然竊以為淄澠之水，惟易牙能分；雅鄭
之音，非師曠不辨。故《昭明》之衮鉞，誠凜凜千載。
乃私心所嚮往，有不忍並捐者，用增三十餘篇，以時婆
娑燕樂乎其間，而常苦汗漫之難窺也。故為之尋究其
原，貫穿其旨，掃舊疏之繁蕪，補纂註之遺佚，章分句
解，要在回文測意，緣語白心；標玄機於藻繢之中，揭其
趣於鞶帨之外，俾一舉目而昭如列眉。則是編也，倘亦
藝林之先導哉。初機之士，緣象覓心，則辭賦之藉於標
義，是梯航之屬也；上乘之士，得心忘象，則標義之贅
於辭賦，是駢枝之屬也。夫濟川則用筏，既至彼岸，棄
筏而前。故知說法如筏，喻者可與論藝矣。[8]

此〈序〉首先強調「藝林之技，首推辭賦」，以為《辭賦標義》張
本。當中所謂的「辭則屈子從容於騷壇，賦則馬卿神化於文苑」，
為當時文壇的主流看法，王世貞（1526-1590）即曾言及：「屈氏
之騷，騷之盛也；長卿之賦，賦之聖也。」[9]爾後又點出辭賦之作
「囊括宇宙，席捲陰陽，奔走風雷，飛騰雲雨」，實「天地之奇

8　見明・俞王言《辭賦標義》（蘭州：西北師範大學圖書館藏萬曆二十九年休寧縣金氏渾樸居
　刻本），卷首，頁1-5。

9　見明・王世貞《藝苑巵言》卷2，何文煥、丁福保編《歷代詩話統編》（北京：北京圖書
　館，2003年），頁356。

觀」，抓住晚明文人尚奇的審美心態[10]，此與金溥〈跋〉以奇書相尚
有著相同宣傳效應。

　　其次，以當時文壇「人人自謂壯夫，笑子雲老不曉事」，點明
辭賦創作風氣的盛行。當中以所謂的「天行者」、「泉湧者」比擬
屈騷、相如賦，又以「笑子雲老不曉事」等語，訾議揚雄視辭賦為
「童子雕蟲篆刻」[11]的不當，亦是當時文壇的普遍看法，如王世貞
云：

　　　　子雲服膺長卿，嘗曰：「長卿賦不是從人間來，其神化
　　　　所至耶？」研摩白首，毫不能逮，乃謗言欺人云：「雕
　　　　蟲之技，壯夫不為。」歲開千古藏拙端，為宋人門戶。[12]

以王世貞「始與李攀龍狎主文盟，攀龍歿，獨操柄二十年。才最
高，地望最顯，聲華意氣籠蓋海內。一時士大夫及山人、詞客、
衲子、羽流，莫不奔走門下。片言褒賞，聲價驟起」[13]的情況來
看，無論是騷聖說、賦聖說，抑或是批判揚雄說，在當時應能引起一
股風潮[14]。俞王言雖未明言其辭賦觀點承自王世貞，但如此相似的言
論，對當時文人來說應不陌生，自可達到廣告效果。

　　再次，說明選文來源及標義方式。就選文而言，以《昭明文
選》為底本，主因自先秦以至魏晉，辭賦作品多如牛毛，其中優劣
難辨，而《昭明文選》作為選文範本已凜然千載，故以之為底本，

---

[10]　關於晚明文人尚奇的審美心態，詳見後文。

[11]　見漢·揚雄《法言》（臺北：藝文印書館，1996年）卷9，〈君子〉，頁2。

[12]　見明·王世貞《藝苑卮言》卷2，何文煥、丁福保編《歷代詩話統編》，頁364。

[13]　見清·張廷玉《明史》卷287，〈王世貞傳〉，頁7381。

[14]　有關明代人對司馬相如及揚雄的評價，可參見拙著〈明人選漢賦研究──以明代詩文「評
　　　論」與「選集」為主的考察〉，《先秦兩漢學術學報》第17期，2012年3月，頁40-59。

另又增加三十餘篇，裒成一帙，並為之標義。至於標義方式則是力求「掃舊疏之繁蕪，補纂註之遺佚，章分句解，要在因文測意，緣語白心」，使讀者能「一舉目而昭如列眉」，直接清楚掌握文詞意義。當中所謂的「用增三十餘篇」，以及「掃舊疏之繁蕪，補纂註之遺佚」，都是為了做出市場區隔。據《中國古籍善本書目》所錄，明代刻印的《文選》共十五種，《北京圖書館古籍善本書目》更錄有二十九種，其中刊刻於萬曆二十九年之前者即有：成化二十三年（1487）唐藩朱芝址翻刊元張伯顏本、嘉靖元年（1522）汪諒覆刊元張伯顏本、嘉靖六年（1527）晉藩養德書院刻本，以上皆採李善註；嘉靖二十八年（1549）袁氏嘉趣堂覆刊宋廣都裴氏本、萬曆二年（1574）崔孔昕新都刻本、萬曆六年（1578）徐成位據崔孔昕本之修訂本，以上六臣註[15]。由《文選》出版的盛況可推知當時的流通程度，是以《辭賦標義》又另增三十餘篇作品以為賣點，同時在註解上強調「因文測意，緣語白心」，以掃除舊疏繁蕪之弊，透露出濃烈的市場競爭氣息。此外，俞氏《標義》還標榜「補纂註之遺佚」，此「纂註」或指刪註、評點《文選》之作，如初刻於萬曆八年（1580）的張鳳翼《文選纂註》十二卷，即是當時刪註本中問世最早最為通行者[16]，萬曆十年（1582）建陽書商余碧泉又加以重刻，至萬曆二十四年（1596）余氏又刻有《文選纂註評苑》二十六卷[17]。《標義》的「補纂註之遺佚」當有與《文選》刪註本一較高下的味道。

最後，則是指明《辭賦標義》的屬性及其所適合的讀者群。俞王

---

[15] 見王書才《明清文選學述評》（上海：上海古籍出版社，2008年），頁39。

[16] 同前註，頁49。

[17] 見蹤凡〈論明代的漢賦評點〉，《中州學刊》2013年第3期，頁159。

言以參禪爲喻[18]，參禪的最高境界即所謂的「上乘禪」[19]，強調頓悟自心，此心即佛。對初機[20]之士而言，修習重在「緣象覓心」，將辭賦加以「標義」，目的就在於「緣象」而「覓心」，可作爲初學者的梯航之屬，指引一條有效的學習途徑。但對於上乘之士而言，修習臻於「得心忘象」，則「標義」之於辭賦，猶如贅疣，是多餘無用的駢枝之屬。因此《辭賦標義》如同渡河之「筏」，是指導初學辭賦者的一本入門參考書籍。俞氏的說明，等於分辨了不同程度的閱讀受眾，目的即在於做出市場區隔。

　　依西北師大館藏《辭賦標義》一書，除首尾序跋外，末頁封底前另附有一張缺損不全的商標圖記，該圖記分爲上下兩欄，上欄爲「源祥號」，應是店鋪字號；下欄則記有：「北朝南門面，專辦□□，仿洋漆玩，進呈貢件，嫁粧盤食，發客。仕商賜顧者，須認明本號招牌圖記，庶不致誤。」左下角另有兩枚商號印章，印文分別是「彙源」、「祥號」（見圖一），因此該店鋪字號或許爲「彙源祥號」，是以販售各式雜貨爲主的商行，同時也是《辭賦標義》的經銷商。由此可進一步證實《辭賦標義》的刊刻，不是單純的文化活

18　據金溥〈跋〉中所言，俞氏除註解辭賦外，也曾註解《楞嚴》、《般若》、《金剛》、《圓覺》、《維摩》、《楞伽》、《華嚴》等佛教經典。唐・釋道寅《續高僧傳》（《續修四庫全書》子部第1281冊）卷16，〈僧可傳〉載：「初，達摩禪師以四卷《楞伽》授可曰：『我觀漢地，惟有此經，仁者依行，自得度世。』」（頁46）可見禪宗初祖達摩即以《楞嚴經》傳授眾徒，且相當重視《般若經》、《維摩詰經》，因此俞氏以參禪爲喻說明《辭賦標義》的性質，便不足爲奇。

19　上乘禪，指頓悟自心之禪。禪宗自謂超乎大、小二乘之上，故別立此名。據《景德傳燈錄》載，禪有深淺階級，悟「我空偏真」之理而修者，是小乘禪；悟「我法皆空」所顯真理而修者，是大乘禪。若頓悟自心本來清淨，原無煩惱，本自具足無漏之智，此心即佛，依次而修者，即是上乘禪。見《佛光大辭典》（北京：書目文獻出版社，1989年），頁718。

20　初機，機，即機根、機類。初機，意謂初學之人。《碧巖錄》第二則（大四八・一四一中）：「久參上士不待言之，後學初機直須究取。」此類初學佛道者，又稱爲初學，或初心、初發心。見《佛光大辭典》，頁2792。

動，而是涉及了文化經營，即商業出版活動。

　　既然《辭賦標義》的刊刻與商業出版脫離不了關係，因此〈序〉、〈跋〉中的文字，便極力強化自家著作、產品與他人的差異性、特殊性，充分展現商品行銷概念。同時，行文中也須抓住士林喜好，如：金氏以奇書相尚，正因社會風氣尚奇，除通俗小說常見以「奇」為標題者，如《拍案驚奇》、《古今奇觀》，文章創作也強調「怪奇」，湯顯祖為丘兆麟（1572-1629）《合奇亭》作〈序〉時稱道：

> 文章之妙，不在步趨形似之間。自然靈氣，恍惚而來，不思而至。怪怪奇奇，莫可名狀。[21]

而俞氏以習禪過程解說《辭賦標義》性質，也正因晚明禪風盛行，上自王公貴人，下至婦人女子，皆好佛喜禪，謝肇淛（1567-1624）《五雜組》言：

> 今之釋教殆遍邊下，琳宮梵宇盛於黌舍，唪誦咒吹囂於弦歌。上自王公貴人，下至婦人女子，每讀禪拜佛，無不洒然色喜矣。[22]

此外，金〈跋〉中提及俞氏所註書籍，亦為士人案頭常置之文，陳繼儒（1558-1639）《小窗幽記》載：

> 少陵詩、摩詰畫、《左傳》文、馬遷史、薛濤箋、右軍

21　見明·湯顯祖〈合奇序〉，《湯顯祖全集》（北京：北京古籍出版社，1998年），頁1138。

22　見明·謝肇淛《五雜組》（《明代筆記小說》第23冊，石家莊：河北教育出版社，1995年）卷8，頁661。

帖、《南華經》、相如賦、屈子〈離騷〉，收古今絕
藝，置我窗前。[23]

　　由此可見《辭賦標義》與當時世風之間的關係。而俞王言，甚至金
溥，應該都是以編印書刊治生的下層文人[24]。

　　此處附帶一提《辭賦標義》的版刻樣式。據西北師大圖書館提供
的載體形態資訊為：「正文半葉6行，行17字，雙節樓，小字雙行；
版框20.3×14.3cm，白口，單魚尾，四周單邊，眉高4cm。」當中看
不出有何特殊處。然內頁的排印格式相當特別，如：寬行、窄行並
列，寬行在左，窄行在右；寬行以大字刻印辭賦正文，窄行以小字
刻印註釋，正文、註釋可以相互對照（見圖二），方便閱讀，不同
於《文選六臣註》、《文選纂註》等將註文夾入正文，容易導致只
讀正文則難求字詞訓解，只讀註文又妨礙文氣貫通的弊端，故《辭
賦標義》分行加註的形式，極具巧思。此外，就字樣來說，〈序〉
與〈跋〉是俞氏、金氏以行書書寫後上版，再由新安（今安徽省歙
縣）刻工黃鋐、黃一桂鑴刻；凡例及正文部分則是採用宋體字[25]，但
未標明刻工。由於徽州歙縣黃氏刻工，以刻書為業，父子相傳，兄
弟相接，尤其是「金」字旁輩份的25世，幾乎全數男丁從事此業。
黃氏一族，刻技精良，凡時人有刻，必請歙工[26]，《辭賦標義》中由

23　明‧陳繼儒《小窗幽記》（臺北：文津出版社，1985年），頁55。

24　關於晚明下層文人的謀生方式，可參見張德建《明代山人文學研究》（長沙：湖南人民出版
　　社，2005年），第二章第二節〈山人的賣文筆耕與文化經營活動〉，頁114-133。

25　所謂「宋體字」，是指方稜斬角、橫細直粗的字體，並非宋代書籍的字體，精確來說，這種
　　字體是明代才有的，因此稱為「明體字」似較合理。這種字體的產生，是在長期的刻印實踐
　　中形成的，基本上只有「一」、「丨」、「丶」、「丿」、「┐」五種筆畫，有一定的幾何
　　學規範，不必名家也能夠寫得好，奏刀也方便，於是漸漸成為刻書的主流（參見繆咏禾《明
　　代出版史稿》，頁280）。

26　見李春霞、葉坤〈黃氏刻工與徽州版畫〉，《黃山學院學報》第6卷第1期，2004年2月，頁

25世黃鋑、27世黃一桂所刻的〈序〉、〈跋〉，便相當精美（見圖三）。

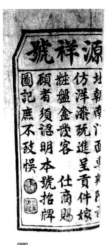

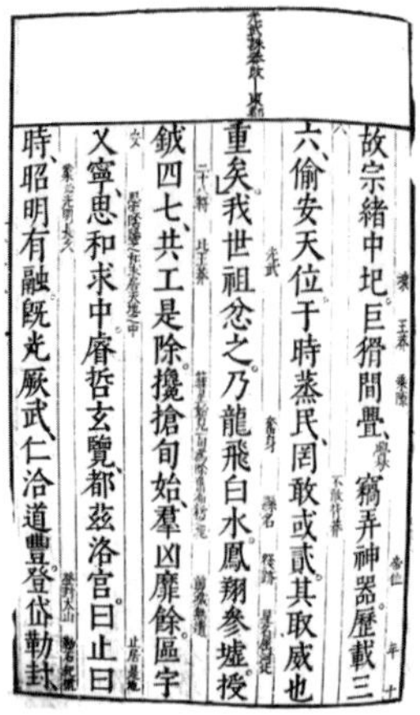

源祥號
仿洋漆玩進呈貢件嫁
粧盤盒礬客 仕商賜
顧者須認明本號招牌
圖記庶不致悮

圖一

故宗緒中圮巨猾間釁竊弄神器歷載三
六偷安天位于時蒸民罔敢或忒其取咸也
重矣我世祖忿之乃龍飛白水鳳翔參墟授
鉞四七共工是除攙搶旬始羣凶靡餘區宇
乂寧思和求中曆哲玄覽都茲洛宮曰止曰
時昭明有融既光厥武仁洽道豐登岱勒封

圖二

卷陰陽奔走風雷飛騰雲雨呈
辰推所指頤鬼神惟所驅役翔
鸞鳳鵬鶚於毫端走蛟龍麟鹿
於楮末此天地之奇觀古今之偉業
也然屈子發憤於忠肝存君興國
之外無他勝焉而篇各異軸語各
殊製觸意成聲矢口成響辟之
橐籥虛而不屈動而愈出其天行
者乎馬卿藻思潤涵才情霞起至
于四虛之地遊乎萬有之途有境
必窮無象不肖辟之大壑舟焉者
浮飲焉者飽至泉漢乎宋景揚

圖三

44-46。劉尚恆，〈《虬川黃氏宗譜》與虬村黃姓刻工〉，《江淮路壇》1999年第5期，頁105-112。

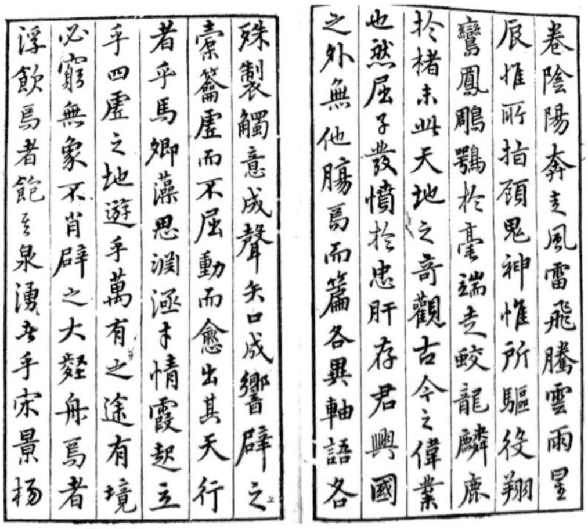

第二節　《辭賦標義》選賦情況

俞王言《辭賦標義》共18卷，是明代一部較早以專收辭賦為主的文學總集。據〈凡例〉言，「是編專標辭賦」，是為「取其識之博」，實也與明代文人好古博學的心態有關[27]。至於選錄的範圍，〈凡例〉言：

> 辭以屈、宋為宗，故《楚辭》並入；賦以雄渾典麗為主，故雖兩漢、六朝諸名家，亦時有採擇焉。至駢偶靡漫之音，則一概不錄。[28]

俞氏之前，明代所出現專門收錄辭賦的選集似有《賦苑》、《賦海補遺》，然此二書重在網羅散佚，選文多依類書，容後討論。是以《辭賦標義》之前，僅明初吳訥（1369-1455）《文章辨體》及嘉、隆間徐師曾（1517-1580）《文體明辨》等大型詩文總集收錄有賦。《文章辨體》將《楚辭》至元明以來律賦之外的賦篇一併歸於古賦，《文體明辨》則將《楚辭》與「賦」分為兩體，賦又再分為古賦、俳賦、文賦、律賦四體。俞氏將辭、賦分舉，又說「駢偶靡漫之音」一概不取，其文體分類概念接近於徐師曾，只是選文範圍僅止於六朝。〈凡例〉又云：

---

[27] 關於明代文人好古博學之風，可參見簡錦松《明代文學批評研究》（臺北：臺灣學生書局，1989年），第三章〈蘇州文苑〉，頁142-156。范宜如《明代中期吳中文壇研究——個地域文學的考察》（國立臺灣師範大學國文學系博士論文，2000年），第六章第二節〈好古心態與博雅學風〉，頁247-254。呂斌〈明代博學思潮發生論〉，《中國文化研究》（2008年夏之卷），頁141-152。

[28] 明·俞王言《辭賦標義》，頁1。

是編所選，恢拓《昭明》，收其逸也。旁及〈七發〉、〈封禪〉等篇，聚其類也。中間如〈高唐〉、〈神女〉諸作，漫而少致，然為賦家之祖，姑依《昭明》錄之。[29]

是知俞氏選文是以《昭明文選》為底本而有所增補，即如〈序〉中所言：「《昭明》之裒鈙，誠凜凜千載。乃私心所嚮往，有不忍並捐者，用增三十餘篇，以時婆娑燕樂乎其間。」此外，又收錄《文選》中「七」體及「符命」類等不以賦名篇但接近於賦的賦體雜文，如：〈七發〉、〈七啓〉、〈七命〉、〈封禪〉、〈劇秦美新〉、〈典引〉等篇章，藉以說明賦的旁衍。是以全書分為三大部分，一至六卷收錄《楚辭》及擬騷之作，七至十七卷收錄漢魏六朝賦，十八卷加一「附」字收錄賦體雜文，共收辭賦90篇（〈九歌〉、〈九章〉、〈兩都賦〉、〈二京〉皆以一篇計），以賦名篇者73篇。73篇賦作中《文選》未收者17篇，以下表列《辭賦標義》收賦狀況，並就編目方式及《文選》未收篇目加以說明：

《辭賦標義》	篇目		《文選》收錄情況		
			卷數	題材	備註
卷七	〈兩都賦〉	〈西都〉〈東都〉	第一卷	京都	
卷八	〈兩京賦〉	〈西京〉〈東京〉	第二卷第三卷	京都	
卷九	〈三都賦〉	〈蜀都〉〈吳都〉〈魏都〉	第四卷第五卷第六卷	京都	

---

[29] 同前註，頁2。

《辭賦標義》	篇目	《文選》收錄情況		
		卷數	題材	備註
卷十	〈南都賦〉	第四卷	京都	置於〈三都賦〉前
	〈魯靈光殿賦〉	第十一卷	宮殿	
	〈景福殿賦〉	第十一卷	宮殿	
	〈甘泉宮賦〉	第七卷	郊祀	題名〈甘泉賦〉
	〈河東賦〉	【未收】		
	〈藉田賦〉	第七卷	耕籍	
卷十一	〈大人賦〉	【未收】		
	〈子虛賦〉	第八卷	畋獵	
	〈上林賦〉	第八卷	畋獵	
	〈羽獵賦〉	第八卷	畋獵	
	〈長揚賦〉	第九卷	畋獵	
	〈射雉賦〉	第九卷	畋獵	
卷十二	〈北征賦〉	第九卷	紀行	
	〈東征賦〉	第九卷	紀行	
	〈西征賦〉	第十卷	紀行	
	〈登樓賦〉	第十一卷	遊覽	
	〈菟園賦〉	【未收】		
	〈遊天臺山賦〉	第十一卷	遊覽	
	〈蕪城賦〉	第十一卷	遊覽	
	〈秋興賦〉	第十三卷	物色	置於〈風賦〉後
卷十三	〈海賦〉	第十二卷	江海	
	〈江賦〉	第十二卷	江海	
	〈風賦〉	第十三卷	物色	
	〈雪賦〉	第十三卷	物色	
	〈雲賦〉	【未收】		
	〈月賦〉	第十三卷	物色	
	〈鵬鳥賦〉	第十三卷	鳥獸	
	〈鸚鵡賦〉	第十三卷	鳥獸	

《辭賦標義》	篇目	《文選》收錄情況		
		卷數	題材	備註
	〈鷦鷯賦〉	第十三卷	鳥獸	
	〈舞鶴賦〉	第十四卷	鳥獸	置於〈赭白馬賦〉後
	〈野鵝賦〉	【未收】		
	〈赭白馬賦〉	第十四卷	鳥獸	
	〈王孫賦〉	【未收】		
卷十四	〈幽通賦〉	第十四卷	志上	
	〈思玄賦〉	第十五卷	志中	
	〈歸田賦〉	第十五卷	志中	
	〈閒居賦〉	第十六卷	志下	
	〈長門賦〉	第十六卷	志下哀傷	
	〈擣素賦〉	【未收】		
	〈自悼賦〉	【未收】		
	〈恨賦〉	第十六卷	至下哀傷	置於〈寡婦賦〉後
	〈別賦〉	第十六卷	志下哀傷	置於〈寡婦賦〉後
卷十五	〈哀二世賦〉	【未收】		
	〈悼李夫人賦〉	【未收】		
	〈思舊賦〉	第十六卷	志下哀傷	
	〈歎逝賦〉	第十六卷	志下哀傷	
	〈懷舊賦〉	第十六卷	志下哀傷	
	〈寡婦賦〉	第十六卷	志下哀傷	
	〈太玄賦〉	【未收】		
	〈文賦〉	第十七卷	論文	
	〈疾邪賦〉	【未收】		
卷十六	〈洞簫賦〉	第十七卷	音樂	
	〈長笛賦〉	第十八卷	音樂	
	〈琴賦〉	第十八卷	音樂	
	〈笙賦〉	第十八卷	音樂	
	〈舞賦〉	第十七卷	音樂	置於〈洞簫賦〉後
	〈嘯賦〉	第十八卷	音樂	

《辭賦標義》	篇目	《文選》收錄情況		
		卷數	題材	備註
卷十七	〈文木賦〉	【未收】		
	〈枯樹賦〉	【未收】		
	〈浮萍賦〉	【未收】		
	〈高唐賦〉	第十九卷	情	
	〈神女賦〉	第十九卷	情	
	〈登徒子好色賦〉	第十九卷	情	
	〈美人賦〉	【未收】		
	〈洛神賦〉	第十九卷	情	
	〈閒情賦〉	【未收】		

※題名上標記底線者，乃《文選》未收篇目。

一、編目方式

　　由上表可知：《辭賦標義》的編目次序原則上依照《文選》；即使卷次項下未標示題材類別，卻依舊可見蕭統分類的影子。雖然如此，《辭賦標義》中仍有幾處與《文選》不一致的地方，分述如下：

　㈠將張衡〈南都賦〉置於左思〈三都賦〉之後。《文選》編目方式，乃採取先分類別，類別之下再依時代先後為次，是以張衡〈南都賦〉列於左思〈三都賦〉之前；俞氏應是考量南都（南陽郡）雖是光武帝龍興之地，然於東漢時期僅是一郡國，並非國都，因此置於〈三都賦〉之後。

　㈡將王延壽〈魯靈光殿賦〉、何晏〈景福殿賦〉等宮殿類賦作繫於京都類之後。《文選》宮殿類賦作收錄於第十一卷，繫於遊覽類賦作（〈登樓賦〉、〈蕪城賦〉）之後，俞氏的做法或有提升宮

殿賦地位的用意[30]。然細看俞氏宮殿賦前後所錄賦篇，前為京都賦，後為郊祀賦、耕籍賦、畋獵賦，不是帝王所居，便是帝王所事，而宮殿乃帝王居處，因此將宮殿類賦作提前，較具邏輯性及合理性。

㈢揚雄〈甘泉宮賦〉，《文選》題作〈甘泉賦〉。考揚雄〈甘泉賦〉，《漢書》本傳亦作〈甘泉賦〉[31]；又，章樵《古文苑》二十一卷本卷末收有雜賦十三篇，中有劉歆〈甘泉宮賦〉[32]。俞氏目次（未列作者姓名）雖題為〈甘泉宮賦〉，然內文又作〈甘泉賦〉，且比對內文所錄文字確實為揚雄〈甘泉賦〉，非劉歆〈甘泉宮賦〉，可見纂輯校對不夠精細。

㈣將潘岳〈秋興賦〉置於鮑照〈蕪城賦〉之後，木華〈海賦〉之前。〈秋興賦〉屬《文選》物色類賦作，蕭統將其繫之於宋玉中〈風賦〉之後；今俞氏將其置於遊覽賦與江海賦之間。〈秋興賦〉旨在借秋日物候抒發個人感慨，因此蕭統將之歸類為物色賦，然而賦中言及：「四運忽其代序兮，萬物紛以回薄。覽花蒔之時育兮，察盛衰之所託。感冬索而春敷兮，嗟夏茂而秋落。」傳達出一種無可奈何的傷逝感，正與〈蕪城賦〉透過描述廣陵城的昔盛今衰以悲歎「天道如何？吞恨者多」有著類似的情調，不同於〈雪賦〉、〈月賦〉著重於鋪陳下雪之態、月夜之景，因此置於〈蕪城賦〉之後。此外，《文選》中所收四篇物色賦，除〈秋興賦〉之外，其餘〈風賦〉、〈雪賦〉、〈月賦〉皆採設辭問對形式展開賦作，亦或是俞氏將〈秋興賦〉抽離的原因之一。

㈤將鮑照〈舞鶴賦〉置於顏延之〈赭白馬賦〉之前。由於《文選》細目的編排是以時間先後為次，因此先錄顏延之〈赭白馬賦〉；

---

30 參見許結〈明代的選賦與賦論〉，《南京師大學報》2013年第3期，頁116。

31 見東漢‧班固《漢書》卷87，頁3522。

32 見南宋‧章樵《古文苑》（《中華再造善本》，北京：北京圖書館，2003年）卷21，頁3。

俞氏鳥獸類賦作共收七篇，依次為〈鵬鳥賦〉、〈鸚鵡賦〉、〈鷦鷯賦〉、〈舞鶴賦〉、〈野鵝賦〉、〈赭白馬賦〉、〈王孫賦〉，明顯是先禽鳥後畜獸，打破蕭統以時代為次的編纂方式。

㈥將江淹〈恨賦〉、〈別賦〉置於班婕妤〈自悼賦〉之後。《文選》將江氏二賦繫於哀傷類賦作末尾，俞氏則將其挪前。依《辭賦標義》選錄此類賦作的內容來看，〈長門賦〉、〈擣素賦〉、〈自悼賦〉皆為后妃失寵後的自傷之作；〈哀二世賦〉、〈悼李夫人賦〉則是對亡國之君、已故妃子的憑弔哀慟；〈思舊賦〉、〈歎逝賦〉、〈懷舊賦〉、〈寡婦賦〉則是寫親友亡逝後的鬱結心情。而〈恨賦〉、〈別賦〉寫帝王將相、各種人物飲恨吞聲、永訣失魂的心緒狀態，置於自傷賦作之後、悼亡賦作之前，正好可以涵蓋〈哀二世賦〉以下所有賦篇的離愁別恨，可見俞氏編目的精心。

㈦將傅毅〈舞賦〉置於潘岳〈笙賦〉之後。理由與第五點相同：洞簫、長笛、琴、笙同屬樂器，舞、嘯則屬肢體動作，分別列置，更可突顯以題材分目的效果。

綜上所述，《辭賦標義》的編纂形式雖仿照《文選》於類別之下又分細目的方式，然細目的安排卻不同於《文選》依作者時代先後為次，而是依賦作的題材、內容為主，將題材屬性或內容情感基調相近的作品並置，對於類別的掌握更加精確，並非毫無門徑可言。

二、《文選》未收篇目

《辭賦標義》中收錄17篇《文選》未收賦作，分別為：枚乘〈菟園賦〉、中山王〈文木賦〉、司馬相如〈大人賦〉、〈哀二世賦〉、〈美人賦〉、漢武帝〈悼李夫人賦〉、揚雄〈河東賦〉、〈太玄賦〉、班婕妤〈擣素賦〉、〈自悼賦〉、王延壽〈王孫賦〉、趙壹〈疾邪賦〉、楊乂〈雲賦〉、夏侯湛〈浮萍賦〉、陶潛〈閒情賦〉、鮑照〈野鵝賦〉、庾信〈枯樹賦〉。

首先，就以上17篇賦作於歷代（萬曆二十九年以前）文學選集

中的收錄情況進行說明。然礙於古籍散佚或取得不易，筆者僅能以目前所見資料加以分析，是以萬曆二十九年以前編成並收錄有賦的選集計有：南宋章樵（？）《古文苑》二十一卷本、朱熹（1130-1200）《楚辭後語》、陳仁子（？）《文選補遺》、元代祝堯（1887-1955）《古賦辨體》、明代吳訥（1369-1455）《文章辨體》、李伯璵（1406-1473）《文翰類選大成》、徐師曾（1517-1580）《文體明辨》、劉節（1476-1555）《廣文選》，其收錄情況見附表一。

　　由表中可知，班婕妤〈擣素賦〉、〈自悼賦〉被收錄的次數最多，計7次；其次為鮑照〈野鵝賦〉，計5次；庾信〈枯樹賦〉，計4次；再次為枚乘〈菟園賦〉、司馬相如〈哀二世賦〉、揚雄〈河東賦〉、王延壽〈王孫賦〉，計3次；復為司馬相如〈大人賦〉、〈美人賦〉、中山王〈文木賦〉、揚雄〈太玄賦〉、趙壹〈疾邪賦〉、陶潛〈閒情賦〉，計2次；其餘則至少入選1次。可見《辭賦標義》所錄之賦皆非第一次獲入選本，而是或多或少都曾得到青睞。

　　比較值得註意的是，這17篇《文選》未收錄的賦作，宋末陳仁子《文選補遺》即已收入11篇，明中葉劉節《廣文選》（嘉靖十六年陳蕙刻本）更是收入15篇。據《廣文選》所附陳蕙〈重刻廣文選序〉所言，原書本錄詩文1796篇，陳氏刪去274篇，另增入30篇[33]，因此今日所見的《廣文選》已非劉節原書的樣貌，而是陳蕙的校正本。又據〈校正廣文選凡例〉第三條言：

　　　　賦如司馬相如〈美人賦〉、張敏〈神女賦〉、謝靈運
　　　　〈江妃賦〉之類，雖合諷諭，然多媟誕，不可為訓。至
　　　　如張衡〈髑髏賦〉，殊類曹子建之說。其〈浮淮〉、
　　　　〈覽海〉、〈芙蓉〉、〈菊花〉、〈琴〉、〈几〉等

---

[33] 見明‧劉節《廣文選》（《四庫全書存目叢書》集部第298冊），頁391。

賦，文皆短淺，無大意義，俱刪去。[34]

可知劉節《廣文選》本有收錄司馬相如〈美人賦〉。是以俞王言《辭賦標義》於《文選》之外另收錄的17篇賦作，竟有16篇與《廣文選》相同，僅司馬相如〈哀二世賦〉《廣文選》未收；如此之高的重複率，很難不令人懷疑俞氏另增的17篇賦作，是以劉節《廣文選》爲其底本。至於〈哀二世賦〉最早見於《史記‧司馬相如列傳》，爾後《漢書》、《楚辭後語》、《文選補遺》、《文翰類選大成》皆有收錄，是以俞氏所本爲何，無法妄下判斷。

　　至於俞氏以《廣文選》爲其增錄賦篇的依據，仍有幾處蛛絲馬跡可資佐證，如：

　　㈠枚乘〈菟園賦〉，《古文苑》、《文選補遺》均題作〈梁王菟園賦〉，僅《廣文選》題爲〈菟園賦〉。

　　㈡趙壹〈疾邪賦〉，《後漢書‧趙壹傳》、《文選補遺》均題作〈刺世疾邪賦〉，僅《廣文選》題爲〈疾邪賦〉。

　　㈢中山王文〈文木賦〉，《古文苑》、《文選補遺》題作中山王〈文木賦〉。考中山王爲漢景帝第九子，漢武帝異母兄，名爲「劉勝」，非「劉文」。《廣文選》卻將此賦題爲「中山王文」〈木賦〉，明顯有誤；俞氏似乎發覺有異，將賦題更正爲〈文木賦〉，然作者依舊題爲「中山王文」，是知俞氏以《廣文選》爲其選賦主要底本之一，鐵證如山。

　　㈣揚雄〈太玄賦〉，旨在透過「豐盈禍所棲兮，名譽怨所集。薰以芳而致燒兮，膏含肥而見炳。翠羽微而綏身兮，蚌含珠而擘裂」的事物轉化規律，說明「禍兮福之所倚，福兮禍之所伏」[35]的道理，而希求執太玄與仙遨遊，以蕩然肆志，不拘於世俗，在

34　同前註，集部第297冊，頁509。

35　見先秦‧李耳《老子》（臺北：臺灣中華書局，1980年）第58章，頁14。

性質上屬於詠志抒懷的哲理賦。然而《辭賦標義》未將它與班固〈幽通賦〉、張衡〈思玄賦〉等「志」類賦篇並置，反倒是將之置於「論文」類的陸機〈文賦〉之前，之所以如此歸類，亦是依仿《廣文選》。《廣文選》按題材分類，「論文」類項下收錄有荀子〈禮賦〉、〈知賦〉及揚雄〈太玄賦〉。此處姑且不論劉氏的分類是否合理，俞氏對於〈太玄賦〉的歸屬，依循劉氏的做法，則是昭然可見的。

以上幾點，在在顯示出《辭賦標義》與《廣文選》之間的承載關係。

雖然如此，在部分賦篇的分類上，俞氏仍有自己的看法，如：司馬相如〈大人賦〉，《廣文選》收錄於「志」類之下，《辭賦標義》則置於「耕籍」與「畋獵」之間；枚乘〈菟園賦〉，《廣文選》歸入「宮殿」類，《辭賦標義》則納入「遊覽」類；趙壹〈疾邪賦〉，《廣文選》列為「雜賦」類，《辭賦標義》卻繫於「論文」類之後。換句話說，俞氏雖以《廣文選》為選賦依據，卻仍有自出己意的地方，即使所占比例不高，仍應給予關註。同時，俞氏對於《廣文選》所收賦作並非照單全收，仍有經過篩選。據劉節〈廣文選序〉言，《廣文選》是為「廣蕭子之選」以備遺[36]，是以共收賦作125篇，《辭賦標義》僅收錄16篇，入選率不到15%，可見俞氏選賦應有一定的刪汰標準。

考俞氏所增加的17篇賦作中，以「哀傷」類題材居多，共四篇；其次為「草木」類[37]，共3篇；再次為「鳥獸」類、「情」類，各2篇。就其內容來看，大都屬言志感懷的抒情賦，如：「哀傷」類目下的〈自悼賦〉、〈擣素賦〉寫見疏心情及對良人的思慕；「草

---

36 見明‧劉節《廣文選》，頁508。

37 「草木」類一門，非《文選》所有，而是《廣文選》所加。與《文選》相比較，《廣文選》在賦作題材的分類上，增加了天地、草木、雜賦三類，並刪去耕籍一類，另將江海改為江山，計十七類。

木」類目下的〈文木賦〉藉寫文木遭遇，抒發賢才見棄的不平；〈浮萍賦〉藉詠浮萍隨波，訴說官場中人身不由己、進退失據的無奈；〈枯樹賦〉藉敘寫樹的榮枯，傳達風雲不感[38]、羈旅無歸的悲哀；皆為懷才不遇的感傷之作。「鳥獸」類目下的〈王孫賦〉寫容貌屈奇、動作巧捷的猴子，因貪酒被縶，最後淪為賞玩之物；〈野鵝賦〉寫野鵝自歎非珍禽，即使可居君囿，與鷗、鶉、鸛、鷪等妙物為侶，然終非其群；皆述所處非地的惆悵壓抑。無論是懷才不遇，或是所處非地，始終是文人亟欲擺脫卻又無可奈何的悲哀，俞氏增選的17篇賦作中，此類賦即占了7篇，比例不可謂之不高。究其原因，自然與晚明文人長期滯留於社會下層無法仕進有關，文徵明（1470-1559）就曾指出明中葉以後科舉壅塞的現象：

> 開國百有五十年，承平日久，人材日多，生徒日盛，學校廩增正額之外，所謂附學者不啻數倍。此皆選自有司，非通經能文者不與。雖有一二倖進，然亦鮮矣。略以吾蘇一郡八州縣言之，大約千有五百人。合三年所貢不及二十，鄉試所舉不及三十。以千五百人之眾，歷二年之久，合科貢兩途，而所拔才五十人。夫以往時然材鮮少，隘額舉之而有餘，顧寬其額。祖宗之意誠不欲以此塞進賢之路也。及今人材眾多，寬額舉之而不足，而又隘焉，幾何而不至於沉滯也。故有食廩三十年不得充貢，增附二十年不得升補者。其人豈皆庸劣駑下，不堪教養者哉！顧使白首青衫，羈窮潦倒，退無營業，進靡階梯，老死牖下，志業兩負，豈不誠可痛念哉！[39]

---

[38] 古人常以「風雲際會」比喻君臣遇合，此處「風雲不感」當指無君臣遇合的機會。
[39] 見明·文徵明〈三學上陸冢宰書〉，《甫田集》（《景印文淵閣四庫全書》集部第1273冊）

文氏以蘇州地區為例，說明一千五百名生員，三年間只有五十人可成為貢生或舉人，因此每一名生員三年中只有三十分之一的成功機率。歸有光（1506-1571）亦言：

> 吳為人才淵藪，文字之勝，甲於天下。其人恥為他業，自髫齡以上皆能誦習舉子，應主司之試。居庠校中，有白首不自已者，江以南其俗盡然。每歲大比，棘闈之外林立。京兆裁以解額，雋者百三十五人。故雖方州大邑，恆不能三四數。[40]

歸氏以每逢大比（科舉考試），朝廷開出的解額（准許各地方解送舉子參加會試的名額）不過一百三十五人為例，指出即使方州大邑最多亦只有三四人參與會試。由此二條記載不難想見晚明文人長期沉滯、白首不能自已的抑鬱。俞王言，一位久滯下層、註書治生的文人，在晚明商業出版活絡的情況下，《辭賦標義》以作為指導初學賦者的教科書姿態現身，自有消費市場的考量；然而即便如此，俞王言仍透過選文，有意又或者無意，傳達了自我的內心世界。

第三節　《辭賦標義》評註特色

　　古籍版本的類型，依據校註批點的方式區分，一般可分為校定本、註本、批本（評本）、批點本（評點本）及批校本。校定本指經過校勘審定的本子；註本指在正文之外帶有註釋的本子；批本或評本指加有批語、評論的本子，而批（評）語視其擺放的位置，又有眉批

　　卷25，頁178-179。

[40]　見明·歸有光〈送王汝康會試序〉，《震川先生文集》（上海：上海古籍出版社，1981年）卷9，頁191。

（評）、旁批（評）、夾批（評）、題下批（評）、尾批（評）之別；批點本或評點本則是在批（評）語之外，另加圈點的本子；批校本指加有批語和校語的本子。據《辭賦標義·凡例》言：

> 是編原為註繁難閱，欲標義以便觀。故將字句之義，標
> 訓在旁，章段之義，標訓在上，其有事多旁不能盡者，
> 亦間標列上方，取低一字為別。仍分句讀斷截，庶令讀
> 者一覽如指諸掌然。[41]

是知《辭賦標義》以註釋為主，只是為一掃舊註的繁蕪，因此將字句之義直接標訓於正文之旁，不再如李善舊註詳於徵引；同時又增加了章段之義的解說，並標訓於正文眉間，以彰顯行文之章法、脈絡，方便初學者閱讀。因此，嚴格說來，即便《辭賦標義》於文旁、眉間加以註解字句、疏通旨意、分析結構，實際上「註本」的屬性仍大於「批本」或「評本」。

　　然而，《辭賦標義》中仍可偶見俞王言於部分賦篇末尾所下的眉評，筆者梳理所得者共有十處，茲條列如下：

> 既至北極，遺侍從而獨升，始覺天地不能拘，此大人之
> 僊，非穴處者比然，實以絕視聽、乘虛亡得之。時武帝
> 多欲好僊，故以此諷。（司馬相如〈大人賦〉）[42]

> 通篇惟末數語說海，餘皆客多於主，李尤以為壯而未成
> 有以哉。[43]

41　明·俞王言《辭賦標義》，頁2。

42　同前註，卷11，頁5。

43　同前註，卷13，頁8。

風以雄雌分，亦所牝然也。知其雄而不侈，知其雌而不忘，則所諷意也。（宋玉〈風賦〉）[44]

此賦言言自寓，有才如此而漂泊不偶，豈不善藏其用耶！三復心惻。（禰衡〈鸚鵡賦〉）[45]

此篇前如棋盤，後如著棋。（潘岳〈閒居賦〉）[46]

自聆曲引以下至此，語覺泛濫。（馬融〈長笛賦〉）[47]

此賦恐亦支離，惟序有致，姑依《昭明》錄之。（宋玉〈高唐賦〉）[48]

此賦亦難具品，姑錄之以識其所始耳。（宋玉〈神女賦〉）[49]

佛乘，離欲無欲即是二乘，在欲忘欲斯為上乘，即此賦意也。（司馬相如〈美人賦〉）[50]

---

[44] 同前註，頁20。

[45] 同前註，頁36。

[46] 同前註，卷14，頁28。

[47] 同前註，卷16，頁14。

[48] 同前註，卷17，頁12。

[49] 同前註，頁16。

[50] 同前註，頁22。

蕭統〈序〉云：「白璧微瑕，惟在〈閒情〉一賦。」東
坡云：「淵明作〈閒情賦〉，所謂〈國風〉好色而不
淫，正使未及〈周南〉，與屈、宋所陳何異？而統大譏
之，此乃小兒強作解釋者。」（陶潛〈閒情賦〉）[51]

或論賦家作賦意旨，或評賦篇章法優劣，或言自身選賦標準，其中有
直接引述前人說法者，亦有發揮一己獨到見解者，雖然此類條目為數
不多，卻也略具「批本」、「評本」形式。

　　至於《辭賦標義》中的「圈點」部分，主要重在斷句，以方便讀
者了解文意為主，即〈凡例〉所言的「仍分句讀斷截，庶令讀者一
覽如指諸掌然」。所用符號有「、」、「。」、「∟」、「∣」四
種，如班固〈西都賦〉：

有西都賓、問於東都主人、曰。蓋聞皇漢之初經營也。
嘗有意乎都河洛矣。輟而弗康。寔用西遷、作我上都。
主人聞其故、而睹其制乎。主人曰。未也。願賓攄懷舊
之蓄念。發思古之幽情。博我以皇道。弘我以漢京。賓
曰。唯唯。漢之西都。在於雍州。寔曰長安。左據函谷
二崤之阻。表以太華終南之山。右界褒斜隴首之險。帶
以洪河涇渭之川。眾流之隈、汧湧其西。華實之毛、則
九州之上腴焉。防禦之阻、則天地之隩區焉。是故橫被
六合。三成帝畿。周以龍興。秦以虎視」。及至大漢受
命而都之也。仰悟東井之精。俯協河圖之靈。奉春建
策。留侯演成。……東郊。則有通溝大漕、潰渭洞河。
泛舟山東、控引淮湖、與海通波。西郊。則有上囿禁

　　苑、林麓藪澤、陂池連乎蜀漢。繚以周牆、四百餘里。
　　離宮別館、三十六所。[52]

其中「。」用於斷句,「L」表示段落,「｜」引起下文,「、」則
用於對句。是知俞氏圈點符號僅停留在語法層次,不同於宋人讀書喜
在詩、文關鍵處抹、點提示[53],而是接近《禮記‧學記》所謂的「離
經辨志」[54],目的在於使初學者開卷了然。

　　以上為《辭賦標義》品評圈點情況,嚴格說來,並不能算是真
正意義上的評點本,其側重面仍在於註釋,內容包括解題、註音、
釋義(語詞、章句、段意)等,與《文選》六臣註形式相當。然由
於《辭賦標義》所收錄73篇賦作的來源主要為蕭統《昭明文選》,
且俞氏於〈序〉中明言編纂用意在於「掃舊疏之繁蕪,補纂註之遺
佚」,因此,以下對於《辭賦標義》註釋特點的分析,著重於其與前
人舊註的異同。

一、解題

　　《辭賦標義》共收錄賦作73篇,於題下置解題文字者40篇,未
置者33篇。以下表列其解題狀況:

52　同前註,卷7,頁3-4、6-7。

53　《四庫全書總目提要‧蘇評孟子》條云:「宋人讀書,於切要處率以筆抹,故《朱子語類》
　　論讀書法云:『先以某色筆抹出,再以某色筆抹出。』呂祖謙《古文關鍵》、樓昉《迂齋評
　　註古文》,亦皆用抹,其明例也。謝枋得《王章軌範》、方回《瀛奎律髓》、羅椅《放翁詩
　　選》始稍具圈點。」(《四庫全書總目提要》經部第一冊,臺北:臺灣商務出版社,1983
　　年,卷37,頁746)

54　《禮記‧學記》云:「比年入學,中年考校。一年,視離經辨志。」「離經」一詞,鄭玄註
　　云:「離經,斷句絕也。」孔穎達疏云:「離經,謂離析經理,使章句斷絕也。」(見《禮
　　記》,《十三經註疏本》,臺北:藝文印書館,2001年,頁649)可知,分章斷句,以便理
　　解大意,乃先秦以來初學者學習經典的主要步驟之一。

《辭賦標義》	篇目	解題情況	備註
卷七	〈兩都賦〉	採用《文選》李善註	
卷八	〈兩京賦〉	採用《文選》李善註	
卷九	〈三都賦〉	採用張鳳翼《文選纂註》	《文選》有註
卷十	〈南都賦〉	採用《文選》李周翰註	
	〈魯靈光殿賦〉	採用《文選》張銑註	
	〈景福殿賦〉	採用《文選》李善註	
	〈甘泉宮賦〉	採用《文選》李周翰註	
	〈河東賦〉	自註	
	〈籍田賦〉	採用《文選》李善註	
卷十一	〈大人賦〉	採用《史記‧司馬相如列傳》	
	〈子虛賦〉	自註	
	〈上林賦〉	採用張鳳翼《文選纂註》	《文選》有註
	〈羽獵賦〉	無	《文選》有註
	〈長揚賦〉	無	《文選》無註
	〈射雉賦〉	無	《文選》有註
卷十二	〈北征賦〉	採用《文選》李善註	
	〈東征賦〉	採用《文選》李周翰註	
	〈西征賦〉	採用《文選》李善註	
	〈登樓賦〉	採用《文選》劉良註	
	〈菟園賦〉	無	
	〈遊天臺山賦〉	採用《文選》李周翰註	
	〈蕪城賦〉	採用《文選》李周翰註	
	〈秋興賦〉	採用《文選》李善註	
卷十三	〈海賦〉	無	《文選》有註
	〈江賦〉	採用《文選》李善註	
	〈風賦〉	採用《文選》呂向註	

《辭賦標義》	篇目	解題情況	備註
	〈雪賦〉	無	《文選》有註
	〈雲賦〉	無	
	〈月賦〉	無	《文選》有註
	〈鵩鳥賦〉	無	《文選》有註
	〈鸚鵡賦〉	採用《文選》李善註	
	〈鷦鷯賦〉	無	《文選》有註
	〈舞鶴賦〉	無	《文選》無註
	〈野鵝賦〉	無	
	〈赭白馬賦〉	採用《文選》李善、呂向註	
	〈王孫賦〉	無	
卷十四	〈幽通賦〉	採用《文選》張銑註	
	〈思玄賦〉	採用《文選》李周翰註	
	〈歸田賦〉	採用《文選》李周翰註	
	〈閒居賦〉	採用《文選》李周翰註	
	〈長門賦〉	無	《文選》無註
	〈擣素賦〉	自註	
	〈自悼賦〉	自註	
	〈恨賦〉	無	《文選》有註
	〈別賦〉	無	《文選》無註
卷十五	〈哀二世賦〉	無	
	〈悼李夫人賦〉	無	
	〈思舊賦〉	無	《文選》有註
	〈歎逝賦〉	採用《文選》呂延濟註	
	〈懷舊賦〉	無	《文選》有註
	〈寡婦賦〉	無	《文選》有註
	〈太玄賦〉	無	

《辭賦標義》	篇目	解題情況	備註
卷十六	〈文賦〉	無	《文選》有註
	〈疾邪賦〉	無	
	〈洞簫賦〉	採用《文選》李善、呂延濟註	
	〈長笛賦〉	採用《文選》李善註	
	〈琴賦〉	採用張鳳翼《文選纂註》	《文選》有註
	〈笙賦〉	採用《文選》李善註	
	〈舞賦〉	無	《文選》有註
	〈嘯賦〉	採用《文選》李善註	
卷十七	〈文木賦〉	無	
	〈枯樹賦〉	無	
	〈浮萍賦〉	無	
	〈高唐賦〉	無	《文選》無註
	〈神女賦〉	無	《文選》有註
	〈登徒子好色賦〉	無	《文選》有註
	〈美人賦〉	無	
	〈洛神賦〉	採用張鳳翼《文選纂註》	《文選》有註
	〈閒情賦〉	無	

※ 題名上標記底線者，乃《文選》未收篇目。

　　由表中可知，俞氏解題文字大都採用六臣註，尤以李善註爲最，計14次；其次爲李周翰註，計8次；再次爲呂向、張銑、呂延濟註，各2次；最末則爲劉良註，計1次。且以直接刪錄引用居多，僅更動其中一二字，幾無自撰自述的部分，如張衡〈兩京賦〉，李善於作者名下註云：

　　　范曄《後漢書》曰：「張衡，字平子，南陽西鄂人也，

少善屬文。時天下泰平日久，自王侯以下，莫不踰侈，
乃擬班固〈兩都〉作〈二京賦〉，因以諷諫，十年乃
成。安帝雅聞衡善術學，公車徵拜郎中，出為河間相，
乞骸骨，徵拜尚書，卒。」楊泉《物理論》曰：「平子
〈二京〉，文章卓然。」[55]

俞王言〈兩京賦〉題下註言：

時天下承平日久，王侯以下，莫不踰侈，衡擬班固〈兩
都〉作〈兩京賦〉以諷，十年乃成。[56]

與《文選》李善註相較，俞氏〈兩京賦〉的解題文字，完全節引李善
註釋，僅將「泰平日久」更為「承平日久」、「自王侯以下」更為
「王侯以下」、「乃擬班固〈兩都〉作〈二京賦〉，因以諷諫」更
為「衡擬班固〈兩都〉作〈兩京賦〉以諷」，未見己意。又如孫綽
〈遊天臺山賦〉，李周翰於作者名下註云：

孫綽為永嘉太守，意將解印以向幽寂，聞此山神秀，可
以長住，因使圖其狀，遙為之賦。賦成，示友人范榮
期，榮期曰：「此賦擲地必為金聲也。」此山在會稽東
南。[57]

---

[55] 梁・蕭統撰，唐・李善、呂延濟、劉良、張銑、李周翰、呂向註，《增補六臣註文選》（臺
北：華正書局，2005年），頁42。

[56] 明・俞王言《辭賦標義》，卷8，頁1。

[57] 梁・蕭統撰，唐・李善、呂延濟、劉良、張銑、李周翰、呂向註，《增補六臣註文選》，頁
207。

俞王言〈遊天臺山賦〉題下註言：

> 綽為永嘉太守，欲解印以向幽寂，聞此山神秀，可以長
> 往，因使圖其狀，遙為之賦。賦成，示友人范榮期，榮
> 期曰：「此賦擲地必為金聲。」[58]

亦是直接引用。再如陸機〈歎逝賦〉，呂延濟註云：

> 陸機，字士衡，吳人也。……吳平，楊駿辟機為太子洗
> 馬，為司空張華所重，後為江都王穎司馬，遂穎所害。
> 逝，往也，言日月流邁，人世易往，傷歎是事，因而賦
> 焉。[59]

俞王言〈歎逝賦〉題下註言：

> 逝，往也，言日月流邁，人世易往，是以歎也。[60]

俞註除了未說明陸機因何事而歎，對於「歎逝」的解釋，幾乎完全因
襲呂註。

　　諸如此類，大抵《文選》六臣有註篇章，俞氏即予以沿用；然因
《辭賦標義》解題重在說明作品意義及創作本事，是以李善註未涉及
題解、本事者，俞氏即採用五臣註。然亦有例外者，即六臣雖有註
釋，且皆撰有題解、本事，俞氏卻未加以採用，此一情形又可分為

---

[58] 明・俞王言《辭賦標義》卷12，頁36。

[59] 梁・蕭統撰，唐・李善、呂延濟、劉良、張銑、李周翰、呂向註，《增補六臣註文選》，頁
295。

[60] 明・俞王言《辭賦標義》卷15，頁6。

二種狀況：其一，《文選》六臣有註，俞氏卻未置解題文字，如：
〈羽獵賦〉、〈射雉賦〉、〈海賦〉、〈雪賦〉、〈月賦〉、〈鵬
鳥賦〉、〈鷦鷯賦〉、〈恨賦〉、〈思舊賦〉、〈懷舊賦〉、〈寡
婦賦〉、〈文賦〉、〈舞賦〉、〈神女賦〉、〈登徒子好色賦〉；
其二，《文選》六臣有註，俞氏卻採用張鳳翼《文選纂註》，如：
〈三都賦〉、〈上林賦〉、〈琴賦〉、〈洛神賦〉。茲就後者，表列
各家註釋，以便比對說明：

篇目	註者	內容
〈三都賦〉	李善	作者名下註：臧榮緒《晉書》曰：「左思，字太沖，齊國人也，少博覽史記，欲作〈三都賦〉，乃詣著作郎，訪岷邛之事。遂構思十稔，門庭蕃溷，皆著紙筆，遇得一句，即疏之，徵為祕書。賦成，張華見而咨嗟，都邑豪貴，競相傳寫。三都者，劉備都益州，號蜀；孫權都建康，號吳；曹操都鄴，號魏。思作賦時，吳、蜀已平，見前賢文之是非，故作斯賦，以辨眾惑。」[61]
	張鳳翼	題下註：三都者，劉備都益州，號蜀；孫權都建康，號吳；曹操都鄴，號魏。 作者名下註：思，字太沖，齊國人也，少博覽，欲作〈三都賦〉，乃詣著作郎，訪岷邛之事。遂構思十稔，門庭蕃溷，皆著紙筆，遇得一句，即疏之。賦成，張華見而咨嗟，都邑豪貴，競相傳寫。[62]
	俞王言	三都者，劉備都益州，號蜀；孫權都建康，號吳；曹操都鄴，號魏。思作此賦，構思十稔，門庭蕃溷，皆

[61] 梁·蕭統撰，唐·李善、呂延濟、劉良、張銑、李周翰、呂向註，《增補六臣註文選》，頁88。
[62] 明·張鳳翼《文選纂註》（《四庫全書存目叢書》集部第285冊）卷2，頁65。

篇目	註者	內容
		著紙筆，遇句即疏之。賦成，張華見而咨嗟，都邑豪貴，競相傳寫。[63]
〈上林賦〉	劉良	題下註：上林，苑名。[64]
	張鳳翼	題下註：上林，苑名。武帝讀〈子虛賦〉而善之，曰：「朕獨不得與此人同時哉！」時蜀人楊得意侍，曰：「臣邑人司馬相如自言為此賦。」帝驚，召問之，相如曰：「有是哉，然此諸侯之事，不足觀，請為天子遊獵之賦。」帝令尚書給筆札，乃成此賦奏之。賦意雖承〈子虛〉而來，然非一時作也。[65]
	俞王言	題下註：武帝讀〈子虛賦〉善之，曰：「朕獨不得與此人同時哉！」時蜀人楊得意侍，曰：「臣邑人司馬相如自言為此賦。」帝驚，召問之，相如曰：「有，然此諸侯之事，不足觀，請為天子遊獵賦。」帝令尚書給筆札，成此賦奏之，上大悅。賦意雖承〈子虛〉，然非一時作也。[66]
〈琴賦〉	李善	作者名下註：臧榮緒《晉書》云：「嵇康，字叔夜，譙國人也，少有奇才，博覽經籍，無所不見，拜中散大夫，與呂安友善，後與安俱斬東市也。」
	張鳳翼	題下註：琴者，禁也，禁邪以歸之正也。 作者名下註：康，字叔夜，譙國人，少有奇才，博覽經籍，無所不見，拜中散大夫。[67]

---

[63] 明‧俞王言《辭賦標義》卷9，頁1。

[64] 梁‧蕭統撰，唐‧李善、呂延濟、劉良、張銑、李周翰、呂向註，《增補六臣註文選》，頁154。

[65] 明‧張鳳翼《文選纂註》卷2，頁93。

[66] 同前註，頁12。

[67] 明‧張鳳翼《文選纂註》卷4，頁172。

篇目	註者	內容
	俞王言	題下註：琴者，禁也，禁邪以歸之正也。[68]
〈洛神賦〉	李周翰	作者名下註：魏曹植，字子建，魏武帝第三子也，初封東阿王，後改封雍丘王，死，諡曰陳思王。洛神，謂溺於洛水為也，植有所感託而賦焉。[69]
	張鳳翼	題下註：植初求甄逸之女不遂，後為文帝所得。黃初中入朝，甄已為郭后讒死，帝以其所遺枕齎之歸途，感而入夢，因作斯賦，名曰感甄，後改曰洛神，因其所托名也。[70]
	俞王言	題下註：植初求甄逸之女不遂，後為文帝所得。黃初中入朝，甄已為郭后讒死，帝以其所遺枕齎之歸途，感而入夢，因作斯賦，名曰洛神，因其所托名也。[71]

從上表可知，六臣註中，除〈琴賦〉未涉及題解、本事外，其餘〈三都賦〉、〈上林賦〉、〈洛神賦〉或撰有題解，或述有本事，俞王言大可據以引用，如〈三都賦〉李善引臧榮緒《晉書》，先敘本事，再釋三都，後論作賦意旨，可謂解題完備，張鳳翼《文選纂註》即採李善註釋，僅將前後次序顛倒，並省去作賦意旨，相較之下，與李善註差異不大，俞氏卻逕採張鳳翼註，原因不明；至於〈上林賦〉，張鳳翼註看似較劉良註完備，其實亦是根據呂向註〈子虛賦〉而來，呂註云：

　　《漢書》云：「司馬相如，字長卿，蜀郡人也，少好

68　明‧俞王言《辭賦標義》卷16，頁16。

69　梁‧蕭統撰，唐‧李善、呂延濟、劉良、張銑、李周翰、呂向註，《增補六臣註文選》，頁350。

70　明‧張鳳翼《文選纂註》卷4，頁182。

71　明‧俞王言《辭賦標義》卷17，頁23。

學，景帝時遊梁，乃著〈子虛賦〉。梁孝王薨，歸成都，久之，後蜀人楊得意侍武帝嘗讀〈子虛賦〉而善之，曰：『朕獨不得與此人同時哉！』得意曰：『臣邑人司馬相如自言為此賦。』上驚，乃召問相如，相如曰：『有是，然此諸侯之事，不足觀，請為天子遊獵之賦。』上令尚書給筆札，相如以子虛虛言也，為楚稱；烏有先生者何有此事也，為齊難；亡是公者無是人也。」欲明天子之義，故假設此三人，為辭以諷。[72]

張鳳翼註〈子虛賦〉則云：

相如，字長卿，蜀都人也，少好學，景帝時遊梁，乃著〈子虛賦〉。子虛虛言也，楚稱；烏有先生者何有此事也，齊言；無是公者無是人也。[73]

可知張鳳翼註〈子虛〉、〈上林〉時，乃是將呂向註一分為二：〈子虛賦〉題下置相如生平及「子虛」、「烏有」、「亡是公」所指，〈上林賦〉題下則置劉良註及呂向註中相如奏〈天子遊獵賦〉之本事，另加入「賦意雖承〈子虛〉而來，然非一時作也」一句，此句當為張氏自撰。俞王言採用張註，自因張氏分註二賦的方式較呂向註合宜。至於〈子虛賦〉，俞氏則依呂、張二人「景帝時遊梁，乃著〈子虛賦〉」的說法，精簡為「相如遊梁時所著」[74]。

---

[72] 梁・蕭統撰，唐・李善、呂延濟、劉良、張銑、李周翰、呂向註，《增補六臣註文選》，頁149。

[73] 明・張鳳翼《文選纂註》卷2，頁91。

[74] 明・俞王言《辭賦標義》卷11，頁6。

　　以上乃就《辭賦標義》中選自《文選》的篇章進行說明，至於《文選》未收錄的17篇賦作中，置有解題文字者僅〈河東賦〉、〈大人賦〉、〈擣素賦〉、〈自悼賦〉等四賦，其中〈大人賦〉題解主要依據《史記·司馬相如列傳》，史遷言：

> 天子既美〈子虛〉之事，相如見上好仙道，因曰：「上林之事未足美也，尚有靡者。臣嘗為〈大人賦〉，未就，請具而奏之。」相如以為列仙之傳居山澤閒，形容甚臞，此非帝王之仙意也，乃遂就〈大人賦〉。[75]

俞王言〈大人賦〉題下註言：

> 天子既美〈子虛〉之事，相如見上好仙道，因曰：「上林之事未足美也，尚有靡者。臣嘗為〈大人賦〉，未就，請具而奏之。」故遂就〈大人賦〉。[76]

俞註僅省略本傳中「相如以為列仙之傳居山澤閒，形容甚臞，此非帝王之仙意也」數句。其餘三賦，則多是就賦文內容勾勒大意，自註的成分居多，如揚雄〈河東賦〉云：

> 伊年暮春，將瘞后土，禮靈祇，謁汾陰於東郊。……敦眾神使式道兮，奮六經以攄頌。隃於穆之緝熙兮，過〈清廟〉之雝雝；軼五帝之遐跡兮，躡三皇之高蹤。既

---

[75]　漢·司馬遷《史記》卷117，頁3056。
[76]　明·俞王言《辭賦標義》卷11，頁1。

發軔於平盈兮，誰謂路遠而不能從。[77]

俞王言〈河東賦〉題下註則言：

> 漢祀后土於汾陰，雄作此賦，以諷其用人圖治。[78]

明顯不同於《漢書·揚雄傳》所記載的創作本事[79]，〈自悼賦〉亦如
是，班倢妤〈自悼賦〉云：

> 登薄軀於宮闕兮，充下陳為後庭。蒙聖皇之渥惠兮，當
> 日月之聖明。揚光烈之翕赫兮，奉隆寵於增成。……歷
> 年歲而悼懼兮，閔蕃華之不滋。痛陽祿與柘館兮，仍繈
> 褓而離災。豈妾人之殃咎兮，將天命之不可求。白日忽已
> 移光兮，遂晻莫而昧幽。猶被覆載之厚德兮，不廢捐於
> 罪郵。奉共養於東宮兮，託長信之末流。共灑掃於帷幄
> 兮，永終死以為期。[80]

俞王言〈自悼賦〉題下註則言：

> 倢妤初幸，舉二子不育，後居東宮，奉事太后，有安分

---

[77] 漢·班固《漢書》卷87，頁3539。

[78] 明·俞王言《辭賦標義》卷10，頁38。

[79] 《漢書·揚雄傳》云：「其三月，將祭后土，上乃帥群臣橫大河，湊汾陰。既祭，行遊介
山，回安邑，顧龍門，覽鹽池，登歷觀，陟西岳以望八荒，跡殷周之虛，眇然以思唐虞之
風。雄以為臨川羨魚不如歸而結網，還，上〈河東賦〉以勸。」見漢·班固《漢書》卷87，
頁3535。

[80] 漢·班固《漢書》卷97，頁3986。

　　終老之意，故作此賦。[81]

亦僅是就賦文總結大意，未將《漢書》記載班倢伃好求養長信宮乃因
「趙氏姊弟驕妒，倢伃恐久見危」[82]之本事寫入，可見俞王言針對
《文選》未收入賦篇解題時，除〈大人賦〉依託《史記》，其餘皆就
賦文大意自行發揮[83]，是故〈擣素賦〉題下註，俞氏亦僅簡單陳述賦
旨，所謂：「倢伃稟操貞純，賦此以見志。」[84]
　　綜上所述，俞王言《辭賦標義》針對賦篇所置的解題文字，主要
來源爲《六臣註文選》，其次爲《文選纂註》，然多直接引用或摘

81　明・俞王言《辭賦標義》卷14，頁34。

82　漢・班固《漢書》卷97，頁3983。

83　考〈大人賦〉、〈河東賦〉、〈自悼賦〉、〈擣素賦〉等四賦於《辭賦標義》
　　前收錄情況：〈大人賦〉僅《史記》、《漢書》、元代陳仁子《文選補遺》、明代劉節《廣文選》錄之，
　　後二者均無註；〈河東賦〉僅《漢書》、元代祝堯《古賦辨體》、明代劉節《廣文選》錄
　　之，祝堯《古賦辨體》註曰：「賦也。」（《四庫全書》珍本第六集，臺北：臺灣商務印書
　　館，出版年月不詳，卷4，頁7。）劉節《廣文選》無註；〈自悼賦〉則有宋代朱熹《楚辭後
　　語》、元代陳仁子《文選補遺》、祝堯《古賦辨體》、明代吳訥《文章辨體》、徐師曾《文
　　體明辨》、劉節《廣文選》錄之，有註者如：朱熹《楚辭後語》，除採《漢書》史料，另
　　曰：「至其情雖出於幽怨，而能引分以自安，援古以自慰，和平中正，終不過於慘傷。又其
　　德性之美，學問之力，有過人者，則論者有不及也。嗚呼賢哉！」（朱熹《楚辭集註》，
　　臺北：河洛圖書出版社，1980年，頁234）此外，祝堯《古賦辨體》云：「重曰以上賦也，
　　重曰以下且興且風。晦翁云：『其情雖出於幽怨，而能引分以自安，援古以自慰，和平中
　　正，終不過於哀傷。其德性之美，學問之力，有過人者，嗚呼賢哉！』」（卷3，頁25）吳
　　訥《文章辨體》、徐師曾《文體明辨》亦依祝堯所註，然俞王言皆未引用；〈擣素賦〉則有
　　《古文苑》、元代陳仁子《文選補遺》、祝堯《古賦辨體》、明代吳訥《文章辨體》、徐師
　　曾《文體明辨》、劉節《廣文選》錄之，有註者如：《古文苑》章樵註：「成帝耽於酒色，
　　政事廢弛，倢伃貞靜而失職，故託擣素以見意。」（卷3，北京：北京圖書館，2000年，頁
　　12）又祝堯《古賦辨體》：「此雖賦也，而末後一段，辭旨縝密，意思纏綿，真有發乎情，
　　止乎禮義之風也。」（卷3，頁26）俞王言亦未引用。

84　明・俞王言《辭賦標義》卷14，頁37。

取，自出機杼者僅〈河東賦〉、〈擣素賦〉、〈自悼賦〉3篇，若勉強將精簡呂向、張鳳翼註的〈子虛賦〉納入，亦不過四篇；且《辭賦標義》共收賦73篇，有題解者僅40篇，近半數篇章未予解題，難免有粗疏之嫌。

二、注音

關於注音，《辭賦標義‧凡例》言：

> 是編奇字極多，舊有音釋未盡者，既不便觀，又有反切待調者，亦不便讀，今一切奇字，悉取直音，單書本字之下，庶令讀者目無留行云。[85]

是知俞王言註文中奇字音讀時，是採直音法，即以同音字注音，不同於李善註兼用直音與反切，茲舉〈上林賦〉一段為例說明，李善註：

> 獨不聞天子之上林乎？左蒼梧，右西極，丹水更(平)其南，紫淵徑其北，終始灞、滻，出入涇、渭；酆(豐)、鎬(浩)、潦(老)、潏(決)，紆餘委蛇，經營乎其內。蕩蕩乎八川分流，相背而異態，東西南北，馳騖往來(力代)，出乎椒丘之闕，行乎洲淤(應慮)之浦，經乎桂林之中，過乎泱(烏朗)漭(莽)之壄。汩(骨)乎混流，順阿而下，赴隘(於懈)陜之口，觸穿石，激堆(丁回)埼(巨依)，沸沸乎暴怒，洶(虛拱)湧彭湃(蒲拜反)，滭(畢)弗宓(汩)汩(干筆)，偪逼側泌(筆)瀄(阻乞)，橫流逆折，轉騰潎(匹列)洌(音列)，滂濞沆溉(普秘)沆(胡朗)溉(害)；穹隆雲橈(女教)，宛灗(善)膠(戾)，踰波趨浥(於合)，蒞蒞(音利)下瀨，批(步結)巖衝擁，奔揚滯(直制)沛(普外)；臨坻(遲)註

螯，灖助咸澉助角霣殞墜直類切。[86]

俞王言註：

> 獨不聞天子之上林乎？左蒼梧，右西極，丹水更其南，紫淵徑其北，終始灞、滻，出入涇、渭；酆、鎬號、潦老、潏決，紆餘委迤，經營乎其內。蕩蕩乎八川分流，相背而異態。東西南北，馳騖往來，出乎椒丘之闕，行乎洲淤遇之浦，徑乎桂林之中，過乎泱養漭之墅野。汩骨乎混流，順阿而下，赴隘狹之口，觸穹石，激堆埼幾，沸乎暴怒，洶湧彭湃派，滭畢沸滵密泪，偪側泌筆瀄，橫流逆折，轉騰潎冽，滂濞沆溉蓋；穹隆雲橈，宛潬善膠盤戾，逾波趨浥，莅莅利下瀨，批巖衝擁，奔揚滯沛；臨坻遲註螯，灖讒澉卓霣殞墜。[87]

兩相比較，明顯可見李善對於奇字的注音較多，且直音與反切兼用，但以反切注音時，或用「○○反」，如注：「湃，蒲拜反。」或用「○○切」，如注：「墜，直類切。」然多數不加「反」、「切」字樣，如注：「來，力代。」注：「泱，烏朗。」至於直音法，除於註字之下直標同音字外，如注：「潦，老。」有時則於注字與同音字間加一「音」字，如注：「冽，音列。」注：「莅，音利。」俞氏注音僅採直音法，據〈凡例〉所言是因「反切待調，亦不便讀」，若將《辭賦標義》定位為初學者的啟蒙書籍，直音法確實

86　梁・蕭統撰，唐・李善、呂延濟、劉良、張銑、李周翰、呂向註，《增補六臣註文選》，頁155。
87　明・俞王言《辭賦標義》卷11，頁13-14。

較易爲人接受。但以此段注音次數來看，李善共注38字，俞氏僅注
21字，且此21字皆爲李善已注，其餘17字未注，原因無法確知。而
其中「酆鎬潦潏」之「鎬」，二人雖皆採直音法，然李注「浩」、
俞注「號」，使用之同音字有異；「滂濞沆溉」之「溉」，李注
「害」、俞注「蓋」，則可能是古今音變的關係。此外，「渾弗宓
汩」一句，俞王言《辭賦精義》作「渾沸滵汩」，《增補六臣註文
選》「弗」字下云：「五臣作沸，奔渟切。」「宓」字下云：「五
臣作滵，音密。」[88]張鳳翼《文選纂註》注音亦採直音、反切並用，
且大抵與李善注音相同，如前此提及的「溉」字，亦採李註，注爲
「害」，唯「渾弗宓汩」一句，張氏採五臣本作「渾沸滵汩」，其注
音則爲「渾畢沸滵密汩」[89]，正與俞王言註相同，可見俞氏注音時亦
有參據張註。

三、釋義

　　關於釋義，《辭賦標義·凡例》言：

> 是編原爲註繁難閱，欲標義以便觀，故將字句之義，標
> 訓在旁，章段之義，標訓在上，其有事多，旁不能盡
> 者，亦間標列上方，取低一字爲別。仍分句讀斷截，令
> 讀者一覽，如指諸掌然。[90]

是知俞王言《辭賦標義》於釋義部分，可分爲釋字詞、釋句子及釋
段意，且其標註形式——字句之義標訓在旁，章段之義標訓在上——

88　梁·蕭統撰，唐·李善、呂延濟、劉良、張銑、李周翰、呂向註，《增補六臣註文選》，頁
　　155。
89　明·張鳳翼《文選纂註》卷2，頁94。
90　明·俞王言《辭賦標義》，頁2。

爲此書最大特色所在，茲舉潘岳〈秋興賦〉爲例，依釋字詞、釋句子、釋段意之次，說明兪王言在解詞疏意上與前人註釋的異同。

㈠**釋字詞**。李善於解釋字義時，多引字書或舊註，張鳳翼《文選纂註》雖多採李註，然有時或採五臣註，刪繁就簡，相較之下，兪氏註則顯得更爲精省，如〈秋興賦序〉：「晉十有四年，余春秋三十有二，始見二毛。」李善於句下註云：

> 十四年，晉武帝太始十四年也。《左傳》宋襄公曰：「不禽二毛。」杜預曰：「二毛，頭白有二色也。」[91]

張鳳翼註云：

> 晉武帝太始十四年也。二毛，頭白有二色也。[92]

兪王言則僅於「二毛」一詞旁，標訓「髮有白黑二色」[93]，至於「晉十有四年」則未加解釋。又如〈秋興賦〉：「彼四慼之疚心兮，遭一塗而難忍。嗟秋日之可哀兮，諒無愁而不盡。」李善註云：

> 《毛詩》曰：「既往既來，使我心疚。」鄭玄曰：「疚，病也。」[94]

91 梁·蕭統撰，唐·李善、呂延濟、劉良、張銑、李周翰、呂向註，《增補六臣註文選》，頁245。
92 明·張鳳翼《文選纂註》卷3，頁134。
93 明·兪王言《辭賦標義》卷12，頁34。
94 梁·蕭統撰，唐·李善、呂延濟、劉良、張銑、李周翰、呂向註，《增補六臣註文選》，頁246。

李周翰註曰：

> 四感，謂遠行、登山、臨水、送將歸。感，憂疾病也，
> 言四憂可以為心病也。一途難忍，謂愁也。言秋時既
> 哀，故云無愁不盡。[95]

張鳳翼則綜採李、周二人註云：

> 《毛詩》：「既往既來，使我心疚。」疚，病也。四
> 感，謂送歸、遠行、臨川、登山。一途，四者之一也。[96]

其中「一途，四者之一也」乃張氏自註。俞王言則是於「四感」旁
註「上四項」、「疚」旁註「病」、「一塗」旁註「一感」，將前
人註釋極盡可能地精簡化；此外，又於「無愁」一詞旁註「四感俱
有」[97]，可視為自註。

俞氏於釋字詞部分出之己意者甚少，除上述「無愁」一詞外，
〈秋興賦〉中尚有「彼知安而忘危兮，固出生而入死」二句，李善註
云：

> 《周易》：「安不忘危，存不忘亡。」《老子》：「出
> 生入死。」《韓子》：「人始於生而卒於死，始之謂
> 出，卒之謂入，故曰出生入死。[98]

95　同前註。

96　明‧張鳳翼《文選纂註》卷3，頁134。

97　明‧俞王言《辭賦標義》卷12，頁35。

98　梁‧蕭統撰，唐‧李善、呂延濟、劉良、張銑、李周翰、呂向註，《增補六臣註文選》，頁
　　248。

劉良註：

> 彼，謂榮利人也，言以榮利為安而忘危也。生，謂精魂
> 也，言貪欲出精魂，是入死也。貪欲之人固執而入死。[99]

張鳳翼註則採劉良註而加以引申發揮，其言：

> 彼，謂榮利人也，言以榮利為安而忘危也。如此則失長
> 生之道，惟夭折之忿，故曰出生入死。[100]

俞王言則是於「安」字旁標註「榮利」，當是簡化劉、張二註所謂的「以榮利為安」而來，又於「出生」旁註「棄生道」、「入死」旁註「入死路」[101]，相當口語且通俗，確實適合初機之士閱讀。

　　㈡**釋句子**。所謂釋句子，乃指串釋多句者。李善註《文選》重在釋字詞，然亦偶有串釋句子者，以〈秋興賦〉而言，有以下三例，其一為：「天晃朗以彌高兮，日悠陽而浸微。」李善註云：

> 言秋日天氣高朗。晃朗，明貌；悠陽，日入貌。《楚
> 辭》：「天高而氣清。」《禮記》曰：「仲秋殺氣浸
> 盛，陽氣日衰。」[102]

張鳳翼於此句無註，俞王言亦無標註。其二為「仰群儁之逸軌兮，攀

99　同前註。

100　明・張鳳翼《文選纂註》卷3，頁135。

101　明・俞王言《辭賦標義》卷12，頁37。

102　梁・蕭統撰，唐・李善、呂延濟、劉良、張銑、李周翰、呂向註，《增補六臣註文選》，頁247。

雲漢以遊騁。」李善註云：

> 高閣連雲，升之以攀雲漢也，言群儁自致高遠。[103]

張鳳翼云：

> 攀雲漢言群儁自致高遠也。[104]

俞氏則於「攀雲漢」旁註「言羣儁自致高遠」[105]，採用張註。其三爲
「行投趾于容跡兮，殆不踐而獲底。闕側足以及泉兮，雖猴猨而不
履。」李善註云：

> 言人之行，投趾在乎容跡之地，近不踐而獲安。若以足
> 外爲無用，欲闕之及泉，雖則捷若猴猨，亦不能履也。[106]

張鳳翼註則完全引用李善註，而於末尾加上「言其危也」一句[107]。俞
王言則釋爲：

> 履實地而不求餘，若以足外爲無用，欲堀之及泉，能乘
> 虛者（此指猴猨），亦不能行。[108]

---

[103] 同前註。

[104] 明‧張鳳翼《文選纂註》卷3，頁135。

[105] 明‧俞王言《辭賦標義》卷12，頁39。

[106] 梁‧蕭統撰，唐‧李善、呂延濟、劉良、張銑、李周翰、呂向註，《增補六臣註文選》，頁
248。

[107] 明‧張鳳翼《文選纂註》卷3，頁135。

[108] 明‧俞王言《辭賦標義》卷12，頁40。

考潘岳〈秋興賦〉李善爲之章句者僅三處，張鳳翼則減爲兩處，且幾乎襲引李善文字，與之相較，則俞氏多有章句，除前揭二例（其中第三例，完全出自己撰），尚有：「苟趣舍之殊途兮，庸詎識其躁靜」旁註爲「言欲舍躁取靜」；「龜祀骨於宗祧兮，思反身於綠水」旁註爲「死而供奉備上，不如生而自得」[109]。

相較於字詞註解，句子串釋對於初學者在文意的掌握上，提供了更方便、更快捷的幫助，尤其俞註爲一掃前人註釋的繁瑣難閱，在訓解上便刻意追求淺明易懂，自然可達成「令讀者一覽，如指諸掌然」的效果。

此外，與串釋句子相近者爲閱讀心得，如：「感冬索而春敷兮，嗟夏茂而秋落。雖末事之榮悴兮，伊人情之美惡」數句，俞氏於「雖末事之榮悴兮」旁標註且猶有感，於「伊人情之美惡」旁標註豈不感乎，爲區別句釋與心得，俞氏特別於自註文字外加○形符號，以示分判。

㈢**釋段意**。將各篇章段之義標訓於眉欄，可說是《辭賦標義》一大特色，李善註雖亦有撮述段意者，然非篇篇如此，或僅偶一見之，如：宋玉〈高堂賦〉「箕踵漫衍，芳草羅生」句下，李善註言：「自此已前，並述山勢也。」[110]俞氏標義，除以上引號「乚」爲分段標記外，且各段皆置有段落大意，以〈秋興賦〉爲例，其於〈序〉上註云：「序見直省皆朝堂貴人，已其林泉不樂直省，故作賦。」爾後將全文分爲五段：

自「四運忽其代序兮」至「諒無愁而不盡」爲第一段，俞註云：「言四時惟秋氣最悲，以秋兼遠行、登高、臨水、送歸之四感也。」

---

[109] 明·俞王言《辭賦標義》卷12，頁39。

[110] 梁·蕭統撰，唐·李善、呂延濟、劉良、張銑、李周翰、呂向註，《增補六臣註文選》，頁346。

　　自「野有歸燕」至「日悠陽而浸微」為第二段，俞註云：「詳秋日可悲。」

　　自「何微陽之短晷」至「望流火之餘景」為第三段，俞註云：「詳秋夜可悲。」

　　自「宵耿介而不寐兮」至「珥金貂之炯炯」為第四段，俞註云：「所以可悲者，以年老位卑，不及時流也。」

　　自「苟趣舍之殊途兮」至「聊以卒歲」為第五段，俞註云：「然人各有志，位高者危，不如歸隱之樂也，故欲躬耕以卒歲。」[111]

　　此舉亦有助於快速掌握文章脈絡與結構，確實是指點讀者為文精良的有效方法，尤其對於長篇大賦之屬，更是具有梯航之功，如班固〈西都賦〉洋洋灑灑二千餘言，俞王言釋段意時即分為七段，分別標訓：

　　　　賦西都形勢之重。
　　　　賦漢初西都之由。
　　　　篇之綱。[112]
　　　　賦西都城市之盛。
　　　　賦西都郊邑之盛。
　　　　賦西都土產之盛。
　　　　○河流之廣。
　　　　○苑囿之大。[113]

---

[111] 以上段章之義，俱見明・俞王言《辭賦標義》卷12，頁34-40。

[112] 俞氏於「肇自高而終平，世增飾以崇麗，歷十二之延祚，故窮泰而極侈」上方眉間，取低一字，標註「篇之綱」。見明・俞王言《辭賦標義》卷7，頁4。

[113] 俞氏於賦文描寫「東郊則有通溝大渠……」、「西郊則有上囿禁苑……」上方眉間，標記「○河流之廣」、「○苑囿之大」，主因此二段的描述不屬於前舉土產之盛，亦不屬於後敘宮室之盛，是以特別於訓釋文字之前加一「○」形符號以示區隔。見明・俞王言《辭賦標

賦西京宮室之盛。

○正殿。

○別殿。

○後宮。

○因後宮而及美人。

○因前殿而及僚佐。

○宰輔之臣。

○文藝之臣。

○侍衛之臣。

○總前正殿別殿後宮之盛。

○殿之盛。

○臺之盛。

○池之盛。

○金莖之盛。[114]

以前賦西京城市、郊邑、物產、宮室、人才、臺沼之盛，如棋盤，以後遊娛之盛，如人著棋。[115]

賦西京遊娛之盛。

○獵遊以盡陸景。

○舟遊以盡水景。

○周遊以總前文城市郊邑物產宮室人才臺沼之盛。

義》卷7，頁6。

[114] 以上諸「○」形符號，則類似大類目項下之次類目。

[115] 俞氏此段標訓又取低一字，似有意分析〈西都賦〉前、後描寫手法之差異。見明‧俞王言《辭賦標義》卷7，頁11。

俞氏除將〈西都賦〉標訓出七大段落外，更於段落之下另訓細目，同時指出「窮泰以極侈」乃此賦之綱（中心主旨），並以「如棋盤」形容賦中摹寫靜態景物、以「如人著棋」形容賦中敘寫動態娛遊的寫作手法，可謂綱舉目張地為讀者勾勒出〈西都賦〉的章法結構，對於讀者的閱讀與理解，自然有所裨益。茲再舉〈東都賦〉各段大意為例，以見俞氏釋段意的價值所在：

　　明西都之侈靡為權宜之制是客。
　　明東都之功德為不刊之典是主。此數句乃一篇之綱。
　　光武平亂致治，功德直追皇王，非止比跡近代。
　　申建武之治，功德直追皇王。
　　申永平之事，見其治教休明，節以制度。
　　○治教休明。
　　○宮苑有度。
　　○講武有度。
　　○蒐狩有度。
　　惟治教休明，節以制度，故內治外威。
　　惟內治外威，故華夷朝貢，而盛禮樂以賜燕。
　　言恐太平易玩，復增修治教，故世益休明。
　　今不考東都功德，而徒羨西都之奢侈，不知西都蓋不如東都也。
　　○申西都不如東都。

俞氏將〈東都賦〉分為九大段落，並於「節以制度」項下再分四細目。若不看賦文，單看俞氏的標訓文字，便可知東都乃「功德」、「休明」、「有度」的皇王之都，與西都「之盛」所象徵的「侈靡」，判然有別。尤其「明西都之侈靡為權宜之制是客」、「明東都

之功德爲不刊之典是主」，不僅止於說明〈東都賦〉前二段賦意，更具有提示讀者〈西都賦〉與〈東都賦〉側重點不同的效用。以〈兩都賦〉近五千字的長篇鉅幅而言，如此的章節大意，有其存在的意義。

　　以上乃就釋字詞、釋句子、釋段意等三方面說明俞王言《辭賦標義》的釋義情形，當中有擇取前註之舊痕，亦有自我創發之新跡。

　　此外，〈凡例〉中亦提及「其有事多，旁不能盡者，亦間標列上方，取低一字爲別」，乃是單就事典而言。以張衡〈思玄賦〉爲例，共標註事典十四條，其中旁註者六條，其餘皆標註於眉間，茲略舉例說明：

　　「竇號行於代路兮，後膺祚而繁廡」，旁註云：

> 呂后出宮人賜諸王，竇姬趙人，賄吏置趙籍，吏誤置代籍，號哭而行，後生景帝茂盛。[116]

「尉厖眉而郎潛兮，逮三葉而遘武」，眉註云：

> 漢武帝過郎署，見顏駟厖眉皓髮曰：「叟何時爲郎，何老也？」對曰：「臣文帝時爲郎，文帝好文，而臣好武，景帝好美，而臣貌醜，陛下好少，而臣已老，是以三世不遇。」上感其言，擢會稽都尉。[117]

「穆屈天以悅牛兮，豎亂叔而幽主」，旁註云：

---

[116] 明・俞王言《辭賦標義》卷14，頁13。
[117] 同前註。

叔孫穆子夢天壓己，見人，名牛，助之，乃勝。後得牛為豎，豎欲亂，叔氏穆子病，牛禁不與食，死。[118]

此三事典皆標註於一頁之中。原則上，釋事典與釋字詞、釋句子皆標訓於旁，只有在事多而旁註不能盡者，如「尉麗眉而郎潛兮，逮三葉而遷武」條，才會標訓於眉上，並取低一格，以有別於釋段意，其形式見下圖：

圖四

值得註意的是，俞氏標義講求簡明易懂，因此所釋事典皆精省李善舊註而來，以前揭三事典為例，「竇號行於代路兮，後膺祚而繁廡」，李善註云：

《漢書》曰：「孝文竇皇后，景帝母也。呂太后出宮

人以賜諸王，寶姬與在行中。家在清河，願如趙，近
家，請其主遣宦者吏，必置趙籍之伍中。宦者忘之，誤
置代籍伍中。當行，寶姬涕泣，怨其宦者，不欲往，相
強，乃肯行。至代，代王獨幸寶姬，生景帝，後立為皇
后。」[119]

「尉龐眉而郎潛兮，逮三葉而遘武」，李善註云：

> 《漢武故事》曰：「顏駟，不知何許人，漢文帝時為
> 郎，至武帝輦過郎署，見駟龐眉皓髮。上問曰：『叟何
> 時為郎，何其老也？』答曰：『臣文帝時為郎，文帝好
> 文，而臣好武。至景帝好美，而臣貌醜，陛下即位，好
> 少，而臣已老。是以三世不遇，故老於郎署。』上感其
> 言，擢拜會稽都尉。」[120]

「穆困天以悅牛兮，豎亂叔而幽主」，李善註云：

> 《左傳》：「初，穆子去叔孫氏，及庚宗，遇婦人，適
> 齊，夢天壓己，不勝，顧而見人，黑而上僂，深目而猳
> 喙，號之曰：『牛，助余！』乃勝之。魯人召之所宿庚
> 宗之婦人，獻以雉曰：『余子長。』而見之，則所夢
> 也。未問其名，號之曰牛，曰唯，使為豎。牛欲亂其室
> 而有之。叔孫疾，牛曰：『夫子疾病，不欲見人。』使

---

[119] 梁・蕭統撰，唐・李善、呂延濟、劉良、張銑、李周翰、呂向註，《增補六臣註文選》，頁
278。
[120] 同前註，頁279。

　　真饋於介而退，牛不進，叔孫不食而卒。」[121]

可見俞氏訓釋事典，乃是大幅精簡了李善註，此一註解手法與訓釋字詞相同。然而，訓解典故理應講求出處，俞氏對於事典由來均未交代，雖是爲求淺顯以俾普及，仍不免有粗疏之咎。

四、用語

　　一般註解經籍，重在解釋故訓、疏通典實，俾令讀者掌握文意爲要，至於註疏時的遣詞用語，則因註家才學、註書目的的不同而有所差異，如《文選》李善註的精微要眇，五臣註的簡明通俗。俞氏註解，除以淺易明白爲原則外，其最大特點乃在於屬詞行文時多採用偶句、排比句，不僅增加了註本的審美性，同時也增加了註本的可讀性，此實爲俞氏標義的獨特之處。茲就俞氏所錄賦篇，各舉數例，羅列如下，以見俞氏註語的文采韻致：

篇目	原文	註文
〈西都賦〉	左墄右平。	左階坂以便人行，右平坦以便乘車。
	割鮮野食，舉烽命爵。	殺生獸以野享，舉燧火以促飲。
	鳥群翔，魚窺淵。	聞聲而飛，聞聲而沉。
〈東都賦〉	伏羲氏之所以基皇德也……。 軒轅氏之所以開帝功也……。 湯武之所以昭王業也……。	畫卦以基人倫。 創制以開治法。 誅暴以昭大統。
	省方巡狩。	察四方之治，觀守牧之政。

---

[121] 同前註。

篇目	原文	註文
	奢不可踰，儉不能侈。	奢者不得而踰，儉者不以為侈。
	因原野以作苑，順流泉而為沼。	不必更築，不必更穿。
〈西京賦〉	秦攄雍而強，周即豫而弱。高祖都西都而泰，光武處東都而約。	雍州土沃，豫州土瘠。陝西土沃，洛東土瘠。
	抱杜含鄠，欱豐吐鎬。	山勢抱含二縣，水勢吸吐二縣。
	豈伊不虔，思於天衢；豈伊不懷，歸於枌榆。	豈議者不慎始謀，妄都洛陽；豈議者不戀故都，復遷咸陽。
	正紫宮於未央，表嶢闕於閶闔。	法天垣造宮，法天門造闕。
	消雰埃於中宸，集重陽之清澂。	絕地塵氛，聚天清氣。
	擘肌分理。	辨入肌膚，見分腠理。
	既遷既引。	徙於彼，納於此。
	草伏木棲。	獸伏草中，鳥棲木上。
	居寓穴託。	居皆暫寓，穴皆暫託。
	升觴舉燧，既釂鳴鐘。	進酒舉火以齊隱，既飲鳴鐘以告竭。
〈東京賦〉	大啓土宇。	定越地，開朔方。
	盟津達其後，太谷通其前。	在洛北，在洛西。
	規天矩地，授時順鄉。	方圓法天地，方向順時令。
	植華平於春圃，豐朱草於中唐。	花應太平而開，草應聖王而生。

篇目	原文	註文
〈蜀都賦〉	羲和假道於峻岐，陽烏迴翼乎高標。	日馭礙於峻山，假道而過；日中烏阻於高標，迴翼而歸。
	邛杖傳節於大夏之邑，蒟醬流味於番禺之鄉。	夷國皆以其節為奇，夷國皆以其味為美。
	貝錦斐成，濯色江波。	錦文如貝，斐然成章；錦濯江水，其色益鮮。
〈吳都賦〉	或涌川而開瀆，或吞江而納漢。	川瀆從此流出，江漢由此受納。
	楠榴之木，相思之樹。	其形盤結，其理堅邪。
	屯營櫛比，廓署棋布。	如梳齒相連，如棋子布列。
〈魏都賦〉	晷漏肅唱，明宵有程。	司晷漏者報更，候晝夜者遵法。
	陽靈停曜於其表，陰祇濛霧於其裡。	外高峻故，內深沉故。
	比滄浪而可濯，方步櫚而有踰。	言水之清，言槐之長。
	朝無刓印，國無費留。	有功即封，故無銷角之印；有勞即賞，故無留滯之費。
	道來斯貴，利往則賤。	遵道而來則貴之，徇利而往則賤之。
	淇筍、信棗、真梨、固栗。	淇洺出筍，信都出棗，真定出梨，固安出栗。
〈魯靈光殿賦〉	中坐垂景，頫視流星。	日景猶在座下，星辰猶須俯視。
〈景福殿賦〉	審量日力，詳度費務。	恐多勞民力，恐多費民財。
	其華表，則鎬鎬鑠鑠。……其奧祕，則翳蔽曖昧。	顯明中見珍寶光餙。幽邃中見珍寶光餙。

篇目	原文	註文
	修梁彩制，下褰上奇。	長梁跨迴，綵制交炫。
	勒分翼張。	如獸肋之分，如鳥翼之張。
	離背別趣，駢填胥附。	分背雖各異趣，湊合盡相依附。
〈甘泉賦〉	欽柴宗祈，燎薰皇天。	敬燔柴以尊所祈，燎牲玉以薰皇天。
〈河東賦〉	簸丘跳巒，通渭躍涇。	經山而往，渡水而行。
	行睨垓下與彭城。濊南巢之坎坷兮，易豳岐之夷平。	劉項戰處、夏桀亡處、文王興處。
	雲飛飛而來迎兮，澤滲漓而下降。鬱蕭條其幽藹兮，翕汎沛以豐隆。	比賢哲共扶，比仁恩遍下，比仁恩之厚。
〈籍田賦〉	前驅魚麗，屬車鱗萃。	如魚之附，如鱗之聚。
	后妃獻穜稑之種。	先種後熟，後種先熟。
	表朱玄於離坎，飛青縞於震兌。	南朱北玄，東青西白。
〈大人賦〉	莅颯崒歘。	飛相反，足相追。
	炎至電過。	如火之速，如電之疾。
〈子虛賦〉	交錯糾紛，上干青雲。罷池陂陁，下屬江河。	其高錯雜干雲霄，其下沇流屬江河。
	徼㷿受詘。	徼遮獸之倦者，受取獸之困者。
〈上林賦〉	蒙鶡蘇，絝白虎。	戴鶡鳥尾冠，著白虎皮。
〈羽獵賦〉	妄發期中，進退履獲。	隨箭皆中，隨履皆獲。
	昭光振耀，響曶如神。	儀文光耀，風化響忽。
〈長楊賦〉	封豕其土，窶窳其民。	如大豬之貪土，如惡獸之食人。

篇目	原文	註文
	腦沙漠，髓余吾。	塗其腦於地，流其髓於水。
	蹂屍輿廝。	足踐死人，車輾役夫。
	歌投頌，吹合雅。	歌與頌投，歌與雅合。
〈射雉賦〉	甘疲心於企想，分倦目以寓視。	候雉之來，望雉之至。
	候扇舉而清叫，野聞聲而應媒。	媒先叫以引野雉，野雉亦聞聲而 。
	忌上風之餐切，畏映目之儻朗。	聞聲即去，望影即逝。
〈東征賦〉	蔽微以繆章。	昧於幽眇，失於顯著。
〈西征賦〉	聆東瑟之偏鼓，提西缶而接刃。 辱十城之虛壽，奄咸陽以取儔。	秦使趙王鼓瑟，趙亦使秦王擊缶。 秦群臣請以趙十五城為秦王壽，相如亦請以秦咸陽為趙王壽。
	外離西楚之禍，內受牧豎之焚。	項羽燔其營宇，牧豎燒其藏廓。
	纖經連白，鳴根厲響。	細繩連白羽以逐魚，鳴長木振聲以驚魚。
〈菟園賦〉	進靖儐笑。	進而靜默，群而笑語。
〈蕪城賦〉	稜稜霜氣，蔌蔌風威。	霜氣嚴冽，風威勁疾。
〈秋興賦〉	出生而入死。	棄生道，入死路。
〈海賦〉	噓噏百川，洗滌淮漢。	言潮之起落，言潮之往來。
	陽水不治，陰火潛然。	或陽水反不銷，或陰火反潛熾。
〈風賦〉	迴穴衝陵。	徘徊下穴，衝拂高陵。
	死生不卒。	死不死，生不生。

篇目	原文	註文
〈雪賦〉	焦溪涸,湯谷凝。火井滅,溫泉冰。沸潭無湧,炎風不興。北戶墐扉,裸壤垂繒。	極熱之溪以寒而乾,常溫之谷以寒而結。井在臨邛以寒而滅,泉在驪山以寒而冰。潭在曲阿水常沸,今亦不沸;風在南海熱如火,今亦不熱。北向之戶以寒,故泥其扉;不衣之國以寒,亦衣繪帛。
	玄陰凝,不昧其潔;太陽曜,不固其節。節豈我名,潔豈我貞。	處寒而潔,處溫而化。節不足以名我,潔不足以貞我。
〈雲賦〉	凝寒冰於朱夏,飛素雪於玄冥,灑膏液於天漢。	雲聚涼生,雲聚雪降,雲聚雨施。
〈月賦〉	朒朓警闕。	月朔見東方,月晦見西方,視此可警缺德。
	從星澤風。	月從畢則雨,澤從箕則風。
	柔祇雪凝,圓靈水鏡。	照柔地如凝雪之白,照圓天如水鏡之光。
〈鸚鵡賦〉	代越之悠思。	代馬思北,越鳥思南。
	戀鍾岱之林野,慕壠坻之高松。	二山產鷹,故鷹戀之;壠西出鸚鵡,故鸚鵡慕之。
〈鷦鷯賦〉	離綱別赴,合緒相依。	大勢似離而別赴,細支實合而相依。
	入衛國而乘軒,出吳都而傾市。 守馴養於千齡,結長悲以萬里。	得遇而榮,失遇而死,皆落人間故。久居人間,終念帝鄉。
〈赭白馬賦〉	簡偉塞門,獻狀絳闕。	選良馬於出馬處,獻馬狀於天子門。

篇目	原文	註文
	捷趨夫之敏手，促華鼓之繁節。	射有常儀，因馬速更捷；鼓有常節，因馬速更促。
〈王孫賦〉	或犀跳而電透。	如犀之躍，如電之入。
	上觸手而挐攫，下值足而登距。	露手即掛，遇足即登。
〈幽通賦〉	單治裡而外凋兮，張修襮而內逼。	單豹知養內，卒為虎所食；張毅知防外，卒內熱以死。
〈思玄賦〉	執雕虎而試象兮，阽焦原而跟止。	喻執貧窮，願竭自試之力；喻臨大義，願果行而前。
	一年之三秀兮，遒白露之為霜。	一年三度發華，比賢人急欲立功；迫霜露使不得華，比讒邪阻抑。
〈歸田賦〉	遠覽王畿，近周家園。 體以行和，藥以勞宣。	照京洛，照園池。 遊行而和，勞動而散。
〈擣素賦〉	燕姜含蘭而未吐，，趙女抽簧而絕聲。	不言之時，不樂之時。
	曳羅裙之綺靡，振珠珮之精明。	衣之美，餙之盛。
	調鉛無以玉其貌，凝朱不能異其脣。	言貌白於鉛，言脣赤於朱。
	想驕奢之或至，許椒蘭之多術。 慚陋製之無韻，慮娥眉之為愧。	或以驕奢而體胖，或多椒蘭之異香。恐己所製不當椒蘭，恐己顏色不敵驕奢。
〈恨賦〉	濁醪夕引，素琴晨張。	飲如故，樂如故。
〈別賦〉	況秦吳兮絕國，復燕宋兮千里。	東西相遠，南北相遠。

篇目	原文	註文
	舟凝滯於水濱，車逶遲於山側。	水別之難，陸別之難。
	春宮閟此青苔色，秋帳含茲明月光。	無與同宮，無與同帳。
	夏簟青兮晝不暮，冬釭凝兮夜何長。	日永而思，夜長而思。
	暫遊萬里，少別千年。	瞬息遊萬里，纔別逐千年。
〈歎逝賦〉	信松茂而柏悅，嗟芝焚而蕙歎。苟性命之弗殊，豈同波而異瀾。	柏為松類，亦悅其茂；蕙為芝類，亦歎其焚。苟性命脆促不異於故舊，亦同故舊之脆促。
〈太玄賦〉	觀大易之損益兮，覽老氏之倚伏。	損益相因，禍福相因。
〈文賦〉	選義按部，考辭就班。	揀擇義理以成部伍，考摘詞句以就班列。
	抱景者咸叩，懷響者畢彈。	物抱光景者，必思觸之以求文理；懷音響者，必思擊之以發文意。
	或因枝以振葉，或沿波而討源。	或賦詠於枝，乃思發於葉；或流情於波，而求討其源。
	或本隱以之顯，或求易而得難。	或本深於隱而未至於明，或求思於易而得詞於難。
	始躑躅於燥吻，終流離於濡翰。	始踟躕乾唇，謂文詞難出於口；終滂沛染翰，謂文詞卒多於筆。
	理扶質以立幹，文垂條而結繁。	以理為體而樹本，以詞為用而振彩。
	思涉樂其必笑，方言哀而已歎。	情樂必肖以笑貌，情哀必肖以歎貌。

篇目	原文	註文
	辭程才以效伎，意司契而匠。	文辭見才情以致巧，立意執理要以為宗。
	舞者赴節以投袂，歌者應弦而遣聲。	緩急合宜，輕重合度。
	懼蒙塵於叩缶，顧取笑乎鳴玉。	見譏於常音，取笑於大方。
〈疾邪賦〉	舐痔結駟，正色徒行。	卑污者貴顯，直道者貧賤。
	傴僂反俗，立致咎殃。捷懾逐物，日富月昌。	驕傲負俗之人，必速招禍；急懼殉勢之人，必致富貴。
	所好則鑽皮出其毛羽，所惡則洗垢求其瘢痕。	於不善中索善，於無惡中尋惡。
	伊優北堂上，抗髒倚門邊。	佞媚者見親，剛介者見棄。
〈長笛賦〉	構雲梯，抗浮柱。	駕凌雲之梯，立浮雲之柱。
	蹉纖根，跋箖縷。	蹋竹細根，踹竹細絲。
	膺峭阤，腹陘阻。	胸附峻峭連山，肚摩斷山險阻。
	仰馴馬而舞玄鶴。	馬聞仰秣，鶴聞喜舞。
〈笙賦〉	應吹噏以往來，隨抑揚以虛滿。	吹之則往，噏之則來；抑則　，揚之則滿。
	樂所以移風於善，亦所以易俗於惡。	雅正之聲以防其淫，淫哇之聲以導其邪。
〈舞賦〉	在山峨峨，在水湯湯。	志在山則舞峨峨然，至在水則舞湯湯然。
〈嘯賦〉	傲世忘榮。	不污於俗，不期顯貴。
	飄遊雲於清泰，集長風乎萬里。	嘯聲吹雲於天，嘯聲呼風於遠。
	變陰陽之至和，移淫風之穢俗。	聲和可感天地，聲雅可蕩污俗。

篇目	原文	註文
	發徵則隆冬熙蒸，騁羽則嚴霜夏凋，動商則秋霖春降，奏角則谷風鳴條。	徵火屬夏，冬可使夏；羽水屬冬，夏可使冬；商金屬秋，春可使秋；角木屬春，秋可使春。
〈文木賦〉	或如龍盤虎踞，復似鸞集鳳翔。 青綢紫綬，環璧圭璋。 重山累嶂，連波疊浪。 奔電屯雲，薄霧濃雰。	文如禽獸， 文如綺玉， 文如山水， 文如雲霧。
〈浮萍賦〉	淳不安處，行無定軌。	隨流故，隨濤故。
	流息則寧，濤擾則定。	惟與流俱息，不與濤俱擾。
〈高堂賦〉	風起雨止。	起如風，止如雨。
〈美人賦〉	防火水中，避溺山隅。	防火於無火之地，避水於無水之處。
〈洛神賦〉	俯則未察，仰以殊觀。	見之未審，觀之甚異。
〈閒情賦〉	願在衣而為領，承華首之餘芳。 願在裳而為帶，束窈窕之纖身。	在美人衣上，為其衣領，庶可以承首上之餘香。 在美人裳中，為其裳帶，庶可以約束美人之身。

以上不厭冗繁地將俞氏註文中凡駢行、偶對、排比之句加以羅列，主要在於突顯《辭賦標義》不同於前人註疏，除章句訓詁之外，似更刻意追求文采。以〈別賦〉「春宮閟此青苔色，秋帳含茲明月光。夏簟青兮晝不暮，冬釭凝兮夜何長」數句為例，李善註云：

〈詩傳〉：「閟，閉也。」班婕妤〈自傷賦〉：「應門閉兮玉階苔。」劉休玄〈擬古詩〉：「羅帳延秋月。」張儼〈席賦〉：「席為冬設，簟為夏施。」夏侯湛〈釭

燈賦〉：「秋日既逝，冬夜悠長。」

呂延濟註云：

> 言四時相思也。閟，閉也。不暮言其日長也。釭凝謂燈
> 明也。[122]

或解釋字詞，或引徵出處，俞氏則釋爲：「無與同宮，無與同帳。日永而思，夜長而思。」顯然已非傳統箋註方式，而是多出以個人體悟，同時又採取兩兩相對的美文形式，可說是另類能文的展現。綜覽俞氏註文，當中不乏「綜輯辭采，錯比文華」的藝術效果，這或許也是久滯下層文人爲求治生糊口與表露自我的一種方式與手段。

第四節　結語

清代學者對於明代選本多抱持輕蔑態度，《四庫全書總目·總集類序》言：

> 至明萬曆以後，儈魁漁利，坊刻彌增，剿竊陳因，動成巨帙，並無門徑之可言。姑存其目，爲冗濫之戒而已。[123]

俞王言以蕭統《文選》賦爲底本，再從劉節《廣文選》中選錄16篇賦作，另增司馬相如〈哀二世賦〉，纂集成《辭賦標義》，以爲初機

---

[122] 梁·蕭統撰，唐·李善、呂延濟、劉良、張銑、李周翰、呂向註，《增補六臣註文選》，頁306。

[123] 見《四庫全書總目提要》（北京：中華書局，1997年）卷186，頁1685。

之士的梯航之屬，乍看之下，確實有儈魁漁利之嫌。此外，《辭賦標義》編纂目的雖是爲解決《文選》舊註的繁蕪難閱，然俞氏的註解文字，確實也多因襲前人，以解題而言，《辭賦標義》共收錄賦作73篇，於題下置解題文字者40篇，當中多直接引用或刪節《六臣註文選》及《文選纂註》之文字，自出機杼者不多；而未置解題文字者33篇，當中其實不乏六臣有註者，俞氏何以不採用，原因不明。加上俞氏在釋字詞及釋事典方面，亦皆精省李善舊註而來，且對於典故出處均未清楚交代說明，難免予人「剽竊陳因，動成巨帙，並無門徑之可言」之感。

　　然而，誠如嚴志雄所言：

> 文本、文辭不是「意義」的全部，它們呈顯的，有著來自其本身機制的可能限度、制約，以及作者刻意的形構與過濾。文字示現的是它所能承載的極限與完滿，但其背後，隱藏著成就它的、限制它的、更複雜紛紜的意義體系與網絡。[124]

是以，即便是作爲儈魁漁利、商業用途的選本，在表象之外，似也應存在著關於選家、關於生成條件、關於所處時代的，極爲豐富、複雜的信息。

　　明中葉以後由於仕進之路以科舉一途爲尚，然中式名額有限，以致許多文人滯身下層，不得不鬻文爲生，或代人筆耕，或編印書刊，俞王言《辭賦標義》的刊刻，自有其生存的考量。然而即便如此，俞氏仍透過選文、註文，在有意或者無意間，傳達了文人的自我內心世界。

---

[124] 見嚴志雄〈魔鬼在細節中——王漁洋研究與「手抄本文化」〉，《人文中國學報》第19期，2013年9月，頁252。

　　細考《辭賦標義》的編目及選文，即可發現那些更動後的《文選》目次、那些新增加的篇章，在在以不顯眼的方式透露了編纂者的識見與衷腸。

　　而在標義方面，除了解題、釋義多陳因舊註，但在串釋句子、勾勒段意方面，卻是自出機杼，為初學者提供快速掌握一篇文章之方，確實有梯航之功；尤其在註文用語上，未全採傳統箋註形式，而是處處講求辭采與對偶，亦是文士能文的一種展現。

　　此外，《辭賦標義》的版刻樣式，〈凡例〉及內文均採當時普遍通行的宋體字刻版，〈序〉與〈跋〉則是聘請著名的徽刻刻工直接刻製俞氏、金氏手寫行書。這樣的版帙安排，或許是出於成本考量，或許是基於商業宣傳，但不容小覷的是「讀者的觀看」。當讀者的目光遊走在〈序〉、〈跋〉、〈凡例〉與正文之間，那〈序〉上的筆跡，正是俞王言獨一無二的自我表徵，是俞王言物質性的、永久性的存在。

附表一　《辭賦標義》所錄《文選》未收篇目於歷代選集中收錄情形一覽表

作者	篇名	《古文苑》	《楚辭後語》	《文選補遺》	《古賦辨體》	《文章辨體》	《文翰類選大成》	《文體明辨》	《廣文選》
揚雄	〈河東賦〉								●
司馬相如	〈大人賦〉								●
枚乘	〈菟園賦〉	●		●					●
揚乂	〈雲賦〉			●					●
鮑照	〈野鵝賦〉			●			●	●	●
王延壽	〈王孫賦〉	●		●	●		●	●	●
班婕妤	〈擣素賦〉	●		●	●	●	●	●	●
班婕妤	〈自悼賦〉		●	●	●	●	●		●
司馬相如	〈哀二世賦〉		●	●			●		
漢武帝	〈悼李夫人賦〉								
揚雄	〈太玄賦〉	●		●					●
趙壹	〈疾邪賦〉			●					●
中山王文	〈文木賦〉	●			●		●		●
庾信	〈枯樹賦〉	●					●		●
夏侯湛	〈浮萍賦〉								●
司馬相如	〈美人賦〉	●		●	●				●
陶潛	〈閒情賦〉			●					●

第三章

施重光《賦珍》再論

　　施重光《賦珍》8卷，乃明代萬曆年間刻本，目前海內外收藏者為：美國哈佛大學燕京圖書館、中國國家圖書館善本部、北京大學圖書館古籍特藏部、西北大學圖書館古籍珍藏部，此四館所藏皆為同一刻本，只是印行時間不完全一致，可見當時流通的情形。然而，當今學界對此帙的研究僅見程章燦〈《賦珍》考論〉及蹤凡〈《賦珍》補論〉。前者主要介紹哈佛燕京館藏本的版本由來、考證編者施重光及序文撰者吳宗達之生平事蹟、推測《賦珍》刊刻時間、指出《賦珍》選文的來源及主要題材；後者則針對〈《賦珍》考論〉未暇顧及的幾個問題進行補充和引申，主要著重在《賦珍》四種版本的比對，以及分析《賦珍》的體例。

　　本文在此基礎上，藉由重新審視吳宗達〈賦珍序〉，以推斷《賦珍》較為可靠的刊刻時間點；並試圖在施重光未能為《賦珍》編目、撰寫凡例，以致編次極顯混亂的情況下，梳理出《賦珍》的編纂體例及選賦標準；此外，亦針對《賦珍》大量收錄唐代律賦，卻又同時收錄明代復古派作品的矛盾做法，進行深入剖析；最後則釐析《賦珍》評註現象，就前行學者未及處理之處，加以補強，以期對《賦珍》有更整全的認識。

第一節　施重光及其《賦珍》刊刻時間

　　施重光，史籍無傳，據程章燦〈《賦珍》考論〉所言，施重光，字慶徵，號芝山，山西代州振武衛人，萬曆七年舉人，萬曆二十九年進士，官至刑部郎中，以剛直罷歸，著述有《主臣言》、《代州志》、《賦珍》、《唐詩近體集韻》等四種[1]。前兩種今未見，後二者，一為歷代賦選集，一為唐代近體詩選集。

　　關於《賦珍》的刊刻及流傳，蹤凡於〈《賦珍》補論〉一文中指

---

[1]　見程章燦〈《賦珍》考論〉，《賦學論叢》（北京：中華書局，2005年），頁112-117。

出，目前海內外收藏有《賦珍》者爲美國哈佛大學燕京圖書館、中國
國家圖書館善本部、北京大學圖書館古籍特藏部、西北大學圖書館古
籍珍藏部，此四館所藏皆爲同一刻本，只是印行時間不完全一致，哈
佛本爲初印本；國圖本、北大本次之，糾正了哈佛本的一些錯誤，並
於書末多出了盧柟〈幽鞫賦〉一篇；西大本印行時間最晚，並增加了
〈賦珍總目〉[2]。

　　至於《賦珍》的刊刻時間，程章燦依據吳宗達〈賦珍序〉判斷，
應是刊刻於萬曆二十九年至三十二年之間，因吳序中言：「（慶
徵）今宦跡所履，猶然刑名錢穀中，而能澄心玄覽，弔三閭之悱
惻，探六義之幽深。」[3]可知吳宗達爲《賦珍》作序文時，施重光仍
在刑部（刑名）或戶部（錢穀）任職；吳宗達則是於萬曆三十二年探
花及第，隨後即例授翰林院編修，此一特殊身份序中卻隻字未提，
僅於序末自署「延陵友弟吳宗達謹敘」，故吳〈序〉可能作於萬曆
三十二年之前[4]，蹤凡即採取此一看法[5]。然而，程章燦又於〈《賦
珍》考論〉文末小註中提及：明代科舉制度中，考選翰林庶吉士時頗
重作賦本領，《賦珍》所選之賦多爲試賦、獻賦時常見的詠物、頌
聖、應制等題材，因此施重光請吳宗達作序，也有可能是有意借助其
翰林院編修的身份以烘托價值，儘管吳氏本人沒有在序中特別表明身
份。若果眞如此，則吳〈序〉便有可能作於萬曆三十二年之後，而
《賦珍》的刊刻也就有可能在萬曆三十二年以後[6]。由此可知，程章
燦對於《賦珍》的刊刻時間並無明確的定論。

---

[2]　見蹤凡〈《賦珍》補論〉，《遼東學院學報》（社會科學版）第14卷第6期，頁42-43。本文
　　依據的版本乃國立臺灣大學圖書館藏哈佛大學燕京圖書館縮製微卷。

[3]　見吳宗達〈賦珍序〉，施重光《賦珍》（國立臺灣大學圖書館藏哈佛大學燕京圖書館縮製微
　　卷，2007年）。以下所引《賦珍》各卷原文，皆出自此一版本，不再另行加註。

[4]　見程章燦〈《賦珍》考論〉，《賦學論叢》，頁121。

[5]　見蹤凡〈《賦珍》補論〉，頁42。

[6]　見程章燦〈《賦珍》考論〉，《賦學論叢》，頁127。

　　是以《賦珍》的刊刻時間究竟在萬曆三十二年之前或之後？由於施重光未就《賦珍》的編纂動機、編纂體例留下任何隻字片語，因此吳宗達的〈賦珍序〉對於掌握《賦珍》一書的相關訊息便顯得格外重要，勢有必要再進一步仔細檢視，其詞言：

　　　原夫《詩》兼六義，賦其一也。後之稱賦者，率本於
　　　詩，則非全經不舉焉。《三百篇》郊於歌，廟於誦，途
　　　巷於謳呻，本忠孝之極思，發貞幽之至性；山川輿服，
　　　卉木蟲魚，繢寫自然，憂愉殊致，〈三都〉、〈二京〉
　　　實苞孕之。迨夫三閭睠楚，憔悴湘潭，指帝神以陳詞，
　　　假漁卜而寄志，義存諷諭，無取荒淫，賦之權輿，於茲
　　　可睹。西京之文，號為爾雅，而掞藻宣華，特賦為甚，
　　　投湘問鵩之外，似已不免作法於奢。然鮮麗少俳，縱橫
　　　多致，於長卿見風雅之遺焉；子雲遜美，所稱神化所
　　　至，不從人間來者也。東京遞降，性情遠於雕鏤，體裁
　　　弊於聲律，而矯枉之過，直率胸臆，則有若〈赤壁〉、
　　　〈阿房〉，夷於論、記，失步班、張，無論溯源騷雅
　　　矣。明興，孝、肅兩朝，作者蔚起，前標何、李，後幟
　　　王、盧，讞讞者何知，乃形神離合之致，亦略可言，牛
　　　耳中原，未知誰屬。余年友慶徵先生，冥心芳潤，品騭
　　　千秋，採《昭明》之遺英，匯耳目之奇賞，鴻纖畢簡，
　　　今古並收，既羽翼以詩詞，復鼓吹其意義，條分臚列，
　　　郁郁繽繽，涉昆岡而遊玄圃，左顧右盼，殊采照人，此
　　　賦之義也。雖然，請與慶徵言：珍，宇宙間一種精粹不
　　　可磨滅之氣，在人為材，在物為寶，非二也。然用有大
　　　小，品有真贋。上之闡繹聖真，敷陳帝制，知天球神

鼎，傳億祀而懾萬靈，此一珍也。次之引義匡時，誦言悟主，如元龜之告吉，導車之指南，此又一珍也。其或耽精淫豔，買譽名流，庋筆千年，蕩思百日，類宋人之刻楮，誚鄭客之還珠，若者於珍奚當乎？要以珍於己，弗若珍於人；珍於人，弗若珍於世。珍於人則真，珍於世則大，壯夫小技，惟人所為耳。慶徵首對大廷數千言，燭盡不肯出，一時聲稱，藉甚中外。今宦跡所履，猶然刑名錢穀中，而能澄心玄覽，弔三閭之悱惻，探六義之幽深，有材如慶徵，吾不能窺其珍矣。敬弁蕪言，以券異日。

　　吳〈序〉大致上可分為前後兩部分來談。第一個部分，自「原夫《詩》兼六義」至「牛耳中原，未知誰屬」，主要是吳宗達闡述自身的賦學觀點。吳氏以為，賦的來源有二，即《詩經》與《楚辭》。《詩經》中「本忠孝之極思，發貞幽之至性」的揄揚諷頌精神，以及「山川輿服，卉木蟲魚」的自然人文記錄，在〈二京〉、〈三都〉等京都大賦中有所繼承；《楚辭》中「義存諷諭，無取荒淫」的陳詞寄志，則在賈誼的〈弔屈原賦〉、〈鵩鳥賦〉中得到發揮。雖然西漢時期的賦已流於「掞藻宣華」，但仍有司馬相如賦的「鮮麗少俳，縱橫多致」，尚見風雅之遺韻。至於東漢以下的賦，則似無可取，尤其是〈阿房宮〉、〈赤壁〉等唐、宋文賦，幾乎等同論、記一類的文章，既已「失步班、張」，更遑論「溯源騷雅」。由此可見吳氏的賦學復古主張。

　　按一般常理而言，吳宗達為施重光《賦珍》作序，其序中所述應是突顯《賦珍》一書的特色，然而有趣的是，施重光《賦珍》所選之賦盡是「採《昭明》之遺英，匯耳目之奇賞」，凡《文選》已收的賦篇全不採錄，因此吳宗達所推崇的京都賦、賈誼賦、司馬相如賦等都不在《賦珍》編選行列中，反而是收錄了大量的唐宋賦，且多半是

律賦，此即吳氏所謂的「匯耳目之奇賞」。換言之，《賦珍》的編纂旨趣其實與吳宗達的賦學觀點大相逕庭。

此外，《賦珍》還收錄了李夢陽、何景明、王世貞等明代復古派作家賦篇，吳〈序〉中雖然也提及「明興，孝、肅兩朝，作者蔚起，前標何、李，後幟王、盧」，乍看之下，似乎有意推崇李、何、王、盧的文學地位，但吳氏緊接著說：「讙讙者何知，乃形神離合之致，亦略可言，牛耳中原，未知誰屬。」意即復古派文人僅在文學創作上提出等「興與境偕」、「神與境合」[7]（情與景交融、意與象相應）的主張略有可取之處外，但若想要「牛耳中原」，則未必一定。可見吳宗達對於《賦珍》的選文是有些意見的。

因此，吳〈序〉的第二個部分，自「余年友慶徵先生」至「吾不能窺其珍矣」，即針對《賦珍》題名表示看法。首先，吳宗達以爲施氏選賦「鴻纖畢簡，今古並收，既羽翼以詩詞，復鼓吹其意義，條分臚列，郁郁繽繽，涉昆岡而遊玄圃，左顧右盼，殊采照人」，是符合「後之稱賦者，非全經不舉」的定義的，然而所選之賦，是否足以爲「珍」，則可再商榷。於是吳氏先闡釋了所謂的「珍」乃是「宇宙間一種精粹不可磨滅之氣，在人爲材，在物爲寶」，且其「用有大小，品有眞贋」，意謂即便稱爲「珍」者，也未必「珍」，其間尚有大小、眞贋的差別。之後便列舉出三種層次之「珍」：上乘者能夠「闡繹聖眞，敷陳帝制」，其次則能「引義匡時，誦言悟主」，最下者僅能「耽精淫豔，買譽名流」，縱使「庋筆千年，蕩思百日」，也止於類似「宋人刻楮」[8]，三年而成，技藝雖巧，卻難免淪於「買其櫝而還其珠」、「覽其文而忘其用」[9]

7　見明・王世貞《藝苑卮言》卷1，丁福保輯《歷代詩話續編》（臺北：木鐸，1983年），頁961。

8　典故出自《韓非子・喻老》，見張覺《韓非子校疏》（上海：上海古籍出版社，2010年）卷7，頁438。

9　典故出自《韓非子・外儲說上》，見張覺《韓非子校疏》卷11，頁709。

的譏嘲，是以「壯夫小技，惟人所爲耳」。言下之意，透露出賦若
不能達到「闡繹聖眞」、「導車指南」的功效，則只是「童子雕蟲篆
刻」，壯夫不應爲。

　　那麼吳宗達眼中的施重光及其《賦珍》，究竟屬於哪一層次之
「珍」？吳氏言：「慶徵首對大廷數千言，燭盡不肯出，一時聲
稱，藉甚中外。」清人吳重光《代州志》亦載：「（施重光）廷對
時直陳時政，不避權貴，官至刑部郎中，以剛直罷歸。」[10]可見施
重光人材之珍。然吳氏續言：「今宦跡所履，猶然刑名錢穀中，而
能澄心玄覽，弔三閭之悱惻，探六義之幽深，有材如慶徵，吾不
能窺其珍矣。」意指施重光於公務繁忙之中，仍能頤探《詩經》、
《楚辭》之幽深、悱惻，值得肯定；然而，「有材如慶徵，吾不能
窺其珍矣」一語，則又弔詭地不直接稱許《賦珍》之珍，而是自言
不能窺其珍。其實，依照全〈序〉的行文脈絡看下來，「有材如慶
徵」是對施重光在廷對表現上的讚許，因其已然達到「引義匡時，
誦言悟主」的境界；「吾不能窺其珍矣」則是就施重光在刑部任
上猶能弔三閭、探六義，發掘辭賦中諷頌揄揚、慷慨陳詞的精神而
論，但《賦珍》的編纂卻又不是依循此原則，反倒是收錄了大量的
唐代律賦，律賦在創作上必須嚴格遵守對仗、聲韻的限制，可說是
「雕蟲篆刻」的極致；又，即便收錄了復古派文人的賦作，但所選也
非具備詩騷精神的作品，如李夢陽〈疑賦〉、〈鈍賦〉等擬詩、騷之
作不錄，反而只收散體〈大復山賦〉，此賦專爲友人何景明而作，
氣勢雖然宏偉，然而用字艱澀，再加上吳宗達對於復古派文人並非
全然贊同，因此才有「吾不能窺其珍矣」的模稜兩可回應。〈序〉
末的最後兩句「敬弁蕪言，以券異日」，吳氏聲稱自己所言爲「蕪
言」，即便可視爲謙遜之詞，然就爲人作序意在賞譽的這層意義而
言，似乎不甚妥貼；至於「以券異日」，「券」有契據、憑證之

意，此處的用法類似王先謙《荀子集解・序》：「刻成，謹弁言簡端，竝揭荀子箸書之微旨，與後來讀者共證明之云。」[11]亦即施重光《賦珍》是否爲珍爲寶，只能付之他日證明。

綜上所述，吳宗達對於施重光編纂《賦珍》一事，似未給予直接的肯定，尤其〈序〉中吳氏以年友的身份「請與慶徵言」「珍」者爲何，更有互相討論切磋的意味，是以〈序〉末仍以「延陵友弟吳宗達謹敘」署名[12]。程章燦以此一署名方式判斷《賦珍》可能刊刻於萬曆三十二年以前，但又從《賦珍》選賦題材推測可能刊刻於萬曆三十二年之後；筆者以爲，若就〈賦珍序〉行文脈絡而言，《賦珍》刊刻於萬曆三十二年之後的可能性較高，理由如下：

一、請人作序以爲延譽之風起於西晉左思〈三都賦〉，「賦成，時人未之重，思自以其作不謝班、張，恐以人廢言」，故請當時享有高譽的安定皇甫謐爲之作序，爾後著作郎張載、中書郎劉逵爲之作註，司空張華大爲歎服，於是豪貴之家競相傳寫，洛陽爲之紙貴[13]。據吳宗達〈賦珍序〉所言，施重光當時已於刑部任官，且名聲甚藉中外，照理說，施氏似無必要非得請求當時未獲功名、僅有同年之誼的吳宗達爲其《賦珍》作序，尤其是吳宗達對《賦珍》並非100%的推舉。

二、據哈佛本吳宗達〈賦珍序〉書口下方刊有「□邢部□□鋪刊」等字樣[14]，可見這是一本官方刻書，其流通的對象不外乎國子監生、翰林庶吉士及館閣、郎署等文臣，施氏似乎更無理由邀請當時僅具舉人身份的吳宗達作序。

---

[11]　清・王先謙《荀子集解》（北京：中華書局，1988年），頁1。

[12]　據程章燦考證，吳宗達於萬曆二十八年考中舉人，次年即入京參加會試並中式，然不知何種原因未參加殿試，因此未能與施重光同年（萬曆二十九年）進士及第，但仍可算是施重光之同年。見氏著〈《賦珍》考論〉，《賦學論叢》，頁120。

[13]　事見唐・房玄齡《晉書・左思傳》（北京：中華書局，1997年）頁2376。

[14]　國圖本、西大本則是刻有「住邢部街韓鋪刊」等字樣，見蹤凡〈《賦珍》補論〉，頁42。

　　三、從吳宗達作序的口吻看來，著實不像一位舉人同刑部郎中對話的口氣，反倒有幾分類似以長者之姿指導後輩如何爲文的味道。因此，〈賦珍序〉作於吳宗達探花及第並任翰林院編修後的可能性較大。

　　至於〈賦珍序〉若果眞作於吳宗達翰林院編修任上，吳氏何以不加署此一頭銜？除了吳氏不甚認同《賦珍》的選文標準、質疑《賦珍》能否稱「珍」之外，恐怕還與吳宗達出身翰林、施重光任職刑部，與長久以來翰林官員主文事、六部官員主吏事的傳統有關。在明代的公眾視野中，翰林院是中央文學的正統，掌握著官方文學的權力，至弘治、正德年間，翰林掌文事、六部掌吏事，仍是時人的共識，趙貞吉〈刊劉文簡公文集後序〉云：

> 是時，諸司勤於案牘，止重吏事，至著作盡詆曰：「此翰林事，非吾業。」雖諸翰林亦曰：「文章，吾職也。」而不讓。質直厚溫暢，正而無枝葉，操觚指事，辭若不足而氣常有餘。故當是時，信道信度，淳風大行，海內充富，將勇馬騰，館無慢書，徼無侵疆，此亦世之最盛而得士之最效然也。公蓋始終弘治、正德之世矣。[15]

然而到了正德以後，由於復古派文人多出自刑部，經常辦有文會、詩社等活動，甚至有小翰林、西翰林之稱，因此刑部的文學傳統逐步形成，中央的文學權柄則逐漸旁落於郎署手中[16]，上引趙貞吉序即是

15　見劉春《東川劉文簡公集‧後序》（《續修四庫全書》集部第1332冊），頁380。
16　關於明代館閣、郎署的文學權柄之爭，可參見廖可斌《明代文學復古運動研究》（上海：上海古籍出版社，1994年），頁187-244；葉曄《明代中央文官制度與文學》（杭州：浙江大學出版社，2011年），頁209-321。

作於嘉靖三十三年，追憶往昔翰林執掌文柄的自信與風光。萬曆年間，楊道賓爲萬曆甲辰科（三十二年）庶吉士館課合集作序時，對於文歸館閣，便有著強烈的呼籲：

> 夫山林、臺閣，昔嘗歧為兩途。與在山林，則謂歡愉難工，而奧妙發於愁思；與在臺閣，則謂枯槁易減，而豐潤本於志得。未若今歧臺閣而兩之，居詞林者為館閣體，而他曹署綴文者自謂合作。故旗鼓建於館閣，僅僅守綏，而建旗鼓於他曹署，拔幟立赤，直欲席勝長驅，其乘館閣暇乎？無亦吹毛館閣，而耳食者、吠聲者群為詆訶有年矣。邇《蒼霞》、《黃離》兩集，紙貴都門，人人齰舌，不敢以雌黃加，而彬彬後起，無不標的《蒼霞》、《黃離》。惟是歷年館課，非宋元之不振，而今年甲辰諸課，猶文摹班、馬之疊，詩搗李、杜之壁，詢躍冶之金、伐山之材，余固知之稔矣。始焉離，終焉合，合者不獨《蒼霞》、《黃離》二集，而觀之館課，無不合也。無論臺閣，即山林不得以難工易好歧矣。彼謂懸正鵠於詞林，其知言也夫，其知言也夫。[17]

楊氏（萬曆十四年進士，授編修）〈序〉中指出，早期文學僅有臺閣（在朝）、山林（在野）之分，意即中央文權掌握在翰林手中。如今臺閣之外，竟又出現曹署綴文者，大張旗鼓，乘館閣之暇，席勝長驅，意欲與臺閣爭奪文柄。但這些郎署作家在楊氏的眼中，不過是一群吹毛館閣文體、專講格調聲律的「耳食者」、「吠聲者」而

17　見楊道賓〈甲辰館課序〉，《新刻甲辰科翰林館課》卷首，引自葉曄《明代中央文官制度與文學》，頁98。

已。幸有葉向高（萬曆十一年進士，授庶吉士，後升爲編修）、郭正
域（萬曆十一年進士，授編修）兩人分以《蒼霞草全集》、《合併
黃離草》崛起於詞林，現又有甲辰新科庶吉士「文摩班馬，詩搗李
杜」，是以「懸正鵠於詞林」、文歸館閣，是當時翰林閣臣的共同意
識。而吳宗達正是萬曆甲辰科進士，初授編修，在這樣的政治氛圍
下，即便與施重光有同年之誼，卻也不必干犯時風，爲刑部刻書冠上
翰林官職；且吳〈序〉中對於復古派文人的評價，以及對文學走向
的主張，實與楊道賓的看法接近。然也就是礙於與施重光的同年之
誼，於是僅以年友的身份作序。是以，《賦珍》刊刻於萬曆三十二年
以後的機率較大。

　　關於《賦珍》的版刻樣式，由於本文所據乃哈佛大學燕京圖書館
縮製微捲，其原帙樣式，據程章燦描述爲：「半葉12行20字，四周
雙邊，白口，單魚尾，書眉上刻評，書口下間有刻工並字數。框高
22.7釐米，寬15釐米。」[18]當中「半葉12行20字」是就正文而言，正
文後施重光另附的相關資料或評語，則是採小字雙行，以爲區別。此
外，就字樣來說，書前吳宗達〈序〉爲吳氏以行楷書寫後上版，正文
及所附評語則是採用顏體。

---

[18] 見程章燦〈《賦珍》考論〉，《賦學論叢》，頁113。

吳宗達〈賦珍序〉　　　　　《賦珍》內文

第二節　《賦珍》編纂體例

　　施重光《賦珍》一書，雖名爲賦總集，然誠如吳宗達〈序〉中所言，該書除了輯錄古今賦篇之外，「既羽翼以詩詞，復鼓吹其意義」，即在選賦之餘，還另外收錄了與該篇賦作相關的詩文作品及歷史資料，因此吳宗達以「條分臚列，郁郁繽繽，涉昆岡而遊玄圃，左顧右盼，殊采照人」等語句，肯定其收錄之博與奇。由於施重光未及替《賦珍》撰寫序與凡例，是以本文即就書中收錄及編排作品的實際情形進行爬梳，以說明施重光《賦珍》的編纂體例及旨趣[19]。

---

[19]　程章燦〈《賦珍》考論〉、蹤凡〈《賦珍》補論〉二文，對於《賦珍》的編纂體例亦有分析說明，本文即在此基礎上，就上述二文未細究之處，再進一步詳述。

一、分卷依據

　　《賦珍》共八卷，除卷八註明補遺外，其餘七卷均未特別標目；
然就其各卷所收賦篇看來，原則上是依題材加以分類編纂，茲依程章
燦的歸類，條列如下：

　　　卷一：天象、歲時。包括日月星象、風雨雷電、春耕秋收、四季
　　　　　　節序等。
　　　卷二：地理、山川。包括名山大川、江河湖海、湯泉鹽池等。
　　　卷三：朝會、禮儀。包括禋祀、耕籍、射、博弈等。
　　　卷四：音樂、伎藝。包括百樂、鐘鼓、雜伎、工藝等。
　　　卷五：京殿、苑囿。包括京都、宮殿、樓臺、舟車、器用、服
　　　　　　章、飲食等。
　　　卷六：草木。包括各種花草樹木。
　　　卷七：鳥獸、蟲魚。包括相關的符瑞題材。
　　　卷八：補遺。補收前此諸卷漏收的各類題材賦作及明人賦篇[20]。

　　此七大類目的編排次序，基本上採取一般類書以天、地、人、
事、物為序列的方式組織[21]，尤其是文學類書《文苑英華》更是其取
資的對象，施重光於卷一成公綏〈天地賦〉末所附的評語即言：

　　　《文苑英華》載唐賦幾千首，求其矯矯若子安言，少雙
　　　矣。余謂《選》後更無賦，是耶？非耶？

可見《文苑英華》乃施重光編纂《賦珍》時的重要參考書目[22]。《文
苑英華》的編纂方式乃先按賦、詩、歌行、雜文等文體分目，於各文

---

[20] 見程章燦〈《賦珍》考論〉，《賦學論叢》，頁123。
[21] 有關類書的編纂體例可參見孫永忠《類書淵源與體例形成之研究》（臺北：花木蘭文化出版
　　社，2007年），頁105-125、137-170。
[22] 據本文統計，《賦珍》所收唐賦計234篇，其中161篇出自《文苑英華》。

體之下再依題材分類選文。以賦門為例，其下別有四十類目，依次為：天象、歲時、地理、水、帝德、京都、邑居、宮室、苑囿、禋祀、行幸、諷諭、儒學、軍旅、治道、耕籍、樂、雜伎、飲食、符瑞、人事、志道、志、射博弈、工藝、器用、服章、畫圖、寶、絲帛、舟車、薪火、畋漁、道釋、紀行、遊覽、哀傷、鳥獸、蟲魚、草木。《賦珍》卷一、卷二即是《文苑英華》前四類「天象、歲時、地理、水」類目；卷六、卷七則是《文苑英華》後三類「鳥獸、蟲魚、草木」類目；其餘的卷三至卷五則囊括了「帝德、京都、邑居、宮室、苑囿、禋祀、儒學、軍旅、耕籍、樂、飲食、符瑞、器用、服章、寶、絲帛、舟車、道釋」等類目。是以《賦珍》在體例編排上極大程度地取徑了《文苑英華》。

　　雖然如此，但細考施重光各卷的選文歸類，仍有與《文苑英華》相異之處，例如：卷一主要收錄天象、歲時類賦篇，但潘炎〈日抱戴賦〉、常惟堅〈立春出土牛賦〉、敬括〈八卦賦〉，在《文苑英華》中則分屬符瑞、地、儒學類；卷二主要收錄地理、山川類賦篇，但楊諫〈月映清淮賦〉、無名氏〈金賦〉，在《文苑英華》中乃分屬天象、寶類；卷四主要收錄音樂、伎藝類賦篇，但王起〈書同文賦〉、〈墨池賦〉、謝觀〈大演虛其一賦〉，在《文苑英華》中分屬儒學、水、天象類；卷六以收錄草木類賦篇為主，卻也收錄隸屬於《文苑英華》道釋類項下的李子卿〈瑞光賦〉、符瑞類項下的無名氏〈平露賦〉。張氏的歸類是否恰當？以敬括〈八卦賦〉為例，其言：

太古之氣，是生兩儀，浩然莫測，淵乎勿為。雖混沌之已判，尚冥濛而未知。既不辨其兩偶，孰能察其三奇？爰有皇聖，其惟伏羲，索四營之妙理，究三才之大規。乃畫八卦，以窮萬象；神可以測來，智可以藏往。辨庶品於奇功，握群形於指掌。使六位之恆存，乃百王之是

仰。故乾以至健，坤以利貞；含千變之象，類萬物之
情。起潛龍以設位，立牝馬而開名；為大易之門戶，極
天下之至精。離以象日，巽以為風；既明照於天下，復
扇動於虛空。凡有象而皆見，無幽而不通；誠自然之妙
理，亦變化之神功。爾其震位生木，坎方生水；擢修
木於千尋，泊長波於萬里。和眾籟而成響，寫群峰而倒
峙。則有兌取於金，艮乃為止；既兼山而立卦，亦麗澤
而成軌。表三索於永終，瞻萬物於資始。莫究其探賾之
妙，虛測其精微之理；物欲象而斯來，窮則變而無已。
信可決疑辨誤，訓人軌物。必定志以先占，乃端蓍而後
揲。以通其變，使人不倦。賢哲好之以洗心，愚夫睹之
以革面。則知卦之為道，其亦至微，妙不可測，理不可
違。既設爻以盡數，亦觀象而知幾；天地由其開闢，陰
陽由其發揮。總百慮而一致，混殊途而同歸。

此賦主要是由伏羲畫卦談起，強調乾、坤、離、巽、震、坎、兌、
艮等卦象「訓人軌物」的教化意義，要人「莫究其探賾之妙，虛測
其精微之理」，而是要「好之以洗心，睹之以革面」，是以《文
苑英華》將其收入儒學類；施重光或許以賦文開端數語（「太古之
氣，是生兩儀，浩然莫測，淵乎勿為。雖混沌之已判，尚冥濛而
未知」）為據，而將它置於天象類賦作中，如此歸類，恐怕不能盡
顯敬括作此賦的意義。又如李子卿〈瑞光賦〉，此賦原題為〈興唐寺
聖容瑞光賦〉，內容主要描寫興唐寺內的佛像聖容及其所散發的瑞
光，所謂：

睟容若動，慈眼如睞，清淨而青蓮始春，圓明而白月新
霽。光然照夜，瑞有應於周王；像乃見時，夢豈慚於漢

帝？既營珠額，仍輝玉毫。見之者宜知極樂之近，仰之
者誰識須彌之高？心遂得於真正，身豈有於塵勞。乘流
者於焉捨筏，滯縛者於此操刀。夫其發靈光，凝瑞相；
異色傍射，晴暈遠暢。陽烏自耀於易谷之中，燭龍滅焰
於鍾山之上。自臺頂而咸睹，歷恆山而遠望；赤光照室
而多慚，紫氣度關而應讓。於是百辟奔走，萬姓知歸，
拂塵而香雲自遍，著人而花雨如飛。

是知〈瑞光賦〉旨在讚佛，因此《文苑英華》將之歸於釋道類；施
重光雖未明言此賦為草木類，但不僅省略了原本賦題中「興唐寺聖
容」數字，又將其收錄在卷六第一篇，著實略顯突兀[23]。
　　至於《文苑英華》中諷諭、人事、志、紀行、遊覽、哀傷等類賦
作，《賦珍》一概不取，大抵是因《賦珍》乃刑部刻書，而上述賦
作不是托意微詞以明治亂，就是賢人失志抒情寫懷，多少帶有激憤
慷慨、哀怨淒絕的味道，如此格調，似乎不適合朝中士子閱讀。據
《明史》記載，明代科舉雖已不試賦，但在考選翰林庶吉士時仍頗
重視作賦的本領，且在庶吉士的館課科目中，賦亦是其中之一；此

23　卷六所收賦篇依序為：李子卿〈瑞光賦〉、唐佚名〈神蓍賦〉、孔璠之〈奇艾賦〉、顏師古
〈蘭賦〉、傅玄〈芸賦〉、謝朓〈杜若賦〉、傅玄〈鬱金賦〉、程諫〈蓂莢賦〉、唐佚名
〈平露賦〉、楊炯〈青苔賦〉、常袞〈浮萍賦〉、謝偃〈高松賦〉、魏徵〈檳栢賦〉、摯虞
〈槐賦〉、崔鎮〈梧桐賦〉、薛逢〈天上白榆賦〉、朱鄴〈扶桑賦〉、簡文帝〈梅花賦〉、
皮日休〈桃花賦〉、舒元輿〈牡丹賦〉、張昌言〈瓊花賦〉、鮑照〈芙蓉賦〉、高似孫〈水
仙花賦〉、徐勉〈萱花賦〉、王筠〈蜀葵花賦〉、鍾會〈菊賦〉、傅咸〈欸冬花賦〉、張
九齡〈荔枝賦〉、李德裕〈瑞橘賦〉、傅玄〈桃賦〉、〈李賦〉、吳筠〈竹賦〉。除李子卿
〈瑞光賦〉、唐佚名〈平露賦〉之外，其餘賦作皆以花草樹木為題，是以施重光將李子卿
〈瑞光賦〉置於卷六之首，似乎不宜。本文以為，若施氏必欲收錄〈瑞光賦〉，或可置於卷
八補遺目中。

外，帝王亦偶有特命文臣作賦之舉[24]。此類館閣、朝臣賦作，以頌聖
為主，故題材多集中在天象、典禮、禎祥、巡幸、宮殿等類目上，
《賦珍》一書，從其選賦題材看來，與館閣賦作相吻合，可以推測閱
讀受眾應是庶吉士或朝中官員，供其寫賦時參考，因此義非雍容典
雅者，自然不取。

二、編纂方式

(一) 編次

《賦珍》所收錄的賦篇雖然上起先秦，下至明代，然於各卷中
的排列順序則是採取類書「比類相從」[25]的形式，而非依時代先後
為次。如附錄一所示，卷一「天象」乃第一級類目，以下則以「天
地」、「天」、「日」、「月」、「天象」、「星」、「雲」、
「風」、「雷」、「雨」、「露」、「雪」等為第二級類目，所錄賦
篇分別為：晉成公綏〈天地賦〉、元黃晉卿〈太極賦〉、唐劉允濟
〈天賦〉、唐翟楚賢〈碧落賦〉、唐李邕〈日賦〉、唐李程〈日五
色賦〉、唐潘炎〈日抱戴賦〉、漢公孫乘〈月賦〉、唐潘炎〈月重
輪賦〉、漢張衡〈大象賦〉、後魏張淵〈觀象賦〉、梁陸雲公〈星
賦〉、唐張叔良〈五星同色賦〉、唐崔損〈北斗賦〉、宋孔文仲
〈三階平則風雨時賦〉、唐盧肇〈天河賦〉、漢楊乂〈雲賦〉、唐
李悁〈五色卿雲賦〉、唐佚名〈風賦〉、晉李顒〈雷賦〉、唐玄宗
〈喜雨賦〉、唐佚名〈秋露賦〉、唐白行簡〈五色露賦〉、後周劉璠
〈雪賦〉。由此可見，《賦珍》的編纂體例重在「分類條例」，以為

---

24 以上可參見本書第一章，頁2-5。

25 語出歐陽詢《藝文類聚・序》，其云：「以為前輩綴集，各杼其意。《流別》、《文選》，
專取其文，《皇覽》、《遍略》，直書其事。文義既殊，尋檢難一。爰詔撰其事目文，棄其
浮雜，刪其冗長，金箱玉印，比類相從，號曰《藝文類聚》，凡一百卷。其有事出於文者，
便不破之為事。故事居其前，文列於後。俾夫覽者易為功，作者資其用，可以折衷今古，憲
章墳典云爾。」（臺北：新興書局，1969年），頁1-2。

寫作相同題材作品時的指導，而不在強調歷代辭賦的發展流變。

(二)版樣

前文提及，《賦珍》除了選賦，還收錄了大量與該篇賦作相關的詩文作品及歷史資料。換句話說，《賦珍》不同於其他辭賦選本只是單純地選錄賦作或賦體雜文，而是融合了賦、詩、文於一帙之中，內容顯得相當龐雜，若僅止於「條分臚列」，恐怕難以達到「覽者易為功」[26]的效果。因此，施重光特別於排印方式上費了些心思，主要以不同的編排方式區分賦及詩、文、相關資料。

首先，就排印的先後順序而言，通常於賦文之後，先附上與該賦題相關的知識解說，包括典章、制度及故實，再於解說之後附上同一題材的作品，有時是賦，有時是詩或文。以卷一唐代常惟堅〈立春出土牛賦〉為例，賦後先說明「出土牛」的意義及相關知識：

> 土勝水，牛善耕，勝水故可以勝寒氣，善耕故可以示農耕之早晚。其法以歲之干色為首：甲至癸為十干，甲乙木其色青，丙丁火其色赤，戊己土其色黃，庚辛金其色白，壬癸水其色黑。支色為身：子至亥為十二支，寅卯木其色青，巳午火其色赤，申酉金其色白，亥子水其色黑，辰戌丑未土其色黃。納音色為腹：若甲子乙丑金其色白，丙寅丁卯火其色赤，他皆仿此。以立春日干色為角、耳、尾，支色為脛，納音色為蹄。若甲子歲，甲為干，其色青，則青為白為腹。又若丙寅日立春，丙為干，其色赤，則赤為角、耳、尾；寅為支，其色青，則青為脛；納音火，其色赤，則赤為蹄。

---

26 語出歐陽詢《藝文類聚‧序》，頁2。

「立春出土牛」乃古代送寒迎春的儀式，《禮記・月令》載：「出土牛以送寒氣。」[27]《後漢書・禮儀志》亦載：「立春之日，夜漏未盡五刻，京師百官皆衣青衣，郡國縣道官下至斗食令史皆服青幘，立青幡，施土牛耕人於門外，以示兆民，至立夏。」[28]又載：「是月也（季冬之月），立土牛六頭於國都郡縣城外丑地，以送大寒。」[29]可知在舉行送寒儀式時，須出具土牛以祈福。而土牛的形象則有一定規制，必須根據五行之說進行製作。宋代向孟曾撰有《土牛經》一卷，內容分爲四部分，分別爲：釋春牛顏色、釋策牛人衣服、釋策牛人前後、釋籠頭韁索，明代周履靖重新校梓，收入萬曆二十五年金陵荊山書林首刻的《夷門廣牘》叢書中。據《土牛經・釋春牛顏色》載：

> 常以歲干色爲頭，從甲乙丙丁戊己庚辛壬癸爲十干，甲乙木其色青，丙丁火其色赤，戊己土其色黃，庚辛金其色白，壬癸水其色黑，餘仿此。支爲身色，從子丑寅卯辰巳午未申酉戌亥爲十二支，寅卯木其色青，巳午火其色赤，申酉金其色白，亥子水其色黑，辰戌丑未土其色黃，餘仿此。納音爲腹，從金木水火土爲納音，金白，木青，水黑，火赤，土黃，以五色言之。立春日干色爲角、耳、尾，支色爲脛腿，納音色爲蹄。假令甲子歲立春，甲爲干色，色青，用青爲牛頭；子爲支，其色黑，黑爲身；納音金，其色白，白爲腹。丙寅至春，丙爲幹，其色赤，用赤爲角、耳、尾；寅爲支，其色青，用

27　見《禮記・月令》，《十三經註疏》（臺北：藝文印書館，2001年），頁347。

28　見南朝宋・范曄《後漢書》志第四，頁3102。

29　同前註，志第五，頁3129。

為脛䏦；納音是火，其色赤，用赤為蹄。[30]

　　文中主要描述土牛製作之法，必須配合干支以用色。施重光於〈立春出土牛賦〉所附的「出土牛」知識解說，其文字與《土牛經·釋春牛顏色》幾乎完全相同，應是採用《土牛經》之說，卻未註明出處，實欠嚴謹。

　　之後則依序附上韋充〈東風解凍〉（題下註：正月初候）、謝觀〈初雷啓蟄〉（二月末候）、王起〈鑽取榆火〉（三月清明）、許敬宗〈麥秋至〉（四月末候）、張仲素〈反舌無聲〉（五月中候）、陳章〈腐草為螢〉（六月中候）、蕭穎士〈寒蟬鳴〉（七月中候）、陳喜〈秋鸑辭巢〉（八月初候）、崔損〈霜降〉（九月中氣）、林滋〈小雪〉（十月中氣）、裴度〈律中黃鐘〉（十一月冬至）、權德輿〈鵲巢背太歲賦〉（十二月初候）等十二篇賦，並於眉欄註明：「倣〈夏小正〉每月授採氣候一賦」。爾後又再附上梁簡文帝〈元夕列燈〉、賈餗〈中和節獻農書〉、張協〈三日祓禊〉、唐人〈五日續命〉、庾信〈七夕穿針〉、歐陽詹〈中秋望月〉、傅亮〈九日登館〉、喬琳〈除夕大儺〉等八賦，眉欄加註說明：「歲時採其尤雅者次之篇。」此為賦後附有故實解說，並引錄相關賦作之例。

　　然而也有未附上事典說明即直接引錄作品之例，如：卷二宋支曇諦〈廬山賦〉，賦後僅附〈廬山五老峰〉、〈登廬山東峰觀九江合彭蠡湖〉、〈紫霄峰〉、〈瀑布水〉、〈青牛谷〉等詩；卷三唐喬潭〈裴將軍舞劍賦〉，賦後隨引仲無頗〈蹋鞠〉、高無際〈鞦韆〉賦；卷五宋梁周翰〈五鳳樓賦〉，賦後僅節錄李尤〈闕銘〉、溫子昇〈閶闔門文〉；漢邊讓〈章華臺賦〉，賦後引錄陸贄〈請不置瓊林大盈二庫狀〉、韓維〈論敕不由銀臺司疏〉、權德輿〈昭文館大學士壁記〉、李華〈著作郎壁記〉、司馬君實〈諫院題名記〉、曾肇〈御史

---

[30]　見周履靖《夷門廣牘》（臺北：臺灣商務印書館，1971年）第九冊，頁75-77。

臺記〉。

　　至於賦後若同時引錄詩、賦、文，則其排列順序爲：首詩、次賦、末文。如卷二南朝宋謝靈運〈羅浮山賦〉，先附上明代于愼行〈嶂山歌〉、〈燕子磯歌〉，再附上劉楨〈黎陽山〉、潘岳〈虎牢山〉、李德裕〈大孤山〉等賦，最末附上〈棧道山〉、〈七盤山〉、〈馬當山〉、〈二嶺〉等文。據筆者查考，〈棧道山〉實則全引唐歐陽詹〈棧道銘〉，〈七盤山〉、〈馬當山〉則分別節錄皮日休〈藍關銘〉、陸龜蒙〈馬當山銘〉，故施重光於文末云：「詹、皮、陸三銘皆不及格，姑存之，以考山一方。」至於〈二嶺〉則不知出自何處，施氏〈二嶺〉原文如下：

> 芝溪嶺一曰老鼠梯，木合嶺一曰馮公嶺。楊大年比之蜀劍閣，皆臺處險要地。昔人云：上馮公嶺，下老鼠梯，一人守關，萬夫莫開。

似爲芝溪嶺、木合嶺的地理形勢介紹。考清初顧祖禹《讀史方輿紀要》卷九十四載：

> 芝溪嶺，橫亙數十里，下臨大溪，俗名老鼠梯。昔所云：上馮公嶺，下老鼠梯，一人守險，萬人莫開。故處州形勢，以青田爲最云。[31]

又：

---

[31] 見清初顧祖禹《讀史方輿紀要》（臺北：樂天出版社，1973年）卷94，「浙江六」，頁3925。

　　馮公嶺縣西南二十里，一名木合嶺。……《防險說》：
「馮公嶺與青田縣之老鼠梯，皆一人守險，萬人莫開之
處。守馮公嶺，則寇無從上；守老鼠梯，則寇無從下。
馮公嶺失，則處不可固矣。」[32]

《讀史方輿紀要》云「一人守險，萬人莫開」語，乃出自明代唐順
之（嘉靖八年進士）、王士騏（萬曆十七年進士）等人撰輯的《防險
說》，因此，施重光的〈二嶺〉之說，或許出自《防險說》。從文中
所載錄的文字看來，亦是爲備考「山之一方」。

　　綜上所述，《賦珍》雖屬選賦之作，但其編排順序，先是故實解
說，後則引錄相關作品，完全採取《藝文類聚》「故事居其前，文
列於後」[33]的編輯體例；且若所引作品包括詩賦文，則其次序又是先
詩、次賦、後文，亦同於類書的選文次序；加上施重光於某些選文之
後（如謝靈運〈羅浮山賦〉後節引〈棧道銘〉、〈藍關銘〉、〈馬當
山銘〉、《防險說》）加註說明選文目的是「以爲備考」。因此，
《賦珍》除了在選賦目次上取步文學性類書《文苑英華》外，在編纂
體例及性質上也是依仿類書。

　　其次，就排印的版面樣式而言，又分別有頂格排印、低一格排
印，單行大字、雙行小字的區別，藉以分出從屬關係、各類文體，以
及該篇文本的重要性。

　　先就賦說明，《賦珍》選賦452篇[34]，包括：主要賦作299篇（參

32　同前註。

33　語出歐陽詢《藝文類聚·序》，頁2。

34　程章燦〈《賦珍》考論〉言《賦珍》收賦345篇（《賦學論叢》，頁125）；蹤凡〈《賦珍》
　　補論〉採程章燦統計數字，並根據北京國家圖書館藏《賦珍》書末多出盧柟〈幽鞫賦〉一
　　篇，因此言《賦珍》收賦346篇（頁44）。然經本文仔細分類、統計，除去哈佛本未見的盧
　　柟〈幽鞫賦〉，《賦珍》共收賦452篇。

見附表二）、主要賦作之後引錄的同題賦作20篇（參見附表二），以及主要賦作之後引錄的相關題材賦作133篇（參見附表三）。主要賦作皆書寫完整賦題，且頂格排印；同題賦作，不再書寫題名，但取低一格排印；相關題材賦作，乃節錄文本，並於賦題中省去「賦」字，如：宋祁〈燕射賦〉後引唐白居易〈射中正鵠〉、喬潭〈破的〉、楊弘貞〈貫七札〉、何據〈穿楊百中〉、周庾信〈馬射〉等。由此可看出彼此之間的主從關係。同時，《賦珍》所錄之賦，無論主要或次要，一律採單行大字印刷。

　　至於《賦珍》所引詩文，一律取低一格並以雙行小字印刷。取低一格，表其重要性不如賦；雙行小字，藉以區辨該文本究竟為賦，或者為詩文。蓋因主要賦作之後所引錄的賦篇，多屬節錄，加上省去賦題中的「賦」字，容易令人產生混淆或誤解[35]，如傅玄〈鬱金賦〉後引曹植〈迷迭〉、郭璞〈申椒〉、江淹〈藿香〉、其引文如下：

> 播西都之麗草兮，應青春而凝暉。流翠葉於纖柯兮，結微根於丹墀。信繁華之速實兮，弗見凋於嚴霜。芳暮秋之幽蘭兮，麗崑崙之芝英。既經時而收採兮，遂幽殺以增芳，去枝葉而特御兮，入綃縠之霧裳。附玉體以行止兮，順微風而舒光。（曹植〈迷迭〉）
> 椒之灌植，實繁有蓁，薰林烈薄，酵其芬莘，爰採靈葩，紉佩同珍。（郭璞〈申椒〉）

---

[35] 據蹤凡〈《賦珍》補論〉所言，西北大學圖書館藏《賦珍》，於吳宗達序下刻有〈總目〉，然當中有不少錯誤，如卷一謝良輔〈秋霧〉後引〈秋雪〉，〈秋雪〉乃詩，〈總目〉卻植為〈秋雪賦〉；又如卷二謝靈運〈嶺表賦〉下引韓退之〈谷〉、柳子厚〈丘〉，〈總目〉題為〈谷賦〉、〈丘賦〉，但實際上此二文為〈送李愿歸盤谷序〉及〈鈷鉧潭西小丘記〉（頁44）。〈嶺表賦〉乃大字單行排印，〈谷〉、〈丘〉採小字雙行排印，尚能產生如此誤解！由此可以想見，若《賦珍》版印時，賦、詩、文無字形大小的區隔，恐將產生更多的混誤。

> 桂以過烈，麝以太芬，誰及蕙香，微馥微薰，攝靈百
> 仞，養氣青雲。（江淹〈蕙香〉）

乍看之下，僅知題目均爲香草類植物，卻無法準確判別文類。因上引
三文皆押韻，除曹植〈迷迭〉明顯可知是騷體，其餘二文也有可能
是賦。實際上，上述三文分別爲〈迷迭香賦〉、〈椒贊〉、〈蕙香
頌〉，施重光均將題名中的文體名刪去，甚至改動原本題名；如此一
來，若不以大、小字做區別，實不方便覽閱。

　　此外，主要賦篇之後，所附的相關知識解說，亦是以取低一格、
雙行小字的方式排印。

　　以上爲《賦珍》的編排方式，雖然施重光未曾撰寫凡例，但從目
次、主要賦篇、引錄作品的順序、版樣，卻不難看出其在編錄上仍
具有清楚的邏輯概念，尤其是取法類書「比類相從」、「故事居其
前，文列於後」的形式，讓《賦珍》一書在萬曆年間眾多的賦選總
集中，即使仍有瑕疵（如：採用前人之說不註明出處、但憑己意更動
題名未加說明），卻能別樹一幟。

第三節　《賦珍》選賦情況

　　吳宗達〈賦珍序〉指出，施重光《賦珍》乃「採《昭明》之遺
英，匯耳目之奇賞，鴻纖畢簡，今古並收。」考《賦珍》收賦452
篇，凡《文選》已收之賦《賦珍》不再重複，除了如吳氏所言的採拾
遺英之外，恐怕更多的是爲了證明「《選》後豈無賦？」因此《賦
珍》收賦雖「今古並收」，上起先秦，下至明代，卻主要以《文苑
英華》爲底本，大量收入唐賦[36]，以下即表列《賦珍》於各朝代的選

---

[36] 施重光云：「《文苑英華》載唐賦幾千首，求其矯矯若子安言，少雙矣。余謂《選》後更無
賦，是耶？非耶？」見《賦珍》卷一成公綏〈天地賦〉末評語。

賦數量：

朝代		主要賦篇數量	引錄賦篇數量	合計	占全書比例
先秦		2	0	2	0.44%
漢		21	5	26	5.74%
魏		11	9	20	4.42%
晉		39	33	71	15.67%
南朝	宋	6	7	13	8.83%
	齊	1	0	1	
	梁	15	8	23	
	陳	2	1	3	
北朝	周	3	3	6	1.77%
	魏	1	0	1	
	梁	1	0	1	
隋		3	0	3	0.66%
唐		152	82	234	51.67%
宋		25	5	30	6.62%
元		6	0	6	1.32%
明		12	0	12	2.65%
總計		300	153	453	100%

由上表可知，自先秦至明，各朝代中或多或少均有賦作入選，即使是北朝、蒙元亦各有少量作品選入。然而當中以唐賦入選234篇最為醒目，占全書比例的一半以上，且其中有114篇為律賦，與復古派主張「唐無賦」[37]說的文學趣味，以及當時國家掄才不試律賦的選才制

37　明代「唐無賦」說的提出，主要是出於厭倦場屋文風（前朝律賦及當代時文）之習，因而提

度相牴觸，如此的選賦狀況，或許即是吳宗達所謂的「匯耳目之奇賞」。

　　然而，值得深思的是，《賦珍》作爲官方出版品，其預設的主要閱讀對象乃郎署、館閣等朝中文臣，即便包括尙未取得功名的一般士子，然在律賦已然退出掄才大典的情況下，施重光大量選入律賦，若純粹只是爲了買譽名流的奇賞，其效果能有多大？此外，《賦珍》於卷八收錄了李夢陽、何景明等復古派文人賦作，復古派辭賦雖重「學騷仿唐」，但其仿唐的內涵是以擬肖中唐以降的韓、柳文情（古賦、騷賦）爲主要傾向[38]，對於律賦乃採取「唐無賦」說的排拒態度；是以《賦珍》選入大量律賦，又於卷八收錄復古派文人辭賦，實乃兩相齟齬的做法，其箇中眞趣爲何？尤其施重光於當朝諸賦下寫有一段按語：

> 國朝賦家始推轂金華丈人，而稍落落也。孝皇時，此道崛起，嘉靖中，乃見盧生枏。無似既之勃海，一個行李，不能盡輦之與俱，則採其鑄古而足來茲者，得數関殿之左方，皆騷胤也。故觀唐人士悛悛於刁斗間，然後知大將之旗鼓自別。

可見唐人賦及當朝諸賦乃施重光編纂《賦珍》時的別有用心之處，勢有必要深入探究，方能更加掌握施重光編纂《賦珍》一書的旨趣。以下即就上述兩項疑點進行剖析。

出宗古反律的主張，以期重整文綱。見許結《中國賦學──歷史與批評》（南京：江蘇教育出版社，1996年），頁113-128。

[38] 見郭維森、許結《中國辭賦發展史》（江蘇：江蘇教育出版社，1996年），頁709-715。

一、律賦與八股制義

明代以科舉取士，乃沿襲唐、宋舊制，而稍變其試士法，《明史·選舉志》言：

> 科目者，沿唐、宋之舊，而稍變其試士法，專取四子書及《易》、《書》、《詩》、《春秋》、《禮記》五經命題試士。蓋太祖與劉基所定。其文略仿宋經義，然代古人語氣為之，體用排偶，謂之八股，通謂之制義。[39]

可知明代選舉取才仍以唐、宋以來的科舉為主，只是在考試的方法上不試詩賦，而是改以制義，而制義的形式則是「略仿宋經義」，至於宋代經義之法，元代倪士毅《作義要訣》提及南宋末經義程文時言：

> 宋初因唐制取士試詩賦（省題詩及八韻律賦），至神宗朝王安石為相，熙寧四年辛亥，議更科舉法，罷詩賦，以經義論策試士，各占治《詩》、《書》、《易》、《周禮》、《禮記》一經，此經義之始也。宋之盛時如張公才叔〈自靖義〉，正今日作經義者所當以為標準，至宋季則其篇甚長，有定格律：首有**破題**，破題之下有**接題**（接題，第一接，或二三句，或四句下反接，亦有正說而不反說者），有**小講**（小講後有引入題語，有小講上段，上段畢有，過段語，然後有下段），有**繳結**。以上謂之冒子。然後入官題，官題之下有**原題**（原題有

起語、應語、結語，然後有正段，或又有反段，次有
結繳），有**大講**（有上段，有過段，有下段），有**餘意**
（亦曰從講），有**原經**，有**結尾**。篇篇按此次序，其文
多拘於捉對，大抵冗長，繁複可厭，宜今日又變更之。
今之經義，不拘格律，然亦當分冒題、原題、講題、結
題四段。愚往年見宏齋曹公《宋季書義說》，嘗取其可
用於今日者，摘錄之。茲又見南窻謝氏、臨川章氏及諸
家之說，遂重加編輯，條具於左，以便初學云。[40]

可知宋人經義的結構有破題，破題之下有接題，有小講，有繳結，以
上謂之冒子。然後入官題，官題乃以經書中文句爲題，應試者作文
闡明其義理；而官題之下又有原題，有大講，有餘意，有原經，有結
尾，程式相當繁複。由於經義時，須篇篇按此次序，又加上其文多拘
於捉對，因此元人將其結構簡化爲冒題、原題、講題、結題四段，同
時不拘泥於格律。四庫館臣在爲《作義要訣》提要時言及：

是編皆當時經義之體例。自宋神宗熙寧四年，始以經義
試士。元太宗從耶律楚材之請，以三科選舉，經義亦居
其一。至仁宗皇慶二年，酌議科舉條制，乃定蒙古、色
目人第一場，經問五條；漢人、南人，第一場，經疑二
問，限三百字以上，不拘格律。元統以後，蒙古、色目
人亦增經義，一道明以來科舉之文，實因是而引申者
也。[41]

40　見元‧倪士毅《作義要訣‧序》（《四庫全書珍本》，臺北：臺灣商務印書館，出版年月不
　　詳，《書義斷法》經部二，書類）卷6，頁1-2。
41　見《四庫全書總目提要》（臺灣：臺灣商務印書館，1983年）第5冊，集部二，卷196，頁

可見明代制義程式即是根據元代經義結構而又加以引申，即前引《明史》所謂的「其文略仿宋經義，然代古人語氣為之，體用排偶」。換言之，明代制義是宋、元經義的綜合體，而其結構主要分為三部分：一為文章的冒子，又分為破題、承題、起講；二為文章的主軸，分起股、中股、後股、束股四部分，各股又分兩股，全部共八股，此一部分的文句必須排比對偶；三為大結，即文章的結束。而此一結構的定型又在成化二十三年以後，顧炎武《日知錄·試文格式》云：

> 經義之文，流俗謂之八股，蓋始於成化以後，股者，對偶之名也。天順以前，經義之文不過敷演傳註，或對或散，初無定式，其單句題亦甚少。成化二十三年，會試〈樂天者保天下〉文，起講先提三句，即講樂天，四股；中間過接四句，復講保天下，四股；復收四句，再作大結。弘治九年，會試〈責難於君謂之恭〉文，起講先提三句，即講責難於君，四股；中間過接二句，復講謂之恭，四股；復收二句，再作大結。每四股之中，一反一正，一虛一實，一淺一深，其兩扇立格，則每扇之中各有四股，其次第文法亦復如之。故今人相傳謂之八股。[42]

依顧氏所言，天順以前，明代經義之文不必泥於格律，或對或散，並無定式，直到成化以後，始講求裁對務求整齊，「一反一正，一虛

245。

[42] 見清·顧炎武著、黃汝成集釋《日知錄集釋：全校本》（上海：上海古籍出版社，2006年）卷16，頁951。

一實，一淺一深」，形成嚴密的規矩，宛若戴著手鐐腳銬跳舞，這樣的文體形式，正與唐律賦相仿，宋代李廌《師友談記》中記載秦觀談及律賦時言：

> 凡小賦，如人之元首，而破題二句乃其眉。惟貴氣貌有以動人，故先擇事之至精至當者先用之，使觀之便知妙用。然後第二韻探原意之所從來，須便用議論。第三韻方立議論，明其旨趣。第四韻結斷其說以明題，意思全備。第五韻或引事，或反說。第七韻反說或要終立義。第八韻卒章，尤要好意思爾。[43]

此段秦觀論律賦的寫作，從破題、原題、議論、正說、反說到卒章，後來的八股文皆與之類似。清代毛奇齡更是直言八股文來自唐人律詩律賦，〈唐人試帖序〉中提及唐人試律時即云：

> 世亦知試文八比之何所昉乎？漢武以經義對策，而江都、平津、太子家令並起而應之，此試文所自始也，然而皆散文也；天下無散文而複其句、重其語、兩疊其語作對待者。惟唐制試士，改漢魏散詩而限以比語，有破題，有承題，有領比，有頸比，有腹比，有後比，而後結以收之。六韻之首尾，即起結也。其中四韻，即八比也。然則試文之八比視此矣。[44]

近人鄺健行則從八股文與律賦的命題、破題、大結、股對等方面，

43　見宋・李廌著、孔凡禮點校《師友談記》（北京：中華書局，2002年），頁18。

44　見清・毛奇齡《西河集》（《景印文淵閣四庫全書》集部第1320冊）卷52，頁449。

分析律賦與八股文確實有一條連結的脈絡，彼此間存在著實質的關係[45]。由此觀之，則施重光編纂《賦珍》，大量選入唐人律賦作品，恐怕就不只是為了「匯耳目之奇賞」，而是透過律賦的學習，將有助於八股程文的寫作，錢穆曾說：「八股文是變相的律詩，是一種律體的經義。」[46]而施氏另編有《唐詩近體集韻》三十卷[47]，取唐人五、七言絕句、律詩、排律等近體詩分上平、下平三十韻為次，亦無序言、無凡例，且無註、無評，純為唐人近體詩總集，其編纂目的或許也是因近體詩的律偶精切、音律諧協有益於制義。

　　此外，自明英宗以來，內閣大學士中便有人提出恢復科舉試賦制度之說，如李賢《古穰集・雜錄》云：

> 嘗怪前元博雅之士，朝野甚多，以為時運如此。及觀取士之法用賦，乃知所謂博雅者，上之使然也。今則革之，蓋抑詞章之習，專欲明經致用，意固善矣。竊謂作賦非博雅不能，而經義、策、論拘於正意，雖不博雅可也。試於二場中仍添一賦，不十數年，士不博雅者，吾未之信也。[48]

雖然李賢主張恢復試賦是出於提升館閣之士的博雅需求，卻也證明了「賦」是朝廷選拔人才時，不可或缺的重要文體。爾後孝宗時期以「善制舉義」，有「程文魁一代」之稱的王鏊[49]，也主張恢復試賦：

---

[45] 見鄺健行《科舉考試文體論稿：律賦與八股文》（臺北：臺灣書店，1999年），頁171-183。

[46] 見錢穆《中國歷代政治得失》（臺北：東大圖書，2014年），頁139。

[47] 見《四庫全書存目叢書》集部第382冊。

[48] 見明・李賢《古穰集》（《四庫全書珍本》，集部六，別集類五）卷28，頁2。

[49] 見清・張廷玉《明史・王鏊傳》，頁4827。

國家設科取士之法，先之經義以觀窮理之學，次論表以
觀其博古之學，終策問以觀其時務之學，行之百五十
年，宜得其人超軼前代，卒未聞有如古之豪傑者出乎其
閒，而文詞終有愧於古。雖人才高下繫於，時然亦科目
之制為之也。三代取士之法，姑未暇論。唐宋以來，科
有明經，有進士；明經即今經義之謂也，進士則兼以詩
賦。當時二科並行，而進士得人為盛，名臣將相皆是焉
出。明經雖近正，而士之拙者則為之，謂之學究；詩賦
雖近於浮豔，然必博觀泛取，出入經史百家。蓋非詩賦
之得人，而博古之為益於治也。至宋王安石為相，黜詩
賦，崇經學，科場以經義、論、策取士，可謂一掃歷代
之陋。然士專一經，白首莫究，其餘經史，付之度外，
謂非己事。後安石言，初意驅學究為進士，不意驅進士
為學究，蓋安石亦自愧悔之矣。今科場雖兼策論，而百
年之閒，主司所重，士子所習，惟在經義，以為經義既
通，則策論可無埈乎習。夫古之通經者，通其義焉耳，
今也割裂裝綴，穿鑿支離，以希合主司之求，窮年畢
力，莫有底止，偶得科目，棄如弁髦，始欲從事於學而
精力竭矣。人才之不如古，其實由此。然則進士之科可
無易乎？曰：科不埈易也。經義取士，其學正矣，所恨
者，其途稍狹，不能盡天下之才耳。愚欲於進士之外，
別立一科，如前代制科之類，必兼通諸經，博洽子史詞
賦，乃得預焉，有官無官，皆得應之。其甲授翰林，次
科道，次部屬，而有官者，則遞升焉。如此天下之士，
皆將奮志於學，雖有官者，亦翹翹然有興起之心，無復

專經之陋矣。[50]

王鏊被譽為八股文中的杜甫[51]，卻也有鑑於制義之學所導致的學風空疏浮泛，而以王安石晚年自悔之說，主張恢復試賦，並強調無論有官無官，皆得應之，以此作為入翰林、進科道、居郎署及升遷的依據。雖然，李賢及王鏊沒有明確提出試賦究竟是試古賦或試律賦，然而以賦取才的訴求，直至萬曆晚年仍是史家筆下的話題[52]，而庶吉士的考選及館閣課試，賦亦是項目之一。因此，即便有明一代，科舉終未能別立辭賦一科，然而官方始終重視作賦能力，是以《賦珍》的編纂應有這方面的考量。士子學寫律賦不僅貼合現行八股文格式，且若有朝一日朝廷恢復試賦之舉，無論是試古賦或律賦，以《賦珍》各收一半比例的情況來看，皆具有競爭優勢[53]。

二、館閣與郎署文學

施重光於《賦珍》中大量選入律賦，卻又於卷八收錄復古派文人賦作，而復古派文人主張「唐無賦」說，強調要究心賦、騷於漢唐之上，如此矛盾的選賦態度，頗值玩味。由於施氏未曾寫序以說明編選

---

[50] 見明·王鏊《王文恪公集》卷33，〈擬皐言〉，頁13-14。

[51] 見葉國良〈八股文的淵源及其相關問題〉，《臺大中文學報》第6期，1994年6月，頁4。

[52] 例如成書於萬曆四十二年的張燧《千百年眼》即言：「科目之設，士趨所向。宋科目自有明經、有進士，明經即今經義之謂也，進士則兼以詩賦。當時二科並行，而進士得人為盛，名臣將相，皆是焉出。蓋明經雖近實，而士之拙朴者率為之，謂之學究。詩賦雖近於浮豔，然必博觀泛取，出入經史百家，非士之高明者不能。自安石為相，黜詩賦，崇經學，科場專以經義論策取士。然士專一經，白首莫究，其餘經史付之度外，謂非己事，其學誠專，其識日陋，其才日下。」見《四庫禁燬書叢刊》子部第11冊）卷10，〈經義取士之弊〉，頁320。

[53] 對於律賦的重視，早在嘉靖年間徐師曾編纂《文體明辨》時便已顯露跡象；《文體明辨》乃仿明初吳訥《文章辨體》而作，但與《文章辨體》不同的是，《文章辨體》將律賦編入外集，《文體明辨》則「進律賦詩於正編，賦以類相從，以近正也。」（見明·徐師曾〈文體明辨序〉，《四庫全書存目叢書》集部第310冊，頁359。）

動機，因此，本文僅能就其選文前後所留有的相關文字紀錄，進行爬
梳。

　　首先，就選唐賦而言，卷一成公綏〈天地賦〉末所附的評語言：

> 《文苑英華》載唐賦幾千首，求其矯矯若子安言，少雙
> 矣。余謂《選》後更無賦，是耶？非耶？

以上這段話可拆解爲前、後兩部分來看，且重點放在後半部的《文
選》之後究竟有賦或無賦上。施氏以爲，若以《文苑英華》載錄唐賦
幾千首來看，則「《選》後更無賦」這樣的說法是不正確的；但這
幾千首賦能寫得如成公綏賦之矯矯出眾者，則又是寡二少雙的，那
麼「《選》後更無賦」這樣的說法似乎又是正確的了。

　　考「《選》後無賦」之說大抵是延續元代賦學復古思潮而來，陳
繹曾《文說》「古賦」目下云：

> 有楚賦，當熟讀朱子《楚辭》中〈九章〉、〈離騷〉、
> 〈遠遊〉、〈九歌〉等篇，宋玉以下未可輕讀；有漢
> 賦，當讀《文選》諸賦，觀此足矣，唐、宋諸賦未可輕
> 讀；有唐古賦，當讀《文粹》諸賦，《文苑英華》中亦
> 有絕佳者。[54]

陳繹曾主張：讀楚賦，當讀朱熹《楚辭集註》諸篇；讀漢賦，當讀
《文選》諸賦，且「觀此足矣」，唐、宋諸賦不可輕易讀之，此即
元代賦學史上著名的「祖騷宗漢」說，也是施重光所謂「《選》後
更無賦，是耶？非耶？」的發話基礎。但陳氏接著又說，唐代有

---

[54]　見元‧陳繹曾《文說》（《景印文淵閣四庫全書》集部第1482冊），頁250。

古賦，若欲讀唐人古賦，則可讀《唐文粹》、《文苑英華》中的古賦，是以陳氏勸人不可輕讀的唐賦乃指律賦，而可讀的唐賦在《文苑英華》中其實占不到三分之一[55]，故陳氏僅言「亦有絕佳者」。

施重光則是站在《文苑英華》整體收賦的角度下談「《選》後有賦」；但若要說「《選》後無賦」，則其判別的標準不同於陳繹曾的「古、律之辨」，而是以成公綏賦為基準，認為唐賦雖有幾千首，但求其若子安言者，則少雙矣。如此說法，看似與《賦珍》選錄大量唐賦有所矛盾，然而此則評論是置於成公綏〈天地賦〉末，且〈天地賦〉乃《賦珍》之首，施重光自然得極力推捧。是以從《賦珍》大量選入唐律賦一事來看，施重光是不認同「唐無賦」之說的。

其次，就選明賦而言，《賦珍》共收錄五位賦家的賦作計12篇，表列如下：

賦家	賦名	篇數
于慎行	〈經筵賦〉、〈栩栩園賦〉	2
張四維	〈秋霖賦〉	1
李夢陽	〈大復山賦〉、〈汎彭蠡賦〉、〈泊雲夢賦〉、〈弔鸚鵡洲賦〉、〈感音賦〉	5
瞿汝稷	〈武夷山賦〉	1
何景明	〈進舟賦〉、〈九詠〉	2
王世貞	〈二鳥賦〉	1

上述五位賦家中，于慎行、張四維均出身翰林庶吉士，後授編修，曾任職禮部、吏部，終拜東閣大學士、中極殿大學士，入參機務[56]。于

---

[55] 《文苑英華》收賦達一千三百七十餘篇，其中有三分之二以上是律賦，見曹明綱《賦學概論》（上海：上海古籍出版社，1998年），頁328-329。

[56] 見清·張廷玉《明史》，卷217、219，〈于慎行傳〉、〈瞿汝稷傳〉，頁5737、5769。

慎行〈經筵賦〉與其於萬曆初擔任日講官有關，當時于氏僅年僅二十餘歲，即為張居正選為帝師之一，可見頗得賞視。另一篇〈栩栩園賦〉，據賦前序言[57]所言：「御史中丞尹公，家於漢上，厥有十畝之樊，命曰：栩栩，蓋志適也。穀城居士，聞而羨之，為賦以紀焉。」作賦的用意似乎極為單純，然賦中言：

> 客謂主人曰：「先生之志深矣。夫心無兩在，物不兼存。故理得者跡遠，形略者神尊。先生方擁旄方夏，縴組金門，沛濟川之舟楫，遭稅駕之丘樊。乃儼然結遙思於薜荔，標遐想於蘭蓀，得無待神遊以適願，甘夢境以怡魂者與？」主人曰：「唯唯，否否。夫道探罔象，德黜雄成。物無適而不愜，心有寄而必盈。彼莊之寓言，夢亦覺也，而不可以覺，遇吾之真境亦夢也，而不可以夢。徵方吾之遊是園而忘其在園也，栩栩焉爾矣；及吾之去是園而忘其不在園也，栩栩焉爾矣。千里可周俯仰，只尺可謝將迎，何覺何夢？何隱何形？而子迺嘐嘐於真幻之際，亦淺於幾而陋於情者。」

指出得志與適志不相違背，所謂「遊是園而忘其在園」，「去是園而忘其不在園」，強調不拘泥於事物的真幻，唯「志」而行，方能「無有邅遇，遺出處兮；縱心逍遙，莊則侶兮」。

據《明史・劉臺傳》載：劉臺，隆慶五年進士，授刑部主事，萬曆初，改御史，上疏彈劾輔臣張居正被逮下獄[58]，僚友悉避匿，

57　施重光《賦珍》所錄〈栩栩園賦〉末有序，序見《穀城山館集》（《四庫全書珍本》集部六，別集類五）卷20，頁7。
58　見清・張廷玉《明史》卷229，頁5989。

唯于慎行獨往視之。後及張居正奪情，又偕同大臣其他大臣一起疏諫，張居正聞而怒謂慎行：「子吾所厚，亦為此耶！」慎行從容對答：「正以公見厚故耳。」後稱疾歸家。至張居正卒，當年的反對勢力欲對其奪爵抄家，于慎行又遺書予當時承辦官丘橓言：「居正母老，諸子覆朝之下，顛沛可傷，宜推明主帷蓋恩，全大臣簪腹之誼。」[59]並言：「當其柄政，舉朝爭頌其功而不敢言其過，今日既敗，舉朝爭索其罪而不敢言其功，皆非情實也」，「譽之者或過其實，毀之者或失其眞」[60]。由此可知，于慎行此賦不僅是為劉臺而作，亦是用以自勉。施重光收錄于氏得意時之時所作的〈經筵賦〉，又收錄內容帶有隱居適志味道的〈栩栩園賦〉，從史料的記載來看，恐怕是對于氏人格的肯定。

張四維，《明史》載：

> 四維家素封，歲時餽問居正不絕。……明年（萬曆三
> 年）三月，居正請增置閣臣，引薦四維，馮保亦與善，
> 遂以禮部尚書兼東閣大學士入贊機務。當是時，政事
> 一決居正。居正無所推讓，視同列蔑如也。四維由居正
> 進，謹事之，不敢相可否，隨其後，拜賜進官而已。居
> 正卒，四維始當國。……既得政，知中外積苦居正，欲
> 大收人心。……於是四維稍汲引海內正人為居正所沉抑
> 者，雖未即盡用登，然力反前事，時望頗屬焉。[61]

張四維與于慎行同為張居正援引，兩人面對張氏的專斷獨行卻有

---

[59] 見清·張廷玉《明史》卷217，頁5738。

[60] 見明·于慎行〈與司寇丘公論江陵事書〉，《穀城山館文集》（《四庫全書存目叢書》集部第148冊）卷34，頁183。

[61] 見清·張廷玉《明史》卷229，頁5770-5771。

截然不同的作風：于氏就事論事，不畏權勢；張氏曲事唯諾，不敢可否。然而，最後兩人仍能為時所重。〈秋霖賦〉即可說是張四維居官時心路歷程的表白，賦言：

> 慨余衷之多懷兮，憎斯夜之脩更。數陸離而輾轉兮，寒雞縮栗而無聲。悄慘怛以鬱紆兮，怨東方之未明。……唯時至而變衰兮，雖蕭瑟其奚辭。物方競於性情兮，遄萎瘁其足悲。諒階阰之不分兮，云誰覿夫天高而日晶。謂妝潦而水降兮，顧哇黽浮於前楹。火方流而金虎競兮，恐大化之或傾。昝洪水之湯湯兮，文命荒度而積成。所貴於順命以俟時兮，又何心於晦冥。

面對東方未明之際，順命俟時、心不泥於冥晦，亦是一種為官、處世的方式。《賦珍》於館閣大臣中選錄于慎行、張四維三篇賦作以為作文範本，細心讀者學習到的恐怕不只是如何作文，還包括如何當官。

　　李夢陽仕宦生涯三起三落，初授戶部主事，後遷郎中，因彈劾壽寧侯張鶴齡被捕入獄；正德元年助尚書韓文起草彈核劉瑾奏章，被謫為山西布政司，不久又被劉瑾羅織他事下獄，幸得康海救之，放歸大梁。這期間李夢陽著有〈述征賦〉、〈疑賦〉、〈鈍賦〉等指陳朝政黑暗、是非不分等慷慨激憤作品，施重光卻一篇未收，反而是收錄了劉瑾伏誅後，重新起為江西按察使提學副使赴任途中的〈汎彭蠡賦〉[62]，賦中雖也藉由描寫「潮岸客以愆閞兮，倏當晝而忽陰」的彭蠡湖景象，以抒發「上下既顛置兮，孰又辨昕昏與南北」的慨

---

[62] 明·李夢陽〈汎彭蠡賦序〉言：「正德六年夏五月，李子赴官江西，南道彭蠡湖，作賦曰：……。」見《空同集》（《景印文淵閣四庫全書》集部第1262冊）卷2，頁18。

歎，以及以「縱鱷鼉之恣肆兮，甘失職而蔓災」暗諷朝廷失職，放任小人為所欲為，以致成災，但相較於〈鈍賦〉所言「喟時俗之反覆兮，常寶偽而棄眞；斥莫邪使不御兮，挈鈆刀而自珍」[63]，語氣已顯得含蓄和緩。

〈泊雲夢賦〉、〈弔鸚鵡洲賦〉則是作於正德九年於江西提學任副使上，因愛護諸生而得罪總都陳金、御史江萬實、淮王、參政吳廷舉等人，而被處以官帶閒住去職[64]，攜妻子寓居襄陽之時[65]。〈弔鸚鵡洲賦〉言及：

> 我既佩明月與寶璐，何不遂凌世而高步？捨玉馴而不駕兮，又奚暇與豺狼而爭路？惟聖人之貴時兮，神龍豈人得而麼？彼鸞鳳之謂瑞兮，固亦以其高舉而見希。

〈泊雲夢賦〉亦云：

> 往者既不可追兮，吾寧俟時而矯心。掇陽澨之文貝兮，採芳芷於漢潯。

兩賦中均提及「貴時」、「俟時」，情調與張四維〈秋霖賦〉相似；而于愼行〈經筵賦〉、〈栩栩園賦〉，一寫得志所為、一寫失意所適，兩賦並置，亦有順命俟時的言下之意。可見「俟時」應是施重光選錄明賦的主要考量。

---

63 見明・李夢陽《空同集》（《景印文淵閣四庫全書》集部第1262冊）卷1，頁7-8。

64 見清・張廷玉《明史・李夢陽》，頁7347。

65 清・邁柱《湖廣通志》載：「李夢陽，字獻吉，陝西人，累官至江西督學副使。初寓居襄陽，作〈漢濱〉、〈弔鸚鵡洲〉、〈泊雲夢〉等賦。」見《湖廣通志》（《景印文淵閣四庫全書》史部第473冊）卷73，頁203。

何景明,進士及第,授中書舍人,劉瑾竊柄時,上書吏部秉政毋撓,語極激烈,後謝病歸家,劉瑾伏誅,直內閣制敕房,久之,進吏部員外郎,後擢陝西提學副使[66],存賦22篇,《賦珍》僅收錄〈進舟賦〉一篇。弘治十八年,即授中書舍人的隔年,何景明奉命出使雲南,一年後回京;去時作有〈渡瀘賦〉,回京時則作〈進舟賦〉。

〈渡瀘賦〉寫西渡瀘水,見三國遺跡,歌詠當年渡瀘水而征南蠻的諸葛亮功績,而感歎「遭時不淑」,「苟道之不行,雖孔孟其如何」[67],批判當權者的意味濃厚,施重光未予以選錄,反倒選了〈進舟賦〉。關於此賦的寫作動機,何景明於序中指出:由雲南回京途中,至永寧而走水路,沿途水流湍急,暗礁極多,老篙師卻能進舟神閒、遊刃有餘,因此問及老篙師渡險之要,老篙師言:

> 夫待用者器也,器不良則不稱用。用之者,吾之手足耳目口也,少怠即不能用。手足耳目口役於心者也,心不專則手足耳目口不為用。招與柂,吾之器也;左右、緩急、敧正、疾徐,吾之用也。故吾先良吾器,以利吾用,手足耳目口不敢少怠,心不敢少他,然後從容乎安流,蕩激於奔湧洄洑之中而無虞也。然吾又能察水性與勢,故夫川匯、潭淵、淺渦、暗灘、隱石者,吾遠而認之,能得於十數里之外,是以預為之備,而不至損吾舟。他水工常惡遲取速,截長邀短,故多敗者。吾惟順其水道而無所枉,雖遲而得免敗焉。吾之道如此已矣。

可知老篙師進舟若神無特殊方法,但憑「順其水道而無所枉」。是

---

66 見清・張廷玉《明史・何景明傳》,頁7350。
67 見明・何景明《何大復集》,(《四庫全書珍本》集部六,別集類五)卷1,頁2。

以何氏感慨仕宦如同激水行舟，於是作賦言：

> 嗟世俗之止措兮，胡茲技之不侔。進惘惘而獲咎兮，退
> 炊凡而見尤。過之則犯忌而招戾兮，不及者誠可羞。蹈
> 履之不少來兮，或語默而嬰憂。左右前後無方兮，昧上
> 下之所由。戇必至於觸蕃兮，智或流於刻舟。入汗漫而
> 莫極兮，泛沛瀎而囷留。泥軌度而偪促兮，放準墨而外
> 求。惚蒼黃而莫辨兮，動齟齬而莫投。孰佩弦以自剛
> 兮，焉佩韋以自柔。繄余之未進兮，匪取教於一方。夫
> 細大之不可捐兮，感曲藝而不忘。矧岐路之異態兮，平
> 地固有呂梁。觀要津之杳駭兮，涉宦海之汪洋。懲往途
> 而省究兮，吾庶以慎吾杭。

可見老篙師順水性而進舟的行船哲理，帶給何景明極大啓發，因而少
了出使之初的不平之氣，而多了分「懲往途而省究兮，吾庶以慎吾
杭」的順時順命觀，與前揭諸賦亦有相同旨趣。由此更加證明施重
光選錄明賦的標準，恐不在推尊復古，而是強調爲官態度。

　　王世貞嘉靖二十六年進士，授刑部主事，屢遷員外郎、郎中，
又爲青州兵備副使，後遷浙江右參政、山西按察使，又歷廣西右布
政使，入爲太僕寺卿，因忤張居正罷官。後起爲應天府尹，復被劾
罷。居正歿後，起爲南京刑部右侍郎，辭疾不赴。久之，起爲南京
兵部右侍郎，擢南京刑部尚書[68]。王世貞存賦29篇，《賦珍》僅收錄
〈二鳥賦〉，賦序言：

> 孟秋之朔，余以乞骸，待命蘭若。潦暑初退，澄夜露

68　見清‧張廷玉《明史‧王世貞傳》，頁7379-7381。

坐，鳴蟬時送，流螢間沒，不覺有慨於中，援筆賦之，
命曰〈二鳥賦〉。《大戴傳》曰：「螢謂之鳥者，重其
養也，凡有翼者為鳥。」余非以文辭，聊見志云耳。[69]

由此可知此賦當是作於王世貞辭官潛居之時。史籍載，嘉靖三十八
年，王世貞父王忬以灤河失事，遭嚴嵩構陷，論死繫獄。王世貞棄官
奔走，與弟世懋日日蒲伏嵩門，涕泣求貸，嚴嵩表面讝語寬慰，實則
將其父投入死牢。兩人又日日囚服攔諸貴人輿，搏顙乞救，然諸貴人
畏嵩不敢言，其父於次年被害。「兄弟哀號欲絕，持喪歸，蔬食三
年，不入內寢。既除服，猶卻冠帶，茞履葛巾，不赴宴會。」至隆慶
元年穆宗即位，王世貞再偕弟入京為父訟冤，得昭雪，復忬官。此
後王世貞依舊蟄居無意出任，如此「辭官」十年，不與權奸同流合
污[70]。

　　《賦珍》未錄〈二鳥賦序〉，而直接引入賦文，文中假借鳴秋丈
人、暉夜先生及太清君三人的對話，以諷刺自得意於權位者：

先生曰：余景天之使也。……余饑而宰夫以白鳥進也，
余惡其類而難之，是以羞而不盡。帝鑑余仁，重錫蕃
胤。芾朱輝耀，綬錦殷爛。……是以《爾雅》命炤，
《禮經》原腐。宵燭著於戴書，香蘭比於潘賦也。

流螢自詡不盡食同類白鳥（即閩蚋）[71]，因而得帝重賜，從此成為

---

[69]　見明・王世貞《弇州四部稿》卷1，收入於《明代論著叢刊》（臺北：偉文圖書出版有限公
　　　司，1976年），頁537-538。

[70]　見清・張廷玉《明史・王世貞傳》，頁7380；鄭利革《王世貞年譜》（上海：復旦大學，
　　　1993年），頁123-167。

[71]　《大戴禮記・夏小正》載：「丹鳥羞白鳥。丹鳥者，謂丹良也。白鳥，謂閩蚋也。其謂之

經典、文人筆下記述、歌詠的對象，於是質問秋蟬：「吾子據高揚清，將傲余以卑垢？知黑貂之在前，而曾不虞螳蜋之在後乎哉？」鳴秋丈人聽聞後立即「儵然而下翼，如以迎」，仰首歎息曰：

> 惜哉吾子！驕其白蹢跳踉紛挐，吾將冰夏蟲而海井蛙。昔上帝憐齊后之冤，封其後人於少昊之丘，使托體於朱明，闡聞於蓐收。……吾於是登槤旄之縹緲，鼓膀振音，順飆以揚，札札軋軋，陵厲淒切。如怨如訴，如泣如咽。……帝問而嘉之，奉我以悶烏之中，嗜鳩之麥，吾飽崑崙之玉液，卻而不食也。則命陳王陸令，交頌敫德。……加之璃弁玉纓，玳犀之飾，以冠三公九卿，吾恥而逃焉，隱於玄明之庭。加之吾蜩氏之族，為蚚為蜋，為蠿為蟷，……大禹莫計，周公難名，曾若吾子崛強糞穢之間，苟全腐爐之生。

秋蟬深諳居高位可能潛藏的隱憂，因此對於三公九卿之列，恥而逃焉，也只期許子孫在糞土間苟全性命即可。太清君聞之，踞謂二生曰：

> 叱嗟！若蠮螉之侶，而覆育之子也，胡以纖響淑輝罷爭亡已！吾張兩目而收若木，浴扶桑，中間二十五萬里，晃朗曠焭，皎晅昌啟，燭無乎終，曙無乎始；吾怒而鼓鬱陽之氣，硠礚震磕，魄奪兆類。

鳥，何也？重其養者也。有翼者為鳥。羞也者，進也，不盡食也。」（見清‧王聘珍撰、王文錦點校《大戴禮記解詁》，臺北：漢京文化事業有限公司，頁43。）

太清君以爲二鳥僅是「纖響淑輝」，而誇耀自己張兩目便可晃朗曤
㬣，怒鼓氣便可魄奪兆類。面對著太清君的藐視，二鳥仍舊逍遙，不
予理會，所謂：

> 二子頯伏，瘖訥闇瞀。則有如如居士自然逍遙，不見不
> 聞，藏乎闠寮。鳴秋立朽，暉夜坐銷。

於是「太清內慚，匿影以跳」。可見此賦完全是王世貞明志之作，
寧可自然逍遙，藏乎闠寮，也不願聽聞權奸叫囂。是以〈二鳥賦〉
即易讓人聯想王世貞與嚴嵩之間的恩怨。實際上王世貞作有〈老婦
賦〉，便是直刺嚴嵩，然而施重光未予收錄，原因是〈老婦賦〉中
還影射了世宗對嚴嵩的過分寵愛，不若〈二鳥賦〉中的「帝鑑余
仁」、「帝問而嘉之」，加上〈二鳥賦〉旨在面對強權，仍可自適
逍遙以「重其養」，亦與前揭諸賦旨趣相當，可見施重光選明賦標準
的一致性。

另，《賦珍》還收有李夢陽〈感音賦〉、〈大復山賦〉二賦，
前者爲詠物小賦，鋪寫樂音之感人，最後以「誠蘭質之見珍，畢余
身以長訣」作結，回到望君進用的主題；後者則是爲好友何景明而
作，賦序言：

> 夫大復山者，荊徽之名山，淮實出焉。淮過桐柏始著，
> 於是禹導淮，桐柏始。淮山二精發於何生，產諸申陽，
> 何生於是稱大復子，實非遺淮，要作攸先焉耳。余珍其
> 人，爰造斯賦，不煩諦瑣，義意畢矣。然詞猥調，邇知
> 音君子，諒有譏焉。

是以兩篇賦作，一乃冀知於人，一乃爲知己著，皆以「知音」爲賦
旨。此外，《賦珍》還收入瞿汝稷〈武夷山賦〉。瞿汝稷，以父蔭補

官，三遷至刑部主事[72]。據〈武夷山賦序〉言：

> 萬曆庚子暮春，予自昭武解組，塗經武夷，夷猶九曲，
> 躋覽群峰，幸埃壒之既遠，嘉魚鳥之自親，一詠一觴，再
> 信再宿，聊為短賦，以志勝遊。

與李夢陽〈大復山賦〉同屬鋪陳山景之作。

　　綜上所述，除〈感音賦〉、〈大復山賦〉、〈武夷山賦〉等詠
物、記遊篇什外，施重光對於明賦的選錄標準其實相當明晰，幾以
「順命」、「俟時」、「重養」等題旨為選文依據。且耐人尋味的
是，所選錄的五位賦家中，即使于慎行、張四維均出身館閣，卻也均
曾任職於郎署；且此五人，均與當時專擅朝政的首輔或閹逆相對抗而
遭擯退或辭官歸家。可見，施重光選明賦的動機不在推尊復古，即便
五位賦家中，李夢陽、何景明、王世貞均為復古派大將，但其重心恐
怕更多是放在賦家人品的不避權貴、直陳時政上。否則，一般提及
明代復古派人士，向來是李、何、李、王並稱，但施重光卻僅收錄
李、何、王賦篇，未收錄李攀龍賦作；同時，施氏於收錄明賦前寫了
一段按語，其言：

> 國朝賦家始推轂金華丈人，而稍落落也。孝皇時，此道
> 崛起，嘉靖中，乃見盧生柟。

此即吳宗達〈序〉言：「明興，孝、肅兩朝，作者蔚起，前標何、
李，後幟王、盧」的由來。換言之，施重光選賦並未標榜李、何、
李、王的復古統序。

---

72 見清・張廷玉《明史・瞿景淳傳附子汝稷》，頁5697。

　　據史料載，李攀龍嘉靖二十三年進士，授刑部主事，擢陝西提學副使，但為人性情疏放，到任不久，即不能忍受陝西巡撫殷學挾勢作風，以母老歸養為由，上疏乞歸，旨未下即拂衣辭官，以簡傲得聲[73]，此一作風大異上述諸人。而施重光本身即於廷對時直陳時政，不避權貴，後以剛直罷歸，因此選錄的賦家明顯與其自身經歷有關；加上李攀龍賦僅見〈錦帶〉一篇，與前揭諸賦旨趣亦不同，是以未見錄。

　　至於施氏按語中雖提及盧柟，《賦珍》卻未收其賦[74]，主因在於盧柟雖能不畏權勢，負才忤縣令、康王召為上客仍罵座如平時[75]，卻未能考取科舉，一生布衣。因此，施氏僅於按語中加以推崇，而不錄其賦作。

　　此外，《賦珍》何以不選入諸人慷慨激昂、嚴厲刺世的賦篇，此

73　見清‧張廷玉《明史‧李攀龍傳》，頁7377。

74　蹤凡指出，北京國家圖書館、北京大學圖書館藏之《賦珍》，相較於哈佛大學燕京圖書館藏本，於書末多出了盧柟〈幽鞫賦〉一篇，因此以為，施重光原本已選入此篇，但由於編在全書之末，易於毀損，而哈佛本數易其主，輾轉流散至國外，因保存不善而佚失此篇，也不足為奇（見《《賦珍》補論》，頁43）。本文對此持有不同看法，一如何判定盧柟〈幽鞫賦〉乃全書之末？考《賦珍》編錄明賦乃先依賦家出身為序，先館閣後郎署，依次為于慎行（1545-1607）、張四維（1526-1585）、李夢陽（1473-1530）、瞿汝稷（1548-1610）、何景明（1483-1521）、王世貞（1526-1590）；其次再依時代先後為序，其中瞿汝稷應排序於書末，然因見錄之賦為〈武夷山賦〉，是以繫於李夢陽〈大復山賦〉後，則盧柟（1483-1521）〈幽鞫賦〉不見得繫於全書之末。此外，明代書籍裝訂方式為線裝，於摺頁、穿孔後先以紙捻訂牢（一次固定），加上封面，再以線訂（二次固定），以求其牢固不易散失。是以，哈佛本若因輾轉流散而有所佚失，其佚失者恐怕不會恰巧為最末一篇選文。二是依施重光選文標準而言，所入選之賦家均為朝中官員，盧柟僅輸貲為國學生，縱有才情，卻無功名；加以盧柟為人跅弛，好使酒罵座，也與前揭諸人性格不同。因此，本文以為施重光編輯之初即未選入盧柟賦。至於北京國圖本、北大本書末多出〈幽鞫賦〉，乃因印行時間不同，哈佛本為初印本，北京國圖本、北大本次之，〈幽鞫賦〉應為後人加入。

75　見清‧張廷玉《明史‧盧柟傳》，頁7376-7377。

亦自然與施重光編輯《賦珍》的目的是爲了提供士子作賦的指導有
關，加上《賦珍》乃施重光任職刑部時所刊刻，似也不宜過度譏刺朝
政。最後，施重光按語中又言：

> 無似既之勃海，一個行李，不能盡輦之與俱，則採其鑄
> 古而足型來茲者，得數闋殿之左方，皆騷胤也。故觀唐
> 人士悾悾於刁斗間，然後知大將之旗鼓自別。

　　當中所謂「鑄古而足型來茲者」「皆騷胤也」，「故觀唐人士悾
悾於刁斗間，然後知大將之旗鼓自別」，便知施重光選明賦的標準在
於與唐賦做一區隔，唐賦乃是悾悾於刁斗間的產物，明賦卻是屈騷
精神的延續，兩者高下立判。換言之，《賦珍》雖然是爲指導士子
（尤其是館閣庶吉士）作賦，而大量選入唐賦，但他認爲眞正的大將
乃是所錄于愼行等五人，且其大都出身郎署，秉持剛直精神，直接與
內閣首輔對抗，即便于愼行、張四維等出身館閣之臣，亦皆勇於直陳
時政，爲所當爲。這樣的出身及性格，實與施重光相同。但如此推捧
郎署的言論，自然引起爲之作序的翰林編修吳宗達不快，但畢竟于愼
行、張四維最終皆爲內閣大學士，是以序中只挑明李、何、王、盧
「牛耳中原，未知誰屬」，且仿效康海（弘治十五年殿試第一，授
修撰）將文分爲三等，所謂：

> 夫文有三等，聖人所不易，而學者所未諳也。上焉者，
> 惠猷啓績，若唐虞諮俞之美焉；中焉者，弘道廣訓，若
> 孔孟刪序之微焉；下焉者，序理達變，若雅頌諷託之妙
> 焉。三者不具，雖文何觀？[76]

---

76 見明·康海〈浚川文集序〉，《對山集》（《四庫全書珍本》，第4集，臺北：臺灣商務印

而將「珍」亦分爲三等，卻無法窺見《賦珍》究竟該屬於哪一等級。由此可見，施重光選明賦不在強調復古，而在推尊郎署文學傳統中的屈騷精神，吳宗達〈序〉亦不在反對復古，而在維護館閣文學的正宗，即如何宗彥爲晚明閣臣王錫爵文集作序時云：

> 夫館閣，文章之府也。其職顯，故其體裁辯；其制嚴，故不敢自放於規矩繩墨之外，以炫其奇。[77]

是以施重光「採《昭明》之遺英，匯耳目之奇賞」所編纂之《賦珍》，難得翰林官員背書。

第四節　《賦珍》評註特色

　　《賦珍》一書最大的特色在於選賦之餘，大量輯錄了與該篇賦作相關的詩文作品及歷史資料，以爲讀者徵材聚事、鍛鍊辭藻的參考。至於評註方面，施重光對於所選賦篇，皆未加以圈點，僅進行註釋及評論，以下分述之。

一、註釋

　　《賦珍》註釋的部分，可分爲解題，以及詞語、章句解釋。
　　就解題而言，除一般常見的置於題目下方外，有時亦見於眉欄。以下表列數例：

書館，出版年不詳），卷4，頁14。
[77] 明・何宗彥〈王文肅公文集序〉，見明・王錫爵：《王文肅公集》（《四庫禁燬書叢刊》集部第7冊），頁6。

賦篇	註釋內容	註釋所在位置
李子蘭〈景星賦〉	狀如半月，生於晦朔，助月為明。王者不私，人則見。	題下
劉瑤〈雪賦〉	地六水之成數，水結花故六出。	題下
敬括〈八卦賦〉	連山卦首艮而歲首建寅，歸藏卦首坤而歲首建丑。	題下
柳子厚〈記里鼓賦〉	《晉書·輿服志》：「車架四，形如指南車。」	題下
佚名〈泗濱浮磬賦〉	取其土少而水多，其聲和且潤也。	題下
孫氏〈箜篌賦〉	舊說其制似琴，今按似瑟而小，弦用撥彈之。	題下
杜摯〈笳賦〉	或云以蘆為首，竹為管。	題下
梁元帝〈玄覽賦〉	河上公心居玄冥之處，覽知萬物，謂之玄覽。	題下
摯虞〈槐賦〉	開花結實，見庾信賦。	題下
崔鎮〈梧桐賦〉	陳翥賦見《桐譜》第十篇。	題下
何承天〈木瓜賦〉	其樹枝狀如柰花，作房生，子形似栝樓，枝可為杖，盈尺，百二十節。	題下
吳筠〈竹賦〉	見晉戴凱之譜。	題下
顧凱之〈鳳皇賦〉	《國語》：「鸑鷟鳴於岐山。」	題下
虞世南〈白鹿賦〉	王者明惠及下則見，見瑞應圖。	題下
王延壽〈王孫賦〉	果然，似猴象猨，黑頰青身，唯皮為珍。	題下
佚名〈蜂賦〉	楚妃腰細纔勝露，趙氏身輕倚風。	題下
潘岳〈螢火賦〉	謝娘不用羅紈撲，楚客宜拈象管吟。	題下
楊炯〈庭菊賦〉	美貞，芳也。	題下
陸機〈漏刻賦〉	孔壺為漏，浮箭為刻。	眉欄
韋展〈日月如合璧賦〉	辰弗集於房，房者所次之舍，日月嘉會，而陰陽輯睦，陽常明而陰亦含章。若不輯睦於所次之舍，則蝕也。	眉欄

賦篇	註釋內容	註釋所在位置
張正見〈山賦〉	山西北最高，自關中一支生下函谷至嵩，少東盡泰山，此是一支。又自嶓冢一支生下一支至揚州而盡江南。則自岷山分一支為湖南，又一支為建康，又一支為兩浙，而餘其為閩中二廣。	眉欄
吳融〈沃焦山賦〉	廣桑山在東海中，長離山在南海中，麗農山在西海中，廣野山在北海中，崑崙山在九海中，扶喪桑、蓬萊山、沃焦山俱在東海。	眉欄
王彪之〈水賦〉	水者，五行之首也，萬物之宗也，浮天而載地也，載形而浮氣也，始天地而終天地也。七十二候，始於東風解凍，終於水澤腹堅，天地之始終，亦若是而已矣。	眉欄
宋祁〈王畿千里賦〉	此是東京。	眉欄
孔璠之〈奇艾賦〉	鍼法見《圖經》。	眉欄
佚名〈神蓍賦〉	筮儀見《焦氏易林》。	眉欄

　　由表中所引例證可知，無論置於題下或眉欄間的解題文字，均非說明作賦緣由或賦作意旨，而是多在解釋賦題的字義，如李子蘭〈景星賦〉題下言：「狀如半月，生於晦朔，助月為明。王者不私，人則見。」何承天〈木瓜賦〉題下云：「其樹枝狀如柰花，作房生，子形似栝樓，枝可為杖，盈尺，百二十節。」明顯是為「景星」、「木瓜」釋義，而非解說〈景星賦〉、〈木瓜賦〉的內容大意。

　　此外，唐佚名〈蜂賦〉題下云：「楚妃腰細纔勝露，趙氏身輕欲倚風。」則是節引李商隱〈蜂〉詩詩句，實與賦旨無關；潘岳〈螢火賦〉亦採相同模式，與其視為註釋，不如視為對句練習舉隅。至於

孔璠之〈奇艾賦〉眉欄云：「鍼法見《圖經》。」〈神蓍賦〉眉欄
云：「筮儀見《焦氏易林》。」更可視爲資料補充。

　　是以，《賦珍》中看似解題的文字，嚴格說來，均非一般認爲的
題旨闡釋；即便解釋賦題字義的內容，都可視爲相關知識的增補。

　　就詞語、章句解釋而言，此類註釋均置於眉欄，且極爲少見，據
筆者檢索，僅得下列數例：

楊炯〈渾天賦〉	
原文	「太陰當日之衝也，成其薄蝕；眾星傅月之光也，因其波瀾。」
釋義	日隨天而轉，月隨日而行，星隨月而見。
原文	「部之以三門，張之以八紀。」
釋義	《素問》八紀。
原文	「中衡、外衡，每不召而自至。」
釋義	《周髀》七衡六間。
原文	「有四輔之上相，有三公之近臣。」
釋義	青帝靈威仰，赤帝赤熛怒，白帝白招矩，黑帝葉光紀，黃帝含樞紐，皆以輔天皇。
原文	「若木照於崑崙。太平太蒙，所以司其出入；南至北至，所以節其寒溫。」
釋義	日信出信入，南北有極，度之稽也；月信死信生，進退有常，數之稽也；列星不亂其行，代而不干，位之稽也。天明三而定一，則萬物莫不至矣。三時生長，一時煞刑，四時而定天地盡矣。
原文	「赤角犯我城，黃角天之爭。」
釋義	天之爭當作地之爭，白角哭泣聲，青角有兵憂，黑角則水患。
盧肇〈海潮賦〉	
原文	「覩潮之勢，或久往而方來，或合沓而相際。」
釋義	早潮下，晚潮上，兩水相合謂之沓潮。

庾闡〈涉江賦〉	
原文	「乃越三江之下口，眇濡須以迤渡。」
釋義	三江口在岳陽，西岷江，中澧江，南湘江，皆會是，曰楚三江。

上表所引之例，或訓釋語詞，或申發句意，對於賦文的理解當有所助益，可惜例證不多。

二、評語

《賦珍》對於所選賦篇進行較多的是評語，有眉評及尾評，尾評一般以雙行小字取低一格爲之。然而，因施重光常於賦末繫以相關歷史資料，是以並非所有賦尾雙行小字均是尾評，例如潘炎〈日抱戴賦〉，賦末小字言：

> 洊雷居震，春方應守器之禮；明兩作離，少陽纂重暉之業。

實際上是節錄自後周王褒〈爲百僚請立皇太子表〉語：

> 臣聞洊雷居震，春方應守器之禮，明兩作離，少陽纂重暉之業。是以三善昭德，載祀之祚克隆，一人元良，貞國之基永固。[78]

考施重光之所以徵引王褒文字，主因〈日抱戴賦〉有云：

---

[78] 見清·嚴可均《全後周文》（《全上古三代秦漢六朝文》，上海：上海古籍出版社，2009年）卷7，頁365。

> 表至聖之無二，呈繼照於明<u>兩</u>。陽光杲耀，抱黃道而再
> 中；喜氣氤氳，戴赤霄而直上。聖有感天無私，八紘占
> 其瑞色，六合仰其<u>重離</u>，終古不虧，得天長久。

因此，〈日抱戴賦〉末尾所附「洊雷居震」等語，並非尾評，而是
施重光對於該賦的補充資料，卻未標明出處，此實明人編書的一大陋
習。再如後魏張淵〈觀象賦〉賦末言：

> 〈步天歌〉，粲矣。《通志略》、《通考》皆以為象緯
> 史而貴之。

〈步天歌〉乃一部以七言詩歌形式介紹古代全天星官（包括星官名
稱、星數、位置）的天文學著作，最早的版本見於鄭樵《通志·天文
略》。施重光將之附於〈觀象賦〉之末，對讀者而言，亦是一種資料
補充。

再者，偶爾亦會於賦末見到類似四、五言詩之對句，如：

> 重輪依紫極，前耀奉丹霄。（潘炎〈月重輪賦〉，卷
> 一）
> 挹婁之氂，曲降鴻恩，東平之紫，非聞煖額。（江摠
> 〈華貂賦〉，卷五）
> 天地一浮漚，聚散水中漚。（鄭太昊〈浮漚賦〉，卷
> 八）

上舉三例，乍看之下，似為施重光以對句形式為各賦篇下一評論，事
實上卻非如此。以潘炎〈月重輪賦〉為例，賦言：

我皇初列唐侯，潛蟠藩國。英武方斷，文明表德。穆然
思道，順帝之則。既而動三合，奔百神，廓太清而萬
里，耀朗月以重輪。時屬高秋，瑞彰元後；光泛皎潔之
斜漢，色映闌千之北斗。金波耀景，非懸閬澤之名；璧
彩揚輝，不入士衡之手。理殊吳夢，符炳漢謠。淨桂花
於日道，環水鏡於丹霄。臺榭冰潔，郊原霜縞。月之揚
光，天不愛道。一盈一缺，則惟其常。彩溢重輪，告於
天表。大人占之，夏啓以兆。亦所以類星珠，表金鏡。
兩耀齊美，一人之慶。於萬斯年，受天之命。

明顯為頌聖之作。而賦末「重輪依紫極，前耀奉丹霄」兩句，
非施重光自撰，而是出自虞世南〈和鑾輿頓戲下〉[79]詩，內容亦為頌
聖。是以施氏於〈月重輪賦〉末引此二句，呼應賦文的意義大於評
論。且以詩歌對句形式出之，也有示範文采、提供對句練習的附加效
果。又如江摠〈華貂賦〉言：

貴豐貂於挹婁，飾惠文而見求。標侍臣之密設，曜毛彩
之溫柔。拜文槐而影度，陪武帳而香浮。隨玉珩之近
遠，共金璫之去留。仰太山之千仞，開谷中之鄙悆。撤
君子之寶飾，榮小人之蓬鬢。

而施氏於賦末所引的對句，則是出自梁元帝〈謝東宮賚貂蟬啓〉：

挹婁之㲝，曲降鴻恩；麗水之珍，復蒙殊獎。東平紫貂

79　見《全唐詩》（臺北：宏業書局，1982年）卷36，頁475。

　　之賜，非聞暖額；中山黃金之賜，豈曰附蟬。[80]

將賦文與啓文兩相比對，亦可發現呼應的色彩大於評論。

　　至於鄭太昊〈浮漚賦〉末附「天地一浮漚」、「聚散水中漚」二句，前句或引自元代貢師泰〈題滕王閣圖〉：「開圖發長歎，天地一浮漚」[81]，後句則未見出自何處，然此二句明顯是為呼應賦題「浮漚」一詞而成。因此，嚴格說來，施重光於賦尾所繫的詩句、對句，與其說是批評，不如說是另一種形式的資料補充、寫作指引。

　　是以，施重光於賦末所繫的雙行小字，屬於尾評的數量不多，據筆者初步檢示，僅得下列數條：

　　《文苑英華》載唐賦幾千首，求其矯矯若子安言，少雙矣。余謂《選》後更無賦，是耶？非耶？（成公綏〈天地賦〉，卷一）
　　讀賈島僧房之句，寧渠比其能冷。寔惟紛紛紅紫，皆望冬而零，此乃葆我至精，其青青獨也。（傅咸〈款冬花賦〉，卷六）
　　繁欽「溫風涼忍，動靜增煩」，夏侯湛「三伏相仍，徂暑彤彤」，卞伯玉「流風兮莫繼，朱煙兮四纏」，並稱妙詞。（劉楨〈大暑賦〉，卷八）
　　四杰言楊之〈渾天〉，盧之〈海潮〉，故是大譔可傳。王、駱四六並擅場，駱〈上司列常伯〉諸啓，時時有勝王處，未肯居王後也。楊〈蘭〉、〈菊〉二首有齊

80　見清・嚴可均《全梁文》卷16，頁213。
81　元代貢師泰〈題滕王閣圖〉，《玩齋集》（《四庫全書珍本》第三集，第288冊，臺北：臺灣商務印書館，1972年）卷1，頁17。

　　梁風，與王〈梧鳳〉、〈江臯〉同曲矣。（楊炯〈幽蘭
賦〉，卷八）

上引第一條評語是就唐賦發展做一概說，因成公綏〈天地賦〉乃
《賦珍》首篇作品。第二條則是引張籍〈逢賈島〉[82]詩爲註，此詩據
明代周珽《唐詩選脈會通評林》引周敬曰：「此篇意不欲賈島之出
山也。含蓄深婉，有楚狂歌鳳過孔之風。」[83]是以張籍言下之意有
賈島不如欵冬花之能耐歲寒。而傅咸賦[84]中描寫欵冬花之所以能耐
冷，正是因其「稟淳粹之至精，用能託體固陰，利此堅貞」，故能
在眾朱紫枯槁之後，「獨保質而全形」。第三條則另指出繁欽〈暑
賦〉、夏侯湛、卞伯玉〈大暑賦〉中妙句，可與劉楨〈大暑賦〉同爲
魏晉時期描寫暑熱的佳作。第四條則就初唐四傑的賦作高下做一評
析。

　　以上爲《賦珍》尾評，爲數甚少，主因賦末行間所繫多爲補充資
料之故。施氏對於所選之賦的評論，主要見於眉評，而其眉評的內容
又大致可分爲四類：

　　㈠尋章摘句，比類補充。此類眉評乃引前人舊句以爲補充，其
性質類似於賦末所繫對句，示範文采、引導作文的成分居多，此爲
《賦珍》眉評大宗，茲僅略舉數例，條列於下：

82　唐・張籍〈逢賈島〉：「僧房逢著欵冬花，出寺行吟日已斜。十二街中春雪遍，馬蹄今去入
　　誰家。」（見《全唐詩》卷386，頁4361）
83　見明・周珽《刪補唐詩選脈箋釋會通評林》（《四庫全書存目叢書補編》集部第26冊）卷
　　56，頁658。
84　晉・傅咸〈欵冬花賦〉云：「惟茲奇卉，欵冬而生。原厥物之載育，稟淳粹之至精。用能託
　　體固陰，利此堅貞。惡朱紫之相奪，患居之眾易傾。在萬物之並作，故韜華而弗逞。逮皆死
　　以枯槁，獨保質而全形。」

賦篇	眉評	出處[84]
楊乂〈雲賦〉	託地而遊宇，友風而子雨，東日作寒，夏日作暑。	荀子〈雲賦〉
李恒〈五色卿雲賦〉	若煙非煙，若雲非雲，郁郁紛紛，蕭索輪囷，是謂卿雲。	司馬遷《史記・天官書》
夏侯嘉正〈洞庭賦〉	涵虛混太清。	孟浩然〈望洞庭湖贈張丞相〉
閻伯璵〈歌賦〉	其繁會也，類春禽振響而流變；其微引也，若秋蟬輕吟而曳緒。	謝偃〈聽歌賦〉
庾闡〈揚都賦〉	黃旗紫蓋，揚都之王氣長久；虎踞龍蟠，金陵之地體貞固。	徐陵〈太極殿銘〉
趙子昂〈吳興賦〉	溪上玉樓樓上月，清光合作水晶宮。	楊漢公〈九月十五夜絕句〉
棗據〈舟賦〉	疑夏日之初蓮，似秋風之落葉。	常暉〈舟賦〉
甄玄成〈車賦〉	改奢即儉，尚質去華，量包覆載，跡達幽遐。行乎道而四方是則，同乎軌而六合為家，是知乘玉輅者又何足比？駕金根者失其所誇。	佚名〈以德為車賦〉
傅咸〈扇賦〉	安眾方而氣散，五明圓而風煩。	陸機〈羽扇賦〉
傅咸〈鏡賦〉	鏤五色之盤龍，刻千年之古字。山雞看而獨舞，海鳥見而孤鳴。臨水則池中月出，照日則壁上菱生。	庾信〈鏡賦〉
昭明太子〈博山賦〉	下實上虛，外圓內朗。玉鉉金耳之飾，巽木離火之象。法三臺之位，均九州之壤。鏤厥奇狀，文有鸞鳳蛟龍；禦其不若，怪無魑魅魍魎。	梁德裕〈寶鼎賦〉

85　施重光《賦珍》引前人用語之處，幾未註明出處，此出處為筆者查考後所加。

賦篇	眉評	出處[84]
佚名〈竹如意賦〉	水犀照采，方斯非貴，珊瑚挺質，匹此未珍。 絲柄玉質，瓜首冰素。倚鮮膚而煙潤，掉皓腕而風生。升堂間乎琴瑟，入座偶乎簪纓。	梁簡文帝〈謝敕賚水犀如意啓〉 蘇子華〈竹如意賦〉
謝眺〈杜若賦〉	新樹蘭蕙葩，雜用杜蘅草。	佚名〈新樹蘭蕙葩〉
舒元輿〈牡丹賦〉	垂手亂飜雕玉珮，細腰爭舞鬱金裙。	李商隱〈牡丹〉
李德裕〈瑞橘賦〉	見雲夢之千樹，笑江陵之十蘭。	吳筠〈橘賦〉
盧庾〈神鼎賦〉	苞木火於六爻之象，鏤山川於九牧之金。	趙良器〈鼎賦〉

表中看似極具文學性的詩句或賦句評語，經筆者查考，絕大多數皆出自前人舊作，而非施氏自為之語[86]。且此類評語，並非針對賦作進行品騭、評析，而是引用前人相關描繪再加以補充、解釋，如唐佚名〈竹如意賦〉即徵引梁簡文帝〈謝敕賚水犀如意啓〉、唐蘇子華〈竹如意賦〉中對於竹如意的刻畫繫於眉欄，以得相輔相映之趣。此一做法，實則取自類書採摘群籍、比類相從的特點，因此看似博學多聞的眉欄用語，其實案頭僅須置一《藝文類聚》、《文苑英華》即可速成。

　　㈡個人感悟，施以總評。此類眉評乃以簡單字句抒發個人感受，如評唐玄宗〈喜雨賦〉：「是王者氣象。」評李君房〈清濟貫

---

[86] 由於施重光摘引前人舊句皆未註明出處，極易使讀者誤以為施氏自作，如蹤凡即以此類文學性評語乃施氏抒發才情之作（見〈《賦珍》補論〉，頁45）。

河賦〉：「妙在結處。」評唐佚名〈泗濱浮磬賦〉：「書生自寓如此。」評顏師古〈蘭賦〉：「亦曰王者香。」簡短有力，當爲施氏閱讀該賦作之後的總體評價，然檢索全帙，僅此四則。

　　㈢說明遞嬗，品騭優劣。此類眉評或重在指出相關賦作的承襲關係，如評趙壹〈迅風賦〉：「永叔〈秋聲賦〉出於此。」評蘇軾〈服胡麻賦〉：「此作簡入《續騷》，謂彷彿〈橘頌〉也。」評高似孫〈水仙花賦〉：「髣髴〈洛神賦〉。」或重在品評該賦作於賦史上的地位，如評趙多曦〈三門賦〉：「唐賦中，此爲第一。」評梁周翰〈五鳳樓賦〉：「全無學術。」以上評語較能展現編纂者的賦學見識，然亦僅此五則。

　　㈣羅列意象，增廣識見。如蘇軾〈快哉此風賦〉，乃起興於宋玉「大王之雄風」與「庶人之雌風」，眉欄言：「王融，烈士英風；謝朓，幽人之風；沈約，羽客仙風。」又言：「君子風見《藝文類聚》引《風俗通》，小人風見《北史・芒山之役》；俊風見《夏小正》，少女風見《管輅傳》；獵葉風見《周生烈子》，八月葡萄風見《金縷子》。」將各類風織羅而出。又如江淹〈江上之山賦〉眉欄云：「江山嚴厲而峭卓，海山微茫而隱見，溪山窈窕而幽深，塞山童禿而堆阜。」[87]將各地山並列而見。此類眉語亦是汲取類書隨類相從的編纂經驗，藉以增加讀者見聞，並爲士子習作提供了更多的素材。

　　以上乃《賦珍》的評註特色。乍看之下，施重光似乎對所選之賦進行了大量品評，然經仔細比對，仍是資料匯聚。

---

[87] 據筆者查考，此段引文出自《鞏氏耳目志》，見《戒庵老人漫筆》（北京：中華書局，1982年）卷5〈統論山〉，頁169。

第五節　結語

本文旨就《賦珍》的刊刻時間、編纂體例、選賦情況、評註特點進行梳理，得到以下結論：

就刊刻時間而言，程章燦先是依據吳宗達〈賦珍序〉的署名方式（「延陵友弟吳宗達謹敘」）判斷，《賦珍》應是刊刻於萬曆二十九年至三十二年之間，爾後又從選賦題材推測，《賦珍》可能刊刻於萬曆三十二年之後。筆者重新審〈賦珍序〉，若就其行文脈絡而言，《賦珍》刊刻於萬曆三十二年之後的可能性較高，理由如下：

一、據吳宗達〈賦珍序〉所言，施重光當時已於刑部任官，且名聲甚藉中外，照理說，施氏似無必要非得請求當時未獲功名、僅有同年之誼的吳宗達爲其《賦珍》作序，尤其是吳宗達對《賦珍》並非100%地推舉。

二、據哈佛本吳宗達〈賦珍序〉書口下方刊有「□邢部□□鋪刊」等字樣，可見這是一部官方刻書，其流通的對象不外乎國子監生、翰林庶吉士及館閣、郎署等文臣，施氏似乎更無理由邀請當時僅具舉人身份的吳宗達作序。

三、從吳宗達作序的口吻看來，著實不像一位舉人同刑部郎中對話的口氣，反倒有幾分類似以長者之姿指導後輩如何爲文的味道。因此，〈賦珍序〉作於吳宗達探花及第並任翰林院編修後的可能性較大。

就編纂體例而言，《賦珍》雖然收錄先秦至有明一代賦作，但非依朝代先後爲次，而是採取類書以天、地、人、事、物爲序列的方式組織。在選文來源方面，文學性類書《文苑英華》是其取資對象，然而諷諭、人事、志、紀行、遊覽、哀傷等類賦作，《賦珍》一概不取，大抵是因《賦珍》乃刑部刻書，而上述賦作不是托意微詞以明治亂，就是賢人失志抒情寫懷，多少帶有激憤慷慨、哀怨淒絕的

味道，如此格調，似乎不適合朝中士子閱讀。在版樣方面，由於，《賦珍》不同於其他辭賦選本只是單純地選錄賦作或賦體雜文，而是融合了賦、詩、文於一帙之中，內容顯得相當龐雜。因此，施重光特別於排印方式上費了些心思，主要以不同的編排方式區分賦及詩、文、相關資料。

首先，關於排印的先後順序，通常於賦文之後，先附上與該賦題相關的知識解說，包括典章、制度及故實，再於解說之後附上同一題材的作品，有時是賦，有時是詩或文，若未附有事典說明則直接引錄作品。至於賦後若同時引錄詩、賦、文，則其排列順序為：首詩、次賦、末文。此一編排順序，完全採取《藝文類聚》「故事居其前，文列於後」的編輯體例。

其次，關於排印的版面樣式，又分別有頂格排印、低一格排印，單行大字、雙行小字的區別，藉以分出從屬關係、各類文體，以及該篇文本的重要性。主要賦作皆書寫完整賦題，且頂格排印；同題賦作，不再書寫題名，但取低一格排印；相關題材賦作，乃節錄文本，並於賦題中省去「賦」字。所錄之賦，無論主要或次要，一律採單行大字印刷。至於所引詩文，一律取低一格並以雙行小字印刷。取低一格，表其重要性不如賦；雙行小字，藉以區辨該文本究竟為賦，或者為詩文。

就選賦情況而言，《賦珍》收賦452篇，凡《文選》已收之賦《賦珍》不再重複。且因以《文苑英華》為底本，故大量收入唐賦，計234篇，占全書比例的一半以上，且其中有114篇為律賦，與當時國家掄才不試律賦、改試八股文的選才制度相牴觸。考律賦的寫作，從破題、原題、議論、正說、反說到卒章，後來的八股文皆與之類似。是以透過律賦的學習，將有助於八股程文的寫作。此外，自明英宗以來，內閣大學士中便有人提出恢復科舉試賦制度之說；庶吉士的考選及館閣課試，賦亦是項目之一。因此，即便有明一代，科舉終未能別立辭賦一科，然而官方始終重視作賦能力，是以《賦珍》的編纂應有這方面的考量。士子學寫律賦不僅貼合現行八股文格式，且若

有朝一日朝廷恢復試賦之舉，無論是試古賦或律賦，以《賦珍》各收一半比例的情況來看，皆具有競爭優勢。

至於《賦珍》中大量選入律賦，與復古派主張「唐無賦」說的文學趣味相齟齬；然而，《賦珍》卻又於卷八收錄復古派文人賦作，此一現象著實弔詭、有趣。經筆者仔細梳理，《賦珍》共收錄五位明代賦家的賦作計12篇。此12篇賦作內容大抵皆強調順命俟時、心不泥於冥晦的為官、處世態度，而非推尊文學復古。且耐人尋味的是，所選錄的五位賦家中，即使于慎行、張四維均出身館閣，卻也均曾任職於郎署；且此五人，均與當時專擅朝政的首輔或閹逆相對抗而遭擯退或辭官歸家。這樣的出身及性格，實與施重光相同。是以《賦珍》大量選入唐律賦的同時，又收錄復古派賦家作品，實乃出於不同考量。然而不可否認的是，此一不同考量多少造成體例上的紊亂。

就評註特點而言，《賦珍》對於所選賦篇，皆未加以圈點，僅進行註釋及評論。其中註釋的部分，又分為解題及詞章解釋。然而看似解題的文字，嚴格說來，均非一般認為的題旨闡釋，而是解釋賦題字義的內容，可視為習賦相關知識的增補。至於詞章解釋，或訓釋語詞，或申發句意，對於賦文的理解當有所助益，可惜為數不多。關於評論的部分，則有眉評及尾評。尾評一般是以雙行小字取低一格為之；然而並非所有賦尾雙行小字均是尾評，大多數是相關歷史資料的補充。至於眉評，其內容大致可分為四類，即：尋章摘句，比類補充；個人感悟，施以總評；說明遞嬗，品騭優劣；羅列意象，增廣識見。嚴格說來，第一、四項仍屬於補充資料、示範習作的範疇，僅二、三項個人感悟、品騭優劣可視為評論，然而數量極其有限。是以，乍看之下，《賦珍》似乎對所選之賦進行了大量品評，然經仔細比對，仍是資料匯聚。

由於《賦珍》一書，乃施重光任職郎署時纂輯刊刻，在性質上屬於官方刻本，與坊刻以營利為主要目的的訴求不同，該帙極有可能是為提供館閣課試或考選庶吉士之用，故在選文及編纂體例上明顯有別於前章所述之《辭賦標義》。在選文方面，除了收錄歷代賦作，並大

量引入相關詩文；在編排方面，則是採取類書比類相從的模式，使得
《賦珍》一書既像賦選又像類書[88]，如此的纂輯方式，自然有助於士
子習賦。然也因其非以營利爲主要訴求，是故在編排上極顯粗糙，不
僅沒有編目，導致檢索不便；且賦末雙行小字，有時置入與該賦作相
關的補充資料，有時又置入纂輯者的評論；而解釋賦題的文字，有時
置於題下，有時又置於眉欄，體例十分紊亂，若非官方刻書，恐怕行
之不久，無法一再刊刻。

88　蹤凡語，見氏著《漢賦研究史論》（北京：北京大學出版社，2007年），頁457。

附表二　《賦珍》目錄暨各卷賦末節錄之同題賦作

卷一	卷二	卷三
晉成公綏〈天地賦〉	唐劉允濟〈地賦〉	唐封希顏〈六藝賦〉
元黃省曾〈太極賦〉	唐佚名〈土風賦〉	楚荀況〈禮賦〉
唐劉允濟〈天賦〉	陳張正見〈山賦〉	晉郭璞〈南郊賦〉
唐鼂楚賢〈碧落賦〉	唐杜甫〈封西嶽賦〉	唐徐彥伯〈南郊賦〉
唐李嶠〈日賦〉	唐呂令問〈掌上蓮峰賦〉	宋鄭獬〈圓丘象天賦〉
唐李程〈日五色賦〉	唐丁春澤〈日觀峰賦〉	宋范鎮〈大報天賦〉
唐潘炎〈日抱戴賦〉	宋樓異〈少室三十六峰賦〉	宋張耒〈大禮慶成賦〉
漢公孫乘〈月賦〉	唐吳融〈沃焦山賦〉	唐王起〈槱六宗賦〉
唐潘炎〈月重輪賦〉	宋吳曇穎〈廬山賦〉	唐陸贄〈東郊朝日賦〉
漢張衡〈大象賦〉	漢班孟堅〈終南山賦〉	唐王起〈東郊迎春賦〉
後魏張淵〈觀象賦〉	梁吳筠〈八公山賦〉	唐張餘慶〈祀后土賦〉
梁陸雲公〈星賦〉	宋謝靈運〈羅浮山賦〉	唐楊諫〈大蜡賦〉
唐張叔良〈五星同色賦〉	唐周鉞〈海門山賦〉	唐佚名〈象樽賦〉
唐崔損〈北斗賦〉	梁江淹〈江上之山賦〉	唐裴度〈黃目樽賦〉
宋孔文仲〈三階平則風雨時賦〉	宋謝靈運〈嶺表賦〉	唐韓退之〈明水賦〉
唐盧肇〈天河賦〉	晉庾闡〈海賦〉	唐施肩吾〈大蒐賦〉
漢楊乂〈雲賦〉	晉潘岳〈滄海賦〉	唐李白〈明堂賦〉
唐李嶠〈五色卿雲賦〉	晉孫綽〈望海賦〉	宋范沖淹〈明堂賦〉
唐佚名〈風賦〉	唐盧肇〈海潮賦〉	漢李尤〈辟雍賦〉
晉李顒〈雷賦〉	晉成公綏〈大河賦〉	唐王履貞〈辟雍賦〉
		魏邯鄲淳〈投壺賦〉
		唐佚名〈劍賦〉
		唐賈餗〈大阿如秋水賦〉
		唐元稹〈樂為御賦〉
		唐喬潭〈裴將軍舞劍賦〉

（卷四 欄）	（卷五 欄）	（卷六 欄）	卷七
唐玄宗〈喜雨賦〉	晉庾闡〈涉江賦〉	晉傅玄〈辟雍饗飲酒賦〉	魏劉劭〈嘉瑞賦〉
唐佚名〈秋露賦〉	唐楊諫〈月映清淮賦〉	唐佚名〈籍田賦〉	唐潘炎〈黃龍見賦〉
唐白行簡〈五色露賦〉	唐李君房〈清濟貫河賦〉	宋王禹偁〈籍田賦〉	
後周劉璠〈雪賦〉	唐樊陽源〈江漢朝宗賦〉	隋江摠〈勞酒賦〉	
唐楊烱〈渾天賦〉	漢蔡邕〈漢津賦〉	晉傅玄〈朝會賦〉	
唐周渭〈璿璣玉衡賦〉	宋夏侯嘉正〈洞庭賦〉	唐元稹〈鎮圭賦〉	
晉潘岳〈相風賦〉	晉楊泉〈五湖賦〉	唐李子卿〈六瑞賦〉	
晉陸機〈漏刻賦〉	晉郭璞〈鹽池賦〉	唐王起〈闢四門賦〉	
唐佚名〈黃鐘宮為律本賦〉	宋秦觀〈湯泉賦〉	唐佚名〈大閱賦〉	
唐王起〈律呂相生賦〉	唐趙冬曦〈三門賦〉	宋劉筠〈大酺賦〉	
宋蘇頌〈歷者天地之大紀賦〉	梁簡文帝〈大壑賦〉	漢崔寔〈大赦賦〉	
唐張季友〈閏賦〉	晉王彪之〈水賦〉	唐張彥振〈指南車賦〉	
宋翱常〈四時成歲賦〉	晉潘尼〈火賦〉	唐柳子厚〈記里鼓賦〉	
唐韋展〈日月如合璧賦〉	唐呂太一〈土賦〉	唐穆寂〈南蠻北狄同日朝見賦〉	
卷四	**卷五**	唐韋執中〈冰紈賦〉	
唐常惟堅〈立春出土牛賦〉	唐佚名〈金賦〉	晉殷臣〈火布賦〉	
唐敬括〈八卦賦〉	唐高郢〈水木有本源賦〉	宋宋祁〈燕射賦〉	
唐陸肱〈乾坤為天地賦〉	宋劉敞〈宣防宮賦〉	**卷六**	
唐佚名〈大合樂賦〉	唐李華〈含元殿賦〉	唐李子卿〈瑞光賦〉	
唐達奚珣〈太常觀樂器賦〉	【唐王勃〈乾元殿頌〉】	【唐梁肅〈三如來讚〉】	

唐閻伯璵〈歌賦〉	唐郝名遠〈大慶賦〉	〔梁簡文帝〈大法頌〉〕	唐鄭宗哲〈溫洛賦〉
元熊朋來〈瑟賦〉	宋梁周翰〈五鳳樓賦〉	〔梁簡文帝〈菩提樹頌〉〕	宋江衍〈百川理賦〉
漢蔡邕〈琴賦〉	唐黎逢〈象魏賦〉	唐佚名〈神蓍賦〉	唐盧庾〈神鼎賦〉
唐張仲素〈玉磬賦〉	漢邊讓〈章華臺賦〉	宋孔璠之〈奇艾賦〉	唐薛邕〈丹飯賦〉
唐白行簡〈舞中成八卦賦〉	宋宋祁〈王畿千里賦〉	唐顏師古〈蘭賦〉	唐佚名〈四靈賦〉
漢賈誼〈簴賦〉	漢揚雄〈蜀都賦〉	晉傅玄〈芸賦〉	晉顧凱之〈鳳皇賦〉
唐佚名〈泗濱浮磬賦〉	晉庾闡〈揚都賦〉	宋謝朓〈杜若賦〉	唐李白〈大鵬賦〉
唐鄭希稷〈塤賦〉	魏劉楨〈魯都賦〉	晉傅玄〈鬱金賦〉	唐王維〈白鸚鵡賦〉
楚宋玉〈笛賦〉	魏劉邵〈趙都賦〉	唐程諫〈萱萋賦〉	唐權德輿〈鶺鴒賦〉
唐佚名〈洞簫賦〉	元趙子昂〈吳興賦〉	唐佚名〈平露賦〉	〔隋許善心〈神雀頌〉〕
晉夏侯淳〈笙賦〉	唐佚名〈測景臺賦〉	唐楊炯〈青苔賦〉	〔唐玄宗〈鶺鴒頌〉〕
唐佚名〈簫韶九成賦〉	梁元帝〈玄覽賦〉	唐常袞〈浮萍賦〉	隋魏彥深〈鷹賦〉
宋蘇子瞻〈延和殿奏新樂賦〉	晉羲康樓〈丹賦〉	唐謝偃〈高松賦〉	唐杜子美〈雕賦〉
唐謝民輔〈洪鐘賦〉	梁甄玄成〈車賦〉	唐魏徵〈梔栢賦〉	唐虞世南〈白鹿賦〉
晉陸機〈鼓吹賦〉	晉傅咸〈扇賦〉	晉摯虞〈槐賦〉	唐佚名〈獬豸賦〉
晉孫氏〈箜篌賦〉	隋江總〈華貂賦〉	唐崔鎮〈梧桐賦〉	唐虞世南〈拨貌賦〉
魏杜摯〈笳賦〉	傅咸〈鏡賦〉	唐薛逢〈天上白榆賦〉	漢孔臧〈諫格虎賦〉
唐沈佺期〈霹靂琴賦〉	梁昭明太子〈傅山賦〉	唐宋鄞〈扶桑賦〉	漢王延壽〈王孫賦〉
唐張曙〈馬處士擊甌賦〉	唐佚名〈竹如意賦〉	梁簡文帝〈梅花賦〉	唐吳筠〈玄猿賦〉
唐王起〈書同文賦〉	晉庾信〈邛竹杖賦〉	唐皮日休〈桃花賦〉	唐潘炎〈赤鯉賦〉
齊王僧虔〈書賦〉	漢王逸〈機賦〉	唐舒元輿〈牡丹賦〉	魏曹植〈神龜賦〉
漢蔡邕〈筆賦〉	漢班婕妤〈擣素賦〉	唐張昌言〈瓊花賦〉	晉楊泉〈蠶賦〉

卷次、篇名	各賦篇末節引之同題賦作※		篇末節引之賦作※
唐王起〈墨池賦〉	漢曹大家〈箴賦〉	宋鮑照〈芙蓉賦〉	唐郭璞〈蜂賦〉
唐謝觀〈大演虛其一賦〉	宋鮑照〈園葵賦〉	宋高似孫〈水仙花賦〉	晉陸雲〈寒蟬賦〉
元虞伯生〈八陣圖賦〉	宋蘇子瞻〈菜羹賦〉	梁徐勉〈菖花賦〉	晉潘岳〈螢火賦〉
漢馬融〈圍棋賦〉	晉杜預〈荈賦〉	梁王筠〈蜀葵花賦〉	漢曹大家〈大雀賦〉
漢馬融〈樗蒲賦〉	宋黃庭堅〈煎茶賦〉	魏鍾會〈菊賦〉	唐王起〈朔方獻千里馬賦〉
魏魏文帝〈彈棋賦〉	宋蘇子瞻〈服胡麻賦〉	晉傅咸〈款冬花賦〉	宋司馬光〈交趾獻奇獸賦〉
晉庾信〈象戲賦〉	宋蘇子由〈服茯苓賦〉	唐張九齡〈荔枝賦〉	
		唐李德裕〈瑞橘賦〉	
		晉傅玄〈桃賦〉	
		晉傅玄〈李賦〉	
		梁吳筠〈竹賦〉	

卷次、篇名	各賦篇末節引之同題賦作※	篇末節引之賦作※
卷八（補遺）		
宋米芾〈硯賦〉	梁江淹〈蓮花賦〉	
唐張彥勝〈露賦〉	唐楊炯〈幽蘭賦〉	
魏劉楨〈大暑賦〉	唐楊炯〈庭菊賦〉	
晉傅玄〈大寒賦〉	元趙孟頫〈修竹賦〉	
唐佚名〈黃鐘管賦〉	宋劉敞〈栟櫚賦〉	
卷一	唐劉允濟〈天賦〉	晉王彪之〈天賦〉
卷三	唐佚名〈劍賦〉	唐逢奚琦〈劍賦〉

※ 各賦篇末節引之賦作，施重光均未標示題名，表格中所見之賦題，如王彪之〈天賦〉、逢奚琦〈劍賦〉等，均為本文所加。

唐敬括〈太常觀樂器賦〉
唐佚名〈歌賦〉
唐張存則〈舞中成八卦賦〉
晉王廙〈笙賦〉
晉曹毗〈箜篌賦〉
晉孫楚〈笳賦〉
晉成公綏〈筆賦〉

晉楊泉〈機賦〉

晉傅玄〈神箸賦〉
宋謝朓〈高松賦〉
唐李德裕〈槿柏賦〉
晉潘岳〈芙蓉賦〉
宋歐陽修〈芙蓉賦〉
唐李德裕〈芙蓉賦〉

唐崔損〈鳳皇賦〉
漢公孫詭〈文鹿賦〉
漢宋嵩〈獮多賦〉
唐牛上士〈獅子賦〉

卷四
唐竇絢〈太常觀樂器賦〉
唐閻伯璵〈歌賦〉
唐白行簡〈舞中成八卦賦〉
晉夏侯湛〈笙賦〉
晉孫氏〈箜篌賦〉
魏杜摯〈笳賦〉
漢蔡邕〈筆賦〉
卷五
漢王逸〈機賦〉
卷六
唐佚名〈神箸賦〉
唐謝偃〈高松賦〉　唐魏徵〈槿柏賦〉
宋鮑照〈芙蓉賦〉

卷七
晉顧凱之〈鳳皇賦〉
唐虞世南〈白鹿賦〉
唐佚名〈獮多賦〉
唐虞世南〈狻猊賦〉

唐崔融〈瓦松賦〉
梁江淹〈金草燈賦〉
唐王勃〈寒梧棲鳳賦〉
魏佚名〈曲江孤鳧賦〉
晉王彪之〈馴象賦〉
唐蔣防〈白兔賦〉
唐裴度〈神龜負圖出河賦〉
唐柳子厚〈迎長日賦〉
唐楊弘真〈陳廛賦〉
唐鄭太昊〈浮漚賦〉
唐佚名〈氣賦〉
唐趙自勤〈空賦〉
漢司馬長卿〈大人賦〉
東魯子慎行可退〈經筵賦〉
可退〈栩栩園賦〉
蒲阪張四維子維〈秋霖賦〉
北地李夢陽〈大復山賦〉
姑蘇瞿汝稷〈武夷山賦〉
獻吉〈汎彭蠡賦〉
前人〈泊雲夢賦〉
獻吉〈宅鸚洲賦〉
前人〈感喜賦〉

唐王起〈懸土炭賦〉
唐李嶠〈山川出雲賦〉
唐佚名〈襄賈賣洪河賦〉
魏佚名〈濟川賦〉
晉王彪之〈井賦〉
唐仲子陵〈珊瑚樹賦〉
唐何摅〈琥珀拾芥賦〉
唐柳子厚〈迎長日賦〉
唐佚名〈祠靈星賦〉
唐蕭昕〈總章右个賦〉
唐佚名〈羊太學賦〉
唐王起〈白玉琯賦〉
梁簡文帝〈金錞賦〉
唐敬括〈玉斗賦〉
唐梁洽〈金剪刀賦〉
漢傅毅〈雒都賦〉
唐郭遵〈雒扇賦〉
唐許敬宗〈撲滿賦〉
唐韋肇〈笏賦〉
唐王子先〈玥賦〉
唐顧不期〈玥賦〉
唐崔損〈冰壺賦〉

唐沈仲〈篆環賦〉
元趙子昂〈納扇賦〉
唐楊洽〈鐵火筋賦〉
唐張餘慶〈青玉案賦〉
唐黎逢〈石硯賦〉
宋蘇子瞻〈沉香山子賦〉
魏應場〈車渠椀賦〉
宋晏殊〈中園賦〉
陳張正見〈桃花賦〉

信陽何景明仲默〈進舟賦〉
仲默〈九詠〉
元美〈二鳥賦〉

（註：羧挽，獅子之別稱）

附表三　《賦珍》各卷賦末引錄賦作

卷一	
主要賦作	引錄賦作
李程〈日五色賦〉	佚名〈慶雲抱日〉
	佚名〈黃雲捧日〉
	韋充〈餘霞成綺〉
張叔良〈五星同色賦〉	李子蘭〈景星〉
	楊烱〈老人星〉
盧肇〈天河賦〉	張環〈秋河〉
李懌〈五色卿雲賦〉	劉元淑〈夏雲〉
	王諲〈冬至雲物〉

卷二	
主要賦作	引錄賦作
	陳喜〈秋鷰辭巢〉
	崔損〈霜降〉
	林滋〈小雪〉
	裴度〈律中黃鐘〉
	權德輿〈鵾巢背大歲賦〉
	梁簡文帝〈元夕列燈〉
	賈餗〈中和節獻農書〉
	晉張協〈三日祓禊〉

唐人〈五日續命〉
庾信〈七夕穿針〉
歐陽詹〈中秋望月〉
南朝宋傅亮〈九日登館〉
喬琳〈除夕大儺〉

佚名〈風賦〉
　　　　晉陸機〈浮雲〉
　　　　王起〈協風〉
李淑〈薰風〉
　　　　漢趙壹〈迅風〉
　　　　宋蘇子瞻〈快哉此風〉
　　　　唐樊珣〈春雷〉

李顒　〈雷賦〉
玄宗　〈暑雨賦〉
　　　　晉顧凱之〈雷電〉
　　　　唐賈登〈祈雨〉
　　　　梁江淹〈赤虹〉
　　　　梁張纘〈秋雨〉
　　　　宋袁淑〈秋晴〉

白行簡〈五色露賦〉
　　　　呂令問〈金莖〉
　　　　唐人〈秋霜〉
　　　　謝良輔〈秋霧〉

王起〈律呂相生賦〉
　　　　陳佑〈權衡〉
　　　　敬括〈嘉量〉
　　　　高邁〈度〉

韋展〈日月如合璧賦〉
　　　　馮宿〈星回於天〉
　　　　陳正卿〈望雲物〉

常惟堅〈立春出土牛賦〉
　　　　韋充〈東風解凍〉
　　　　謝觀〈初雷啟蟄〉
　　　　王起〈鑽取榆火〉

卷二 主要賦作	卷二 引錄賦作	卷三 主要賦作	卷三 引錄賦作
張正見〈山賦〉	許敬宗〈麥秋至〉	陸贄〈東郊朝日賦〉	東漢黃香〈九宮賦〉
杜甫〈封西嶽賦〉	張仲素〈反舌無聲〉	宋祁〈燕射賦〉	唐白居易〈射中正鵠〉
樓異〈少室三十六峰賦〉	陳章〈腐草為螢〉		喬潭〈破的〉
謝靈運〈羅浮山賦〉	蕭穎士〈寒蟬鳴〉		楊弘貞〈貫七札〉
	仲之玄〈玉〉		何據〈穿楊百中〉
	唐閻隨侯〈西嶽望幸〉		周庾信〈馬射〉
	唐楊敬之〈華山〉		唐達奚珣〈劍賦〉
	劉禎〈黎陽山〉		曹植〈刀〉
	潘岳〈虎牢山〉		陳琳〈刀鎧彎弓矢〉
	李德裕〈大孤山〉		唐仲無頗〈蹋鞠〉
謝靈運〈嶺表賦〉	唐李嶠〈石〉		唐高無際〈鞦韆〉
	陳張正見〈珠〉	佚名〈劍賦〉	
庾闡〈海賦〉	唐王奉珪〈珠〉	賈餗〈大阿如秋水賦〉	
潘岳〈滄海賦〉	唐石岑〈海不揚波〉		
孫綽〈望海賦〉	晉顧凱之〈觀濤〉	喬潭〈裴將軍舞劍賦〉	
成公綏〈大河賦〉	唐呂溫〈河出榮光〉		
庾闡〈涉江賦〉	南朝宋謝朓〈臨楚江〉		
楊諫〈月映清淮賦〉	魏王粲〈浮淮〉		
李君房〈清濟貫河賦〉	魏應瑒〈河水〉		

卷四		卷五	
主要賦作	引錄賦作	主要賦作	引錄賦作
楊泉〈五湖賦〉	唐張仲素〈昆明池〉	宋祁〈王畿千里賦〉	漢李尤〈函谷關〉
簡文帝〈大壑賦〉	唐李華〈瀑布泉〉	昭明太子〈傅山賦〉	庾信〈燈〉
王彪之〈水賦〉	唐庾儵〈冰〉	謝朓〈杜若賦〉	陸龜蒙〈藥〉
潘尼〈火賦〉	唐梁洽〈水〉	傅玄〈鬱金賦〉	曹植〈迷迭〉
佚名〈金賦〉	王起〈鑽燧改火〉	程諫〈賞荄賦〉	韋莫當〈朱草〉
鄭希稷〈塤賦〉	范仲淹〈金在鎔〉	佚名〈平露賦〉	史近〈靈芝〉
夏侯淳〈笙賦〉	許堯佐〈塤箎相須〉	摯虞〈槐賦〉	傅玄〈柳〉
佚名〈簫韶九成賦〉	唐班肅〈笙磬同音〉	崔鎮〈梧桐賦〉	敬括〈豫章〉
杜摯〈笳賦〉	唐李觧〈鳳凰來儀〉	梁簡文帝〈梅花賦〉	高似孫〈桂花〉
王起〈書同文賦〉	唐鄭錫〈百獸率舞〉	皮日休〈桃花賦〉	伍輯之〈桃花〉
王起〈墨池賦〉	梁簡文帝〈箏〉	舒元輿〈牡丹賦〉	王徽〈芍藥〉
馬融〈樗蒲賦〉	唐虞世南〈琵琶〉		
庾信〈象戲賦〉	晉楊泉〈草書〉		
	晏殊〈飛白〉		
	傅玄〈硯〉		
	傅咸〈紙〉		
	後漢邊孝先〈墨〉		
	東晉李秀〈四維〉		
	唐邢紹宗〈握槊〉		
	宋李易安〈打馬〉		

卷六 主要賦作	卷六 引錄賦作	卷七 主要賦作	卷七 引錄賦作※
李德裕〈瑞橘賦〉	後梁宣帝〈櫻桃〉 鍾會〈葡萄〉 潘岳〈安石榴〉	顧凱之〈鳳皇賦〉	桓玄〈鶴〉 鍾會〈孔雀〉 孫楚〈鷹〉 蕭穎士〈白鷳〉 成公綏〈鳥〉 徐勉〈鵲〉 盧諶〈鷽〉 習嘏〈雞〉
傅玄〈李賦〉	陸瓊〈栗〉 謝瞻〈枇杷〉 傅玄〈棗〉 張協〈都蔗〉 何承天〈木瓜〉 陸機〈瓜〉	李白〈大鵬賦〉	謝惠連〈鸂鶒〉 梁簡文帝〈鴛鴦〉 摯虞〈鵁鶄〉 晉張望〈鷫鷞〉
吳筠〈竹賦〉	江淹〈靈丘竹〉 顧野王〈拂崖篠〉 王勁〈慈竹〉	權德輿〈鶻鳩賦〉	
		孔臧〈諫格虎賦〉	黃章〈龍馬〉 孔寧子〈犛牛〉
		曹植〈神龜賦〉	唐佚名〈蟾蜍〉

※ 各賦篇末引錄賦作，施重光均僅標示題名，未加「賦」字。經筆者一一查考，上表所列篇目，均為賦。如卷四杜摯〈笳賦〉後引梁簡文帝〈箏〉、虞世南〈琵邑〉，又引白樂天〈小鼓〉、顧況〈小鼓〉；前二者為梁簡文帝〈箏賦〉、虞世南〈琵邑賦〉，後二者則為白居易〈箏〉詩、顧況〈丘小府小鼓歌〉詩。

馬言甫〈蝸〉 東方虬〈蚯蚓〉 唐侟名〈尺蠖〉 賈餗〈鼂竈〉 沈佺期〈蝴蝶〉 盧譔〈蟋蟀〉 郭璞〈蚍蜉〉 成公綏〈螳螂〉 傅咸〈叩頭蟲〉 王起〈萬年縣試金馬式賦〉	楊泉〈蠶賦〉 郭璞〈蜜蜂賦〉 陸雲〈寒蟬賦〉 潘岳〈螢火賦〉 王起〈朔方獻千里馬賦〉

第四章

李鴻《賦苑》考評

　　《賦苑》8卷，收錄先秦至隋以賦名篇的作品875篇，乃萬曆年間收錄賦作最為完備的一部巨著。由於該帙只有收錄賦文而未加評點，是以本文僅就《賦苑》的編輯者、《賦苑》的構成及其功過、價值進行討論。

第一節　李鴻及其《賦苑》

　　《賦苑》8卷，今據《四庫全書存目叢書》[1]影印山東省圖書館藏明萬曆年間刻本，署名李鴻輯；然《四庫全書總目提要》卷193《賦苑》提要云：「不著編輯者名氏，前有蔡紹襄序，但稱曰李君，不著歲月，凡例稱甲午歲始輯，亦不署年號。相其版式，是萬曆以後書也。」[2]又，《千頃堂書目》賦總集類署「李鴻《賦苑》八卷」一種[3]。是知《賦苑》的編纂者為李鴻的機率極高。程章燦〈《賦苑》考評〉一文指出：

> 《明史》卷七十〈選舉志〉二：「（萬曆）二十年會試，李鴻中式，大學士申時行婿也。榜將發，房考給事中某持之以為宰相之婿不當中，主考官張位使十八房考公閱，皆言文字可取，而給事猶持不可。位怒曰：『考試不憑文字，將何取衷？我請職其咎。』鴻乃獲收。」又據《明史》卷二百二十七卷〈吳達可傳〉，李鴻，吳人，官上饒知縣，「萬曆十六年舉北闈鄉試，為吏部郎中高桂等所攻，後七年成進士。」按《賦苑》前附「雲

---

[1]　見《四庫全書存目叢書》集部第384冊。

[2]　見《四庫全書全書總目提要》卷193，頁188。

[3]　見清‧黃虞稷《千頃堂書目》，頁753。

　　間後學蔡紹襄謹撰」的序文中，稱紹襄為「君里閈之
　　末」，又稱李鴻曾「遊刃饒封」，可知編者即此李鴻
　　也。[4]

是以，據程氏的考訂，《賦苑》一書的編者確爲李鴻。

　　由於李鴻史籍無傳，僅能從《明史‧吳達可傳》得知其曾官上饒
知縣。至於《賦苑》的纂輯時間，據《賦苑‧凡例》云：「是書自
甲午歲始輯」[5]，甲午歲即萬曆22年，是以李鴻於會試後不久即著手
進行編纂工作。又李鴻自言：

　　　　是書既輯成帙，出入輒以自隨，然恐久而散失，故亟以
　　　　壽梓。迺繕寫之工，未悉古文體制，字畫率多草率。余
　　　　既不能明習，亦以吏事鞅掌，未得詳於校閱，刪舛正
　　　　訛，用以俟諸能者。[6]

從文中所謂的「吏事鞅掌」，可知李鴻此時已任官職，且爲職事紛
擾煩忙。蔡紹襄〈賦苑序〉也說：

　　　　夫文章吏治原本一涂，振藻調衡竝垂不朽。故夔龍禮
　　　　樂，伊傅誥謨。景鐘何必不勒於著作之廷，毫楮何必不
　　　　抒夫黼黻之秀。君神棲大業，遊刃饒封；噢咻研匠，陽
　　　　春圖史，案頭《繁露》。偶寄鸞枝於葛水，已虛螭席於

4　見程章燦《賦學論叢》（北京：中華書局，2005年），頁186。
5　見明‧李鴻《賦苑》，《四庫全書存目叢書》集部第384冊，頁4。
6　見明‧李鴻《賦苑‧凡例》，《四庫全書存目叢書》集部第384冊，頁4。

甘泉。固應乮天子之雄風，寧僅鬪文人之綺翰。[7]

蔡紹襄指出，當李鴻請其爲《賦苑》作序時，李氏正「神棲大業，遊刃饒封」。饒封，即今饒封鎮，位於江西省上饒市鄱陽縣。由此可知，李鴻纂輯《賦苑》時，已官於上饒知縣任上，故蔡氏才會說出：「夫文章吏治原本一途，振藻調衡並垂不朽。」

　　考《賦苑》一帙，「魚豕極多，而殘缺者亦復不少」，[8]李鴻雖自陳「淺陋之罪」[9]，卻也將責任諉之於吏事鞅掌。然令筆者深感好奇的是，既已公務煩擾，何以執意編書？李鴻自述：

傳曰：「登高能賦，可為大夫。言感物造端，材智深美，可以圖事見功。」而長卿亦云：「賦家之心，包括宇宙，總覽人物，斯迺得之於內，不可得而傳。」長卿而下，賦家所推，豈不以子雲為祭酒？而子雲自巽，晚乃歎曰：「詩人之賦麗以則，詞人之賦麗以淫。」是有壽陵餘子之微憾也。嗟乎！賦詎易言哉？其風詠似歌詩，諫諍愈書疏，事寔類《爾雅》，感託勝滑稽。矧孫卿、屈平皆離讒憂國，其言辭出於忠厚惻隱，故子長、孟堅每以孟軻、孫卿並稱；〈離騷〉篇目，世亦以經名之。然則余是役也，信可鼓吹經傳，寧獨享之千金已哉。因廣其傳與博雅者共之。[10]

7　見明‧李鴻《賦苑》，頁3。

8　見明‧李鴻《賦苑‧凡例》，頁4。

9　同前註。

10　同前註。

按李氏所言，賦「風詠似歌詩，諫諍愈書疏，事寔類《爾雅》，感託勝滑稽」，可與經典比翼。因此，《賦苑》的纂輯，即在於「鼓吹經傳」，而非為了「享之千金」。但從其編纂態度的粗疏草率，且選文未加任何圈點、評註來看，《賦苑》一書，既不似為羽翼經典，也不似為指導作文，其「彙成一家之書」[11]的目的，恐怕是為了官場酬酢之需。

廣義而言，《賦苑》刊刻於李鴻官上饒知縣任上，屬於官方刻書。明代官刻中，有一特殊的版本類型，即所謂的「書帕本」。據考，明代中葉以降，凡官司到任、任滿入覲、奉使回朝的官員，要具一書一帕饋贈親友津要，袁棟《書隱叢說》即云：

> 官刻之風至明極盛，內而南北二京，外而道學兩署，無不盛行雕造。官司至任，數卷新書與土儀，並充饋品，稱為「書帕本」。[12]

又顧炎武《日知錄》亦云：

> 至於歷官任滿，必刻一書，以充饋遺，此亦甚雅，而魯莽就工，殊不堪讀。陸文裕《金臺紀聞》曰：「元時州縣皆有學田，所入謂之學租，以供師生廩餼，餘則刻書。工大者合數處為之，故讎校刻畫頗有精者。洪武初，悉收上國學，今南監《十七史》諸書，地理歲月、勘校工役，並存可識也。今學既無田，不復刻書，而有

---

11 李鴻語，見《賦苑·凡例》，頁4。
12 見明·袁恬《書隱叢說》，轉引自《中華百科全書》（臺北：中國文化大學出版社，1983年）第5冊，「書帕本」條，頁532。

司間或刻之，然以充饋贐之用，其不工反出坊本下，工者不數見也。」[13]

又云：

昔時<u>入覲之官</u>，其饋遺，一書一帕而已，謂之書帕。自萬曆以後，改用白金。[14]

是知明代官員上任或奉旨歸京，例以一書一帕相饋贈，此乃當時的官場禮儀[15]。

由於書帕本只是作為饋贈的禮品，因此但具書籍外形即可，刻印大都草率，故陸深言其「不工反出坊本下」。胡應麟《經籍會通》卷四即言：

今宦涂率以書為贄，惟上之人好焉。則諸經史類書，卷帙叢重者，不逾時集矣。朝貴達官，多有數萬以上者，往往猥復相糅，芟之不能萬餘。精綾錦標，連窗委棟，朝夕以享群鼠。而異書祕本，百無二三。蓋殘編短帙，筐篋所遺，羔雁弗列。位高責冗者，又無暇掇拾之。名常有餘，而實遠不副也。[16]

---

[13] 見清・顧炎武著、黃汝成集釋《日知錄集釋：全校本》卷18，「監本二十一史」條，頁1031-1032。

[14] 同前註。

[15] 有關明代書帕本的相關論述，可參見大木康著、周保雄譯《明末江南的出版文化》（上海：上海古籍出版社，2014年），頁20-22。

[16] 見明・胡應麟著，王嵐、陳曉蘭點校《經籍會通：外四種》（北京：燕山出版社，1999年）卷4，頁48。

葉德輝《書林清話》亦言：

> 按明時官出俸錢刻書，本緣宋漕司郡齋好事之習，然校
> 勘不善，訛謬滋多。至今藏書家，均視當時書帕本比之
> 經廠坊肆，名低價賤，殆有過之。然則昔人所謂刻一書
> 而亡者，明人固不得辭其咎矣。[17]

可見書帕本因「不逾時集矣」，加上「位高責冗者，又無暇掇拾
之」，因此「校勘不善，訛謬滋多」，此正與李鴻自言的《賦苑》
缺失相仿；加以《賦苑》選賦雖多達875篇，來源卻是多依從《藝文
類聚》（詳見下文），想必纂集時間相當迅速，則又坐實了胡應麟所
謂的「則諸經史類書，卷帙叢重者，不逾時集矣」。綜上所述，再
加上李鴻乃當時首輔申時行女婿，是以《賦苑》一書極有可能是書帕
本，只是作為官場酬贈的附屬品。

第二節　《賦苑》選賦情況及編纂體例

關於《賦苑》的選賦情況，〈凡例〉言：

> 此書斷自陳、隋以上，厥後作者代不乏人，迤其氣象萎
> 薾，兼亦不能遍收，故率置不載。
> 茲編或錄之諸集，或搜之《藝文》，或止載片詞，或僅
> 摘小序，務存成目，不計闕文。緣家藏既寡，無從博
> 採。姑且存其遺緒，以待富擅五車者尋端，足所未備。

---

17 見清・葉德輝著、紫石點校《書林清話：外兩種》（北京：燕山書版社，1999年）卷7，
「明時書帕本之謬」條，頁184。

　　蓋碎錦片玉，世所共珍，亦千金狐白，不遺一腋之意
也。

　　是書自甲午歲始輯其次第，厥後漸以增益，積久遂至捌
百柒拾伍首。[18]

　　由以上資料可知，《賦苑》選賦斷自隋朝以上，唐以後賦因「氣
象萎薾」，加上「不能遍收」，因此均未採錄。乍看之下，或以
為《賦苑》選賦重在復古，故唐以下賦不收，實則不然。李鴻自言
「茲編或錄之諸集，或搜之《藝文》」，據筆者檢視李鴻於部分賦
題下所標示的賦文出處，計有：《西京雜記》、《文選》及《藝文類
聚》。其中標明出自《西京雜記》者僅鄒陽〈酒賦〉、路喬如〈鶴
賦〉、公孫乘〈月賦〉、公孫詭〈文鹿賦〉等4篇；而標明出自《文
選》的班固〈竹扇賦〉，實則出自《古文苑》；至於標明出自《藝
文類聚》者，則多達496篇。以李鴻自言收賦875篇而言，明示出於
《藝文類聚》者，已高達57%，遑論未標示出處者。若以《藝文類
聚》前36卷為標的查察，各類「賦」項下，共收302篇賦作。其中，
李鴻有標示出於《藝文類聚》者，125篇；未註出處，經查證確實出
於《藝文類聚》者，145篇，合計270篇。換言之，《藝文類聚》前
36卷所收302篇賦作，《賦苑》收錄270篇，未收32篇，收錄比例達
89.4%。若將前項經查證出於《藝文類聚》之145篇，與李鴻自行標
示出於《藝文類聚》之496篇合計，為641篇。即已知出於《藝文類
聚》者占全書73.3%，若繼續查證其餘234篇作品，相信比例會提升
到90%以上。是知，《賦苑》篇什選擇多依循《藝文類聚》，而《藝
文類聚》僅收件至隋；因此，《賦苑》不收唐以後賦的主因，或不
在於「氣象萎薾」，而是「家藏既寡，無從博採」，加上「吏事鞅
掌」，「不能遍收」，才會「斷自陳、隋以上」，此亦更加證實了

---

[18] 見明・李鴻《賦苑・凡例》，頁4。

《賦苑》乃書帕本的可能性。

至於《賦苑》的編纂體例，〈凡例〉言：

> 是編人因世次，文沿人集，故不足分門別類，以滋翻閱之煩。每首各為斷章，有志者自能類輯。且觀氣格厚薄，亦足驗世代之升降。[19]

《賦苑》的編排方式乃以時代為次，所錄諸賦始於周荀況，終於隋蕭皇后，即〈凡例〉所謂的「文沿人集」。然而，由前揭論述可知，《賦苑》的篇什來源主要為《藝文類聚》；《藝文類聚》的纂輯特色是以事類居其前，再列文於後，可說是「文沿類集」，可見《賦苑》刻意不依類書分類編輯。如此輯文的好處是：可觀賦家氣格厚薄，亦可徵驗世代升降，換言之，即便於掌握唐以前賦的發展流變情況。

然而，不採類書的編纂方式，極有可能失去聚類對比、集思廣益之效，為解決此一缺憾，李鴻特別強調在排版上「每首各為斷章」，此乃相對類書而言。因類書的列文方式，乃篇篇相連，魚貫而下，對讀者查索某一賦家、某一篇章而言，方便性不足，如下圖所示：

19　同前註。

宋版《藝文類聚》

　　司馬遷〈悲士不遇賦〉與司馬相如〈陳皇后長門賦〉僅以一空格為間距，檢索上勢必得逐條逐字閱讀，方能避免疏漏。《賦苑》雖然「文沿人集」，少了聚類對比的效果，但「每首各為斷章」的做法，可令有志類輯者，方便類輯。

　　既然《賦苑》「人因世次」的編纂方式，是為觀氣格之厚薄、驗世代之升降，故以下即表列《賦苑》於各朝代的收賦情況，並做一說明。

朝代	篇數	占全書比例
先秦	15	1.72%
西漢	40	4.57%
東漢	74	8.46%
三國	166	18.97%
兩晉	346	39.54%
南北朝	234	26.74%
總計	875	100%

　　首先，就所收賦篇總數而言，〈凡例〉言收賦875篇，筆者依《賦苑》目錄所載，加以統計亦875篇。然而，卷六李顒〈悲四時賦〉於目錄頁中重複；經筆者實際檢閱《賦苑》內容，發現李鴻於賦題下均標明出自《藝文類聚》。考《藝文類聚》卷三歲時部「春」項下，收錄有晉李顒〈悲四時賦〉；「秋」項下，亦收錄有李顒〈悲四時賦〉，原因在於《藝文類聚》收文乃比類相從，故對同一作品進行切割收錄。《賦苑》既非類書，而李鴻卻將之並陳而錄，未合以一篇，不知是一時失察，亦或是如其所言的「其間魚豕極多，而殘缺者亦復不少。未敢謬為竄易，俟後另求善本，漸加改正，疑則傳疑，蓋其嘖也」[20]，是為了慎重起見。

　　其次，由上表中可知，《賦苑》收賦依朝代先後為次，收錄篇數隨時代推移呈現遞增的現象，是以《賦苑》一書重在網羅散佚，而非刪汰繁蕪。然而在世次的安排上，分兩漢為西漢、東漢，合西晉、東晉為兩晉，此一斷代方式或從劉勰《文心雕龍》而來。

　　考《賦苑》一書僅收錄以「賦」為題的篇章，《楚辭》、擬騷及七體之作，均不在選錄行列，如此區辨辭、賦之別，正與《文心雕

---

[20] 同前註。

龍》於〈詮賦〉外,另立〈辨騷〉、〈雜文〉相同。又,《賦苑》收賦自荀卿、宋玉始,《文心雕龍・詮賦》即言:

> 賦也者,受命於詩人,拓宇於《楚辭》。於是荀況〈禮〉、〈智〉,宋玉〈風〉、〈釣〉,爰錫名號,與詩畫境,六義附庸,蔚成大國。[21]

劉勰論賦的正式形成(與詩畫境),正是以荀卿、宋玉賦爲濫觴。至於漢代辭賦的發展,劉勰雖然沒有明白提出西漢、東漢之分,卻花了即極大的篇幅描述漢賦不同時期的流變,〈詮賦〉云:

> 漢初詞人,順流而作。陸賈扣其端,賈誼振其緒,枚馬播其風,王揚騁其勢,皋朔已下,品物畢圖。繁積於宣時,校閱於成世,進御之賦,千有餘首,討其源流,信興楚而盛漢矣。夫京殿苑獵,述行序志,並體國經野,義尚光大。既履端於倡序,亦歸餘於總亂。序以建言,首引情本,亂以理篇,寫送文勢。按《那》之卒章,閔馬稱亂,故知殷人輯頌,楚人理賦,斯並鴻裁之寰域,雅文之樞轄也。至於草區禽族,庶品雜類,則觸興致情,因變取會,擬諸形容,則言務纖密;象其物宜,則理貴側附;斯又小制之區畛,奇巧之機要也。[22]

所謂「京殿苑獵,述行序志」與「草區禽族,庶品雜類」的大賦、小賦之分,正是西漢、東漢賦的區別;劉勰即使未能明言,但從大賦

---

[21] 見范文瀾《文心雕龍註》(香港:商務印書館,1995年),頁134。

[22] 同前註,頁134-135。

所舉諸家皆西漢賦家來看，略懂辭賦發展的讀者，理當明白「至於草區禽族」以下所言，乃指西漢以後賦。

　　相對於漢賦的鉅細靡遺描述，劉勰對於魏晉賦的發展便顯得籠統概括，〈詮賦〉云：

> 及仲宣靡密，發篇必遒；偉長博通，時逢壯采；太沖安仁，策勳於鴻規；士衡子安，底績於流制，景純綺巧，縟理有餘；彥伯梗概，情韻不匱：亦魏、晉之賦首也。[23]

劉勰對於漢以後賦的論述，僅止於提出各別賦家的賦風，並統言「亦魏、晉之賦首」而已；再加上劉勰對於文體流變的介紹，多以世次為序，再舉出代表作家、作品，此即「文沿人集」的編排方式。因此，《賦苑》的編纂次第，在很大程度上取資了《文心雕龍·詮賦》篇。

　　再者，大量收入三國、兩晉、南北朝賦，計占全書85.25%的比例，與同時期施重光《賦珍》的31.35%、陳山毓《賦略》的26.46%相比，差距極為懸殊；尤其是三國賦即收錄了166篇，而《賦海補遺》僅收錄31篇、《賦珍》收錄20篇，《賦略》更只收錄5篇。李鴻所錄雖多取資於類書，但就輯佚的角度來說，確實已蔚為「辭林之巨觀」[24]。

　　若以觀氣格之厚薄而言，「文沿人集」編纂方式的優點是，讀者可以透過賦篇，看出賦家擅長寫作哪一類氣韻與風格的作品，進而得以觀照賦家的氣度與品格。例如曹植名下錄有賦作四十餘篇，即：〈東征賦〉、〈遊觀賦〉、〈懷親賦〉、〈玄暢賦〉、〈幽思賦〉、〈節遊賦〉、〈感節賦〉、〈離思賦〉、〈釋思賦〉、〈臨觀

23　同前註，頁135-136。

24　李鴻語，見《賦苑·凡例》，頁4。

賦〉、〈潛志賦〉、〈閒居賦〉、〈慰子賦〉、〈敘愁賦〉、〈愁思賦〉、〈九愁賦〉、〈娛賓賦〉、〈愍志賦〉、〈歸思賦〉、〈靜思賦〉、〈感婚賦〉、〈出婦賦〉、〈洛神賦〉、〈愁霖賦〉、〈喜霽賦〉、〈登臺賦〉、〈九華扇賦〉、〈寶刀賦〉、〈車渠椀賦〉、〈迷迭香賦〉、〈大暑賦〉、〈神龜賦〉、〈白鶴賦〉、〈蟬賦〉、〈鸚鵡賦〉、〈鷂賦〉、〈離繳雁賦〉、〈鷦雀賦〉、〈蝙蝠賦〉、〈芙蓉賦〉、〈酒賦〉、〈槐賦〉、〈植橘賦〉、〈述行賦〉等。透過研閱，便可得知曹植賦作偏向詠物及抒情，不僅意蘊豐富，同時氣韻慷慨、情感深沉，與司馬相如、揚雄等人擅長寫作畋獵、苑囿大賦的氣勢汪洋、意象宏偉，有著明顯的差異。是以，「文沿人集」編輯的方式，既可看出文章的語言氣勢，又可看出作家的精神氣質。

最後附帶一提，《賦苑》一書無句讀、無評註，頂多於賦題下標明出處而已；且875篇中，有標示者僅501篇，其餘未標註者，未知所來何自，或亦有可能出自《藝文類聚》。此外，由於《賦苑》僅收錄以「賦」名篇的作品，是以李鴻特別於賈誼〈弔屈原賦〉題下寫道：「《文選》作「文」，今從《史記》」[25]，以符合其收錄標準，全書僅此一例。

第三節　《賦苑》評騭

胡應麟《甲乙剩言》云：

> 姚（叔祥）見余家藏書目中有干寶《搜神記》，大駭曰：「果有是書乎？」余應之曰：「此不過從《法苑》、《御覽》、《藝文》、《初學》、《書鈔》諸書

中錄出耳，豈從金函石篋、幽巖土窟掘得耶！」大抵後出異書，皆此類也。[26]

胡應麟此番言論雖是針對干寶《搜神記》而發，認為明代所見的異書，大抵乃拼湊前人類書而成，故不足以驚駭其珍。以胡氏之言檢視李鴻《賦苑》，亦如是，故《四庫》館臣言：

> 所錄諸賦，始於周荀況，終於隋蕭皇后，以時代為編次，大抵多取之《藝文類聚》諸書，故往往殘缺，又次序顛倒殊甚。黃香〈九宮賦〉已見於漢文，又見於南北朝中，題其字曰黃文彊。張超〈誚青衣賦〉，已見於漢，改其題曰〈譏青衣賦〉，改其名曰張安超；又見於南北朝中，仍其故題，而題其字曰張子並。公孫乘〈月賦〉，則一見漢，一見南北朝，顯然複出，亦全不檢。蓋明季選本大抵如斯也。[27]

《賦苑》收賦洋洋灑灑八百餘篇，純就數量而言，確實駭目驚人。然而所取大抵來自《藝文類聚》諸書，又不加精審校對，故魯魚亥豕層出不窮。除《四庫》館臣所舉黃香〈九宮賦〉、張超〈誚青衣賦〉、公孫乘〈月賦〉三例外，前文亦已指出班固〈竹扇賦〉非出自《文選》、卷六兩篇李顒〈悲四時賦〉實為一文。其次，將司馬遷〈悲士不遇賦〉誤植為司馬相如；將摯虞〈思遊賦〉誤植為潘岳。再者，目錄所見與內文不同，以卷六為例，如：目錄載夏侯湛〈石榴

---

26 見晉・干寶原著、黃滌明譯註《搜神記》（臺北：五南，2013年），頁708。
27 見《四庫全書全書總目提要》第五冊，集部二，頁188。

賦〉後乃楊乂〈雲賦〉，內文實際收錄的卻是楊泉〈蠶賦〉[28]，而楊乂〈雲賦〉則被收錄於陶潛〈悲士不遇賦〉前[29]；目錄載張協賦僅收〈洛禊賦〉、〈玄武館賦〉、〈登北芒賦〉三篇，內文卻又多收了〈都蔗賦〉、〈安石榴賦〉兩篇[30]；目錄載有刑才子〈新宮賦〉，內文則是收錄卞伯玉〈大暑賦〉[31]，未見刑才子〈新宮賦〉。此外，個別賦家排序失當，如將阮籍、嵇康列入兩晉時期，都是極為明顯的錯誤。

儘管如此，在「千金狐白，不遺一腋」的纂輯原則下，就窮搜博覽、網羅散佚的角度而言，《賦苑》仍有其貢獻。以刊刻於天啓、崇禎年間的兩部詩文選集：張燮《七十二家集》、張溥《漢魏六朝百三家集》與之比對，單就所收賦家而言，《賦苑》236人即遠遠超過張燮72家、張溥103家，遑論兩張氏所選錄的作家中尚有未作有賦者，如東方朔、孔融、諸葛亮、魏武帝、王僧孺、劉孝標、劉孝綽、劉孝威、庾肩吾、溫子昇、魏收、王褒、隋煬帝、李德林、牛弘等人。若就所收賦篇數量來說，《賦苑》875篇（姑且不論重出、多收者）、《七十二家集》552篇、《漢魏六朝百三家集》636篇。其中與《賦苑》重複者，《七十二家集》497篇、《漢魏六朝百三家集》579篇；《賦苑》有收，兩家未收者，分別為378篇、296篇。以上相關數據見下表，詳細篇目見附表四[32]。

28　見明·李鴻《賦苑》卷6，頁350。

29　同前註，頁448。

30　同前註，頁384、385。

31　同前註，頁417，

32　由於張溥《漢魏六朝百三家集》是以張燮《七十二家集》為基礎編撰而成，是以附錄僅以《漢魏六朝百三家集》為參照。

	共同收錄	僅見《賦苑》	僅見《七十二家集》《漢魏六朝百三家集》
《賦苑》《七十二家集》	497篇	378篇	55篇
《賦苑》《漢魏六朝百三家集》	579篇	296篇	57篇

由此可見《賦苑》收賦規模之大，眞可謂彙成一家之書、庶乎辭林之巨觀矣。

第四節　結語

《賦苑》一書刊刻於李鴻官上饒知縣任上，從其編纂態度的粗疏草率，選文未加任何評點，且一半以上篇什皆出自《藝文類聚》看來，《賦苑》一書，並非如〈凡例〉所言是爲羽翼經典，而只是爲雅博共賞，應是爲官場酬酢之需而纂輯的書帕本。

在編纂體例上，雖然《賦苑》篇什多出自《藝文類聚》，卻未採用類書比類相從的編排方式，而是取資於劉勰《文心雕龍》以世爲次、文因人集的文體論體例，藉以達到「驗世代之升降、觀氣格之厚薄」的效果。

然而，由於《賦苑》輯刊草率，幾無校正，因此書中屢見訛誤，包括重出、世次錯誤、分一賦爲二文等，均明顯可見。但《賦苑》收賦875篇，可說是辭林一巨觀；對賦文的集佚而言，仍是多有貢獻。

附表四　《賦苑》、《漢魏六朝百三家集》收錄賦篇對照表

《賦苑》、《漢魏六朝百三家集》共同收錄篇目	
西漢	賈誼〈鵩鳥賦〉、〈弔屈原賦〉、〈旱雲賦〉、〈簴賦〉；漢武帝〈悼李夫人賦〉；司馬相如〈子虛賦〉、〈上林賦〉、〈長門賦〉、〈美人賦〉、〈大人賦〉、〈哀二世賦〉；王褒〈洞簫賦〉
東漢	劉歆〈遂初賦〉、〈甘泉宮賦〉、〈燈賦〉；揚雄〈甘泉賦〉、〈長楊賦〉、〈河東賦〉、〈羽獵賦〉、〈太玄賦〉、〈逐貧賦〉、〈酒賦〉；馮衍〈顯志賦〉；崔駰〈反都賦〉、〈大將軍臨洛觀賦〉、〈大將軍西征賦〉；班固〈西都賦〉、〈東都賦〉、〈幽通賦〉、〈覽海賦〉、〈終南山賦〉、〈竹扇賦〉、〈遊居賦〉；李尤〈函谷關賦〉、〈平樂觀賦〉、〈東觀賦〉、〈德陽殿賦〉、〈辟雍賦〉；張衡〈西京賦〉、〈東京賦〉、〈南都賦〉、〈思玄賦〉、〈歸田賦〉、〈髑髏賦〉、〈冢賦〉、〈觀舞賦〉、〈溫泉賦〉、〈羽獵賦〉；馬融〈長笛賦〉、〈圍棋賦〉、〈樗蒲賦〉、〈琴賦〉；王逸〈機賦〉、〈荔枝賦〉；蔡邕〈述行賦〉、〈短人賦〉、〈漢津賦〉、〈協龢婚賦〉、〈筆賦〉、〈彈琴賦〉、〈彈棋賦〉、〈故栗賦〉、〈蟬賦〉、〈青衣賦〉、〈協初賦〉
三國	魏文帝〈滄海賦〉、〈浮淮賦〉、〈臨渦賦〉、〈濟川賦〉、〈述征賦〉、〈愁霖賦〉、〈喜霽賦〉、〈戒盈賦〉、〈感物賦〉、〈離居賦〉、〈感離賦〉、〈永思賦〉、〈出婦賦〉、〈登臺賦〉、〈登城賦〉、〈寡婦賦〉、〈悼夭賦〉、〈彈棋賦〉、〈校獵賦〉、〈槐賦〉、〈柳賦〉、〈迷迭香賦〉、〈瑪瑙賦〉、〈車渠椀賦〉、〈玉玦賦〉、〈鶯賦〉；曹植〈東征賦〉、〈遊觀賦〉、〈懷親賦〉、〈玄暢賦〉、〈幽思賦〉、〈節遊賦〉、〈感節賦〉、〈離思賦〉、〈釋思賦〉、〈臨觀賦〉、〈潛志賦〉、〈閑居賦〉、〈慰子賦〉、〈敘愁賦〉、〈愁思賦〉、〈九愁賦〉、〈娛賓賦〉、〈愍志賦〉、〈歸思賦〉、〈靜思賦〉、〈感婚賦〉、〈出婦賦〉、〈洛神賦〉、〈愁霖賦〉、〈喜霽賦〉、〈登臺賦〉、〈九華扇賦〉、〈寶刀賦〉、〈車渠椀賦〉、〈迷迭香賦〉、〈大暑賦〉、〈神龜賦〉、〈白鶴賦〉、〈蟬賦〉、〈鸚鵡賦〉、〈鷂賦〉、〈離繳雁賦〉、〈鷦雀賦〉、〈蝙蝠賦〉、〈芙蓉賦〉、〈酒賦〉、〈槐賦〉、〈植橘賦〉、〈述行賦〉；

	陳琳〈鸚鵡賦〉、〈迷迭賦〉、〈止欲賦〉、〈武軍賦〉、〈神武賦〉；王粲〈登樓賦〉、〈初征賦〉、〈閒邪賦〉、〈浮淮賦〉、〈遊海賦〉、〈傷夭賦〉、〈思友賦〉、〈寡婦賦〉、〈出婦賦〉、〈大暑賦〉、〈柳賦〉、〈白鶴賦〉、〈鶡賦〉、〈鸚鵡賦〉、〈馬瑙賦〉、〈車渠椀賦〉、〈神女賦〉、〈迷迭賦〉、〈槐樹賦〉、〈鶯賦〉、〈酒賦〉、〈羽獵賦〉；應瑒〈慜驥賦〉、〈迷迭賦〉、〈靈河賦〉、〈正情賦〉、〈征賦〉、〈馳射賦〉、〈鸚鵡賦〉、〈愁霖賦〉、〈西狩賦〉、〈車渠椀賦〉、〈楊柳賦〉；劉楨〈魯都賦〉、〈大暑賦〉、〈遂志賦〉、〈黎陽山賦〉、〈瓜賦〉；阮瑀〈鸚鵡賦〉、〈止欲賦〉、〈箏賦〉、〈紀征賦〉；嵇康〈琴賦〉；阮籍〈東平賦〉、〈首陽山賦〉、〈鳩賦〉、〈獮猴賦〉、〈清思賦〉、〈亢父賦〉
兩晉	張華〈鷦鷯賦〉、〈相風賦〉、〈永懷賦〉、〈感婚賦〉、〈朽社賦〉；成公綏〈籠龜賦〉、〈嘯賦〉、〈螳螂賦〉、〈洛禊賦〉、〈鴻雁賦〉、〈天地賦〉、〈木蘭賦〉、〈雲賦〉、〈柳賦〉、〈琵琶賦〉、〈大河賦〉、〈琴賦〉、〈時雨賦〉、〈故筆賦〉、〈芸香賦〉、〈烏賦〉、〈陰霖賦〉；荀勖〈蒲萄賦〉；傅玄〈紫花賦〉、〈菊賦〉、〈桃賦〉、〈芸香賦〉、〈蜀葵賦〉、〈陽春賦〉、〈宜男花賦〉、〈蓍賦〉、〈李賦〉、〈安石榴賦〉、〈瓜賦〉、〈吊秦始皇賦〉、〈雉賦〉、〈朝會賦〉、〈正都賦〉、〈相風賦〉、〈山雞賦〉、〈鸚鵡賦〉、〈猨猴賦〉、〈鏡賦〉、〈鷹賦〉、〈鬥雞賦〉、〈走狗賦〉、〈乘輿馬賦〉、〈馳馬射賦〉、〈柳賦〉、〈硯賦〉、〈筆賦〉、〈大寒賦〉、〈述夏賦〉、〈辟雍鄉飲酒賦〉；傅咸〈紙賦〉、〈畫像賦〉、〈污卮賦〉、〈鏡賦〉、〈螢賦〉、〈櫛賦〉、〈黏蟬賦〉、〈鳴蜩賦〉、〈青蠅賦〉、〈感涼賦〉、〈蜉蝣賦〉、〈叩頭蟲賦〉、〈羽扇賦〉、〈扇賦〉、〈鷰賦〉、〈鸚鵡賦〉、〈班鳩賦〉、〈舜華賦〉、〈儀鳳賦〉、〈明意賦〉、〈患雨賦〉、〈感別賦〉、〈申懷賦〉、〈喜雨賦〉、〈遂登芒賦〉、〈小語賦〉、〈神泉賦〉、〈桑樹賦〉、〈玉賦〉、〈芸香賦〉、〈梧桐賦〉、〈款冬花賦〉、〈燭賦〉；摯虞〈鵁鶄賦〉、〈觀魚賦〉、〈槐賦〉、〈疾愈賦〉、〈思遊賦〉；束皙〈貧家賦〉、〈餅賦〉、〈勸農賦〉、〈近遊賦〉、〈讀書賦〉陸機〈文賦〉、〈祖德賦〉、〈感時賦〉、

	〈述先賦〉、〈別賦〉、〈豪士賦〉、〈瓜賦〉、〈思親賦〉、〈遂志賦〉、〈懷土賦〉、〈行思賦〉、〈思歸賦〉、〈愍思賦〉、〈應嘉賦〉、〈幽人賦〉、〈列仙賦〉、〈凌霄賦〉、〈述思賦〉、〈歡逝賦〉、〈大暮賦〉、〈感丘賦〉、〈浮雲賦〉、〈白雲賦〉、〈鼓吹賦〉、〈漏刻賦〉、〈羽扇賦〉、〈鱉賦〉、〈桑賦〉；陸雲〈逸民賦〉、〈歲暮賦〉、〈愁霖賦〉、〈喜霽賦〉、〈登臺賦〉、〈南征賦〉、〈寒蟬賦〉；夏侯湛〈釭燈賦〉、〈芙蓉賦〉、〈玄鳥賦〉、〈宜男花賦〉、〈薺賦〉、〈浮萍賦〉、〈愍桐賦〉、〈獵兔賦〉、〈雀釵賦〉、〈觀飛鳥賦〉、〈朝華賦〉、〈雷賦〉、〈夜聽笳賦〉、〈褉賦〉、〈春可樂賦〉、〈秋可哀賦〉、〈秋夕哀賦〉、〈大暑賦〉、〈繳彈賦〉、〈石榴賦〉；潘岳〈西征賦〉、〈籍田賦〉、〈秋興賦〉、〈閒居賦〉、〈悼亡賦〉、〈懷舊賦〉、〈寡婦賦〉、〈登虎牢山賦〉、〈滄海賦〉、〈狹室賦〉、〈笙賦〉、〈相風賦〉、〈射雉賦〉、〈螢火賦〉、〈河陽庭前安石榴賦〉、〈橘賦〉、〈蓮花賦〉、〈芙蓉賦〉、〈秋菊賦〉；潘尼〈璵瑁椀賦〉、〈桑樹賦〉、〈火賦〉、〈瑠璃椀賦〉、〈安石榴賦〉、〈釣賦〉、〈東武館賦〉、〈琉璃椀賦〉、〈鱉賦〉、〈懷退賦〉、〈西道賦〉、〈苦雨賦〉；張載〈濛汜池賦〉、〈敘行賦〉、〈酃酒賦〉、〈扇賦〉、〈安石榴賦〉；張協〈洛褉賦〉、〈玄武館賦〉、〈登北芒賦〉；孫楚〈雪賦〉、〈菊花賦〉、〈蓮花賦〉、〈林杜賦〉、〈笳賦〉、〈登城賦〉、〈登樓賦〉、〈雁賦〉、〈蟬賦〉、〈韓王臺賦〉、〈相風賦〉、〈翟賦〉、〈鷹賦〉、〈茱萸賦〉、〈咲賦〉、〈井賦〉；孫綽〈遊天臺山賦〉、〈望海賦〉；郭璞〈江賦〉、〈南郊賦〉、〈鹽池賦〉、〈登樓賦〉、〈井賦〉、〈巫咸山賦〉、〈蜜蜂賦〉、〈蚍蜉賦〉；刑子才（刑邵）〈新宮賦〉（目錄有，實則未收）；陶潛〈感士不遇賦〉、〈閒情賦〉；傅亮〈喜雨賦〉、〈登陵囂館賦〉、〈登龍岡賦〉、〈芙蓉賦〉、〈征思賦〉、〈感物賦〉
南北朝	謝朓〈訓德賦〉、〈思歸賦〉、〈七夕賦〉、〈高松賦〉、〈杜若賦〉、〈野鶩賦〉、〈遊後園賦〉、〈臨楚江賦〉、〈擬宋玉風賦〉；謝惠連〈雪賦〉、〈白鷺賦〉、〈甘賦〉、〈橘賦〉、〈鸂鶒賦〉；謝靈運〈山居賦〉、〈征賦〉、〈逸民賦〉、〈怨曉月賦〉、〈羅浮山

賦〉、〈嶺表賦〉、〈長鎩賦〉、〈江妃賦〉、〈孝感賦〉、〈歸途賦〉、〈感時賦〉、〈傷己賦〉、〈入道至人賦〉、〈辭祿賦〉；謝莊〈月賦〉、〈乘輿舞馬賦〉、〈赤鸚鵡賦〉、〈悅曲池賦〉；王儉〈齊竟陵王高松賦〉、〈靈丘竹賦〉

袁淑〈桐賦〉、〈穧晴賦〉；張融〈海賦〉；何承天〈木瓜賦〉；何遜〈窮鳥賦〉；鮑照〈舞鶴賦〉、〈蕪城賦〉、〈芙蓉賦〉、〈遊思賦〉、〈飛蛾賦〉、〈尺蠖賦〉、〈觀漏賦〉、〈坴鵝賦〉、〈傷逝賦〉、〈園葵賦〉；顏延之〈赭白馬賦〉、〈寒蟬賦〉、〈白鸚鵡賦〉、〈行藥賦〉；王融〈擬風賦〉、〈應竟陵王教桐樹賦〉；陸倕〈贈任昉感知己賦〉、〈思田賦〉；梁武帝〈孝思賦〉、〈圍棋賦〉；梁簡文帝〈眼明囊賦〉、〈鴛鴦賦〉、〈鴟鵂賦〉、〈修竹賦〉、〈舌賦〉、〈大壑賦〉、〈箏賦〉、〈悔賦〉、〈舞賦〉、〈玄虛公子賦〉、〈述羈賦〉、〈序愁賦〉、〈阻歸賦〉、〈梅友賦〉、〈列燈賦〉、〈對燭賦〉、〈採蓮賦〉；梁元帝〈蕩婦穧思賦〉、〈秋興賦〉、〈臨穧賦〉、〈言志賦〉、〈鴛鴦賦〉、〈對燭賦〉、〈採蓮賦〉；梁孝元帝〈玄覽賦〉；梁昭明太子〈扇賦〉、〈銅博山香爐賦〉、〈鸚鵡賦〉、〈芙蓉賦〉；沈約〈郊居賦〉、〈憨哀草賦〉、〈擬風賦〉、〈憨塗賦〉、〈傷美人賦〉、〈愍國賦〉、〈高松賦〉、〈桐賦〉、〈反舌賦〉、〈麗人賦〉、〈天淵水鳥賦〉；丘遲〈還林賦〉、〈思賢賦〉；江淹〈恨賦〉、〈去故鄉賦〉、〈倡婦自悲賦〉、〈哀千里賦〉、〈青苔賦〉、〈石劫賦〉、〈水上神女賦〉、〈泣賦〉、〈待罪江南思北歸賦〉、〈別賦〉、〈蓮花賦〉、〈丹砂可學賦〉、〈靈丘竹賦〉、〈赤虹賦〉、〈日時賦〉、〈金燈草賦〉、〈橫吹賦〉、〈扇上綵畫賦〉、〈傷友人賦〉、〈麗色賦〉、〈翡翠賦〉、〈江上之山賦〉、〈燈賦〉、〈知己賦〉、〈空青賦〉、〈學梁王菟園賦〉；陶弘景〈水仙賦〉、〈雲上之仙風賦〉；任昉〈知己賦〉；劉孝儀（劉潛）〈歎別賦〉

吳筠〈碎珠賦〉、〈筆格賦〉、〈巖棲賦〉、〈橘賦〉；沈烱〈歸魂賦〉、〈幽庭賦〉；王筠〈蜀葵花賦〉；江總〈貞女峽賦〉、〈勞酒賦〉、〈木槿賦〉、〈雲堂賦〉、〈山水納袍賦〉、〈華貂賦〉、〈瑪瑙盌賦〉、〈修心賦〉；張正見〈山賦〉、〈石賦〉、〈衰桃賦〉；

	徐陵〈鴛鴦賦〉；庾信〈華林園馬射賦〉、〈小園賦〉、〈竹杖賦〉、〈邛竹杖賦〉、〈哀江南賦〉、〈傷心賦〉、〈枯樹賦〉、〈春賦〉、〈七夕賦〉、〈鴛鴦賦〉、〈鏡賦〉、〈象戲賦〉、〈宕子賦〉、〈對燭賦〉、〈燈賦〉

	《賦苑》收、《漢魏六朝百三家集》未收篇目
先秦	荀卿〈禮賦〉、〈知賦〉、〈雲賦〉、〈蠶賦〉、〈箴賦〉；宋玉〈高堂賦〉、〈神女賦〉、〈風賦〉、〈登徒子好色賦〉、〈諷賦〉、〈微詠賦〉、〈篆賦〉、〈釣賦〉、〈大言賦〉、〈小言賦〉
西漢	枚乘〈梁王菟園賦〉、〈忘憂館柳賦〉；鄒陽〈几賦〉、〈酒賦〉；羊勝〈屏風賦〉；路喬如〈鶴賦〉；公孫乘〈月賦〉；公孫詭〈文鹿賦〉；董仲舒〈士不遇賦〉；司馬相如（實為司馬遷）〈悲士不遇賦〉；中山王〈文木賦〉；劉安〈屏風賦〉
東漢	孔臧〈諫格虎賦〉、〈楊柳賦〉、〈鴞賦〉、〈蓼蟲賦〉；班婕妤〈搗素賦〉、〈自悼賦〉；班彪〈北征賦〉；班大家〈東征賦〉、〈大雀賦〉、〈蟬賦〉、〈鍼縷賦〉； 杜篤〈論都賦〉、〈首陽山賦〉、〈書櫃賦〉、〈祓禊賦〉；傅毅〈舞賦〉、〈洛都賦〉、〈琴賦〉；黃香〈九宮賦〉；王延壽〈魯靈光殿賦〉、〈夢賦〉、〈王孫賦〉； 崔寔〈大赦賦〉；邊韶〈塞賦〉；趙壹〈窮鳥賦〉、〈疾邪賦〉、〈迅風賦〉；邊讓〈章華賦〉；禰衡〈鸚鵡賦〉；侯瑾〈箏賦〉；閔鴻〈芙蓉賦〉、〈羽扇賦〉；張安超〈譏青衣賦〉；蘇順〈歎懷賦〉；趙岐〈藍賦〉；桓譚〈仙賦〉； 張紘〈瓌材枕賦〉
三國	徐幹〈西征賦〉、〈序征賦〉、〈齊都賦〉；楊修〈神女賦〉、〈孔雀賦〉、〈許昌宮賦〉、〈出征賦〉、〈節遊賦〉；繁欽〈桑賦〉、〈征天山賦〉、〈暑賦〉、〈弭愁賦〉、〈愁思賦〉、〈柳賦〉、〈建章鳳闕賦〉；繆襲〈喜霽賦〉；何晏〈景福殿賦〉；丁儀〈勵志賦〉；劉劭〈嘉瑞賦〉、〈趙都賦〉、〈龍瑞賦〉；丁廙〈彈棊賦〉、〈蔡伯喈女賦〉、〈寡婦賦〉；夏侯玄〈皇胤賦〉；韋誕〈景福殿賦〉、〈敘志

	賦〉；毋丘儉〈承露盤賦〉；鍾毓〈果然賦〉；鍾會〈孔雀賦〉、〈菊花賦〉、〈蒲萄賦〉；曹髦〈傷魂賦〉；夏侯惠〈景福殿賦〉；杜摯〈笳賦〉；崔琰〈述初賦〉；卞蘭〈許昌宮賦〉；邯鄲淳〈投壺賦〉；賈岱宗〈大狗賦〉；殷臣〈鯨魚燈賦〉、〈奇布賦〉；陳暄〈食梅賦〉、〈應詔語賦〉；楊泉〈五湖賦〉、〈贊善賦〉、〈織機賦〉、〈草書賦〉；胡綜〈大牙賦〉；蘇彥英〈芙蕖賦〉
兩晉	羊祜〈雁賦〉；左思〈蜀都賦〉、〈吳都賦〉、〈魏都賦〉、〈白髮賦〉；張翰〈杖賦〉、〈豆羹賦〉；阮瞻〈上巳會賦〉；向秀〈思舊賦〉；木華〈海賦〉；棗據〈船賦〉、〈表志賦〉、〈登樓賦〉；楊乂〈雲賦〉；呂安〈髑髏賦〉；嵇含〈孤黍賦〉、〈瓜賦〉、〈寒食散賦〉、〈長生樹賦〉；江統〈函谷關賦〉；江逌〈竹賦〉；陶侃〈相風賦〉；溫嶠〈蟬賦〉；孫惠〈百枝燈賦〉；晉明帝〈蟬賦〉；江逌〈井賦〉、〈述歸賦〉、〈扇賦〉；曹攄〈圍棋賦〉、〈述志賦〉；顧凱之〈鳳賦〉、〈箏賦〉、〈雷電賦〉、〈冰賦〉、〈觀濤賦〉；袁宏〈東征賦〉；庾闡〈藏鉤賦〉、〈狹室賦〉、〈閒居賦〉、〈楊都賦〉、〈涉江賦〉、〈海賦〉、〈浮查賦〉；桓玄〈鳳皇賦〉、〈鸚鵡賦〉、〈玄鶴賦〉；王凝之〈風賦〉；范堅〈燈賦〉、〈安石榴賦〉；夏侯惇〈彈棋賦〉、〈懷思賦〉、〈笙賦〉；盧諶〈蟋蟀賦〉、〈鄴臺賦〉、〈菊花賦〉、〈鸚鵡賦〉、〈朝華賦〉、〈鸞賦〉、〈感運賦〉；曹毗〈箜篌賦〉、〈觀濤賦〉、〈涉江賦〉、〈馬射賦〉、〈鸚鵡賦〉；李顒〈雪賦〉、〈雷賦〉、〈悲四時賦〉；胡濟〈黃甘賦〉、〈濟瀍谷賦〉；庾儵〈冰井賦〉、〈石榴賦〉、〈大槐賦〉；湛方生〈懷春賦〉、〈穰夜賦〉、〈風賦〉；傅選〈槐賦〉、〈蚊賦〉；王廙〈笙賦〉、〈春可樂賦〉；應貞〈安石榴賦〉、〈臨舟賦〉；蔡洪〈圍棋賦〉、〈鬪鳧賦〉；李充〈風賦〉；陸充〈風賦〉；伏滔〈望濤賦〉；仲長敖〈覈性賦〉；褚爽〈禊賦〉；祖臺之〈荀子耳賦〉；賈彬〈箏賦〉；孫承〈嘉遁賦〉；傅純〈雉賦〉；王慶〈釣魚賦〉；張望〈鷦鷯賦〉；賈彪〈鵝賦〉；習嘏〈長鳴雞賦〉；李秀〈四維賦〉；陸善〈長鳴雞賦〉；歐陽建〈登櫓賦〉；伍輯之〈柳花賦〉；王叔之〈翟雉賦〉；孫諺〈琵琶賦〉；羊徽〈木槿賦〉；劉琬〈神龍賦〉；張敏〈神女賦〉；楊該〈三公山下神祠賦〉；杜育〈荈賦〉；王惲妻鍾夫人〈鸎

	賦〉、〈遐思賦〉；左九嬪〈松柏賦〉、〈孔雀賦〉、〈鸚鵡賦〉、〈涪漚賦〉；陶融妻陳氏〈箏賦〉；鈕滔母孫氏〈箜篌賦〉；劉柔妻王氏〈懷思賦〉、〈春花賦〉；劉海母孫氏〈悼歡賦〉
南北朝	宋孝武帝〈華林清暑殿賦〉、〈擬漢武帝李夫人婦〉；臨川康王〈山雞賦〉、〈鶴賦〉；劉義慶〈華林清暑殿賦〉、〈箜篌賦〉；謝瞻〈枇杷賦〉；王僧虔〈書賦〉； 何尚之〈華林清暑殿賦〉；支曇諦〈盧山賦〉、〈赴火蛾賦〉；周祇〈枇杷賦〉、〈月賦〉；謝琨〈穢夜長賦〉；蘇彥〈穢夜長賦〉、〈浮萍賦〉；何瑾〈悲秋夜賦〉；伏系之〈懷賦〉；沈勃〈穢羈賦〉；王徽〈芍藥花賦〉、〈野鶩賦〉；任豫〈籍田賦〉；牟輯之〈園桃賦〉；顏測〈安石榴賦〉；卞伯玉〈菊賦〉、〈薺賦〉；無名氏〈大暑賦〉；邵陵王〈贈言賦〉；蕭子範〈傷往賦〉、〈建安城門峽賦〉、〈直坊賦〉、〈家園三日賦〉；蕭子暉〈冬草賦〉、〈反舌賦〉；蕭子雲〈歲莫直廬賦〉；張纘〈懷音賦〉、〈瓜賦〉、〈離別賦〉、〈穢雨賦〉；吳筠〈竹賦〉、〈吳城賦〉；裴子埜〈寒夜賦〉、〈臥病賦〉、〈遊華林園賦〉；劉緩〈鏡賦〉；周興〈羽扇賦〉；徐摛〈冬蕉卷心賦〉；陳宣帝〈愍時賦〉、〈圍碁賦〉；周洪讓〈山蘭賦〉；劉璠〈雪賦〉；崔篆〈慰志賦〉；梁叔敬〈悼騷賦〉；黃文彊〈九宮賦〉；張鏡〈觀象賦〉；鄧耽〈郊祀賦〉；公孫乘〈月賦〉；張子並〈誚青衣賦〉；袁山松〈歌賦〉；臧道顏〈駛牛賦〉；孔番之〈艾賦〉；虞繁〈蜀葵賦〉；隋蕭皇后〈述志賦〉

	《漢魏六朝百三家集》收、《賦苑》未收篇目
東漢	張衡〈周天大象賦〉、〈定情賦〉、〈扇賦〉；蔡邕〈檢逸賦〉、〈瞽師賦〉、〈團扇賦〉
三國	魏文帝〈迷迭香賦〉、〈蔡伯喈女賦〉；曹植〈籍田賦〉、〈遷都賦〉；陳琳〈武軍賦〉；劉楨〈清慮賦〉
兩晉	張華〈瓌材枕賦〉、〈豆羹賦〉；成公綏〈延賓賦〉；傅玄〈喜霽賦〉、〈琵琶賦〉、〈箏賦〉、〈團扇賦〉、〈酒賦〉、〈玄棗賦〉、〈桑椹賦〉、〈鬱金賦〉、〈蟬賦〉、〈良馬賦〉、〈鷹兔賦〉；傅咸

	〈狗脊扇賦〉、〈相風賦〉；陸雲〈羊腸轉賦〉；夏侯湛〈梁田賦〉、〈韡舞賦〉、〈瓜賦〉；潘尼〈武庫賦〉、〈扇賦〉、〈芙蓉賦〉、〈朝菌賦〉；張協〈都蔗賦〉、〈安石榴賦〉[33]；孫綽〈遂初賦〉；郭璞〈流寓賦〉
南北朝	梁武帝〈靜業賦〉；梁簡文帝〈晚春賦〉、〈圍城賦〉、〈金錞賦〉；梁元帝〈春賦〉；梁昭明太子〈殿賦〉；江淹〈傷愛子賦〉、〈井賦〉；任昉〈靜思堂秋竹賦〉；吳筠〈八公山賦〉；江總〈辭行李賦〉；陳叔寶〈夜亭度雁賦〉、〈棗賦〉；高允〈鹿苑賦〉；盧思道〈孤鴻賦〉、〈納涼賦〉；薛道衡〈宴喜賦〉

---

[33] 《賦略》目錄未載，然實際內文有收錄。

第五章
周履靖《賦海補遺》
及其賦作探析

　　周履靖，晚明山人之一，其《賦海補遺》題與劉鳳、屠隆同輯，共收錄賦作885篇，其中615篇爲自作賦，此一現象，十分特殊。目前學界，對於此書的研究，主要集中在編纂者是否爲周履靖、劉鳳、屠隆等三人，是以本文先就此一問題進行釐析。其次，則針對《賦海補遺》的編纂體例、選賦情況、性質特色加以說明，以期初步掌握《賦海補遺》的整體樣貌，並藉此一窺晚明山人的文化出版事業。最後，則就周履靖賦作加以分析，以明其創作風格。

第一節　周履靖生平及《賦海補遺》編者芻議

　　《賦海補遺》28卷、附錄2卷，題沛國子威劉鳳、嘉禾逸之周履靖、四明緯眞屠隆同輯，金陵書林葉如春繡梓。考《賦海補遺》除收錄漢至唐賦270篇外，尚收錄周履靖倚韻追和之作268篇、自作賦347篇。由於周氏之作占了全帙近70%的比例，因此部分學者以爲，《賦海補遺》的實際編纂者僅周履靖一人而已，如馬積高云：

> 　　（《賦海補遺》）卷三十附錄履靖自作〈螺冠子自敍〉，列其著述，首舉《賦海補遺》，則此書實履靖所輯，劉鳳、屠隆蓋掛名耳。[1]

馬積高以爲周履靖於〈螺冠子自敍〉中，羅列自所著述而首舉《賦海補遺》，是以此書的編纂者實爲周履靖一人，劉鳳、屠隆只是純粹掛名。由於馬氏未能就所論提出具體闡釋，因此蹤凡分從〈螺冠子自敍〉、陳懿典〈賦海補遺序〉，以及劉鳳、屠隆的生平著述進行論證，以爲上述幾種資料均未載有劉鳳、屠隆編纂《賦海補遺》的記錄，且劉、屠兩人賦作，無論質量或數量，均有可觀，《賦海補

---

[1] 見馬積高《歷代辭賦研究史料概述》（北京：中華書局，2001年），頁195。

遺》卻完全沒有收錄兩人作品，因此以爲唯一的解釋是：劉鳳、屠
隆並未參與《賦海補遺》的編纂，周履靖之所以署上兩人名字，可
能是出於：一、劉鳳乃一藏書家，提供了周履靖編書所需的圖書資
料；二、劉鳳非常關心《賦海補遺》的編纂，爲該書撰寫了〈螺冠子
傳〉附於後；三、劉、屠兩人可能提供了出版資金；四、爲了紀念三
人之間的友誼；五、周履靖將自作賦大量編入《賦海補遺》中，爲免
後人譏評，將好友也列名爲編者，藉以掩飾自己的自負與放達[2]。

　　以上說法，看似合理，卻大都出於推測；究竟《賦海補遺》的纂
輯乃一人獨力完成，又或者有旁人協助？筆者以爲或許可由周履靖的
生平、志業進行推敲。周履靖，《明史》無傳，《四庫》館臣云：

> 履靖，在隆萬間，號爲隱士，而聲氣頗廣。凡有著作，
> 必請勝流爲之題詠、序跋。……蓋明季山人例以標榜相
> 尚也。[3]

又：

> 履靖，字逸之，能詩好事，與其妻桑貞白自相唱和，多
> 刊書籍以行，《夷門廣牘》即其所編。蓋亦趙宦光、陳
> 繼儒之流，明季所謂山人者也。[4]

可知周履靖乃晚明一山人，能詩好事，多刊書籍以行，生活形態與當
時著名的山人趙宦光、陳繼儒相似。至於周氏生平的詳細資料，可見

---

[2] 見蹤凡〈《賦海補遺》編者考〉，《中國典籍與文化》2011年第1期（總第76期），頁16-19。
[3] 見《四庫全書總目提要》第五冊，集部二，「《梅墟貽瓊》四卷」條，頁158。
[4] 同前註，第二冊，史部，頁333。

於其自作的〈螺冠子自敘〉，以及外侄李日華同其友人所著的《梅墟先生別錄》二卷、劉鳳撰的〈螺冠子傳〉等。

〈螺冠子自敘〉乃周履靖自傳，與劉鳳所撰著的〈螺冠子傳〉，同繫於《梅墟先生別錄》之後，收錄於周履靖所編刊的叢書《夷門廣牘》中[5]。《四庫全書存目叢書》亦曾據上海涵芬樓藏《夷門廣牘》複印刊行《梅墟先生別錄》，然並未收錄二文。此外，陳繼儒彙選周履靖詩文作品編輯而成的《梅顛稿選》中亦有收錄〈螺冠子自敘〉[6]；《賦海補遺》最終卷則收錄有〈螺冠子自敘〉及〈螺冠子傳〉二文[7]。

有關周履靖的生平遭遇，〈螺冠子自敘〉云：

> 螺冠子系橋李，以夢鶴生，生而善病，甫弱冠，棄去制舉業。閒窗淨几，闔扉枯坐，始得恣心柔翰，旁及書畫鼎彝諸譜，以至草木禽魚、天星地術、異域方言，無不涉入。而家苦貧儉，夙鮮藏本，常恨不得登酉山之陽，開琉璃之局，以解余嗜也。後病良已，遂遊諸賢豪，悉請其所藏，雅相印正，諸賢豪亦時時出所藏餉余。於是石室祕本，晉唐妙墨，日以益新。神觀憬然，若有所契，益復頹然自放，不問生產。築舍鴛湖之濱，前引清渠，後薙畦圃，周遭種梅百餘株。玉鱗點砌，鐵虯怒撐，時引二鶴，咿吾其下。或臨古帖，或吟小詩，或展

5　見王雲五主編《宋元明善本叢書十種》（臺北：臺灣商務印書館，1971年）卷25，頁98-110。

6　見《四庫全書存目叢書》集部第187冊，卷19，頁486-493。

7　見明・周履靖《賦海補遺》（金陵書林葉如春，明萬曆間刻本，北京師範大學圖書館古籍閱覽室藏）卷30，頁1-14。

　　名玩，左圖右書，豔花碩果。倦則剪園蔬沃酒以自供，
　　人謂興不減柴桑，嬾拙成癖，念與世人隔絕久矣。[8]

由引文中可知，周履靖乃檇李（浙江嘉興）人，因自小體弱多病，故
於二十歲時便放棄科舉之路。然而據李日華《梅墟先生別錄》言：

　　先生父為東莊翁，而母李氏即余太姑也。翁素無子，一
　　夕夢黃冠乘鶴者，覺而生先生。聰慧與人殊，且又善病
　　也。然而攻舉子業日益精，藝林中莫不推轂先生者。[9]

李日華提及，周履靖雖自小多病，卻仍致力於舉子業，甚至得到藝林
中人肯定，是以周氏「甫弱冠，棄去制舉業」的原因，恐怕不只是
身體羸病。劉鳳〈螺冠子傳〉載：

　　先以疾，好尊生家言，遂浩然有物外之志。中歲值父東
　　庄翁老，家且困，顧螺冠子曰：「兒方與王喬、羨門者
　　遊，顧若翁旦夕長暝耳！」子泣蘇蘇下，因即日任家，
　　督米鹽鱗襪，而東莊翁不起矣。[10]

李日華《梅墟先生別錄》亦言：

　　居無何，翁疾甚，握先生手請曰：「兒素不任事，今若

8　見明‧李日華《梅墟先生別錄》，收錄於周履靖編《夷門廣牘》（臺北：臺灣商務印書館，
　　1971年）卷25，頁98。

9　見明‧李日華《梅墟先生別錄》，頁42。

10　見明‧李日華《梅墟先生別錄》，收錄於周履靖編《夷門廣牘》卷25，頁105。

父不能久留人事矣！兒能取南山銅鑄若父乎？」翁泣，
先生亦泣曰：「兒不肖，致遺大人慮，顧所以浮游無狀
者，以大人常為之區畫耳，今請大人高枕臥，兒任事
請本日始。」翁始以家務屬先生，先生綜理慎悉而用益
饒。翁自是有以自慰，而先生稍稍以治家聞矣。[11]

從劉鳳及李日華的記載看來，周履靖家素儉貧，其父於臨終之前，特
別叮囑其以治家為念，一句「兒能取南山銅鑄若父乎？」道出了現
實生活中最實際的經濟問題；此一情況，與當時另一山人陳繼儒極為
相似。據周榆華〈山人競述陳眉公〉一文指出，陳繼儒自幼聰穎，讀
輒成誦，備舉子業時勤奮刻苦，然而在兩考不第之後，即主動放棄科
舉，向地方官上呈〈告衣巾〉文，文中敘述斷絕仕進的原因之一即
家貧不能養親；而當陳繼儒獲請後，有人前去安慰陳父，陳父卻笑
答：「吾今日始有吾兒耳。」[12]由此可知，周履靖棄去舉子業的主要
原因，即在於家貧。

至於家境貧困的周履靖，自放棄科舉之後，如何營生，以至於爾
後能築舍鴛湖之濱，過著「或臨古帖，或吟小詩，或展名玩，左圖
右書，豔花碩果。倦則剪園蔬沃酒以自供，人謂興不減柴桑，嬾
拙成癖，念與世人隔絕久矣」的閒雅生活，〈螺冠子自敘〉中未有
交代，劉鳳〈螺冠子傳〉則言：

免喪，稍用計然之策，晝則椎髻課諸僮，夜則篝火苦吟
達旦，不數年致千金，然非其好也。[13]

---

[11] 見明‧李日華《梅墟先生別錄》，頁43。

[12] 見周榆華《晚明文人以文治生研究》（廣州：廣東高等教育出版社，2011年），頁236-238。

[13] 見明‧李日華《梅墟先生別錄》，頁105。

劉鳳言周履靖在處理完父喪之後，即採用「計然之策」[14]，不下數年即致千金。而其生財致富的方式應與「晝則椎髻課諸僮，夜則籌火苦吟達旦」有關，即白天教授生徒，夜晚讀書著述，此又與棄去衣巾之後的陳繼儒相仿。陳平原在〈文人的生計與幽韻──陳繼儒的為人與為文〉中提到，陳繼儒在放棄舉業後，靠著書畫鑑定、撰寫詩文，以及編纂暢銷書等，不但活得很滋潤，還能接濟窮苦的秀才們[15]，尤其編輯出版一項，更是使得陳繼儒名利雙收[16]。是以出版圖書，乃晚明不仕文人賴以治生的絕佳方式。

　　前引《四庫》館臣言周履靖：「多刊書籍以行，《夷門廣牘》即其所編。」考《夷門廣牘》乃一套大型叢書，今所見之版本共分「藝苑」、「博雅」、「尊生」、「書法」、「畫藪」、「食品」、「娛志」、「雜占」、「禽獸」、「草木」、「招隱」、「閒適」、「觴詠」等十三牘目，乃周履靖「索所藏書，擷菁茹

14　「計然之策」語出《史記‧貨殖列傳》：「昔者越王句踐困於會稽之上，乃用范蠡、計然。計然曰：『知斗則修備，時用則知物，二者形則萬貨之情可得而觀已。故歲在金，穰；水，毀；木，饑；火，旱。旱則資舟，水則資車，物之理也。六歲穰，六歲旱，十二歲一大饑。夫糶，二十病農，九十病末。末病則財不出，農病則草不辟矣。上不過八十，下不減三十，則農末俱利，平糶齊物，關市不乏，治國之道也。積著之理，務完物，無息幣。以物相貿易，腐敗而食之貨勿留，無敢居貴。論其有餘不足，則知貴賤。貴上極則反賤，賤下極則反貴。貴出如糞土，賤取如珠玉。財幣欲其行如流水。』修之十年，國富，厚賂戰士，士赴矢石，如渴得飲，遂報彊吳，觀兵中國，稱號五霸。范蠡既雪會稽之恥，乃喟然而歎曰：『計然之策七，越用其五而得意。既已施於國，吾欲用之家。』乃乘扁舟浮於江湖，變名易姓，適齊為鴟夷子皮，之陶為朱公。朱公以為陶天下之中，諸侯四通，貨物所交易也。乃治產積居。與時逐而不責於人。故善治生者，能擇人而任時。十九年之中三致千金，再分散與貧交疏昆弟。此所謂富好行其德者也。後年衰老而聽子孫，子孫修業而息之，遂至巨萬。」（頁3256-3257）今泛指生財致富之道。

15　見陳平原〈文人的生計與幽韻──陳繼儒的為人與為文〉，《文史知識》2002年第1期，頁113。

16　見張德建《明代山人文學研究》（長沙：湖南人民出版社，2005年），頁126-128。

華，都為一百餘卷，並裒平生吟詠暨諸名家投贈之作」[17]而成。據葉俊慶《周履靖及其《夷門廣牘》研究》一文指出：《夷門廣牘》內各牘作品（一百四十八卷一百零四種書籍）非周履靖獨立編纂校訂，而是背後有一群小型的編輯團隊，茲將葉俊慶所見引錄如下[18]：

校訂者	書籍
吳顯科	《文章緣起》、《馬戲圖譜》、《禽經》
劉鳳	《騷壇祕語》、《逸民傳》、《燎松吟》、《山家語》、《毛公壇唱和詩》
張懋賢	《詩源撮要》
姚士粦	《籍記》
賀萬祚	《嘯旨》、《群物奇制》、《獸經》
陳繼儒	《書法通釋》、《異域志》、《千片雪》、《山家清供》、《宋元明酒詞》
吳惟真	《赤鳳髓》
文嘉	《天行道貌》
項元汴	《九畹遺容》、《春谷嚶翔》
汪顯節	《繪林題識》
周紹濂	《茹草編》
吳學周	《綠綺新聲》
項世芳	《玉局鈎玄》
汪禔	《投壺儀節》
王蘭芳	《馬戲圖譜》

---

17 見明‧黃洪憲〈夷門廣牘序〉，收錄於周履靖編《夷門廣牘》卷1，頁15。
18 見葉俊慶《周履靖及其《夷門廣牘》研究》（國立中正大學中國文學研究所，碩士論文，2007年6月），頁80-81。

校訂者	書籍
王慎卿	《詩牌譜》
鄭琰	《梅墟先生別錄》
汪子建	《梅塢貽瓊》
茅坤	《山家語》、《香奩詩草》
姚宏誼	《鶴月瑤笙》

由表中可知，《夷門廣牘》雖署名周履靖編，但實際上的編纂者還包括蜚聲文壇的劉鳳[19]、文嘉、陳繼儒、茅坤，以及多數沒沒無聞的布衣文人，這種情況也類似陳繼儒的出版活動，錢謙益《列朝詩集小傳》云：

> 仲醇又能延招吳越間窮儒老宿，隱約飢寒者，使之尋章摘句，族分部居，刺取其瑣言僻事，薈撮成書，流傳遠邇。款啓寡聞者，爭購無枕中之祕。[20]

是知陳繼儒並非只是書刊纂輯者，更是一位出版商。周履靖基本上也是扮演相同角色，除了著述編纂外，還負責叢書的規劃統籌及出版，是以能在短時間內獲致千金。

《賦海補遺》一書不在《夷門廣牘》叢書之列，然其編輯者之一劉鳳，卻是《夷門廣牘》編校時出力最多者；而巧合的是，另一出力較多的陳繼儒，也曾為周履靖彙選詩文，裒為《梅顛稿選》二十卷，《四庫全書總目提要》云：

19　清‧錢謙益《列朝詩集小傳》載：「劉鳳，字子威，長洲人，嘉靖庚戌進士。……博覽群書，苦心鉤索，著騷賦古文數十萬言，觀者驚其繁富，憚其奧僻，相與駭掉慄眩，望洋而歎，以為古之振奇人也。」（上海：上海古籍出版社，2009年，丁集中，頁484。）

20　同前註，丁集下，頁637。

明周履靖撰，履靖有《夷門廣牘》已著錄。所著有《閒
雲稿》、《泛柳吟》、《咏物詩》、《螺冠子詩餘》、
《茹草編》諸集，陳繼儒彙而選之，以成此編，蓋二人
氣類相近矣。[21]

《梅顛稿選》乃一部專門選錄周履靖詩、賦、詞、文等作品的文
集，書前有陳繼儒〈梅顛稿選序〉。《四庫》館臣以為，陳繼儒之所
以編成此書，在於兩人氣類相同，並未因全書中未見陳繼儒作品，而
懷疑此書乃托名之作。因此，若以《賦海補遺》中未見劉鳳、屠隆賦
作而遽以為編輯者僅周履靖一人，似嫌武斷。

又，學者以為卷一周履靖自序及卷末〈螺冠子自敘〉、書前陳懿
典〈賦海補遺序〉皆未提及劉、屠二人，故可看出《賦海補遺》乃周
履靖個人所輯。以下即就三篇序文做一簡要說明。

《賦海補遺》卷一周履靖自序云：

余觀作賦，始祖風騷，創於荀、宋，盛於兩漢，迄至魏
晉六朝，賈、曹、傅、陸之儔，縱橫玄圃；司馬、江、
王之輩，馳騁藝苑。浩如河漢，燦若星斗。慚余管見，
不能遍閱，僅纂題雅詞玄，句寡意長者七百餘篇，名曰
《賦海補遺》。少俟暇時被覽，倚韻追和，無暇計其工
拙也，觀者幸毋大噱。[22]

又，陳懿典〈賦海補遺序〉云：

21　見《四庫全書總目提要》第四冊，集部一，頁819。
22　見明・周履靖《賦海補遺》卷1，頁1。

揚子雲曰：「詩人之賦麗以則，辭人之賦麗以淫。」故晚而悔其始作，曰：「雕蟲小技，壯夫不為耳。」食者遂有覆瓿之誚□嗟言何容易。自周衰雅亡，賢人失職，其牢騷不平之氣，往往見之辭賦。孫卿、屈原之流倡其源，唐勒、景差、枚乘、司馬相如、揚雄、班固、曹植、左思之徒揚其波，皆披文相質，墨秒筆精。能令千載之下，勞人志士，展卷徘徊，沉唫疑咀，汎瀾悅歡，後之作者蓋林立矣。雖復月露兼縹，風雲滿篋，然排沙汰礫，寂寞名山，隻羽片鱗，參差斷簡，學者蓋未覩其全焉。周逸之氏傲寄北窗，才高東箭，著述之富，甲於一時。暇日探遺珠於學海，采夕秀於藝林，爰自漢初，迄於宋季，略耳目之所逮，蒐僻隱之奇文，比類相從，都為二十八卷。或載賡前韻，或獨創新裁，譬珪璧之蟬聯，儼宮商之迭奏。……夫古人之賦，感事而作，或連章累牘，纚纚洋洋，或選言簡句，意盡而止要，以各訴所志，故眾體殆殊。今欲墨守舊型，兼步群哲，一一若化工肖物，均就鑪冶，可謂取材富而用力勞矣。聞逸之居恆授簡，時銷燭沉膏，暎簷滴露，每茗寒不啜，髮垢不沐，冥思一往數千言，若傾峽而出，是編之成，曾未四閱月，亦才人之極致也。夫網羅古昔者，易為工；獨出新杼者，難為力。是編也，其蒐葺之勤與類聚之巧，要有不可泯者，沒人之於大海，珊瑚明月與徜怳光怪之物，兼收並蓄，總之皆宇宙之奇觀云爾。題曰《賦海補遺》，並為敘而存之，以俟後世之有揚子雲者，而登高

　　能賦之君子，亦有所取資焉。[23]

　　由兩序刊刻於《賦海補遺》中的位置而言，周氏自序刊於卷一版頁內（見圖一），而陳序則刊於書前扉頁，與一般所見作者序置首的情況不同，是以《賦海補遺》極有可能是在刊刻完帙後方請陳懿典作序。且陳氏當時所見乃二十八卷的版本，非今日所見的三十卷版[24]。據筆者發現，三十卷版《賦海補遺》於各卷下方均會刊刻上編輯者姓名，此乃周履靖刻書的一大特色，前揭《梅顛稿選》的各卷下方即題有「長水周履靖逸之父著，雲間陳繼儒仲醇父選」字樣，卷卷相同；然《賦海補遺》卷一下方所題乃「沛國子威劉鳳、嘉禾逸之周履靖、四明緯眞屠龍同輯」，卷二至卷二十八則題為「沛國子威劉鳳、四明緯眞屠龍、嘉禾逸之周履靖同輯」，編者排序明顯不同。是否有可能三十卷版乃後來擴充重整之版本？是為了加上卷二十九《周子百銘》及卷三十周履靖〈螺冠子自敘〉、劉鳳〈螺冠子傳〉而重新刊刻。至於卷一因有周氏自序故仍沿用舊版[25]？以上疑點，雖已無從查考，但從各卷下方均題三人同輯一事看來，要說劉鳳、屠隆乃掛名，恐怕還需要有更多證據。

23　見明・周履靖《賦海補遺》，頁1。

24　北京師範大學圖書館古籍閱覽室所藏《賦海補遺》三十卷本，帙首除刊有陳懿典〈賦海補遺序〉之外，並於陳序後載有「賦海補遺總目」；臺灣國家圖書館善本書室亦藏有《賦海補遺》，然僅二十卷，且末刊載陳序及總目。且根據兩圖書館提供的善本載體形態，均為8行18字，單欄，版心白口，單黑魚尾，唯版框尺寸不同，北師三十卷本為高18.8公分，寬11.7公分，臺灣二十卷本乃高18.4公分，寬12.1公分。似又曾存在二十卷本。

25　周履靖所刊之書沿用舊版序的情形，亦可見於《夷門廣牘》。據葉慶炳研究發現，今所見之《夷門廣牘》至少經過一次體制規模的擴編，然書前的陳氏自序仍然沿用舊文。見氏著《周履靖及其《夷門廣牘》研究》，頁78。

圖一：周履靖序　　　　　圖二：《賦海補遺》卷二

此外，周履靖刻書一定詳標「著」、「校」、「選」者，如《梅顛稿
選》即云周履靖著、陳繼儒選（見圖三）；《賦海補遺》卷二十九
的《周子百銘》，則題「嘉禾梅墟周履靖逸之甫著，吳興鹿門茅坤
順甫、沛國羅陽劉鳳子威同校」（見圖四），而《賦海補遺》暨標
三人同輯，可見「輯」的工作，有別於「著」、「校」、「選」，
劉、屠二人應是參與了編輯。

圖三：《梅顛稿選》　　　圖四：《周子百銘》

關於《賦海補遺》的輯成，從周履靖序的語意脈絡看來，周氏因賦苑浩瀚，不能遍閱，於是僅纂輯「題雅詞玄，句寡意長」的賦作「七百餘篇」，命名爲《賦海補遺》，並「少俟暇時被覽，倚韻追和，無暇計其工拙」。亦即，纂輯漢魏六朝賦七百餘篇成冊在前，倚韻追和在後；然而今日所見的版本，乃收先秦至唐賦270篇，倚和之作268篇，自作者347篇，共計875篇，與周氏自序所言不合，或可爲「三十卷版乃後來擴充重整之版本」的另一證據。換言之，目前可見的《賦海補遺》，乃刪削整理後的結果。此一結果，即周履靖、劉鳳、屠隆合力完成；在周履靖經營的出版事業下，劉鳳、屠隆扮演的角色類似今日的編輯者。

至於劉鳳、屠隆等名流何以爲周氏編纂書籍？劉鳳〈螺冠子傳〉附周履靖跋曰：

> 余性嗜詠，而從吳門羅陽劉先生門下士，恆命題聯句，盡日通宵，甚爲相得。暇時，詢余平生何狀？告以涉歷艱辛，呈覽曩詠〈怨歌〉。先生惕然歎曰：「志念俱善，何其淹塞！嗟哉！嗟哉！」欲爲余作傳。[26]

可知周履靖曾拜於劉鳳門下，兩人經常聯句賦詩，相得甚歡，劉氏甚至主動要爲周履靖作傳。而周履靖與屠隆的交遊，劉鳳〈螺冠子傳〉載：

> 聞瑯琊王元美、吳興茅順甫、四明屠緯真、太原王百穀諸名公曰：「吾老懶，未獲廁足名公，顧其書，吾私艾久矣。」遂挈其所遊稿，與相上下，嘯傲山水，數十韻

---

[26]　見明・李日華《梅墟先生別錄》，頁107。

立就，無不恠語咄咄逼人。意得處，諸公亦往往虛左揖
之也。[27]

此即晚明山人透過詩文結交達官貴人、往來名流間的具體表現。其動
機多半不是爲了揚翊風雅，而是爲了更直接的經濟目的[28]。在此情況
下，周履靖極有可能以自撰稿請諸名公，於是茅坤同校了《周子百
銘》、屠隆同輯了《賦海補遺》；何況，茅坤乃浙江吳興人，嘉靖
三十四年解職還鄉後，開始了長達四五十年的鄉居生涯；屠隆爲浙江
鄞縣人，萬曆十二年削籍罷官後，亦返鄉遨遊吳越間，兩人參與周氏
圖書出版事業的可能性相對增加。

　　再談陳懿典〈賦海補遺序〉，若仔細比對周履靖自序及陳序，清
楚可見陳氏所言乃完全依照周氏自序，再加以踵事增華而已。據陳
氏於序後題署「賜進士第承直郎右春坊右庶子兼翰林院編修、纂修
正史、起居註管理文官、誥勅繡水陳懿典譔」可知，此序亦不過是
出於周履靖「凡有著作，必請勝流爲之題詠序跋」[29]而作，應酬的
味道較多。且若以劉鳳、屠隆僅是出任編輯工作而言，陳氏序中實
無必要述及二人。是以《賦海補遺》題劉鳳、屠隆、周履靖三人同
輯，帙中卻大量輯入周氏作品，確實容易使人聯想晚明圖書時有假托
名人出版一事；然而，若換個角度觀看、多方爬梳，亦可看出明代出
版業的完備與分工之細。

---

[27] 同前註，頁106。

[28] 見張德建《明代山人文學研究》，頁23。

[29] 見清・永瑢《四庫全書總目提要》第五冊，集部二，「《梅塢貽瓊》四卷」條，頁158。

第二節　《賦海補遺》刊刻時間、編纂體例及選賦情況

有關《賦海補遺》的刊刻時間，據周履靖〈螺冠子自敘〉言：

> 螺冠子所著有：《賦海補遺》三十卷、《江左周郎詩
> 苑》三十二卷、《周子百銘》一卷、《螺冠子詠物詩》
> 七卷……。[30]

此序收錄於《夷門廣牘》叢書中的《梅墟先生別錄》後，而據《夷門廣牘》書前所錄周履靖及黃洪憲序分別作於萬曆二十五、二十六年[31]，是知《賦海補遺》的成書不會晚於萬曆二十六年。又陳懿典爲《賦海補遺》作序時，所署之官職爲翰林院編修；考陳氏乃萬曆七年舉人，二十年進士選庶吉士，二十二年九月，授編修，任正史纂修官[32]。因此，現今所見《賦海補遺》應是萬曆二十二年至萬曆二十五年間刊刻。

至於《賦海補遺》的編纂體例及選賦情況，陳懿典〈賦海補遺序〉提及：

> 暇日探遺珠於學海，採夕秀於藝林，爰自漢初，迄於宋
> 季，略耳目之所逮，蒐僻隱之奇文，比類相從，都爲
> 二十八卷。或載賡前韻，或獨創新裁，譬珪璧之蟬聯，
> 儼宮商之迭奏。

30　見明・李日華《梅墟先生別錄》，頁101-102。

31　見明・周履靖《夷門廣牘》卷1，頁10、16。

32　見李小林〈陳懿典及其所撰三種明人傳略〉，《史集學刊》1996年第4期，頁17。

言《賦海補遺》收賦乃自漢初迄於宋季，都爲二十八卷，與現今所見版本略有不同。現今《賦海補遺》三十卷，除去卷二十九《周子百銘》及卷三十〈螺冠子自敘〉、〈螺冠子傳〉，實際收錄賦篇者確實爲二十八卷，然收錄朝代乃由漢至唐，非陳氏所謂的迄於宋季。

而其編纂體例乃採類書的「比類相從」模式，分爲天文、時令、節序、地理、宮室、人品、身體、人事、文史、珠寶、冠裳、器皿、伎藝、音樂、樹木、花卉、果實、芝草、飲饌、飛禽、走獸、鱗介、昆蟲等23部類，與另一部亦採用類書「比類相從」模式編纂的官刻《賦珍》，多朝會、禮儀、京殿、苑囿、符瑞等題材，有著極大差異，正好體現出山人選賦與官方選賦的不同。茲將上述23部類的詳細錄賦篇數表列如下：

	前朝賦作	周履靖次韻之作	周履靖自作	合計
天文	16	16	20	52
時令	12	12	22	46
節序	3	3	6	12
地理	16	16	15	47
宮室	15	15	24	54
人品	11	11	22	44
身體	2	2	2	6
人事	29	29	21	79
文史	5	5	3	13
珠寶	3	3	9	15
冠裳	1	1	10	12
器皿	18	18	29	65
伎藝	3	3	12	18
音樂	9	9	7	25
樹木	16	16	6	38

	前朝賦作	周履靖次韻之作	周履靖自作	合計
花卉	19	19	46	84
果實	11	11	20	42
芝草	7	7	4	18
飲饌	5	5	13	23
飛禽	36	36	22	94
走獸	9	9	20	38
鱗介	8	8	8	24
昆蟲	16	14	6	36

※表格中標記網底者，乃收賦超過50篇以上之部類。

由表中可知，23部類中收賦超過50篇以上者有：天文、宮室、人
事、器皿、花卉、飛禽等部類，其中尤以飛禽、花卉類占最大宗，
其次則是人事、器皿。若將部類屬性相近者合併計算，則飛禽、走
獸、鱗介、昆蟲類收錄192篇，樹木、花卉、果實、芝草類收錄182
篇，占全書篇什的42.26%，幾達二分之一，此一現象，恐與晚明山
人刻意建構的閒雅生活有關。如陳繼儒《小窗幽記》言：

> 雪後尋梅，霜前訪菊，雨際護蘭，風外聽竹，固野客之
> 閒情，實文人之深趣。[33]

尋梅、訪菊、護蘭、聽竹，乃文人雅士所營造的一種有別於野客的閒
賞之趣。梅、菊、蘭、竹等物件，通過雪後尋、霜前訪、雨際護、風
外聽等行為，成為文人生活中的象徵符碼，以別於其他階層人士。袁
中道〈杜園記〉亦云：

---

[33] 見明‧陳繼儒《小窗幽記》（臺北：文津出版社，1985年）卷4，〈集靈〉，頁49。

> 杜園在長安里中，園周圍二里許，有竹萬竿，松百株，
> 屋六楹。門外有塘，塘下有田二百畝，蓄大魚，可待賓
> 客，雜果可食。篠蕩荊棘，刈東西生，刈西東生，可代
> 一年薪。去車湖半里許，湖畔繞水草，可以養牛馬。若
> 夫聽松濤，玩竹色，奇禽異鳥，朝夕和鳴，則固幽然引
> 者之居也。[34]

杜園位於長安城中，袁小修於園中所建構的閒隱圖景：有松竹、有奇
禽、有異鳥，有雜果可食，更有池塘可蓄大魚、湖畔可養牛馬；此等
物件正是《賦海補遺》所選部類中篇什最多者。而周履靖築舍於鴛湖
之濱的景況亦如是：

> 築舍鴛湖之濱，前引清渠，後薙畦圃，周遭種梅百餘
> 株。玉鱗點砌，鐵虬怒撐，時引二鶴，唳吾其下。或臨
> 古帖，或吟小詩，或展名玩，左圖右書，豔花碩果。[35]

如此清雅的居住環境，都是透過一件件「物」布設而成。《賦海補
遺》中除了動、植物部類所收賦篇占大宗外，珠寶、冠裳、器皿等器
物類，亦收錄了95篇，數量不容小覷。如此的錄賦傾向，自然與周
履靖山人的身份有關。

此外，上表中人事部收入賦作79篇、宮室部收入賦作54篇，其
收錄篇目如下：

---

34 見明・袁中道《珂雪齋集》（上海：上海古籍出版社，1989年）卷12，頁527。
35 同註8。

	前朝賦作	周履靖自作
人事部	曹植〈玄暢賦〉、曹植〈潛志賦〉、曹植〈幽思賦〉、陸機〈應嘉賦〉、陶潛〈閒情賦〉、徐魁〈閒遊賦〉、曹植〈遊觀賦〉、楊泉〈贊善賦〉、魏文帝〈戒盈賦〉、司馬相如〈悲士不遇賦〉、陶潛〈感士不遇賦〉、蘇順〈歎懷賦〉、簡文帝〈敘愁賦〉、謝靈運〈感時賦〉、陸機〈別賦〉、曹大家〈東征賦〉、崔駰〈大將軍西征賦〉、曹植〈娛賓賦〉、張華〈感婚賦〉、江淹〈丹砂可學賦〉、梁元帝〈對燭賦〉、傅咸〈櫛賦〉、裴子野〈臥病賦〉、蔡邕〈檢逸賦〉、蔡邕〈協初賦〉、向秀〈思舊賦〉、魏文帝〈永思賦〉、魏文帝〈悼夭賦〉	〈早行賦〉、〈山行賦〉、〈江行賦〉、〈宵宴賦〉、〈醉賦〉、〈訪友賦〉、〈訪友不遇賦〉、〈客至賦〉、〈懷友賦〉、〈寄友賦〉、〈寄內賦〉、〈寄情賦〉、〈長門賦〉、〈閨情賦〉、〈麗情賦〉、〈獨坐賦〉、〈晝寢賦〉、〈疾愈賦〉、〈倦繡賦〉、〈影賦〉、〈響賦〉
宮室部	曹植〈閒居賦〉、庾闡〈閒居賦〉、江總〈雲堂賦〉、張協〈玄武館賦〉、崔駰〈大將軍臨洛觀賦〉、潘岳〈狹室賦〉、束皙〈貧家賦〉、王粲〈登樓賦〉、孫楚〈登樓賦〉、歐陽建〈登櫓賦〉、魏文帝〈登臺賦〉、謝朓〈遊芳園賦〉、枚乘〈梁王兔園賦〉、沈烱〈幽庭賦〉、魏文帝〈離居賦〉	〈大廈賦〉、〈靜居賦〉、〈村居賦〉、〈溪居賦〉、〈書齋賦〉、〈山家賦〉、〈田家賦〉、〈漁家賦〉、〈酒家賦〉、〈樓賦〉、〈江樓賦〉、〈閣賦〉、〈水閣賦〉、〈登春臺賦〉、〈山亭賦〉、〈水亭賦〉、〈幽亭賦〉、〈園賦〉、〈登禪林賦〉、〈塔賦〉、〈琳宮賦〉、〈故宮賦〉、〈廢宅賦〉、〈橋賦〉

人事部所引前朝賦篇多屬隱逸之什，而周氏自作賦則多為交遊篇章，亦是晚明山人生活形態的展現；宮室部則無論引錄或自作，多為閒居、亭閣、樓臺、宮觀等題材，表現出閒隱幽居、忘憂娛遊的雅致。晚明山人的審美好尚，明顯可見。

　　附帶一提，人品部所收賦篇雖不多，引錄前朝的賦作僅陸機〈列仙賦〉、〈幽人賦〉、謝靈運〈逸民賦〉、簡文帝〈玄虛公子賦〉、庾信〈蕩子賦〉、魏文帝〈寡婦賦〉、張纘〈妒婦賦〉、沈約〈傷美人賦〉、江淹〈娼婦自悲賦〉、梁元帝〈蕩婦秋思賦〉、蔡邕〈譏青衣賦〉等11篇，內容多描寫神仙、隱士及女性。前二者題材與隱逸形態相關，得以選入不難理解；然而後者描寫女性之篇章，多選入刻畫蕩婦、娼婦、青衣等千嬌百媚女子樣態的作品，則與晚明文人好女色、重情愛的風氣有關[36]。而周氏自作賦則有〈高士賦〉、〈公子賦〉、〈漁賦〉、〈樵賦〉、〈農賦〉、〈牧賦〉、〈商賦〉、〈旅賦〉、〈懸壺賦〉、〈風鑑賦〉、〈玩星賦〉、〈賣卜賦〉、〈堪輿賦〉、〈山僧賦〉、〈羽士賦〉、〈貧士賦〉、〈美人賦〉、〈蠶婦賦〉、〈女冠賦〉、〈節婦賦〉、〈貧女賦〉、〈名姝賦〉等篇什。當中除了女性者至少六類，為數也不少之外，最特殊的，乃是為各種不同職業屬性的人品作賦，包括士、農、工、商，以及醫生、風水師、占星家、卜卦者，十分有趣。是以，就選賦而言，《賦海補遺》與萬曆年間其他辭賦選本相較，顯得相當獨特。

　　至於《賦海補遺》於各朝代的收賦情況則如下表：

36　有關晚明文人好女色之說，詳見夏咸淳《晚明士風與文學》（北京：中國社會科學出版社，1994年），頁48-62。

朝代	篇數	占全書比例
漢代	28	10.37%
魏	29	10.74%
吳	2	0.74%
晉代	112	41.48%
南朝	60	22.23%
北周	2	0.74%
隋代	2	0.74%
唐代	35	12.96%
總計	270	100%

　　由表中可發現，兩晉及南朝賦占了大宗，達全書收賦的63.71%，實因六朝賦多詠物之作[37]，較能符合《賦海補遺》的選賦標準；尤其六朝賦體製多短小，適合體現晚明山人的審美趣味，如陳繼儒於〈蘇長公小品敘〉中言：

　　　　如欲選長公之集，宜拈其短而雋異者置前，其論策封
　　　　事，多至數萬言，為經生所恆誦習者，稍後之。[38]

依陳氏所言，論策封事等多至數萬言的廟堂文章，乃是經生所習；對於那些不肯為經生、棄去舉子業的人而言，短而雋異的小品之作，才是首選。

---

[37] 據廖國棟統計，魏晉今存賦作近800篇，其中詠物賦即多達400餘篇，比例甚高。見氏著《魏晉詠物賦研究》（臺北：文史哲出版社，1990年），頁29。

[38] 見明·陳繼儒《陳眉公先生全集》（明崇禎間華亭陳氏家刊本，臺北國家圖書館善本書室藏）卷2，頁23。

第三節 《賦海補遺》特色評騭

首先，就錄賦來源而言，據筆者查察，《賦海補遺》僅收錄以賦名篇的作品，且所錄270篇前朝賦作中，扣除唐代35篇作品可見於《文苑英華》（29篇）及《唐文粹》（6篇）外，其餘235篇賦作中，有225篇皆可見於《藝文類聚》。換言之，《賦海補遺》「探遺珠於學海，採夕秀於蓻林」的主要來源應為類書。

其次，關於《賦海補遺》的命名，周履靖自序僅言：「余觀作賦……浩如河漢，燦若星斗。慚余管見，不能遍閱，僅纂題雅詞玄，句寡意長者七百餘篇，名曰《賦海補遺》。」至於因何命名為「補遺」，周氏未能明言，陳懿典序亦只提及「略耳目之所逮，蒐僻隱之奇文」。經筆者仔細比對發現，凡《文選》已錄之賦，除張衡〈歸田賦〉、王粲〈登樓賦〉外，周氏均未收錄，以漢代為例，《賦海補遺》所錄者為：

> 公孫乘〈月賦〉（天文部）
> 趙　壹〈迅風賦〉（天文部）、〈窮鳥賦〉（飛禽部）
> 張　衡〈歸田賦〉（地理部）
> 崔　駰〈大將軍臨洛觀賦〉（宮室部）、〈大將軍西征賦〉（人事部）
> 枚　乘〈梁王兔園賦〉（宮室部）
> 蔡　邕〈譏青衣賦〉（人品部）、〈檢逸賦〉（人事部）、〈協初賦〉（人事部）
> 　　　〈彈琴賦〉（音樂部）、〈故栗賦〉（樹木部）
> 司馬相如〈悲士不遇賦〉（人事部）
> 蘇　順〈歎懷賦〉（人事部）

曹大家〈東征賦〉（人事部）、〈針縷賦〉（器皿
　　部）、〈大雀賦〉（飛禽部）
　　〈蟬賦〉（昆蟲部）
劉　安〈屏風賦〉（器皿部）
鄒　陽〈几賦〉（器皿部）
杜　篤〈書檟賦〉（器皿部）
班　固〈竹扇賦〉（器皿部）
劉　歆〈鶴燈賦〉（器皿部）
王　逸〈荔枝賦〉（果實部）
路喬如〈鶴賦〉（飛禽部）
孔　臧〈鴞賦〉（飛禽部）、〈蓼蟲賦〉（昆蟲部）
公孫詭〈文鹿賦〉（走獸部）

　　司馬相如、揚雄、班固等人的畋獵、宮殿、京都大賦，因不符合
《賦海補遺》的審美趣味，故不錄入，猶能理解；然而王褒〈洞簫
賦〉、馬融〈長笛賦〉等詠物之作，卻未予以輯入，確實啓人疑
竇。此外，地理部中收錄庾闡〈海賦〉，卻未收木華〈海賦〉、郭璞
〈江賦〉，也令人困惑。較有可能的解釋爲：以晚明《文選》流通的
情形而言，《文選》乃「耳目之所逮」，《賦海補遺》是爲補《文
選》之遺。

　　再者，《賦海補遺》雖屬於總集類作品，然而周履靖卻於該帙中
輯入615篇個人賦作，包括次韻前人篇什268篇[39]及自作篇什347篇，
其編排方式爲先引前人賦篇、再繫以次韻之作，後出以個人所賦的
同題材作品，此正是陳懿典序中所謂的「或載賡前韻，或獨創新

---

[39]　《賦海補遺》收錄前人賦作270篇，幾乎篇篇次韻，唯李商隱〈後虱賦〉、陸龜蒙〈虱
賦〉，未見周氏次韻。

裁，譬珪璧之蟬聯，儼宮商之迭奏。」如下圖，先引謝靈運〈怨曉月賦〉，緊接著周履靖次韻，後再繫以周履靖〈殘月賦〉、〈兔影賦〉及相關題材的〈老人星賦〉。

所謂的次韻之作，除了要和原作之韻外，韻腳的先後次序也必須與原作相同，看似有與前人一較短長的用意，但站在出版商出版此類書籍的角度而言，提供讀者學習如何屬文的成分恐怕居多，周履靖於次韻梁元帝〈秋興賦〉時言：

> 人多景變情生，見搖落而興悲，惟寫悽慘蕭涼之態。余以清秋雅淡，堪助騷壇吟詠，故作〈秋興賦〉。昔梁元帝亦常賦此，遂檢而和之。[40]

可知「堪助騷壇吟詠」，應是周氏作賦次韻的原因。尤其，周氏次韻之後所繫的篇什，非僅同題之作，而是具有相同類群屬性者即可，除前揭〈殘月賦〉、〈兔影賦〉、〈老人星賦〉外，又如：次韻庾信〈七夕賦〉後，引自作〈中秋賦〉、〈重陽賦〉、〈除夕賦〉；次韻潘岳〈狹室賦〉後，引自作〈書齋賦〉；次韻夏侯淳

〈笙賦〉後，引自作〈笛賦〉、〈紫簫賦〉、〈玉磬賦〉、〈鐘賦〉、〈鼓賦〉、〈角賦〉等。如此做法，可令初習屬文者先次韻仿作，清人黃子雲曾言：

> 和韻人皆為難，我獨為易。就韻構思，先有倚藉，小弄新巧，即可壓眾。[41]

初學作賦，要能自出機杼很難，但若「就韻構思，先有倚藉」，便容易得多。待寫作技巧成熟之後，再廣泛地閱讀，所謂「能讀千賦則善為之」[42]，是以周氏次韻之後所引的同類部賦作，便具有舉一反三、滿足模仿需求的效果。

然而，周氏載賡前韻及獨創新裁的賦共計615篇，數量之大，恐非一時可蹴，即便如陳懿典所云：「逸之居恆授簡，時銷燭沉膏，暎簷滴露，每茗寒不啜，髮垢不沐，冥思一往數千言，若傾峽而出」，但「是編之成，曾未四閱月」，實在令人咋舌。經筆者查閱，周氏自作賦多為二百字以內的小賦，略顯篇幅者，也不超過五百字；且其次韻之作，尚包括殘篇，如成公綏〈時雨賦〉：「兩儀協合，二氣煙熅，洪川起波，名山興雲。」僅存十六字而已，周氏亦喜而賦焉曰：「乾坤隱曜，山川積熅，神龍引水，遙漢布雲。」[43]又如夏侯湛〈繳彈賦〉：「張弱弓，理繁繳，望大群以送凡，審遣放而必獲。」僅存十八字，周氏次韻言：「挽以弓，繫以繳，俯遠甸而發凡，縱鷗鵬亦能獲。」[44]照此情況判斷，《賦海補遺》確實有可能於四個月內速成。

---

[41] 見清‧黃子雲《野鴻詩的》（《續修四庫全書》集部第1701冊），頁199。

[42] 揚雄語，見漢‧桓譚《桓子新論》（臺北：中華書局，1992年），頁13。

[43] 見明‧周履靖《夷門廣牘》卷1，頁11。

[44] 同前註，卷16，頁6。

　　最後，《賦海補遺》對於所選之賦既未圈點，也未加註，僅在部分次韻之作前，繫以一小段解題文字，經筆者整理，共得80篇（詳見附表五）。此類解題文字，大都說明作賦緣由，類似賦序；唯少數篇章有簡單述評，其內容：<u>或在指出次韻對象於賦史上的地位</u>，如評曹植〈秋思賦〉乃宋玉悲秋之流亞：

> 商飆忽換，草木零落，撫時寫景，未免有蕭條棲楚之狀，況時序之變遷，係人事之消長，子建之秋思，亦宋玉悲秋之流亞也。[45]

評曹植〈遊觀賦〉不可與揚雄〈諫獵賦〉同軌並駕：

> 春蒐、夏苗、秋獮、冬狩，遊獵固人所不廢，非徒逞胸臆、娛耳目之。此賦不可與揚雄〈諫獵賦〉同軌並駕也。[46]

評曹大家乃一介婦流，所作〈針縷賦〉卻懷輔君澤國之意：

> 大家作〈針縷賦〉，寓拾遺補闕之意。彼婦人者流，尚懷輔君澤國之意。慚余襪線無補於時，獨以含羞以和之。[47]

評蔡邕〈琴賦〉無人能嗣響：

---

[45]　見明‧周履靖《夷門廣牘》卷2，頁17。

[46]　同前註，卷9，頁16。

[47]　同前註，卷15，頁14。

　　蔡中郎作〈琴賦〉，前述宮商徵羽，後載聖賢譜章，復
　　敘聲音相感之妙，　斯賦一成，恐嗣響者難乎其繼也。[48]

或在品評次韻對象的寫作特點，如評陶潛〈閒情賦〉詞逸句淡，思慮
蕭然：

　　張之〈定情賦〉、蔡之〈靜情賦〉、陶之〈閒情賦〉，
　　余愛其詞逸句淡，思慮蕭然，曠世不群，誦之有資於巖
　　穴嬾散之徒。[49]

評蔡邕〈檢逸賦〉乃風人作賦之體：

　　蔡中郎〈檢逸賦〉一股儷情鎔出，豈非風人作賦之體
　　乎？不然，何鍾情於物若此耶！[50]

評袁山松〈歌賦〉志括於數言之中：

　　梁袁山松〈歌賦〉，描寫歌態，抑揚高下，清重疾徐，
　　志括於數言之中。[51]

評王徽〈芍藥賦〉真詞家之作者：

---

[48] 同前註，卷17，頁2。
[49] 同前註，卷9，頁10。
[50] 同前註，卷10，頁16。
[51] 同前註，卷17，頁12。

> 王徽〈芍藥賦〉詞婉意切，語簡情深，真詞家之作者，
> 余喜而和此。[52]

或在解釋次韻對象的題意，如次韻成公綏〈洛禊賦〉時，旨在說明祓
禊的由來及形式：

> 三月上巳，俗尚祓除不祥，故為之禊。而洛中諸子咸集
> 於洛水之濱，為詩為賦者，不至成公綏一人。況周公成
> 洛邑，因流水以泛觴，則流觴一本於此矣。[53]

以上為周氏解題文字中，可見之評點。眾所周知，評點乃閱讀前人
作品時的體悟與心得，若評點者點評的數量龐大，則可從中窺見評點
者的學術觀點；由於周履靖解題文字中涉及評點的篇章寥寥無幾，是
以難以得知其賦學主張。倒是自述作賦緣由的篇章頗多，且大都偏向
個人心境的敘說，反而可以從中鉤勒出周氏棄舉後的生活景況。從附
表五中不難發現，周氏雖云：「新築齋居，庭際幽閒，栽以繁卉，
峙以卷石，香風襲於衣袂，閒雲生於几席，聊以自娛。」（沈炯
〈幽庭賦〉次韻）「園中種梅百株，花開雪後，香度風前。余日坐
其下，喜而忘歸。」（簡文帝〈梅花賦〉次韻）卻時有孤獨多蹇之
歎，如：「孤坐山窻」、「夜分獨坐」、「歎時光之迅速」、「見
搖落而興悲」、「作計甚苦」、「與世多違」、「極空乏之苦」、
「有離索之歎」、「稟質孱弱」、「數奇多蹶」、「犬馬齒長，頓覺
其邁」、「碌碌風塵，無寸晷暇息」。由此可見，晚明山人看似頗
能陶然於閒隱之樂中，其實內心每每愁苦悲悽，那些透過各式物品
（符碼）所建構出的文人雅士生活，只是一象徵性的寄託，骨子裡承

---

[52]　同前註，卷19，頁3。
[53]　同前註，卷3，頁3。

載的仍是不遇的悲鳴,故周氏次韻司馬相如〈悲士不遇賦〉即言:

> 余少時和淵明〈感士不遇賦〉,越二十餘載,終無知己
> 之遇。嗚呼!老矣!感而步韻賦此,以寓愚衷。[54]

是知,《賦海補遺》雖似作文範本,在商業利益的考量下,短短四個月內即裒集成帙,難免流於簡率;然而周氏仍於追步前人的同時,利用解題文字,將那幽微、無奈的心曲寄託在字裡行間,即使於615篇自賦作中所占比例不大,卻也是晚明山人最真摯的告白。

第四節　周履靖賦作評析

　　《賦海補遺》除收錄漢至唐賦270篇,亦大量輯入周履靖次韻之作268篇,自作篇什347篇;換言之,今存周氏賦作即高達615篇,數量之多,恐賦史上唯一一人。

　　首先,就次韻之作而言,前文已指出,若站在出版商及讀者等外緣角度來看,次韻不失為習作演練的絕佳方式之一;但若從文學創作本身的內緣動因來看,次韻亦帶有與古人爭勝的味道。以次韻陸機〈應嘉賦〉[55]為例:

---

[54] 同前註,卷9,頁20。

[55] 同前註,頁6-7。

陸機〈應嘉賦〉	周履靖次韻
友人有作〈嘉遁賦〉與余者，作賦應之，號曰〈應嘉〉云： 傲世公子，體逸懷遐，意邈澄霄，神夷靜波。仰群軌以遙企，頓駿羽以婆娑。寄沖氣於大象，解心累於世羅。襲三閭之奇服，詠南榮之清歌。濯下泉於浚澗，溯凱風於卷阿。指千秋以厲響，俟寂寞之來和。懷前修之彷彿，覿幽人乎所過。抱玄景以獨寐，含清風而寤語。發蘭音以清唱，摻玉懷而喻予。 於是葺宇中陵，築室河曲，軌絕千途，而門瞻百族。假妙道以達觀，考賣龜而貞卜。苟形骸之可忘，豈投簪其必谷。方介丘於尺皋，託雲林乎一木。佇鳴條以招風，聆哀音其如玉。窮覽物以盡齒，將弭跡於餘足。	臥山之林，思曠情遐，志遠雲霄，身傲煙波。臨平川而洗滌，撫孤松以婆娑。寄微軀於物外，脫浮跡於網羅。攜謝安之遊屐，哦角綺之古歌。枕清流於溪墅，扶短節於巖阿。長嘯峰巒響應，間吟呂律音和。野鹿猿猱為伴，山樵老衲時過。聽空谷之風聲，聞喬枝之鳥語。鼓絲桐以舒抱，展詩書而起予。 於是誅茅嶂側，濯足水曲，遁跡一扉，而絕蹤諸族。耽闃寂以忘憂，信心靈而不卜。虛窗以傲羲皇，幽室猶勝愚谷。視富貴如浮雲，輕幻軀若槁木。清潔擬以秋霜，貞堅同以璧玉。得優游於天壤，甘澹薄而知足。

陸機〈應嘉賦〉是為應和友人〈嘉遁賦〉而作，實際上陸氏並無隱遁的事實。因此賦中先描摹了「寄沖氣於大象，解心累於世羅，襲三閭之奇服，詠南榮之清歌」的傲世公子形象，再言自身因受到傲世公子「體逸懷遐，意邈澄霄」的精神感召，於是「葺宇中陵，築室河曲」，原本欲「假妙道以達觀，考賣龜而貞卜」，爾後卻言：「苟形骸之可忘，豈投簪其必谷？」認為隱居不一定非得口言妙道、身處山野，即使「方介丘於尺皋，託雲林乎一木」，依然可「佇鳴條以招風，聆哀音其如玉」，而達到「窮覽物以盡齒，將弭跡於餘足」的境界。由此可知，陸機〈應嘉賦〉雖為應和友人〈嘉遁賦〉而作，然其重心卻在回應「遁」的實踐，認為「嘉遁」不一定得絕跡於山谷、假道以達觀。

反觀周履靖的次韻之作，由於周氏本身即山人，作賦時早已棄去仕進，築舍於鴛湖之濱，是故賦的一開始即構築一幅閒適的隱逸圖景，所謂：「寄微軀於物外，脫浮跡於網羅」、「野鹿猿猱為伴，山樵老衲時過」、「鼓絲桐以舒抱，展詩書而起予」，筆墨所觸即是平日生活，因此無須假託人物以寄情。同時，賦中「遁跡一扉，而絕蹤諸族」、「耽闃寂以忘憂，信心靈而不卜」數語，更與陸機所言「軌絕千途，而門瞻百族」、「假妙道以達觀，考蓍龜而貞卜」等語，形成巧妙的對話關係。亦即，周氏自認為，遁跡一扉便可絕蹤諸族，不似陸機雖軌絕千途卻門瞻百族；且只要一心耽於闃寂便可忘憂、堅定信念便可不必占卜問居，不似陸機須藉由妙道方可達觀、信心不足須藉蓍龜而貞卜。因此，周履靖於次韻時言：

> 昔人作〈嘉遁賦〉與士衡，士衡作賦應之，號曰〈應嘉〉。余不揣賡其韻，將名〈嘉遁〉乎？亦〈應嘉〉乎？

周氏此作既然出於次韻，賦題自然為〈應嘉賦〉，然而周氏卻刻意提出：「將名〈嘉遁〉乎？亦〈應嘉〉乎？」言下之意，似言己作雖為次韻〈應嘉賦〉，卻可視為名副其實的〈嘉遁賦〉；不僅超越陸機應和之作，甚至可以反客為主，視陸機〈應嘉賦〉乃為應和己賦。逞才爭勝的意味，十分明顯。

又如次韻陶淵明〈閒情賦〉[56]，周氏題解云：

> 張之〈定情賦〉、蔡之〈靜情賦〉、陶之〈閒情賦〉，余愛其詞逸句淡，思慮蕭然，曠世不群，誦之有資於嚴

---

56 同前註，頁7-13。

穴嬾散之徒，故余追宗三家玄奧之意，而成一夫俚俗之
言，雖文辭不足繼先哲，而情志或可追閒逸，染翰賡
韻，以俟松牖靜哦耳。

將此段解題文字，與陶淵明〈閒情賦序〉相較，陶序言：

張衡作〈定情賦〉，蔡邕作〈靜情賦〉，檢逸辭而宗澹
泊，始則蕩以思慮，而終歸閒正。將以抑流宕之邪心，
諒有助於諷諫。綴文之士，奕代繼作；因並觸類，廣其
辭義。余園閭多暇，復染翰為之；雖文妙不足，庶不謬
作者之意乎？

周氏題解中所謂的「余愛其詞逸句淡，思慮蕭然」，乃據陶序「檢
逸辭而宗澹泊」而來，然而陶淵明自敘〈閒情〉之作乃追步前人，
且以「不謬作者之意」為寫作原則，故旨在「抑流宕之邪心」，因
此賦中極力鋪寫對女子的愛慕遐思，即便「終歸閒正」，卻始終未
見周氏所謂的「曠世不群」、「玄奧之意」；尤其是周氏自言次韻
之作「雖文辭不足繼先哲，而情志或可追閒逸」，似乎將陶淵明
「閒情」之閒，解讀為「閒逸」，於是陶淵明筆下那位具有「瑰逸
之令姿，獨曠世以秀群。表傾城之豔色，期有德於傳聞」的絕世
美女，在周氏賦中竟成為「潛居巖穴之阿，喜囂誼之不聞」的曠達
隱士，其云：

夫何人之生於世，乃曠達而不群。潛居巖穴之阿，喜囂
誼之不聞。心如秋月之朗，行比疏梅之芬。身時偕於木
石，情恆契於溪雲。厭此中之迫阨，懼力行之未勤。恣
逍遙於物外，惟詩酒之日殷。踞石床而得暇，撫焦桐而

意欣。樂熙熙於太古，任岐路之俗紛。訅林泉之高潔，
總富貴情何分。酌酒半醺，抱膝北軒。禽聲聒耳，蒼翠
凝山。微吟適意，絕勝管弦。潛形遁跡，靜究媱妍。閒
追尋於漢魏，如對古而共言。覺昨非而今是，免處世之
過響。宗老聃之奧語，奚敢為天下先。傲煙霞而深隱，
遇險巇而不遷。

於是陶賦中鋪敘因著迷於美人「瞬美目以流眄，含言笑而不分」，
以致「意惶惑而靡寧，魂須臾而九遷」而演繹出的十願十悲，也不
復存在，反倒變成隱士生活的獨白：

幽懷獨耽玄默，豈聘時以求芳；念此身之超邁，喜居處
於中央。守雅操以畢志，免禍患之及身；覩叔季之澆
漓，悔其過而日新。羨夷齊之高致，巽巢許之比肩；歎
世途之碌碌，悲旦暮之憂煎。戴齒髮於塵土，愧姓氏之
弗揚；彼華屋與大廈，競麗飾而奇粧。豈若山中茅舍，
得散誕於春秋；採紫薇與青蕨，日飽飫而何求。視富貴
與貧賤，乃天道之環旋；如碧漢之虹霓，頃變幻於目
前。或顯於西垠，而復隱晦於東縱；此性之猖狂，迥塵
世之不同。喜有酒之盈罃，時獨酌於前楹；仰皓魄之懸
漢，當良宵之倍明。聽靈籟之無聲，搖清風之一握；奈
生居於陋俗，去羲皇之綿邈。雅志無以為好，惟經史與
瑟琴；憶子期之遠逝，舉世寡於知音。

陶淵明〈閒情賦〉，蕭統言其「白璧微瑕」[57]，就是從賦文中描摹
男女情愛的角度觀看，即使後來蘇軾以爲此賦合乎「國風好色而不
淫」[58]的風騷之旨，亦是就賦文的敘寫內容，將它視爲描述愛情的篇
章。而周履靖的次韻之作，似乎有意跳脫前人閱讀視野，將思慕渴求
美人的場景直接「誤讀」[59]成「誦之有資於嚴穴嬾散之徒」的舍茅
樓拙圖像，「以俟松牖靜哦」。如果說陶淵明〈閒情賦〉乃是透過
愛情的表象以宣洩個人防閒仕進的內在情感[60]，那麼，周履靖次韻之
作，則是跳脫香草美人的隱喻書寫，直陳「歎世途之碌碌，悲旦暮
之憂煎」、「憶子期之遠逝，舉世寡於知音」的棲隱心境。是以，
周履靖在借助陶淵明光輝以照顯自己才華的同時，也完成了典範的轉
移[61]。

　　其次，就自作賦而言，《賦海補遺》分23部類，其中「人事
部」乃帙中抒懷成分較重者，其餘均爲詠物之作。因此，關於周氏自
作賦的分析，茲分爲抒懷、詠物兩類，抒懷類以「人事部」爲例，

---

[57] 見南朝梁・蕭統〈陶淵明集序〉，陶潛著、逯欽立校註《陶淵明集》（臺北：里仁書局，
　　1985年），頁10。

[58] 臺灣中華書局編，《陶淵明詩文彙評》（臺北：臺灣中華書局，1974年），頁321。

[59] 哈羅德・布魯姆（Harold Bloom）指出：「一部詩的歷史就是詩人中的強者爲了廓清自己的
　　想像空間而相互『誤讀』對方的歷史。」（見氏著、徐文博譯《影響的焦慮》，北京：三聯
　　書店，1989年，頁3）

[60] 參見陳成文〈析論陶淵明〈閒情賦〉〉，《人文社會學報》第10卷第2期，2014年6月，頁
　　141-155。

[61] 金元浦在析論布魯姆誤讀理論時指出：「一首新詩總是後輩詩人對前輩詩人及其偉大作品釋
　　讀的結果。這是一種特殊的釋讀，它不在於對某一具體作品的釋讀實際發生與否，它實際上
　　是指一種接受影響與打破影響、繼承與創新的悖謬狀態。一方面，每一位後輩詩人都希望借
　　助偉大前驅詩人的光輝照顯自己的才華。就批評家來說，他們內心深處是偏愛傳統的連貫性
　　的。但另一方面，一輩子只依從連貫性生活的人是不可能成為詩人的，他必須打破或阻止前
　　驅詩人的影響，使之不致整個壓倒或包攝新人的詩。」（見氏著《接受反應文論》，濟南：
　　山東教育出版社，1998年，頁309-310）

詠物類則以「花卉部」為例，因周氏自作篇什以花卉類居首，達46篇。

　　周履靖於「人事部」中所輯錄的自作賦共21篇，大抵敘寫生活中的行旅（如〈早行賦〉、〈山行賦〉、〈江行賦〉）、宴飲（如〈宵宴賦〉、〈醉賦〉）、交遊（如〈訪友賦〉、〈訪友不遇賦〉、〈客至賦〉、〈懷友賦〉、〈寄友賦〉）、日常瑣事（如〈獨坐賦〉、〈晝寢賦〉、〈疾癒賦〉），以及女性閨思之情（如〈長門賦〉、〈閨情賦〉、〈麗情賦〉）等。以〈早行賦〉為例，賦云：

> 晨雞三唱兮玉漏徹，鐘聲一鳴兮促曉征。窗涵曙光而將半麗，林深野色而未分明。出門兮誰為伴，舉足兮劍為鄰。小橋煙外而瞑，流水月中而聞。二三里之山列，四五處之鳥鳴。驅車而上峻坂，回首而別長亭。高崗而吐紅日，危嶺而翳白雲。雲輕而留草碧，霧重而失峰青。飛泉瀑而噴雨，盼樹枝而含春。路從斜徑兮穿林過，馬逐高崗兮涉險行。參差巷陌而依曲瀾，杳靄樓臺而傍遙岑。莫問難經北陸，應知欲到前村。[62]

賦中敘寫清晨獨行時的所見所聞，「小橋煙外而瞑，流水月中而聞」寫天色將亮未亮時的近景，爾後驅車上峻坂，則見「高崗而吐紅日，危嶺而翳白雲」的遠景，穿林過崗後，又是「參差巷陌而依曲瀾，杳靄樓臺而傍遙岑」的柳暗花明。全賦依時間順序，摹畫出一幅山村早行圖，賦末僅以「莫問難經北陸，應知欲到前村」作結，流露出一股自在隨適之情，敘事的成分其實高於抒懷。再如

---

[62]　見明・周履靖《夷門廣牘》卷9，頁19。

〈懷友賦〉：

> 分袂於河梁，憶別於三春。楚江之闊，湘水之深，山川
> 而隔，魚雁而沉。臨風兮興感，對景兮消魂。極目而
> 悵，倚檻而吟。眺望兮林木，相思兮暮雲。寸腸兮有
> 結，尺素兮無音。獨對於皓月，孤坐於長更。與誰兮聯
> 榻，何日兮訴情。五夜而夢覺，三杯而酒醒。故人兮千
> 里，歸雁兮數聲。王孫之草，旅館之燈，愁聚兮幾種，
> 憶舊兮一心。[63]

〈懷友〉一賦，顧名思義，應為抒情賦。然而賦中非直訴懷友的愁
緒，而是採取江淹〈別賦〉的手法，藉環境描寫和氣氛渲染以刻畫人
物的心理感受。周氏先敘寫與友別於暮春時分，面對楚江之闊、山
川相隔，不免極目惆悵、倚檻沉吟；尤其當寸腸有結、尺素無音之
際，只能獨對皓月、長更孤坐，更是倍添傷懷之感。賦末則以故人千
里、歸雁數聲；王孫之草、旅館之燈兩相對照的意象，勾勒出憶舊之
情。整體而言，全賦是以景象描摹、物件堆疊，構築出一幅懷友憶舊
圖；人物的情感乃是隨著各種場景的布設，不斷抽繹而出。因此，外
在景物的鋪陳，反而是此賦的重心。又如〈閨情賦〉：

> 綠水兮流遠路，白雲兮辭故廬。水復戀於舊浦，雲猶歸
> 於弊閭。送君而往絕塞，棄妾而守空幃。芳草兮牽愁
> 恨，夭桃兮動怨思。心隨鶯語而亂，意逐楊花而飛。見
> 簷前兮雙燕而舞，憐帳底兮孤口而悲。庭畔細雨而灑，
> 簾外淒風而吹。憑房檻兮黛眉蹙，對銀釭兮玉箸垂。音

書兮雁足斷，機杼兮漏聲催。曉日兮臨窗久，春思兮入夢遲。良人兮渺何許，盼望兮野雲迷。[64]

此賦寫女子閨思之情，亦是透過景物的渲染以刻畫女子的相思愁緒，如：「芳草」牽愁恨、「夭桃」動怨思、「鶯語」而心亂、「楊花」而意飛；又如：「庭畔細雨」灑，「簾外淒風」吹；「簷前雙燕」舞，「帳底孤口」悲。

　　以上所舉三賦，都是藉由影像的鋪排，敘寫人物內心的各種情致。由於「情」是透過「景」、「物」托引而出，因此賦中所流露出的情感，無論閒適、懷舊、閨思，都是幽微含蓄，而非濃烈奔放。此與人事部中所引前人賦作的風格相較，明顯不同，如梁簡文帝〈序愁賦〉云：

情無所治，志無所求。不懷傷而忽恨，無驚猜而自愁。玩飛花之入戶，看斜暉之度寮。雖復玉觴浮椀，趙瑟合嬌，未足以袪斯，耿息此長謠。[65]

又如陸機〈別賦〉：

伊公子之可懷，悲永別之局斯。悼同居之無樂，曾不踰乎一期。經春秋之寒暑，常戚戚而不怡。登九層而脩觀，超臨遠以相思。[66]

---

[64]　同前註，頁9。
[65]　同前註，卷9，頁16。
[66]　同前註，頁17。

蕭綱、陸機兩人賦作都是直抒胸臆，將心中無端而起的愁恨，以及悼念亡友的悲戚，直接透過文字宣洩而出，即便蕭綱〈序愁賦〉中有「玩飛花之入戶，看斜暉之度寮」的景象描寫，但人物的情感——「不懷傷而忽恨，無驚猜而自愁」，早在賦的一開始即已說明，並非借助景物曳引而起。是以景、物，在六朝抒情賦中多半處於輔助性的位置，而在周氏賦作中則成爲主要描摹對象。

　　上述賦寫風格的轉變，恐怕與晚明山人布設自己的起居環境有關。周履靖在〈白苧歌〉中對於所居的梅墟，做出如下描述：

> 荒墟三畝鴛湖邊，茅屋數椽心自便。繁梅帶雪映屋角，
> 翠竹凝煙當牖前。主人散髮性疏懶，白晝掩卷臨窗眠。
> 興來徐步松下石，屐齒印破蒼苔色。虛堂寂寂響無喧，
> 鵲噪應過素心客。床頭有酒濃如潼，釣來之魚長一尺。
> 盤蔬漫剪園中葵，高歌共擬仙人宅。醉後詩成足幾篇，
> 篇篇欲作珊瑚赤。起舞階下花狼籍，翩躚恍疑生兩腋。
> 年來何以充朝飧，紫霞英英手可摘。[67]

可知梅墟的景況乃：鴛湖邊→茅屋數椽→屋角繁梅→牖前翠竹→【主人疏懶→白晝臨窗眠→興來徐步松下】→虛堂寂寂→床頭有酒→池中有魚→園中有葵→【高歌擬仙人→醉後詩成】→階下花狼籍。亦即透過多種景致的安排，再偶爾穿插主人公的活動，便能呈顯出蕭疏雅潔、怡然自適的園居生活圖像。這樣的生活經驗——居室景致的布設、途徑動線的導引，自然也影響了山人的寫作風格，是以周氏的抒懷賦作，皆以景物爲敘寫主軸，人物情感則在景物敘寫的動線中，慢慢引洩而出。透過景與情的交融互涉，營造出清新雋永的意境。

67　見明·周履靖《閒雲稿》卷1，收錄於氏編《夷門廣牘》卷31，頁31。

　　至於周氏的詠物類賦作，以花卉部爲例，茲略舉一二，以爲說明。〈杏花賦〉云：

> 夫子坐壇而鼓琴，使君入村而勸農。深紅朵朵相似，淡白枝枝不同。燒林而奪晚霞，繡野而笑春風。葉舒柳眼之翠，花分桃腮之紅。莖細細而陰淡，萼低低而影濃。遮酒旆之媚態，出宮牆之嬌容。千枝霞彩，萬疊錦叢。南陌菲菲而凝玉露，上林焰焰而貫晴虹。妒舞裙而來楚榭，迎歌扇而出漢宮。碧紗兮重裹，錦幄兮輕籠。飄東風兮絳雪，酣紅日兮丹楓。[68]

賦文一開始即引用孔子坐杏壇之上弦歌鼓琴[69]、陳慥勸農曾入杏花村[70]的典故，爲詠杏花破題。緊接著則是杏花形象的刻畫，所謂「深紅朵朵相似，淡白枝枝不同」、「莖細細而陰淡，萼低低而影濃」，以及杏花各種姿態的呈現，如「遮酒旆之媚態，出宮牆之嬌容」、「妒舞裙而來楚榭，迎歌扇而出漢宮」。主要針對杏花之美進行客觀描述。又如〈辛夷花賦〉言：

> 有侯桃之雅號，如木筆之芳容。若姿而比蓮花，嬌色而妒芙蓉。尖銳而非人力，纖長而藉天工。露濡而涵清

68　見明・周履靖《夷門廣牘》卷19，頁10。
69　《莊子・雜篇・漁父第三十一》云：「孔子遊於緇帷之林，休坐乎杏壇之上。弟子讀書，孔子弦歌鼓琴。」（見清・郭慶藩《莊子集釋》，臺北：漢京文化，1983年）卷10上，頁1023。
70　蘇軾〈陳季常所蓄朱陳村嫁娶圖其二〉云：「我是朱陳舊使君，勸農曾入杏花村。而今風物那堪畫，縣吏催錢夜打門。」（見《東坡全集》，《景印文淵閣四庫全書》集部第1107冊，卷11，頁189）

墨，風動而掃碧空。花吐兮而攢兔穎，枝橫兮而折筠
筒。延壤盤根之方茂，含鋒揮思之無窮。[71]

辛夷花，又名侯桃、木筆花，《本草綱目》云：「辛夷花，初出枝
頭，苞長半寸，而尖銳儼如筆頭，重重有青黃茸毛順鋪，長半分
許，及開則似蓮花而小如盞，紫苞紅焰，作蓮及蘭花香，亦有白
色者，人呼為玉蘭。」[72]由此觀之，周氏賦中所敘，皆就辛夷花的
外形極力描摹，所刻畫者不出《本草綱目》記載。唯「露濡而涵清
墨，風動而掃碧空」二句，略帶高潔雅致的意象美。然就全賦而
言，其命意仍以客觀呈現物象之美為主。

關於詠物賦的書寫範式，劉勰《文心雕龍·詮賦》云：

> 至於草區禽族，庶品雜類，則觸興致情，因變取會。擬
> 諸形容，則言務纖密；象其物宜，則理貴側附；斯又小
> 制之區畛，奇巧之機要也。[73]

是知劉勰以為詠物賦貴在觸物而興情、體物而寫志、即物而言理；
情、志、理，乃詠物小賦能夠寫得新奇精巧的主要特點。然而上揭二
賦，僅著力於「擬諸形容，則言務纖密」，重在客觀描摹物象物而
無涉乎抒情、寫志、言理。廖國棟曾將魏晉詠物賦命意歸納為三類
型[74]，其中一類型為睹物興情，應物斯感；而其所興之情又可分為二
類：一是所興之情僅止於純粹欣賞，則其命意以描寫物象、詠讚物德
為主；一是所興之情不僅欣賞物象之美，且由物象引發作者內心情

71　同前註，卷19，頁17。

72　見《本草綱目》（重慶：西南師範大學出版社，2011年）木部第34卷，木之一，頁606。

73　見范文瀾《文心雕龍註》（香港：商務印書館，1995年），頁135。

74　見廖國棟《魏晉詠物賦研究》（臺北：文史哲出版社，1990年），頁401-405。

志，其評價較前者爲高。綜觀周履靖詠物之作，幾爲前者，是以陳懿典〈賦海補遺序〉云：「夫網羅古昔者，易爲工；獨出新杼者，難爲力。」即便收錄於「人品部」中的篇什，也僅止於描述各行各業的人物特點，如〈商賦〉言：

> 貿賤貨貴，聚物交易。春居河南，冬登塞北。萍泛風雨
> 無休，帆颺江湖不息。暮聽潮聲，曉看山色。掀篷月
> 明，抵岸日昃。通物言財而遊山水，出途爲利而辭鄉
> 國。陶諸三賈致富，劉晏四方貨殖。傍舷而寢，臨窗而
> 食。事有千腸，恨無兩翼。肢體而癯，頭顱而白。於
> 是大路迢迢而險，長亭寐寐而幽。夜鼓洪江之棹，朝臨
> 古驛之樓。露餐江柳之堤，雪臥野蘆之洲。錐刀而勞
> 計較，鄉思而入懷愁。客館兮有魚而愜，音信兮無雁而
> 憂。旅酒兮排情而吸，歸書兮灑淚而修。[75]

賦中從食、住、行等各方面竭力描述商賈在外行商的艱辛。除了一年四季、日日夜夜，無論風雨地奔波在外，還得勞神計較利益是否相宜。因此即使可以快速致富，卻也往往肢體癯瘦、頭顱花白；更有甚者，還得忍受思鄉寂寞之苦。由此可見，全賦只重在刻畫「貿賤貨貴，聚物交易」的商賈形象，雖然筆下賦寫的是人物，其實與品花卉、賦器皿等物類無異，作者的情志均不投射於所詠對象上。

　　上述現象的產生，可能的原因之一，或原於《賦海補遺》僅花費四個月時間即完成。在如此短促的時間內，要能大量敘寫347篇賦作（外加次韻268篇），就只能是物形、物態等客觀情境的摹寫，類似於技術操演，因此沒有任何情志在其中。另外，則可能與周履靖的山

人身份有關。《四庫》館臣評及山人之一的趙宦光《牒草》時言：

> 有明中葉後，山人墨客，標榜成風，稍能書畫詩文者，
> 下則廁食客之班，上則飾隱君之號，借士大夫以為利，
> 士大夫亦借以為名。[76]

是知山人布衣，薄操一藝，即求售都門，換取筆潤，而士大夫亦樂於接引，以增添名聲。乍看之下，似乎兩相得利，然而陳繼儒臨終前遺訓言：

> 啓予足，啓予手，八十年履薄臨深；不怨天，不尤人，
> 百千秋鳶飛魚躍。[77]

可見山人雖得與縉紳士大夫遊，但一舉手、一投足之間就像是如履薄冰，要能一生鳶飛魚躍，唯有不怨天、不尤人。是以〈文娛錄序〉言：

> 吾與公（董其昌）此時，不願為文昌，但願為天聾地
> 啞，庶幾免於今之世矣。[78]

從陳繼儒所謂的「不願為文昌，但願為天聾地啞」，可見當時環境的險惡；山人墨客，一不小心便可能因文字而得咎。然而，以文治生卻是山人的生存方式之一，是以最安全的做法便是於文字中抹去情志，不怨天、不尤人，一如周履靖賦作，只在次韻時偶加題解以寄託

76 見《四庫全書總目提要》第四冊，集部一，卷180，頁824。
77 見明‧陳夢蓮〈眉公府君年譜〉，收錄於《陳眉公先生全集》卷首，頁35。
78 見明‧陳繼儒《陳眉公先生全集》卷2，頁35。

幽微心曲，絕大多數的篇什，就只是閒愁雅致、純粹客觀地敘寫。

第五節　結語

　　本文首先釐清《賦海補遺》編者問題，從周履靖的生平、交遊及生計，勾勒出晚明山人的文化出版活動。發現周履靖不單是以筆潤為生，而是以出版書籍為事業，本身即擁有一小型編輯團隊。團隊中除了沒沒無名的窮儒宿老，也不乏蜚聲文壇的知名人物，共同參與書籍的編纂、校訂。因此，《賦海補遺》題為周履靖、劉鳳、屠隆同輯，是極有可能的事實；即便全帙大量收入周氏賦作，卻未見收錄劉、屠篇什，也不能遽以判定劉、屠二人只是掛名。因從周履靖《夷門廣牘》叢書的編纂、刊刻、不斷擴編等情況來看，晚明出版業活絡昌盛，分工精細，已出現專門的編輯群，是以《賦海補遺》乃周履靖、劉鳳、屠隆同輯，應無疑義。

　　其次，則針對《賦海補遺》的編纂體例、選賦情況、性質特色加以分析。就編纂體例而言，《賦海補遺》採類書的「比類相從」模式，分為天文、時令、節序、地理、宮室、人品、身體、人事、文史、珠寶、冠裳、器皿、伎藝、音樂、樹木、花卉、果實、芝草、飲饌、飛禽、走獸、鱗介、昆蟲等23部類，與另一部亦採用相同模式編纂的官刻《賦珍》，多朝會、禮儀、京殿、苑囿、符瑞等題材，有著極大差異，體現出山人選賦與官方選賦的不同。此外，《賦海補遺》中動、植物類賦作占全書42.26%，此與晚明山人每每透過一件件「物」以布設閒雅生活的習性有關。

　　就選賦情況來說，《賦海補遺》大量選錄兩晉、六朝賦作，達全書收賦的63.71%，則出自於六朝賦多詠物之作，較能符合《賦海補遺》的選賦標準；加上六朝賦體製多短小，適合體現晚明山人的審美趣味。

　　就性質特色而言，首先，《賦海補遺》僅收錄以賦名篇的作品，

且主要收賦來源為類書，所錄270篇前朝賦作中，有225篇皆可見於《藝文類聚》。而書名所謂的「補遺」，旨在補《文選》之遺，凡《文選》已錄之賦，除張衡〈歸田賦〉、王粲〈登樓賦〉外，周氏均未收錄。且《賦海補遺》輯入周氏自作賦615篇，似乎亦有「補遺」的用意。

再者，周氏自作賦中有268篇乃次韻之作，就學習屬文的角度來看，初學作賦要能自出機杼十分困難，若能先次韻仿作，待寫作技巧成熟之後，再廣泛地閱讀，則可達善賦的境界。是以《賦海補遺》在編排次序上，乃先引前人賦篇，再繫以次韻之作，後出以個人所賦的同題材作品，明顯具有舉一反三、滿足模仿需求的效果。單就消費者市場來說，《賦海補遺》乃一本品質尚佳的習賦範本，具有一定的經濟效益，因此出現過二十卷本、二十八卷本、三十卷本。

此外，在評註方面，《賦海補遺》對於所選之賦既未圈點，也未加註，僅在部分次韻之作前，繫以一小段解題文字。此類解題文字，唯少數篇章針對前人作品進行述評，其內容或在指出次韻對象於賦史上的地位，或在品評次韻對象的寫作特點，或在解釋次韻對象的題意。大部分解題文字旨在說明作賦緣由，類似賦序；且從其內容看來大都偏向個人心境的敘說，從中可以看出周氏棄舉後，即使過著閒隱的生活，但內心仍不時流露出孤獨多蹇的悲憾。

至於《賦海補遺》中周履靖自作賦的部分，可分為次韻之作268篇，自作篇什347篇。先就次韻之作來說，次韻對讀者（消費者）而言，不失為習作操演的絕佳範本；但若從文學創作本身的內緣動因來看，次韻亦帶有與古人爭勝的味道。是以周氏於部分次韻篇什中，時有誤讀、翻轉古人文意的案例。

再就自作賦而言，《賦海補遺》23部類中，除人事部乃抒懷成分較濃重者，其餘均為詠物之作。與帙中所收前人賦作相較，周氏賦作有其特具的時代風格。如抒情類篇什，六朝賦家大都是直抒胸臆，將內心各種情感直接透過文字宣洩而出；而周氏所作，則是藉由環境描寫和氣氛渲染以刻畫人物的心理感受。換句話說，景象的鋪

陳，在周氏抒情賦為主體；亦即透過借景抒情的方式，傳達出作者所欲傳達的意境。

又如詠物類篇什，劉勰以為詠物賦貴在觸物而興情、體物而寫志、即物而言理，即「體物」、「寫志」，兩者兼備。然而周氏詠物篇什，重在客觀呈現物象之美，僅有「體物」，而無「寫志」。此一現象的產生，或因《賦海補遺》僅四個月即完成，在如此短促的時間內，要能大量敘寫347篇賦作（外加次韻268篇），就只能是物形、物態等客觀情境的摹寫，類似於技術演練。或因周履靖以山人身份遊走於縉紳士大夫之間，如履薄冰，字裡行間不宜怨天、不可尤人，方能永保鳶飛魚躍。因此，賦作也就只能單純地成為文化消費商品，不是供人寫作練習，就是同現實生活中的花卉、禽鳥、珠寶等，成為一件件的物，裝點門面。無怪乎，周氏於題解次韻之作時，偶爾流露出無奈的欷歔與歎息。

附表五　《賦海補遺》周履靖次韻之作題解

部類	次韻對象	解題文字
天文部	公孫乘〈月賦〉	仲秋天朗氣清，月色娟娟，畫鷁蘭橈，笙歌鼎沸。余孤坐山窗，不忍虛擲良夜，漫和一篇紀興。
	鄭遙〈初月賦〉	余興寂寥，奈日出事生，竟紛紛擾擾。每燭影繼明，蛩聲微吟，忽於夜分獨坐，見新月初升，頗舒人意。燈下檢唐鄭遙〈初月賦〉，倚韻成之。
	趙壹〈迅風賦〉	秋夜獨坐，不勝闃寂。忽颭風颼颼振，木攪林，頓增搖落之悲，漫和〈迅風賦〉以紀。
	成公綏〈時雨賦〉	仲夏不雨，田疇如焚，一雨滂沱，喜而賦焉。

部類	次韻對象	解題文字
時令部	夏侯湛〈春可樂賦〉	余當暮年，興猶未減，值芳景之葳蕤，睹名花之爛熳，偶檢夏侯湛〈春可樂賦〉，恍然寓目，不覺心怡，遂倚韻成之。
	傅玄〈述夏賦〉	條風披拂，忽焉夏矣，歎時光之迅速，且美草木之暢達，是為之〈述夏賦〉。
	梁元帝〈秋興賦〉	人多景變情生，見搖落而興悲，惟寫悽慘蕭涼之態。余以清秋雅淡，堪助騷壇吟詠，故作〈秋興賦〉。昔梁元帝亦常賦此，遂檢而和之。
	曹植〈秋思賦〉	商飇忽換，草木零落，撫時寫景，未免有蕭條悽楚之狀，況時序之變遷，係人事之消長，子建之秋思，亦宋玉悲秋之流亞也。
	夏侯湛〈秋夕哀賦〉	秋宵漏永，不能成寢，乃思歲月難留，容顏亦老，撫枕徬徨，攬依對月而成秋夕哀之語，不堪哦吟，令人悽楚。
節序部	成公綏〈洛禊賦〉	三月上巳，俗尚祓除不祥，故為之禊。而洛中諸子咸集於洛水之濱，為詩為賦者，不至成公綏一人。況周公成洛邑，因流水以泛觴，則流觴一本於此矣。
地理部	謝靈運〈長谿賦〉	清秋泛舟長林，見澄波淼淼，水天一色，遂檢康樂君〈長谿賦〉和之。
	張衡〈歸田賦〉	余頻年作計甚苦，思欲躡蹻贏糧，汗漫五岳，奈婚嫁未畢，禽夏難偕，僅躬耕鄉曲，種竹栽花，親鳥觀魚，聊娛暮景，故為賦押韻云。
宮室部	曹植〈閒居賦〉	〈閒居賦〉乃陳思王因熙熙攘攘，奔走畏途，勞神損志，故作此賦，以寫幽懷。余雅有閒居癖，漫和於左。
	庾闡〈閒居賦〉	余性疏懶，與世多違，避喧喜閒，以適餘年。故葺茅舍三間，為之棲止，頗涵意趣，喜而作賦。

部類	次韻對象	解題文字
	束晳〈貧家賦〉	余讀晉束晳〈貧家賦〉，雖云貧為士之常，然極空乏之苦，饑寒之態，輒為之扼腕傷哉！貧也一至於此乎，故感而和焉。
	孫楚〈登樓賦〉	新築樓居，頗堪遠眺，命僕開樽，臨牖題詠，遂和孫楚〈登樓賦〉，韻不似王粲思歸之作也。
	謝朓〈遊芳園賦〉	友人新園始成，春日偶過小憩，索余一賦，難以不文辭，遂繙謝宣城〈遊後園賦〉次韻題之。
	沈炯〈幽庭賦〉	新築齋居，庭際幽閒，栽以繁卉，峙以卷石，香風襲於衣袂，閒雲生於几席，聊以自娛，故檢梁沈炯〈幽庭賦〉韻成之。
	魏文帝〈離居賦〉	余僻居孤處，夜分不寐，輒搔首遐思，不既有離索之歎。魏文帝之〈離居賦〉亦有所思乎，漫次成之。
人品部	謝靈運〈逸民賦〉	謝靈運作〈逸民賦〉，摹寫巖穴之樂甚備，故倚韻而賡之。
	庾信〈蕩子賦〉	蕩子自古有之，棄家遠離，不傾妻孥，愁憤誦賦，令人感傷，故和一賦，以警其世。
	魏文帝〈寡婦賦〉	陳留阮元瑜早亡，每感其遺孤，未嘗不愴然傷心，故作斯賦。
	沈約〈傷美人賦〉	吳伯度買一名姬，情甚繾綣，不期年而殞，索余挽章，乃檢休文〈傷美人賦〉倚韻成之。
人事部	曹植〈玄暢賦〉	陳思王才高八斗，遭時不遇，故序〈玄暢賦〉云：「富者非財，貴者非寶。」余本嗇於才，蹇於遇，心恆玄暢，故和賦之。
	曹植〈潛志賦〉	自古達人風，具掀揭之才，遭天不弔，齎志而隱，抱仁履義，雖自立門戶，斯蓋有托而逃者也。

部類	次韻對象	解題文字
	曹植〈幽思賦〉	人惟潛處幽獨，不勝抑鬱無聊之感，故詫毫素心寫怨，假歌詠以寄情。思王才高誇繡虎，〈幽思〉一賦，亦有為歟。
	陸機〈應嘉賦〉	昔人作〈嘉遁賦〉與士衡，士衡作賦應之，號曰〈應嘉〉。余不揣賡其韻，將名〈嘉遁〉乎？亦〈應嘉〉乎？
	陶潛〈閒情賦〉	張之〈定情賦〉、蔡之〈靜情賦〉、陶之〈閒情賦〉，余愛其詞逸句淡，思慮蕭然，曠世不群，誦之有資於巖穴嬾散之徒，故余追宗三家玄奧之意，而成一夫俚俗之言，雖文辭不足繼先哲，而情志或可追閒逸，染翰賡韻，以俟松牖靜哦耳。
	曹植〈遊觀賦〉	春蒐、夏苗、秋獮、冬狩，遊獵固人所不廢，非徒逞胸臆、娛耳目之。此賦不可與揚雄〈諫獵賦〉同軌並駕也。
	楊泉〈贊善賦〉	武侯有云：「勿以善小而不為，勿以惡小而為之。」余常佩服斯言。今觀楊君〈贊善賦〉，乃言作善作惡，禍福響應，人安可不時加競惕焉？故和韻云。
	司馬相如〈悲士不遇賦〉	余少時和淵明〈感士不遇賦〉，越二十餘載，終無知己之遇。嗚呼！老矣！感而步韻賦此，以寓愚衷。
	簡文帝〈敘愁賦〉	余數奇多蹶，愁緒種種，適檢梁文帝〈敘愁賦〉，擬而和之。
	謝靈運〈感時賦〉	夫人生宇宙，何事不可為？奈歲月易邁，如白駒過隙，故謝康樂作〈感時賦〉，余感而和之。
	曹植〈娛賓賦〉	美筵不再，佳會難逢，自昔已然。讀子建〈娛賓〉一賦，深快鄙懷，故援筆和之。

部類	次韻對象	解題文字
文史部	張華〈感婚賦〉	張茂先以為婚姻者競赴良時，雖葩英肯顧，乃作〈感婚賦〉，余亦喜而和之。
	傅咸〈櫛賦〉	余性懶慢，苦於盥，復苦於櫛笄，未能披髮入山，又恐見懲於禮法之士，是和〈櫛賦〉以自儆云。
	裴子野〈臥病賦〉	余稟質孱弱，見侵二豎，呻吟床笫，無以自適，乃仿裴子野〈臥病賦〉，力疾和之。昔陳琳之檄癒頭風，子羨之詩驅瘧鬼，不識此賦可以遣病魔否？
	蔡邕〈檢逸賦〉	蔡中郎〈檢逸賦〉一股儷情鎔出，豈非風人作賦之體乎？不然，何鍾情於物若此耶！余感而和之。
	蔡邕〈協初賦〉	中郎既賦〈檢逸〉，復賦〈協初〉，始乍見而情馳，此思極而神定，少逐初心矣。余感和之。
	向秀〈思舊賦〉	余總角時與吳伯度交，情趣頗合盍焉，朝露不勝永歎。適過其居，悽然山陽聞笛之悲，故感向子期〈思舊賦〉，倚韻成之。
	魏文帝〈永思賦〉	余生也晚，先大夫早捐館舍，予不勝悲感茲焉。掃墓輒起風木之悲，故述〈永思賦〉而寄思焉。
	魏文帝〈悼夭賦〉	魏文帝傷帝文仲之夭亡而作〈悼夭賦〉，余程婿青年弱質，博學能文，胡天不憖，竟奪其筭。余傷悼不已，故次夭賦之。
	束皙〈讀書賦〉	余頗識文字，尤嗜詩書，雖祁寒暑雨，未嘗不披卷朗讀，廢食忘寢，年邁七旬，此心不怠。語云：「樂此不為疲也。」斯言豈欺我哉！故次〈讀書賦〉以自儆云耳。

部類	次韻對象	解題文字
珠寶部	魏文帝〈玉玦賦〉	余聞人臣待罪於郊，賜環則進，賜玦則退。友人以玦見貽，豈絕交我乎？故作賦以解笑耳。
器皿部	劉安〈屏風賦〉	余齋中置一罘罳，質甚堅，式甚雅，漫擬漢劉安〈屏風賦〉，次韻成之。
	鄒陽〈几賦〉	昔王右軍往門生家，見棐几滑淨，因書之，真草相半。余家一几，頗鎔潤，愧不能書，聊次一賦，以記興云。
	班固〈竹扇賦〉	新安客子，惠余竹扇，體甚柔軟，色尤光澤，且動搖而清風自來，煩懊頓祛，遂喜而賦之，以廁班公之左云。
	張九齡〈白羽扇賦〉	唐張曲江，蒙賚羽扇，感兒成賦。余當溽暑，會友人以白羽扇見貽，故援筆次之。
	張翰〈杖賦〉	余犬馬齒長，頓覺其邁，五步之內，若履羊腸，非假葛陂君不能。頃得一藤，飾以鳩首，以便動履，漫次賦云。
	崔曙〈瓢賦〉	余偶過苧村野叟家，籬落間掛一瓢如斗，余索歸以為遊具，行酤坐酌而適於用，以蒙莊所謂五石之瓢無益於用者也，故依韻賦而和之。
	逶奚珣〈劍賦〉	余得吳鈎，相攜二十載，匣中時時夜鳴不休，但余劍術甚疏，愧無一試之用，負此良物，聊次賦以自解云。
	劉歆〈鶴燈賦〉	元夕赴友人燈會，火樹銀花，照耀九枝。惟見鶴燈有垂頭惜翮之狀，似欲飛鳴而不可得，漫為賦次之。
	范堅〈蠟燈賦〉	余丙午元夕，友人送一紙燈，燃蠟皓甚。懸於蘭房，恍若青晝，醉餘，戲次一賦賞之。
	夏侯湛〈釭燈賦〉	余小齋真率，大都紙窗木榻，竹爐瓦鐺，篝燈釭缶，頗適人意。昔在夏侯湛曾賦〈釭燈〉，故倚韻和之。

部類	次韻對象	解題文字
伎藝部	曹大家〈針縷賦〉	大家作〈針縷賦〉，寓拾遺補闕之意。彼婦人者流，尚懷輔君澤國之意。慚余襪線無補於時，獨以含羞以和之。
	夏侯湛〈繳彈賦〉	余步自郊圻，見少年挾彈而遊，機發平陸，聲落長林，擬以四言而次夏侯公韻。
	潘尼〈釣賦〉	余碌碌風塵，無寸晷暇息，霜飛兩鬢，支吾如故。見長溪曲澗，漁翁意適情閒，持罜麗而歌欸乃，心甚豔之，擬成斯賦。
音樂部	蔡邕〈彈琴賦〉	蔡中郎作〈琴賦〉，前述宮商徵羽，後載聖賢譜章，復敘聲音相感之妙，斯賦一成，恐嗣響者難乎其繼也。
	夏侯淳〈笙賦〉	余於暇日，雅好音律，而吹笙作鳳吟，安然妄覬，偶覽夏侯公賦，尾假事寓意，諷詠悠長，故喜而和焉。
	袁山松〈歌賦〉	梁袁山松〈歌賦〉，描寫歌態，抑揚高下，清重疾徐，志括於數言之中，故喜而次韻。
樹木部	成公綏〈木蘭賦〉	友人庭植木蘭，歲久花更繁、葉愈茂，余喜而作賦，次成公綏韻。
	成公綏〈柳賦〉	余草廬之傍，栽柳數株，陰垂綠牖，雖未能躋昔人之高致，時澹煙漠漠，碧線依依，少可盤礡，故為之賦而次韻焉。
	曹植〈槐賦〉	草堂之前，手植綠槐，已覆蓋於重牆，僅垂蔭於一室。余每婆娑於下，感而賦此，漫次陳思王韻成之。
	羊徽〈木槿賦〉	卜築梅墟，圍以木槿，夏日花開，五色爛熳，籬落恍若春華，悲有朝榮暮落之意。偶見晉羊徽賦，喜而和之。

部類	次韻對象	解題文字
花卉部	劉柔妻王氏〈春花賦〉	春圃敷榮，千葩萬蕊，爛熳芬芳，令人目眩思蕩，應閱不暇，亦得片時之娛而逐少年之行，歸而次劉柔之妻王氏韻而賦，少紀冶遊之興也。
	王徽〈芍藥賦〉	王徽〈芍藥賦〉詞婉意切，語簡情深，真詞家之作者，余喜而和此。
	簡文帝〈梅花賦〉	園中種梅百株，花開雪後，香度風前。余日坐其下，喜而忘歸，漫作〈梅花賦〉。余雅有梅癲之號，賡韻而成者也。
	周宏讓〈山蘭賦〉	宣尼云：「蘭為帝王香，今與眾草伍。」援琴鼓之作〈猗蘭操〉，自傷不逢時也。余階前幽蘭馥郁，乃思梁周宏讓曾為之賦，故檢而和焉。
	伍輯之〈柳花賦〉	春暮散步東郊，見柳絮飛揚，沾衣覆水，飄搖無定，感而賦焉。
	傅玄〈紫花賦〉	傅咸言紫花始生於蜀，又名長樂，中國奇而盛培之。其華敷榮，歷冬可服，故為之賦，余亦喜而和焉。
	蘇彥英〈芙蕖賦〉	夏日過友人家觀荷，命為一賦，醉餘，不能強，效蘇彥英韻為之。
	簡文帝〈採蓮賦〉	城南西畔，芙蕖覆水，見佳人衣紅拖綠，採摘於水之中央。不辨影形，惟聞笑語聲不減，若耶溪之勝。昔梁簡文帝有〈採蓮賦〉，喜而和之。
	孫楚〈菊花賦〉	九日籬頭，黃花芳妍，攜置齋頭，幽馥可愛，故作小賦賞之。

部類	次韻對象	解題文字
	許敬宗〈竹賦〉	昔王子借居，即教栽竹，乃曰：「安可一日無此君？」東坡曰：「無竹令人俗。」余齋前種竹成林，見枝葉扶疏，清風自來，喜而步韻賦焉。
果實部	王逸〈荔枝賦〉	鮮荔枝美甚雅，有十八娘之號，楊貴妃愛啖之，馳貢者晝夜兼程，詩有「一騎紅塵妃子笑，無人知是荔枝來」之句。余垂涎久矣，終不能致，漫為賦以適興云耳。
	傅玄〈桃賦〉	城南堤曲，夭桃盛林，開如丹霞，飄如紅雨，尋芳者結伴道傍，語云：「桃李不言，下自成蹊。」豈不信歟？余美而和之。
	周祗〈枇杷賦〉	梁周祗賦云，枇杷寒暑不變，冒雪敷花，亦有松梅之貞操，故和之。
飲饌部	傅玄〈辟雍鄉飲酒賦〉	歲壬寅春，事在鄉飲，郡侯春涵車公，寔寵召之，余愧里中下，乘稀年末屆，躬逢盛典，禮文彬彬，鐘鼓聲宣，簧篪奏和，詠歌舞蹈，肆筵周布，余感而效〈辟雍賦〉呈謝。
飛禽部	路喬如〈鶴賦〉	偶過友人園亭，見孤鶴鳴舞松壇，索余為賦，故仿路喬如韻成之，恐珠玉在前，覺我形穢耳。
	何遜〈窮鳥賦〉	余數奇落魄，見仇里閉，感趙壹賦〈窮鳥〉而和之，傷盧界賦〈窮魚〉而和之矣。年來蹭蹬如故，依棲無定，故復和何遜〈窮鳥賦〉，以寫私衷云。
	東方虯〈蚯蚓賦〉	微雨乍歇，見草茵之傍，蚯蚓叢出，此固食壤飲泉，無求而自足者也。戲為之賦，次韻云。

第六章

陳山毓《賦略》
析論（上）

　　《賦略》56卷，明萬曆年間陳山毓輯，崇禎七年陳臨、陳舒、陳皐、陳龐校刻本，今僅見於北京國家圖書館善本部藏，由於資料取得不易，因此得到的關註相對較少，目前所見僅蹤凡《漢賦研究史論》（2007）、何新文《中國賦論史》（2012）[1]對此有較深入的研究。兩者最大的共通點即針對《賦略‧序》及《賦略‧緒言》中展現的賦學觀進行仔細的梳理，如就《賦略‧序》所謂的作賦「五祕」——裁、軸、氣、情、神予以闡釋；《賦略‧緒言》分「源流」、「歷代」、「品藻」、「志遺」、「統論」所輯錄的歷代論賦資料加以分析，得出陳山毓論賦重創新、反模擬，強調作賦之氣、情、神的賦學主張，同時在資料的輯佚保存上，對明代賦學具有一定的價值與影響。此外，蹤凡亦就陳山毓對於漢代賦篇所作的題解及評點、校勘略作說明，對於掌握《賦略》一書的樣貌有拓樸之功。本文擬就兩位前行學者未及處理的部分，做進一步釐析。同時，本文亦將從歷史語境中，探討陳山毓究竟在什麼樣的存在處境中，基於什麼樣的行為動機而編纂《賦略》並進行批評。

第一節　陳山毓及其《賦略》

　　陳山毓，史籍無傳，清初黃虞稷《千頃堂書目》載其有《賦略》50卷、《賦略外篇》15卷，盧文弨（1717-1796）校補云：「嘉善人，天啓丁卯解元。」[2]又據浦銑（1729-1813）[3]《歷代賦話續集》言：

1　見蹤凡《漢賦研究史論》（北京：北京大學出版社，2007年），頁457-464；何新文、蘇瑞隆、彭安湘《中國賦論史》（北京：人民出版社，2012年），頁248-254。

2　清‧黃虞稷《千頃堂書目》（上海：上海古籍出版社，2001年），頁753。

3　見張虹靈《浦銑《歷代賦話》研究》（湖北大學中國古代文學，碩士論文，2006年），頁4。

銑按：居士名山毓，字賁聞，吾邑人畿亭先生[4]之兄也。
舉萬曆戊午浙闈第一人。工騷賦，卒年三十有八。所著
有《賦略》五十四卷，《明史稿·藝文志》云《賦略》
五十卷，《靖質居士文集》六卷。[5]

可知陳氏乃浙江嘉善人，舉鄉試解元，然於何年中舉則有二說：一爲
天啓丁卯年（天啓七年），一爲萬曆戊午年（萬曆四十六年）。考高
攀龍（1562-1626）〈明孝廉賁聞陳公墓誌銘〉言：

賁聞舉戊午浙闈第一人，……生萬曆十二年三月二十四
日，卒天啓元年十一月二十日，以天啓三年十一月
二十八日葬嘉善縣北鄉。……所著書有《文集》六卷、
《賦略》五十四卷、《詩略》六十卷、《文略》八十
卷、《周詩記事》四卷、《詩摭》十卷、《詩說訂誤》
四卷、《廉憲公年譜》三卷、制義百餘篇。[6]

是以陳氏生於萬曆十二年，卒於天啓元年，舉浙闈第一當在萬曆
四十六年。

又，陳氏「生俱異才而不露才」，僅「醺餔載籍，以韜其英，
厚其蓄」[7]，「所居左右，圖書數千卷，掃室焚香，穆然有深沉之

4　陳龍正（1585-1645），字惕龍，浙江嘉善人，號畿亭。師事高攀龍，精研理學，旁通經
　　濟。明崇禎七年（1634）進士及第，崇禎十年（1637）授中書舍人。

5　清·浦銑著，何新文、路成文校證《歷代賦話校證》（上海：上海古籍出版社，2007年），
　　頁340。

6　見明·陳山毓《陳靖質居士文集》（《四庫全書禁燬叢刊》集部第14冊），頁553、555。

7　見明·錢繼登〈陳靖質居士集序〉，《陳靖質居士文集》，頁549。

思」，自「罷南宮試歸，益發所藏書讀之」[8]，著述極豐，據高攀龍的說法，至少有八種，惜今僅存《賦略》及《陳靖質居士文集》二種。

《陳靖質居士文集》共六卷，前三卷皆爲辭賦作品，其子陳臨、陳舒、陳皋、陳龐同撰之〈凡例〉即言：「集中賦居多。」[9]其弟陳龍正所撰之〈序〉也說：

> 余兄賁聞先生，性行文章，光明簡素，古奧閎肆，對人不善致寒暄，其出諸口也，皆蘊之心者也。少好左徒之辭，尚晤其人，故其於文章，賦獨多，推辯亦至精。[10]

可見陳氏自幼即雅好辭賦，在天啓元年所作的〈自祭文〉中也曾明白指出對楚騷漢賦的喜愛：

> 幼而沈師，肇授《楚辭》，退而卒業，心私好之。哀其孤行，尚其妙私，悠悠其味，渢渢其詞，入之稍深，趣則靡滋。宋玉、相如、淮南、賈、枚，旁羅既畢，遂嫻賦辭，雕蟲小技，壯夫為之，耽之靡射，以迄於茲。[11]

陳氏不僅哀矜屈原之行、推崇屈原之辭，即便被視爲「雕蟲小技，壯夫不爲」的辭人之賦，也在對《楚辭》「入之稍深，趣則靡滋」之後，不諱言「耽之靡射」[12]。由此可見其「祖騷宗漢」的文學創作傾

8　見明・高攀龍〈明孝廉賁聞陳公墓誌銘〉，《陳靖質居士文集》，頁553。

9　見明・陳臨等撰〈陳靖質居士文集凡例〉，《陳靖質居士文集》，頁556。

10　見明・陳龍正撰〈陳靖質居士文集序〉，《陳靖質居士文集》，頁552。

11　見明・陳山毓〈自祭文〉，《陳靖質居士文集》，頁645。

12　「靡射」意爲「無射」，作「無厭」解，如《詩經・周頌・清廟》言：「不顯不承，無射於

向。其子陳臨等人即言：

> 曰：文其在楚漢間乎！靈均廉貞獨行，創絕代之唫；
> 董、賈、司馬其氣渾然，蓋韶濩之振也。諷詠〈離
> 騷〉，終始勿輟，作為賦頌，儼然澤畔西京之間，班固
> 而下勿論也。其古文辭，深心冥探，嗣響秦漢而痛懲輓
> 代，如徐文長、袁中郎者流，曰：斯其辭卑下佻率，然
> 波流日甚者，世人類溺淵而怫，登從徐袁，則經傳子史
> 皆可棄置。[13]

明顯看出陳氏的文學復古主張，除了強調文必秦漢之外，更對徐
渭、袁宏道等直抒胸臆、不拘格套、不由經史的文學觀，提出批
評。

　　《賦略》，據《千頃堂書目》、《明史稿》均著錄50卷，《歷
代賦話續集》則稱有54卷，今所見的版本乃北京國家圖書館善本部
藏，明崇禎七年其子陳舒、陳皐等校刻本，計有《正篇》34卷、
〈緒言〉1卷、〈列傳〉1卷、《外篇》20卷，共56卷。書前有陳山
毓自作〈序〉一篇，〈序〉題下有「長樂鄭振鐸西諦藏書」鈐印一
枚，可知此版本曾為鄭氏收藏；〈序〉末則題「萬曆四十六年戊午孟
夏撰」，應是此書完成的時間。

　　關於《賦略》的編纂動機，陳山毓自言：

> 夫管弦繁而黃鐘閟響，下里屬而流徵鬱音，豈非易學者
> 眾託，而難能者眾避乎？炎漢以還，篇什遞著，馳情古

　　人斯。」（《十三經註疏》，臺北：藝文印書館，2001年，頁707）

[13] 見明‧陳臨等撰〈陳靖質居士文集凡例〉，《陳靖質居士文集》，頁556。

律，則姓字連章，蜚聲賦頌者，才可屈指而已。昔人稱
賦者，軒翥詩人之後，奮飛辭家之前，斯則攄寫情性，
罄竭風標，孰踰於此？而能者不作，作者不工，絕代奇
音，寂寥嗣響。故夫騰譽藝林，嘔心篇章者，可真斯
與！余奧自齠歲，載懷迄今，以為已製，未容即工，古
人應可商榷，手自歷撰靈均而降，計若干首，竊嘗沿其
本源，窮厥枝幹，條流梗概，有可敷陳。[14]

陳氏將賦視為如同黃鐘、流徵等曲高和寡的高雅作品，指出漢代
以降，文人多馳情於古律，幾已不為賦頌；然而賦乃古人抒寫性
情、竭盡風標的最佳載體，同時賦兼才學，「會須作賦，始成大才
士」[15]，今之能者竟棄之不作，而作者往往不工，因此陳氏採集屈原
以下歷代辭賦作品編成此帙，以作為有意「騰譽藝林，嘔心篇章」
者的學習範本。

此外，陳氏另撰有〈總集序〉一篇，其言：

總集者，輯文人學士，人所論著，撰而錄之者也。蕭氏
《文選》重，而諸家之撰錄殆廢。然昭明識最下，獨貴
綺麗，尚堆疊，詞賦如靈均諸什，疏議如誼、舒、錯、
向，概多棄置，幸他書且存，故俾後世猶獲睹其梗概
耳，而其所遺佚者，湮滅弗傳，遂不知幾凡也，可勝惜
哉！可勝恨哉！蓋賦莫盛於西京，班氏之志，千又三
篇，即其〈兩都賦〉云，孝成之世，奏御者千有餘篇是

14　見明・陳山毓〈賦略序〉，《賦略》（北京國家圖書館善本部藏，明崇禎七年陳舒、陳皋等
　　校刻本），頁1-2。
15　見唐・李延壽《北史》（北京：中華書局，1997年）卷56，〈魏收傳〉，頁2034。

也。劉宋盛時，泰始之祖，及謝康樂，皆嘗撰而錄之，宋明集四十卷，謝集五十九卷，而蕭氏所抄才十餘卷耳，自來詞人奉蕭氏選如《洛書》、《天球》，而古人鴻篇，遂不復可睹也，惜哉！說者猶謂〈禊序〉之不見錄，坐「絲竹管弦」四字，噫嘻！亦以誣矣！愚矣！右軍此〈序〉，猶自古雅澹，蕩饒韻致，自昭明諸人意所不憙，何論四字也。故予嘗以為《文選》一書，是古文詞一巨蠹也，亦一厄運也。[16]

自蕭統《文選》一出，歷代屬詞之士，幾乎以為覃奧，所謂：「文章奧府，入唐尤家弦戶誦，口沫手胝」[17]，到了明代，《文選》的出版、批點、纂註更是蔚然成風，《中國古籍善本書目》著錄明代刻印的《文選》有十五種，《北京圖書館古籍善本書目》則收錄更多達二十九種[18]，可見《文選》於明代已然成為一門顯學。然而，陳氏對此卻不以為然，除了直指昭明太子「識最下，獨貴綺麗，尚堆疊」，以致《文選》一書乃古文詞「一巨蠹」、「一厄運」，並認為《文選》選文不僅偏頗，且所錄之文不過古人鴻篇的九牛一毛，而世人卻奉之以為《洛書》、《天球》，實為可笑。陳氏雖然沒有直接提出《賦略》的纂集是為苴補《文選》收賦有所遺佚的缺憾，但從〈總集序〉中提及的「詞賦如靈均諸什……概多棄置」、「蓋賦莫盛於西京……蕭氏所抄才十餘卷耳」等語看來，《賦略》的成書，應多少有與《文選》爭鋒的味道，藉此以騰聲飛實[19]。

16 見明·陳山毓〈總集序〉，《陳靖質居士文集》，頁626。

17 見錢鍾書《管錐編》（出版地不詳，蘭馨室書齋，1978年）第四冊，「《全梁文》一九，《文選》學——《錦帶書》」條，頁1400。

18 見王書才《明清文選學述評》（上海：上海古籍出版社，2008年），頁39。

19 〈賦略序〉寫於萬曆四十六年戊午孟夏，即四月；同年八月，陳山毓即參與鄉試。陽達於

第二節　《賦略》編纂體例及其賦學觀

　　《賦略》56卷本，分《正篇》34卷、〈緒言〉1卷、〈列傳〉1卷、《外篇》20卷，其編列順序為：先〈緒言〉、次〈列傳〉、復《正篇》、末《外篇》。其中〈緒言〉又分源流、歷代、品藻、志遺、統論等五項，以輯錄歷代論賦文字為要，而〈列傳〉則是以載錄歷代賦家的傳記資料為主；兩者均是採錄前人舊說，但亦偶有陳氏按語。〈正篇〉及《外篇》則是依時代先後為次，輯錄自先秦以迄明代的歷朝賦家、賦作，唯元代未收；兩者對於所收篇章，均偶有題解及點評，編纂體例相當嚴明。以下即先就《賦略》中〈緒言〉、〈列傳〉的具體編纂情況進行說明，之後再就其選賦傾向及評點進行梳理及分析。

一、〈緒言〉

㈠ 源流

　　源流，顧名思義是探討賦的起源，關於賦的起源問題，東漢班固可說是最早提出論述的學者，《漢書·藝文志·詩賦略論》言：

> 《傳》曰：「不歌而誦謂之賦，登高能賦可以為大夫。」言感物造耑，材知深美，可與圖事，故可以為列大夫也。古者諸侯卿大夫交接鄰國，以微言相感，當揖

〈明代文人與行卷〉（《河北學刊》第34卷第1期，2014年，頁185-188）一文中指出，由於明代文人相互標榜及結社等風氣盛行，為明代行卷的興盛提供了有利條件，士子為通過社會名流的提攜來提高其社會知名度，最常用的方式便是請文壇大家評點自己的文集。陳山毓自言其賦作「未容即工」，是以編纂《賦略》，除選輯賦作，並親手敷陳辭賦發展的源流梗概，可視為另一種形態的撰著，其完成於鄉試之前，應有藉此騰聲的味道；再加上陳氏若有機會考選庶吉士，須投以平日所作，若其自作賦無有可觀者，《賦略》亦不失為一可資參考的著作。

讓之時，必稱詩以諭其志，蓋以別賢不肖而觀盛衰焉。
故孔子曰：『不學詩，無以言』也。春秋之後，周道浸
壞，聘問歌詠不行於列國，學詩之士逸在布衣，而賢人
失志之賦作矣。大儒孫卿及楚臣屈原離讒憂國，皆作賦
以風，咸有惻隱古詩之義。[20]

班固將賦的源頭上溯到《詩經》與《楚辭》，揭示出「詩→辭→
賦」的生成譜系，陳氏對於賦的源流闡釋，即是由此入手，表示如
下：

論述內容	輯引前人之說	陳氏按語
賦字義	〈藝文志〉：「《傳》曰：『不歌而誦謂之賦，登高能賦，可以為大夫。』言感物造耑，材知深美，可與圖事，故可以為列大夫也。古者諸侯卿大夫交接鄰國，以微言相感，當揖讓之時，必稱詩以諭其志，蓋以別賢不肖而觀盛衰焉。……」	予觀《春秋傳》鄭莊公賦〈大隧〉，子大夫賦〈野有蔓草〉之屬，《說苑》師經鼓琴，魏文侯起舞，賦曰：「使我言而無見違。」此賦字，皆是不歌而誦之義。
	劉彥和曰：「詩有六義，其二曰賦。賦者，鋪也，鋪采摛文，體物寫志也。……」	
騷者詩之變	陳傳良曰：「屈原變〈國風〉、〈雅〉、〈頌〉而為〈離騷〉。」	

論述內容	輯引前人之說	陳氏按語
	祝堯曰:「〈風〉〈雅〉既歇,而楚狂德衰,孺子滄浪之歌已稍變《詩》之本體,又以「兮」為讀,楚聲萌蘖久矣。屈原後出,本《詩》之義以為〈騷〉,自漢以來,賦家體制大抵皆祖此。」	
《楚辭》名義	《漢書》曰:「始楚賢臣屈原被讒放流,作〈離騷〉諸賦以自傷悼。後有宋玉、唐勒之屬,慕而述之,皆以顯名。漢興,高祖王兄子濞於吳,招致天下娛遊子弟枚乘、鄒陽、嚴夫子之徒,興於文景之際。而淮南王安亦都壽春,招賓客著書。而吳有嚴助、朱買臣,貴顯漢朝,文辭並發,故世傳《楚辭》。」	班孟堅說《楚辭》之義如此。蓋自楚滅越而吳地皆屬楚,故通謂之《楚辭》,如以鄭朋為楚士是也。然王元美所謂:「其人而楚,則楚之;其人非楚而辭則楚,則亦楚之,如賈誼、東方朔固非楚人也。」
〈離騷〉諸篇皆有稱賦	洪氏曰:「〈藝文志〉云:『屈原賦二十五篇。』然則自〈騷經〉至〈漁父〉皆賦也。後之作者得其一體,便自名家。」	予觀古來諸書,皆稱〈離騷〉諸篇為賦,〈騷經〉直可稱〈離騷〉賦,〈懷沙〉直可稱〈懷沙賦〉,至於餘篇,莫不皆然,其謂之騷而與賦分途者,謬也。王元美云:「騷賦雖有韻之言,其於詩文自是竹之與草木,魚之於鳥獸,別為一類,不可偏屬。」然則以為騷而係之詩者,亦謬矣。
	《漢書》曰:「屈原,楚賢臣也。被讒放逐,作〈離騷賦〉,其卒章曰:『已矣,國亡,人莫我知也。』」	
	史遷云:「屈原至於江濱,作〈懷沙〉之賦,自沉而死。」	
	王逸曰:「小山之徒,傷閔屈原,故作〈招隱士〉之賦,以章其志。	

論述內容	輯引前人之說	陳氏按語
頌者賦之通稱	《文選註》云：「賦之言頌者，頌亦賦之通稱也。」	按〈九章〉有〈橘頌〉；〈大人賦〉，史遷謂之〈大人頌〉；〈洞簫頌〉昭明謂之賦；〈藝文志·賦略〉中，入孝景皇帝頌；〈長笛賦〉本稱〈長笛頌〉；〈籍田賦〉臧榮緒《晉書》稱〈籍田頌〉。然則賦可稱頌，頌之取裁於賦者，即得稱賦也。
賦之變	徐師曾曰：「賦自魏晉以及六朝，變而為俳，唐變而律，其趨愈下。蓋四聲八病，休文倡其拘；隔句作對，徐庾成其陋；取士限韻，唐宋極其敝。但以音韻諧協，對偶精切為工，而風流蘊藉蔑如也，嗚呼！極矣。」	按唐之俳、宋之俚、元之稚，無賦矣。國朝宋、劉諸君子，猶沿季習，暨李獻吉出，人始知有屈、宋、馬、揚，云厥功偉矣。

　　由表中可知，陳氏於述源流中，又分從「賦字義」、「騷者詩之變」、「《楚辭》名義」、「〈離騷〉諸篇皆有稱賦」、「〈離騷〉諸篇皆有稱賦」、「賦之變」等六方面進行爬梳。其中「賦字義」及「騷者詩之變」，主要言及賦的源起，除了從「賦詩言志」、「詩之六義」解釋賦與詩的關係外，也從「屈原變〈國風〉、〈雅〉、〈頌〉而為〈離騷〉」、「屈原後出，本《詩》之義以為〈騷〉，自漢以來，賦家體制大抵皆祖此」等前人舊說中，先勾勒出東漢以來所謂的「詩→辭→賦」傳統。

　　而「《楚辭》名義」一項，則於按語中以王世貞之說：「其人而楚，則楚之；其人非楚而辭則楚，則亦楚之，如賈誼、東方朔

固非楚人也。」提出《楚辭》並非楚地楚人的專利，漢代東方朔、賈誼等人賦作亦可視爲「楚辭」；進而於「〈離騷〉諸篇皆有稱賦」一項中，指出漢人不分騷與賦，〈離騷〉、〈懷沙〉諸篇皆爲賦，並於按語中補充王世貞說法，以爲騷賦同爲一類，與詩、文判然爲二。

　　換言之，乍看之下，陳氏似乎認同「詩→辭→賦」的生成譜系，但仔細推敲，陳氏更著重於騷與賦之間的關係，強調騷、賦無別，卻皆與詩畫境；是以陳氏在述「源流」一項中，著重辨體的意義大於緣起。據此，陳氏再進一步提出「頌者賦之通稱」，指出賦、頌無別，不僅「賦可稱頌」，凡「頌之取裁於賦者，即得稱賦也」。

　　至此，可見陳氏論述層次的縝密，由賦之源起延伸至詩、騷、賦、頌之辨體，最後再結以「賦之變」。「賦之變」中，陳氏除舉徐師曾《文體明辨》之說，以六朝俳賦、唐代律賦已盡失楚、漢古賦的風流蘊藉，更在按語中推崇李夢陽的賦學復古主張，同時在李夢陽「唐無賦」說[21]的基礎上，變本加厲地提出「唐宋元無賦」。且當中頗值得註意的是，李夢陽對於「唐無賦」的具體內涵爲何，並未加以說明，因此當今學者紛紛撰文加以闡述[22]，而陳山毓卻早在其《賦略》中明白指出所謂的「唐無賦」，乃起因於「唐賦之俳」，即唐賦過分地講究音韻諧協、對偶精切，甚至以爲「唐以後皆無賦」，主因宋賦俚俗、元賦稚拙。此一賦學觀點嚴重影響《賦略》的選賦標準，是以唐賦僅入選8篇、宋賦1篇，元賦則未得選入。

21　明·李夢陽〈潛虬山人記〉云：「山人商宋、梁時，猶學宋人詩。會李子客梁，謂之曰：『宋無詩。』山人於是遂棄宋而學唐。已問唐所無，曰：『唐無賦哉！』問漢，曰：『無騷哉！』山人於是又究心賦、騷於漢、唐之上。」見氏著《空同集》（《景印文淵閣四庫全書》第1262冊）卷48，頁446。

22　如：許結〈明代「唐無賦」說辨析——兼論明賦創作與復古思潮〉，《文學遺產》1994年第4期，頁77-85；陳成文〈從「唐無賦」到「賦莫盛於唐」——唐賦評價變遷之考察〉，《臺北教育大學語文集刊》第14期，2008年7月，頁115-148。

(二) 歷代

歷代，主要輯錄各代的辭賦發展概況，然而建安以後陳氏卻闕而不錄，理由是：

> 西京以前，五七言始萌芽，厥體未昌，故人主雅好、才士擒藻，必賦頌焉，先亦千載之盛烈。已虎觀崇愛儒術，鴻都招集淺陋，建安以後篇什蜂起，賦頌寢微，雖上者銳情，下者蒸集，固不得專屬之賦以為美談，故闕而不錄焉。[23]

陳氏指出，由於東漢帝王喜好儒術，加上建安以後詩歌興起，辭賦的寫作不再專美於前，導致楚、漢時期「人主雅好、才士擒藻，必賦頌焉」的盛況不再，因此，對於建安以下的辭賦發展便不再記述。表面上，陳氏以「賦頌寢微」為由，闕錄建安以後辭賦發展情況，實際上，此一舉措仍與「祖騷宗漢」、「賦自魏晉以及六朝，變而為俳，唐變而律，其趨愈下」的賦學主張相關，其於〈賦集自序〉中言：

> 粵自靈均，案衍年代，作者爭鳴，厥體多變，若夫以文緯情，用物彰志，雅奧婉致，多風而可繹，詩人之沉摯，楚臣之堂奧也。披形錯貌，摹態而極，妍胎於〈高堂〉，成於〈子虛〉，辭人之綺豔也。摽瀏亮之概，雕藻研奇，比偶為工，新聲競爽，此又辭人之漫衍，陸謝江鮑之波漸也。大凡賦擅於楚，昌於西京，叢於東都，沿於魏晉，蔽於宋，萎茶於齊梁，迄律賦興，而子遺鮮

矣。宋俚而元稚，又弗論焉。當貞元中以昌黎、河東之
徒挺出，而韓賦凡淺，柳賦槁寂，卒不獲浣污沿而振麗
則，可歎也。[24]

由「新聲競爽」一語，可知魏晉以下並非沒有辭賦，只是萎苶俚
稚，失去楚漢雅奧婉致之風，即使後有韓愈、柳宗元提倡復古，然其
辭賦創作凡淺槁寂，無法重振「麗以則」的賦學傳統，是故賦莫盛
於楚漢。在此觀點下，魏晉以後的辭賦，闕而不錄，也就不足為奇
了。

　　陳氏對於楚漢辭賦的發展，分為「楚」、「吳王濞、梁孝王」、
「武帝、淮南王、宣帝」等三階段進行描述，茲引其原文，表示如
下：

楚	靈均放流，鬱結莫解，肇變風雅，以抽厥衷，非由人主愛尚也。楚固多俊，一時風流，靡然翕尚。非特奇文竦入觀聽，良由方正不容，同懷憤感。以故聯藻交彩，霧湧雲集，西京接軌，厥體大昌矣。
吳王濞、梁孝王	有漢運接燔書，高惠文景之間，經術稍芽，而辭人勿用。於時，諸侯王皆得治民聘賢，而吳王濞招致四方遊士，鄒陽、枚乘、莊忌之徒，聯翩吳庭，辭章間作焉。及不詭謀滋，而鄒枚諸人一旦解去矣。是時梁孝王以太后少子、景帝愛弟，王膏腴之必，築東苑，招遊士，每有遊宴，必命辭人造作賦頌，一時翕然稱盛。是以枚叔仕帝，朝而不悅，長卿見梁遊士而免官，〈子虛〉之篇實遊梁作也，亦賦頌之一盛矣。

24　見明‧陳山毓〈賦集自序〉，《陳靖質居士文集》，頁618。

武帝、淮南王、宣帝	孝武雅好藝文，求之如不及，徵枚生以蒲輪，讀〈子虛〉而太息，得枚皋而大說，傷佳麗而製賦，賞識既具，自製亦優，才士雲會，辭章競發，遺風餘采，莫與比京。

　　由表中所引文字可知，陳氏對於楚漢各階段辭賦興盛的描述，乃以「帝王愛尚」為切入角度。首先，楚賦的霧湧雲集，非因奇文竦入人主觀聽，而是因屈原為人主見棄，鬱結難解的憂憤引發文人的同情共感，因而厥體大昌；西漢初年，高祖、惠帝、文帝、景帝等帝王，不好辭賦，反倒是諸侯王每有遊宴，必命辭人造作賦頌，辭賦因而在諸侯王的獎掖下得到發展；直到武帝雅好辭賦，賞識及創作俱佳，於是辭賦更為盛行。觀陳氏所言，知其強調：辭賦興起之初，雖非緣於帝王愛尚，但終能大為流行，則仰賴帝王的扶植，武帝的「徵枚生以蒲輪，讀〈子虛〉而太息」，實為才士雲會、辭賦競發的主要因素。

　　至於淮南王及漢宣帝時期的辭賦發展情況，陳氏則引錄王逸《楚辭章句·招隱士序》中淮南王劉安招懷天下俊偉之士分造辭賦，以及班固《漢書·王褒傳》中漢宣帝針對眾人批評漢賦「淫靡不急」的辯解，說明西京辭賦的盛況，最後再引班固〈兩都賦序〉作結，所謂「奏御者蓋千有餘篇」，確實足以視為美談。

　　以上觀點的提出，正是明代漢賦論述的主要議題之一[25]；同時，自英宗以降，恢復科舉試賦制度之說，便不時蠭起[26]。是以，陳氏述歷代雖以輯錄史料為主，但在材料的去取上，不難看出纂輯者的用

---

[25] 「帝王愛尚」、「君臣遇合」乃明代漢賦論述中常見議題，可參見拙著〈明人選漢賦研究——以明代詩文「評論」與「選集」為主的考察〉（《先秦兩漢學術學刊》第17期，2012年3月），頁46-47。

[26] 參見本文第一章〈緒論〉，頁5-7。

心。

（三）品藻

　　品藻，陳氏主要採集前人的相關論述，或偶爾出之己意，就《賦略》所收錄賦家的賦作、賦風等進行品評，其編纂形式類似所謂的「評林」，即集合諸家評說，以定賦家的差品及文質。

　　《賦略》正篇共收賦家70人，〈品藻〉有錄者38人，陳氏究竟引錄了多少前人論述對諸賦家及其作品進行品藻，簡示如下：

受評賦家及其作品		歷代品評者	陳山毓品評內容
屈原	總評	劉勰、曹丕	無
	〈離騷〉	楊慎、陳深[27]	無
	〈九歌〉	馮覲、[28]王世貞、楊慎	無
	〈天問〉	陳深	無
	〈九章〉	馮覲	無
宋玉	〈九辯〉	祝堯、陳深	無
	〈招魂〉	王世貞	無
	〈高唐〉	王世貞	無
	〈神女〉	王世貞	無
	〈登徒子好色賦〉	王世貞	〈登徒子好色〉一篇，淡泊中卻自有風神可挹，故自有遠體遠神。〈諷賦〉

27　《四庫全書總目提要·周禮訓雋》載：「深字子淵，長興人，嘉靖乙酉舉人，官至雷州府推官。」（見《四庫全書總目提要》第1冊，經部，卷23，頁466。）

28　《四庫全書總目提要·小海存稿》載：「馮覲，明浙江海寧人，字晉叔，號小海。嘉靖甲辰年進士，官至廣東按察副使。」（見《四庫全書總目提要》第4冊，集部一，卷177，頁750）

受評賦家及其作品		歷代品評者	陳山毓品評內容
	〈諷賦〉	王世貞	則體與神俱落，凡近〈大〉、〈小言〉及〈釣賦〉，更不足道。
景差	〈大招〉	無	〈大招〉古奧有餘，文采采極，故儒者賞其秋實，詞人懨其春華。
荀卿	總評	無	卿才實傑出，故〈禮〉、〈智〉諸篇，無所規襲，而拔焉特秀。然體局而少變，則不遠；致直而少婉，則不通。故後世詞人效之者絕少，即效之，亦略無味也。卿固非賦才耳。
賈誼	〈惜誓〉	晁補之、朱熹	無
莊忌	總評	祝堯	無
枚乘	〈七發〉	王世貞	〈七發〉亦賦之流也，當時不正名曰賦，後人逐謂之七，謬矣！〈九歌〉、〈九辯〉亦可謂之九乎！荀卿〈成相〉，〈藝文志〉以入〈賦略〉，況〈七發〉乎！
淮南小山	〈招隱士〉	馮覲	無
司馬相如	總評	《西京雜記》、王世貞	無
	〈子虛〉、〈上林〉	王世貞	無
	〈長門賦〉	王世貞	無
	〈哀二世賦〉	劉辰翁	無

受評賦家及其作品		歷代品評者	陳山毓品評內容
漢武帝	〈李夫人賦〉	王世貞	無
班婕妤	總評	黃省曾	李善云：「〈擣素賦〉疑非婕妤之文。」楊用修曰：「《文選註》疑〈擣素賦〉非婕妤之作，蓋卓見也。」此賦六朝擬作無疑，然亦是徐庾之極筆。
傅毅	〈舞賦〉	王世貞	無
班固 張衡	總評	王世貞	無
王延壽	〈魯靈光殿賦〉	《後漢書》	無
王粲	總評	曹丕	無
曹植	〈神女賦〉	王世貞	無
嵇康	總評	王世貞	無
左思	總評	《晉書》	無
	〈蜀都賦〉	楊慎	無
成公綏	總評	《晉書》	無
木華	〈海賦〉	《文章志》	無
郭璞	總評	《晉書》	無
	〈江賦〉	王世貞	無
孫綽	〈天臺山賦〉	《晉書》	無
潘岳 陸機 顏延之 謝靈運	總評	《宋書》	無
謝惠連	〈雪賦〉	《宋書》	無
謝莊	〈月賦〉	楊慎	無

受評賦家及其作品		歷代品評者	陳山毓品評內容
張融	〈海賦〉	《齊書》、王世貞	無
李夢陽	總評	王世貞	予觀獻吉諸篇，如〈述征〉、〈省愆〉，允〈九章〉之踵武，〈大復山〉一首，實〈菟園〉之青藍。使後起詞人，知有屈、宋、枚、馬，而不復沿唐以後之陋，嗚呼偉哉！
何景明	總評	無	仲默繼獻吉之塵，而時傷雅弱，如〈瀘水〉諸賦，猶是元季風流也，〈述歸〉、〈寡婦〉二篇，窺魏晉之室矣。
徐禎卿	〈反反騷賦〉	無	禎卿善賦頌，怪揚雄〈反騷〉，作〈反反騷賦〉，膾炙人口，毋論義正，而辭殆過之。
袁袠	總評	無	永之翩翩儁才，〈遠遊〉、〈思歸〉二賦，揮毫流麗，惜餘篇未稱是。
盧枏 俞允文	總評	王世貞	予謂次楩模擬精密，而少自運之趣。然諸體悉備，庶稱雅麗，魏晉六朝之遺風，為之一振矣。
王世貞	總評	無	元美材高，而〈大玄嶽〉一首，雖未臻漢奧，亦自燦爛驚人，〈沉怪〉〈離

受評賦家及其作品		歷代品評者	陳山毓品評內容
			閔〉獵靈均之藩籬，〈愁賦〉一章逼文通之奧妙。吾嘗論其賦，以為當軼獻吉而比肩次楩云。
劉鳳	總評	無	〈九命〉：「内不能而陽好之兮，固時俗之庸態；投之以所必爭兮，益遠逝而不顧。」予最愛子威數語，以為真逼〈九章〉。　觀諸賦，正惜其鍊氣太激，而面月邃遠耳。擬六朝者，乏綺靡之致，故自不肖。

※ 表中「總評」一詞，乃指針對賦家及其所有賦作進行之總體評價。

　　由上表可知，陳山毓「品藻」中引錄的前人論述資料，包括《西京雜記》、《文章志》、《後漢書》、《晉書》、《宋書》、《齊書》等諸史雜記，以及歷代文人的論述評語，如：曹丕、劉勰、晁補之、朱熹、劉辰翁、祝堯、楊慎、黃省曾、陳深、馮覲、王世貞等11家。

　　大抵而言，陳氏引述諸史雜記的次數不多，僅10筆；引述歷代文人的評點文字，實為主軸，且多是明代嘉靖至萬曆初期的文人，距離陳山毓活動的年代並不久遠，可見其對於當時文壇動向的掌握。至於所引述的11家評論中，又以王世貞引用次數最多，共20筆，其次為楊慎4筆，陳深、馮覲各3筆，曹丕2筆，其餘則各僅引用1筆。

　　陳氏於引用各家之說時，僅提供某某人曰，如劉彥和曰、曹子桓曰、楊用脩曰，並未註明出處，依筆者考察，陳氏引用次數最多的王世貞語全出自《藝苑卮言》，今因《賦略》一帙取得不易，故將陳氏

引王世貞語羅列如下，並進一步比對：

品藻	陳山毓引王世貞語	《藝苑巵言》[29]
屈原	「入不言兮出不辭，乘回風兮載雲旗。」雖爾悅忽，何言之壯也。「悲莫悲兮生別離，樂莫樂兮新相知。」是千古情語之祖。	卷二
宋玉	〈招魂〉遠勝〈大招〉，宋玉深至不如屈，宏麗不如司馬，而兼攝二家之勝。 楊用修言〈招魂〉遠勝〈大招〉，足破宋人眼耳。宋玉深至不如屈，宏麗不如司馬，而兼攝二家之勝。	卷二
	「頩薄怒以自持，曾不可乎犯干。目略微盼，精彩相授，志態橫出，不可勝記。」此玉之賦神女也。「意密體疏，俯仰異觀。含喜微笑，竊視流盼。」此玉之賦登徒也。「神光離合，乍陰乍陽。進止難期，若往若還。轉盼流精，光潤玉顏。含辭未吐，氣若幽蘭。」此子建之賦神女也。其妙處在意而不在象，然本之屈氏「滿堂兮美人，忽與余兮目成」，「既含睇兮又宜笑，子慕余兮善窈窕」，變法而為之者也。	卷二
	宋玉〈諷賦〉與〈登徒子好色〉一章，詞旨不甚相遠，故昭明遺之。〈大言〉、〈小言〉，枚皋滑稽之流耳。〈小言〉無內之中本騁辭耳，而若薄有所悟。	卷二
枚乘	枚生〈七發〉，其原玉之變乎？措意垂竭，忽發觀潮，遂成滑稽。且辭氣跌盪，怪麗不恆。	卷三

29　筆者所據之版本乃《新刻增補藝苑巵言》（《續修四庫全書》集部第1695冊）16卷本。

品藻	陳山毓引王世貞語	《藝苑巵言》[29]
	子建而後,模擬牽率,往往可厭,然其法存也。至後人為之而加陋,其法亡矣。	
	屈氏之騷,騷之聖也;長卿之賦,賦聖也。 一以〈風〉,一以〈頌〉,故自作者,毋輕優劣。	卷二
	雜而不亂,複而不厭,其所以為屈乎?麗而不俳,放而有制,其所以為長卿乎?以整次求二子則寡矣。子雲雖有剽模,尚少谿徑。班張而後,愈博愈晦愈下。	卷二
司馬相如	〈子虛〉、〈上林〉材極富,辭極麗,而運筆極古雅,精神極流動,意極高,所以不可及也。長沙有其意而無其材,班張潘有其材而無其筆,子雲有其筆而不得其精神流動處。	卷二
	長卿〈子虛〉諸賦,本從〈高唐〉物色諸體,而辭勝之。〈長門〉從〈騷〉來,毋論勝屈,故高於宋也。長卿以賦為文,故〈難蜀〉、〈封禪〉綿麗而少骨;賈傅以文為賦,故〈弔屈〉、〈鵩鳥〉,率直而少致。	卷二
	〈國風〉好色而不淫,〈小雅〉怨誹而不亂。〈長門〉一章,幾於並美。阿嬌復幸,不見紀傳,此君深於愛才,優於風調,容或有之,史失載耳。	卷二
	〈長門〉「邪氣壯而攻中」語,亦是太拙。至「揄長袂以自翳,數昔日之愆殃」以後,如有神助。	卷二
漢武帝	漢武故是詞人,〈秋風〉一章,幾於〈九歌〉矣。〈思李夫人賦〉,長卿下,子雲上,是耶?非耶?	卷二

品藻	陳山毓引王世貞語	《藝苑巵言》[29]
傅毅	傅武仲〈舞賦〉，皆托宋玉為襄王問對，如「華袿飛髾而雜纖羅」，大是麗語。至於形容舞態，如「羅衣從風，長袖交橫。駱驛飛散，颯逿合併。綽約閒靡，機迅體輕」，又「迴身還入，迫於急節。紆形赴遠，漼以摧折。纖縠蛾飛，繽焱若絕」，大是精語。及閱《古文苑》宋玉〈舞賦〉，所少十分之七，蓋後人節約武仲之賦，因序語而誤以為玉作也。 傅武仲〈舞賦〉，皆托宋玉為襄王問對。及閱《古文苑》宋玉〈舞賦〉，所少十分之七，而中間精語，如「華袿飛髾而雜纖羅」，大是麗語。至於形容舞態，如「羅衣從風，長袖交橫。駱驛飛散，颯逿合併。綽約閒靡，機迅體輕」，又「迴身還入，迫於急節。紆形赴遠，漼以摧折。纖縠蛾飛，繽焱若絕。」此外亦不多得也。豈武仲衍玉賦以為己作耶？抑後人節約武仲之賦，因序語而誤以為玉作也？	卷二
班固張衡	孟堅〈兩都〉，似不如張平子。平子雖有衍辭，而多佳境壯語。	卷二
曹植	〈洛神賦〉，王右軍大令各書數十本，當是晉人極推之耳。清澈圓麗，〈神女〉之流，陳王諸賦，皆〈小言〉無及者。然此賦始名〈感甄〉，又以蒲生當其塘上，際此忌兄，而不自匿諱，何也？	卷三
嵇康	「淒唳辛酸，嚶嚶關關，若離鴻之鳴子也。含嘲喧諧，雍雍喈喈，若群雛之從母也。」其〈笙賦〉之巧詣乎？「鳴」作「命」。「器和故響逸，張急故聲清，間遼故音痺，弦長故微鳴。」其〈琴賦〉之實用乎？「揚和顏，攘皓	卷三

品藻	陳山毓引王世貞語	《藝苑巵言》[29]
	腕」以至「變態無窮」數百語,稍極形容,蓋叔夜善於琴故也。子淵〈洞簫〉、季長〈長笛〉,才不勝學,善鋪敘而少發揮。〈洞簫〉孝子慈母之喻,不若安仁之切而雅也。	
郭璞	渡江以還,作者無幾,非惟戎馬為阻,當由清談間之耳。〈江賦〉亦工,似在木玄虛下。 渡江以還,作者無幾,非惟戎馬為阻,當由清談間之耳。景純〈遊仙〉,嘩嘩佳麗,第少玄旨。〈江賦〉亦工,似在木玄虛下。玄虛〈海賦〉,人謂末有首尾,尾誠不可了,首則如是矣,或作九河乃可用此首,今卻不免孤負大海。	卷三
張融	「滄波則洪連跋踏,吹澇則百川倒流。」此玄虛之雄也。「舉翰則宇宙生風,抗鱗則四瀆起濤。」此興公之雄也。「湍轉則日月似驚,浪動則星河如覆。」此思光之雄也。三〈海賦〉措語無大懸絕,讀之令人轉憶揚馬耳。	卷三
李夢陽	獻吉才氣高雄,風骨遒利,天授既奇,師法復古,手闢草昧,為一代詞人之冠。其騷賦上擬屈宋,下及六朝,根委有餘,惜精思未極耳。 獻吉才氣高雄,風骨遒利,天授既奇,師法復古,手闢草昧,為一代詞人之冠。要其所詣,亦可略陳。騷賦上擬屈宋,下及六朝,根委有餘,精思未極。	卷六
盧柟 俞允文	賦至何李,差足吐氣,然亦未是當家。近見盧次楩繁麗濃至,是伊門第一手也。惜應酬為累,末盡陶洗之力耳。余與李于鱗言盧是一富賈胡,群寶悉聚,所以乏陶朱公通融出入之妙,李大笑以為知言。然李材高,不肯作賦,不知何也。俞仲蔚小,乃時得佳者。	卷六

　　表中凡以細明體標示的原文，皆爲《賦略》引用王世貞語，明顯可見均來自《藝苑巵言》，亦即陳山毓對於歷代賦家、賦作的品評，乃以王世貞之說爲馬首；而表中有四處以劃底線出示的原文，則爲《藝苑巵言》本來文字，陳氏引述時，並非原封不動地抄錄，而是有所更刪，如評宋玉〈招魂〉，王世貞明白指出「楊用修言〈招魂〉遠勝〈大招〉，足破宋人眼耳」，可知王世貞此則評論乃是參酌楊愼的說法而來，楊氏云：

　　　　《楚辭·招魂》一篇宋王所作，其辭豐蔚穠秀，先驅枚馬，而走僵班揚，千古之希聲也。〈大招〉一篇，景差所作，體製雖同，而寒儉促迫，力追而不及。《昭明文選》獨取〈招魂〉而遺〈大招〉，有見哉！朱子謂〈大招〉平淡醇古，不爲詞人浮豔之態，而近於儒者窮理之學，蓋取其尚三王、尚賢士之語也。然論詞賦不當如此，以六經言之，《詩》則正而葩，《春秋》則謹嚴。今責十五國之詩人曰：「焉用葩也！何不爲《春秋》之謹嚴？」則《詩經》可燒矣！止取窮理不取豔詞，則今日五尺之童能寫仁義禮智之字，便可以勝相如之賦，能抄道德性命之說，便可以勝李白之詩乎？[30]

楊愼以爲〈大招〉文辭寒儉促迫，不如〈招魂〉豐蔚穠秀，因此肯定《昭明文選》獨取〈招魂〉而遺〈大招〉之舉，並對朱熹稱賞〈大招〉不爲詞人浮豔之態提出反駁，以爲作賦不可只取窮理而不取豔詞。是以王世貞所謂的「足破宋人眼耳」，此宋人乃指朱熹。

30　見明·楊愼《升庵集》（《景印文淵閣四庫全書》集部第1270冊）卷47，〈大招〉，頁376。

　　考陳山毓引王世貞評〈招魂〉語之前，即是引楊慎所言的「《楚辭·招魂》一篇宋玉所作，其辭豐蔚穠秀，先驅枚馬，而走僵班揚，千古之希聲也」。可見陳氏必然得見楊慎評〈大招〉全文，卻將之大幅刪節，僅引錄王世貞簡短數語，令讀者無法於第一時間掌握王世貞所述之意。此一現象，或可解釋為陳氏為節省版帙篇幅，引王氏數語，僅是提供一蹊徑予好學之士進一步閱讀用修全文。然細看上表中，陳氏引王世貞文非皆簡短，因此刪減楊慎評〈大招〉語當不在精省篇幅。由表三可知，陳氏對於〈大招〉一文，自有品評，其言：「〈大招〉古奧有餘，文采采極，故儒者賞其秋實，詞人慊其春華。」其中「古奧有餘」即是朱熹所言的「平淡醇古」，「文采采極」則不同於楊慎所謂的「寒儉促迫」。換言之，陳氏全數刪除楊　對〈大招〉的批評及對朱子所述的不以為然，乃因其看法同於朱熹。

　　然而弔詭的是，王世貞對於〈大招〉的評騭同於楊慎，而王氏之言又是陳山毓引以為品藻的圭臬，陳氏此時見解截然不同於王氏，唯一或可解釋的是《賦略》成帙在萬曆四十六年四月，即萬曆戊午科鄉試的前四個月，而程朱理學乃明代科考的準繩，加上明代科舉不試詩賦，即因太祖有鑑於前代取士「但貴詞章之學，而不求德藝之全」[31]，因此專取四子書及五經命題試士[32]，楊慎對朱熹窮理之學的批駁、對詩賦豔詞的肯定，與當道違忤，陳氏自然不敢言；然而，《賦略》作為一本指導士子寫賦的用書，既然有意與《文選》爭鋒，則又不得不顧及「綜緝辭采」、「錯比文華」的文學性，於是指出〈大招〉亦具「春華」、「文采采極」，可說是既取悅於文人，又不得罪於當道的折衷做法，至於效果如何？從此帙的流傳不廣，可

31　見明·胡廣《明太祖實錄》（臺北：中央研究院歷史語言研究所，1984年）卷52，「洪武三年五月」，頁281。

32　見清·張廷玉《明史·選舉志二》，頁462。

見一斑。

其次，關於〈舞賦〉的作者問題，《文選》及《古文苑》均錄有〈舞賦〉一篇，然前者題爲傅毅作，後者題爲宋玉作，因此〈舞賦〉的作者究竟是誰，在歷史上產生了爭議，最早提出質疑的是南宋章樵。章樵以爲宋玉〈舞賦〉是《藝文類聚》編者刪節《文選》本〈舞賦〉而成，而《古文苑》編者誤題爲宋玉[33]。對此，王世貞的看法是：「豈武仲衍玉賦以爲己作耶？抑後人節約武仲之賦，因序語而誤以爲玉作也？」亦即，王世貞對章樵的看法抱持懷疑的態度，宋玉的〈舞賦〉有可能是後人刪節傅毅〈舞賦〉而誤以爲宋玉所作，但也有可能傅毅〈舞賦〉是增衍宋玉〈舞賦〉而成。總之，王世貞對於〈舞賦〉的作者究竟是誰乃採取懸而未決的態度。

然而，陳山毓引王世貞語評傅毅〈舞賦〉時，卻更動了王氏該段文字的先後次序，並將王氏文末的疑問句變更爲肯定句：「及閱《古文苑》宋玉〈舞賦〉，所少十分之七，蓋後人節約武仲之賦，因序語而誤以爲玉作也。」如此地妄加改竄，著實有失嚴謹。然以前此陳氏處理楊愼評〈大招〉一事的小心翼翼、多方斟酌看來，又不似陳氏作風。筆者因此以爲，陳氏有意藉此更動，以表達己見。

與此相同的情形亦出現在對於李夢陽的品騭中，由表中可知，陳山毓所引王世貞語，除了省略《藝苑巵言》中的「要其所詣，亦可略陳」一語外，最大的差別即在最後一句，陳氏所錄乃「根委有餘，惜精思未極耳」，《藝苑巵言》則爲「根委有餘，精思未極」；前者語氣帶有稍感惋惜之意，「精思未極」乃李賦未臻完美的可惜處，後者口吻則是斬釘截鐵地指出「精思未極」乃李賦的一大缺點，否定的意味重些。此一行文語氣的更動，若非版本差異，則有可能因陳氏自詡爲後生晚輩，加上陳氏「祖騷宗漢」、「唐以後無

---

33 見宋・章樵《古文苑》（《叢書集成初編》，臺北：臺灣商務印書館，1935年），頁67。

賦」的賦學思想，乃承續李、何而來，因此對於李夢陽有所迴護。此一推論，可以陳山毓於品藻盧柟、俞允文時引王世貞語爲佐證，王氏云：

> 賦至何李，差足吐氣，然亦未是當家。近見盧次楩繁麗濃至，是伊門第一手也。惜應酬爲累，未盡陶洗之力耳。[34]

王世貞以爲復古派作賦的第一高手非李夢陽、何景明，而是盧柟，可說是對盧柟推崇備至，只可惜盧賦爲應酬所累，「未盡陶洗之力」。陳氏對此評騭似乎無法完全苟同，故言：

> 予謂次楩模擬精密，而少自運之趣。然諸體悉備，庶稱雅麗，魏晉六朝之遺風，爲之一振矣。[35]

陳氏以爲，盧柟賦只是模擬前人絕似，自運卻不足，但因諸體皆備，且尙稱雅麗，故仍能一振魏晉六朝遺風。換言之，陳氏對於王世貞品定李、何、盧三人賦作的高下，一如先前品評〈大招〉時，採取了折衷立場，盡可能兩方皆不得罪，然而也因此少了些個人氣魄，但於迴護李夢陽的文學地位上，則與一改「精思未極」爲「惜精思未極耳」同。

　　此外，陳山毓在引王世貞語以品藻郭璞〈江賦〉時，亦刪削了大部分文字，如：「景純〈遊仙〉，曄曄佳麗，第少玄旨。」因〈遊仙〉屬詩，陳氏於此刪除，情有可原。又如：「玄虛〈海賦〉，人謂未有首尾，尾誠不可了，首則如是矣，或作九河乃可用此首，

34　見明·陳山毓〈緒言〉，《賦略》，頁25。
35　同前註。

今卻不免孤負大海。」王世貞此語可能是應《文選・海賦》李善註引李尤《翰林論》：「木氏〈海賦〉，壯則壯矣，然首尾負揭，狀若文章，亦將由未成而然也」[36]而發，指出木華〈海賦〉的不足之處，陳氏特別將此段文字刪去，而於品第〈海賦〉時引用同樣出自《文選》李善註的傅亮《文章志》語：「廣川木玄虛爲〈海賦〉，文甚雋麗，足繼前良」[37]，可見陳氏刪去王世貞評語，即是爲突顯木華〈海賦〉的地位。

　　陳山毓除採集前人述評對賦家及其作品進行品藻之外，亦偶有申以己意的部分，如景差〈大招〉、荀卿〈賦篇〉、枚乘〈七發〉、班婕妤〈擣素賦〉及明代九位賦家總評。其評述的具體相關內容，將留待下一章節「選賦情況」加以討論。

　　至於〈品藻〉的編排方式，由上表可知，先是賦家整體風格述評，其次則是該賦家作品集評。以屈原爲例，先是引劉勰《文心雕龍・辨騷》、曹丕《典論》總論屈原的文學地位及辭賦風格，然亦是有所削刪，如引劉勰語云：

　　劉彥和曰：自《風》、《雅》寢聲，莫或抽緒；奇文鬱起，其〈離騷〉哉！固已軒翥詩人之後，奮飛辭家之前；豈去聖之未遠，而楚人之多才乎？昔漢武愛〈騷〉，而淮南作〈傳〉，以為：「《國風》好色而不淫，《小雅》怨誹而不亂，若〈離騷〉者，可謂兼之；蟬蛻穢濁之中，浮游塵埃之外，皭然涅而不緇，雖與日月爭光可也。」班固稱其文辭麗雅，為詞賦宗，後世莫不斟酌其英華，則象其從容。自宋玉、唐勒、景差

36　見南朝宋・蕭統《文選》（臺北：華正書局，2000年），頁183。

37　見明・陳山毓〈緒言〉，《賦略》，頁21。

之徒，漢興，枚乘、司馬相如、劉向、揚雄，騁極文
辭，好而悲之，自謂不能及也。及漢宣嗟歎，以為皆合
經術。揚雄諷味，亦言體同詩雅。固知《楚辭》者，
體憲於三代，而風雜於戰國，乃《雅》、《頌》之博
徒，而詞賦之英傑也。觀其骨鯁所樹，肌膚所附，雖取
熔《經》旨，亦自鑄偉辭。故〈離騷〉、〈九章〉，朗
麗以哀志；〈九歌〉、〈九辯〉，綺靡以傷情；〈遠
游〉、〈天問〉，瑰詭而慧巧，〈招魂〉、〈大招〉，
耀豔而采深華；〈卜居〉標放言之致，〈漁父〉寄獨往
之才。故能氣往轢古，辭來切今，驚采絕豔，難與並能
矣。自〈九懷〉以下，遽躡其蹟，而屈宋逸步，莫之能
追。故其　情怨，則鬱伊而易感；述離居，則愴怏而難
懷；論山水，則循聲而得貌；言節侯，則披文而見時。
是以枚賈追風以入麗，馬揚沿波而得奇，其衣被詞人，
非一代也。[38]

上述引文，顯然已非劉勰〈辨騷〉原貌，而是經過刪削重組後的樣
貌，尤其在班固「稱其文辭麗雅，為詞賦宗」之前應有：「班固以
為露才揚己，忿懟沉江；羿、澆、二姚，與《左氏》不合；崑崙、懸
圃，非經義所載」，之後應有：「雖非明哲，可謂妙才」等對屈原
人格批評的字樣，很明顯已遭陳氏刪去；而陳氏引文中所謂的「後
世莫不斟酌其英華，則象其從容。自宋玉、唐勒、景差之徒，漢
興，枚乘、司馬相如、劉向、揚雄，騁極文辭，好而悲之，自
謂不能及也。」非〈辨騷〉所有，而是出自班固〈離騷序〉。且

劉勰於〈辨騷〉中，最重要的是各舉四事以辨明屈原〈離騷〉同於
〈風〉、〈雅〉與異乎經典的地方有哪些，也一併被陳氏刪除，只留
下頌美的部分。如此的處理方式，自然可以突顯選家的批評眼光，然
而卻也容易令未曾接觸過《文心雕龍》的讀者，誤以為上述引文即是
劉勰對屈原、〈離騷〉的整體評價。

　　而陳氏引陳子桓曰：「優游按衍，屈原尚之，窮侈極妙，相如
之長也。然原據託譬喻其意，周旋綽有餘度，長卿、子雲不能及
也。」[39]則與今本洪興祖《楚辭補註》卷一引魏文帝《典論》[40]，所
見無異。

　　其次，則是羅列楊慎、陳深評〈離騷〉，馮覲、王世貞、楊慎評
〈九歌〉，陳深評〈天問〉，馮覲評〈九章〉等七條評語，以為屈
原作品的集評。當中比較特別的是，陳山毓於引錄馮覲〈九歌〉、
〈九章〉的評語後，又以己意補述之，如：

　　　　馮覲曰：〈九歌〉情神慘悁，詞復騷豔。喜讀之可以佐
　　　　歌，悲讀之可以當歌。清商麗曲，備盡情態矣。[41]

陳氏補述云：

　　　　〈九歌〉有極含藏者，有極吐露者，有極平夷者，有極
　　　　悲激者。有深入麗冶，繾綣若流波之不絕者；有淡若無
　　　　情，遐曠若平原之極目者。聊述梗概，則「思公子兮未
　　　　敢言」，含藏之旨也；「交不忠兮怨長，期不信兮告余
　　　　以不閒」，吐露之屬也；〈東皇〉一篇，平夷之辭也；

---

[39] 同前註。

[40] 見宋・洪興祖《楚辭補註》（臺北：長安出版社，1991年），〈離騷經章句第一〉，頁3。

[41] 見明・陳山毓〈緒言〉，《賦略》，頁10。

〈國殤〉全牘，悲激之類也；「忽獨與余兮目成，波滔
滔兮來迎」，深入麗冶，流波不絕之詞也；「君欣欣兮
樂康，覽冀州兮有餘」，淡若無情，平原極目之趣也。
窮工極態，如印之印泥，出之無不肖，如化工之於物，
物無不雕。詩人之神境，詞人之極筆，所以千載操觚，
絕無嗣響。[42]

馮覲僅指出〈九歌〉「備盡情態」，而陳氏則進一步指出〈九歌〉
中具備六種情態，即「含藏」、「吐露」、「平夷」、「悲激」、
「繾綣」、「退曠」等，並各舉辭句或篇章加以證明，可以說是補
充說明了馮覲的觀點。此外，陳氏對於〈九歌〉的整體創作風格也
做出了評價，所謂：「窮工極態，如印之印泥，出之無不肖，如化
工之於物，物無不雕。」即化用了劉勰《文心雕龍・物色》所言：
「故巧言切狀，如印之印泥，不加雕削，而曲寫毫芥。故能瞻言
而見貌，即字而知時也。」[43]此舉是以六朝「文貴形似」的寫作
風氣來定位屈原〈九歌〉，可說是極大膽的嘗試。又，馮覲評〈九
章〉云：

古今之能怨者，莫若屈子，至於〈九章〉，而悽人肝
脾，哀感頑豔，又哀怨之深者乎。[44]

馮覲指出〈九章〉乃屈原哀怨之深者，然而究竟如何哀怨得悽人肝
脾，則未能明確說明，對此，陳山毓則有深入頗析，其言：

---

[42] 同前註。

[43] 見范文瀾《文心雕龍註》（香港：商務印書館，1995年），頁694。

[44] 見明・陳山毓〈緒言〉，《賦略》，頁11。

昔人稱〈惜往日〉、〈悲回風〉乃身臨湘淵之辭，故攄寫罄竭，欲使中心鬱結，了無遺緒，故〈騷經〉之詞平而含，〈九章〉之詞直而宣。[45]

陳氏特以〈惜往日〉、〈悲回風〉為例，指出此二文乃屈原臨湘淵所作，因此竭盡所能紓發心中鬱結，欲使之了無遺緒，故較〈離騷〉更加哀怨。此外，陳氏又針對〈涉江〉、〈遠遊〉加以品析，其評〈涉江〉云：

「被明月兮佩寶璐，世溷濁而莫余知兮，吾方高馳而不顧。駕青虯兮驂白螭，吾與重華遊兮瑤之圃。登崑崙兮食玉英，吾與天地兮比壽，與日月兮齊光。」數語，已極長短錯綜之致，然猶是氣質為主，未入綺靡也。至宋玉云：「悲哉！秋之為氣也，蕭瑟兮草木搖落而變衰，憭慄兮若在遠行，登山臨水兮送將歸。」則婉孌綽約，流入靡靡矣。一則訏謨定命之致，一則楊柳依依之旨也，故自微分。[46]

陳氏指出〈涉江〉數語，雖已極長短錯落之致，但未流於綺靡，並以宋玉〈九辯〉之語作為旁例，說明何謂靡靡。值得註意的是，陳氏最後以「訏謨定命之致」品定〈涉江〉，以「楊柳依依之旨」評價〈九辯〉，此一品評術語來自《世說新語·文學》篇：

謝公因子弟集聚，問《毛詩》何句最佳？遏稱曰：「昔

45　同前註。

46　同前註，頁12。

我往矣，楊柳依依；今我來思，雨雪霏霏。」公曰：
「訏謨定命，遠猷辰告。」謂此句偏有雅人深致。[47]

陳氏以此典故品藻屈、宋作品，除了可知屈原〈涉江〉具有「雅人深
致」優於宋玉〈九辯〉外，亦可看出陳氏評語的多元，《賦略》雖以
明代復古派賦論為主軸，但也兼擅六朝人語，如前揭《文心雕龍·
物色》，及此處《世說新語·文學》，雖然為數不多，卻能別出心
裁，而評論〈遠遊〉時，則又出以朱熹語：

> 「下崢嶸而無地兮，上寥廓而無天。視倏忽而無見兮，
> 聽惝恍而無聞。超無為以至清兮，與太初而為鄰。」數
> 語，超然塵世，寥廓無群，故晦翁稱之曰：「至此則真
> 可以翱翔宇宙，度世不老矣。下視世人如百千蚊蚋，何
> 足道哉，何足道哉！」[48]

可見，陳氏喜引前人舊說或典故加強自己品騭的說服力。此一品評方
式，除了可達多元性效果外，亦有幾分露才（博學）的味道。

(四) 志遺

志遺，旨在輯錄歷代史書中曾經載錄而今已不見全文的辭賦篇
目，陳山毓言：

> 古來文章佳者不必傳，傳者不必佳，如楚人之賦，其亡
> 者，唐勒四篇耳，至漢賦千首，存者特百中之二三，所
> 為雲蒸霞蔚，嘔心析膽者，俱灰飛煙滅而不可復見，豈

---

[47] 見南朝宋·劉義慶《世說新語》（臺北：藝文印書館，1994年），頁146。

[48] 見明·陳山毓〈緒言〉，《賦略》，頁12。

不悲哉！故錄古來高文大篇，〈藝文〉所載者，著於
此。建安以後，一時紙貴，本史著錄者，亦附焉。嘗意
天地間奇寶，終當在天地間，或者名山大都，荒煙野草
之處，一旦復出，使還舊觀，或亦事之不可知乎！[49]

可知陳氏「志遺」的主要依據爲正史〈藝文志〉及本傳。至於志遺範
圍，則主要從西漢以迄隋代。

　　由於此一部分，幾乎是以史書記載爲主，因此較無陳氏個人的賦
學觀點，唯一多有著墨的是，陳氏對於《漢書·藝文志·詩賦略》
分四家賦（屈原賦、陸賈賦、孫卿賦、雜賦）及〈詩賦略〉末云：
「凡賦七十八家千四篇，入揚雄八篇」的「入揚雄八篇」曾提出解
釋，其言：

右向、歆父子所定《七略》，孟堅取以入〈志〉，其分
四種，所以上下工拙也。如枚叔、長卿入上等；而稱枚
皋好恢笑，不甚閒靡，則入第二；東方朔則削而不著是
也。其所著篇數，亦如去取。如云枚皋賦可讀者百二十
篇，其尤嫚戲不可讀者，尚數十篇，則不入是也。其所
謂入揚雄八篇者，則向、歆所不取，而孟堅自入之者
也。[50]

關於《漢志》分賦爲四類的依據爲何，前人多所推測。一般都以清
代史學家章學誠爲首先對此問題提出分析的學者，章氏在《校讎通
義·漢志詩賦第十五》指出：

---

[49]　同前註，頁26。
[50]　同前註，頁28。

> 詩賦前三種之分家，不可考矣，其與後二種之別類，甚
> 曉然也。三種之賦，人自為篇，後世別集之體也。雜賦
> 一種，不列專名，而類敘為篇，後世總集之體也。[51]

章氏以為劉、班當日分賦為四類的原委，以及前三種之分的依據都已
不可考，但前三種與後一種的區別卻是很明顯，三種之賦乃人自為
篇，是後世別集之體，雜賦一種，類敘為篇，則為後世總集之體。在
這樣的假設前題下，章氏於是認為第一種的「淮南王群臣賦四十四
篇」及第三種的「秦時雜賦九篇」，都是分類失當，皆應隸屬於第
四種的「雜賦」條下。爾後，章炳麟在《國故論衡‧辨詩》中也對
《漢志》的分類加以推測：

> 《七略》次賦為四家：一曰屈原賦，二曰陸賈賦，三曰
> 孫卿賦，四曰雜賦。屈原言情，孫卿效物。陸賈賦不可
> 見，其屬有朱建、嚴助、朱買臣諸家，蓋縱橫之變也。
> 揚雄賦本擬相如。《七略》相如賦與屈原同次。班生以
> 揚雄賦隸陸賈下，蓋誤也。[52]

章炳麟以為《七略》分賦為四家的主要依據在於言情、體物、縱橫之
變。同時又指出揚雄賦本模擬相如，而相如賦與屈原同類，因此班固
將揚雄賦列入陸賈賦項下，實為錯誤。

　　無論章學誠或章炳麟，兩人在臆測《漢志》分賦為四類的分類
上，都提出了《漢志》分類的不當。其實早在清代學者之前，陳山

51　見清‧章學誠《校讎通義》，收錄於氏著《文史通義》（臺北：世界書局，2009年），頁
　　261。
52　見清‧章炳麟《國故論衡》（臺北：廣文書局，1977年）中卷，頁131。

毓已就此提出看法，前揭引文中，陳氏以爲劉、班分賦爲四種，主要是區別「上下工拙」。枚乘、司馬相如賦排序在前，是爲上等；枚皋賦因班固於其本傳中言：「其文骫骳，曲隨其事，皆得其意，頗詼笑，不甚閒靡。凡可讀者百二十篇，其尤嫚戲不可讀者尚數十篇。」[53]因此列入二等，而這些列入二等的百二十篇賦，是尚可讀者，那些尤嫚戲而不可讀者，尚有數十篇，則不能入選。若以此標準而言，則東方朔賦未得列入四等中，恐怕也是因其「口諧倡辯，不能持論，喜爲庸人誦說」[54]的緣故。至於陸賈賦項下的揚雄賦八篇，陳氏以爲是班固選入的。由於陳氏認爲「上下工拙」乃《漢志》分賦爲四類的判準，因此，也就沒有《漢志》分類失當的疑慮。就現今學術研究的角度而言，陳山毓《賦略》自有其價值意義，這似乎也呼應了陳氏自己所謂的「嘗意天地間奇寶，終當在天地間，或者名山大都，荒煙野草之處，一旦復出，使還舊觀，或亦事之不可知乎！」

　　關於陳山毓在〈志遺〉中從歷代史書中梳理出的辭賦存目狀況，茲依時代先後表列如下：

朝代	賦篇	出處[55]	篇數
西漢	枚皋〈平樂館賦〉、〈皇太子生賦〉、〈戒終賦〉	《漢書·賈鄒枚路傳》	8
	東方朔〈皇太子生賦〉	同前	
	揚雄〈反離騷〉、〈廣騷〉、〈畔牢愁〉	《漢書·揚雄傳》	
	慶虯之〈清思賦〉	《西京雜記》卷三	

53　見漢·班固《漢書》卷51，〈枚皋傳〉，頁2366。

54　見漢·班固《漢書》卷65，〈東方朔傳〉，頁2873。

55　陳山毓於〈志遺〉中僅抄引史書原文，未註明出處，表格中所列出處，均爲筆者檢錄。如陳

朝代	賦篇	出處[55]	篇數
東漢	梁竦〈悼騷〉	《後漢書・梁統傳》	2
	崔琦〈白鵠賦〉	《後漢書・崔琦傳》	
魏	楊修〈暑賦〉	《南齊書・陸厥傳》	15
	王粲〈初征賦〉、〈登樓賦〉、〈槐賦〉、〈征思賦〉	《三國志・魏書・王衛二劉傳傳》引《典論》	
	徐幹〈玄猿賦〉、〈漏卮賦〉、〈圓扇賦〉、〈橘賦〉	同前	
	邯鄲淳〈投壺賦〉	《三國志・魏書・王衛二劉傳傳》引《魏略》	
	劉劭〈趙都賦〉、〈許都賦〉、〈洛都賦〉	《三國志・魏書・王衛二劉傳傳》	
	張紘〈柟榴枕賦〉	《三國志・吳書・張嚴程闞薛傳》引《吳書》	
	陳琳〈武庫賦〉	同前	
晉	左思〈齊都賦〉	《晉書・文苑傳》	22
	褚陶〈鷗鳥賦〉、〈木磑賦〉	同前	
	張翰〈首丘賦〉	同前	
	庾闡〈揚都賦〉	同前	
	曹毗〈揚都賦〉	同前	
	張載〈濛汜賦〉	《晉書・張載傳》	
	陸機〈述思賦〉、〈文賦〉、〈扇賦〉、〈感逝賦〉、〈漏卮賦〉	陸雲〈與兄平原書〉	

氏言：「陸厥云：『楊修敏捷，〈暑賦〉彌日不獻。』」（見《賦略》，頁30），實則出自《南齊書・文學傳・陸厥》載〈陸厥與沈約書〉（見南朝梁・蕭子顯《南齊書》，北京：中華書局，1997年，卷52，頁899。）。

朝代	賦篇	出處[55]	篇數
	陸雲〈逸民賦〉、〈大荒賦〉、〈歲暮賦〉	同前	
	崔君苗〈登臺賦〉、〈愁霖賦〉	同前	
	郭璞〈南郊賦〉	《晉書・郭璞傳》	
	孫綽〈遂初賦〉	《晉書・孫綽傳》	
	袁宏〈東征賦〉、〈北征賦〉	《晉書・文苑傳》	
	顧愷之〈箏賦〉	《晉書・文苑傳》	
宋齊梁	謝莊〈赤鸚鵡賦〉	《宋書・謝莊傳》	25
	袁淑〈赤鸚鵡賦〉	同前	
	卞彬〈蚤蝨賦〉、〈蝸蟲賦〉、〈蝦蟆賦〉	《南齊書・文學傳》	
	卞彬〈枯魚賦〉	《南史・文學傳》	
	諸葛勗〈雲中賦〉、〈東治徒賦〉	《南齊書・文學傳》	
	孔逭〈東都賦〉	《南史・文學傳》	
	顧歡〈黃雀賦〉	《南齊書・顧歡傳》	
	沈驎士〈玄散賦〉	《南齊書・沈驎士傳》	
	張率〈待詔賦〉、〈舞馬賦〉	《梁書・張率傳》	
	周興嗣〈休平賦〉、〈舞馬賦〉	《梁書・文學傳》	
	到沆〈舞馬賦〉	《梁書・文學傳》	
	蕭子顯〈鴻序賦〉	《梁書・蕭子顯傳》	
	蕭子暉〈講賦〉	《梁書・蕭子暉傳》	
	蕭綱〈圍城賦〉	《梁書・朱異傳》	
	高爽〈鑊魚賦〉	《梁書・文學傳》	
	劉杳〈林庭賦〉	《梁書・文學傳》	
	何思澄〈敗冢賦〉	《梁書・文學傳》	
	裴子野〈寒夜直宿賦〉	《梁書・文學傳・謝徵》	

朝代	賦篇	出處[55]	篇數
	謝徵〈感友賦〉	《梁書・文學傳》	
	臧嚴〈屯遊賦〉	《梁書・文學傳》	
北魏北齊	元順〈蒼蠅賦〉	《魏書・景穆十二王列傳・任城王》	15
	元勰〈蠅賦〉	《魏書・獻文六王列傳・彭城王》	
	盧觀〈還園賦〉	《魏書・文苑傳》	
	裴伯茂〈豁情賦〉、〈遷都賦〉	同前	
	邢昕〈述躬賦〉	同前	
	元偉〈述行賦〉	《北齊書・武成胡后傳》	
	盧詢祖〈築長城賦〉	《北齊書・盧詢祖傳》	
	魏收〈南狩賦〉、〈庭竹賦〉、〈騁遊賦〉、〈皇居新殿臺賦〉、〈離懷賦〉	《北齊書・魏收傳》	
	邢邵〈皇居新殿臺賦〉	同前	
	李昶〈明堂賦〉	《周書・李昶傳》	
隋	楊廣〈歸藩賦〉	《北史・文苑傳・柳誓》	6
	王貞〈江都賦〉	《北史・文苑傳》	
	潘徽〈述恩賦〉	《北史・文苑傳》	
	辛德源〈幽居賦〉	《隋書・辛德源傳》	
	薛收〈白牛溪賦〉	王績〈答馮子華書〉	
	王績〈河渚獨居賦〉	王績〈答馮子華書〉	

　　表中清楚可見陳氏志遺的結果，然當中也不乏疏漏處：首先，「志遺」的主要來源雖以正史為主，但亦偶有出自雜史筆記、文人

別集者，如：慶虯之〈清思賦〉出自《西京雜記》，陸機〈述思賦〉、〈文賦〉、〈扇賦〉、〈感逝賦〉、〈漏賦〉、陸雲〈逸民賦〉、〈大荒賦〉、〈歲暮賦〉及崔君苗〈登臺賦〉、〈愁霖賦〉諸賦出自陸雲〈與兄平原書〉，王績〈河渚獨居賦〉、薛收〈白牛溪賦〉則出自王績〈答馮子華書〉，似乎可見陳氏搜羅之勤；然亦如陳氏自言：

> 予於賦頌頗加搜輯，……亦既勤矣。然陋聞陋目，嘗意宇宙間異書，其不得寓目者，蓋種種也。聊為志遺，以俟後獲，然特隨目所睹，錄而存之，恆恐志遺之編，其遺者又自眾耳。[56]

此種「隨目所睹，錄而存之」的志遺方式，恐「遺者又自眾」，如表中所列東漢志遺篇數僅2篇，陳氏的解釋為：「《後漢·文苑傳》止列某人詩賦雜文共若干首，而不別輯賦目，故不得 列於此。」[57]似乎又不見陳氏搜羅之勤了。

其次，表中所列陳氏志遺篇目計93篇，依陳氏筆法，「志遺」應是梳理出史傳中存目無文的篇目，然而檢視所羅，揚雄〈反離騷〉、王粲〈登樓賦〉、陸機〈文賦〉、〈感逝賦〉、陸雲〈逸民賦〉、〈歲暮賦〉、張率〈舞馬賦〉等賦作，或史傳已載全文，或《文選》已見收錄，而陳氏《賦略》中也已纂輯，因此理當剔除，而陳氏迻引史傳敘說加以彙列，實為瑕疵。

尤有甚者，〈敗冢賦〉的作者陳氏題為南朝梁何思澄，實際上乃何思澄宗人何子朗，《梁書·文學傳·何思澄》載：

---

[56] 見明·陳山毓〈緒言〉，《賦略》，頁40。

[57] 同前註，頁30。

> 何思澄字元靜，東海郯人。……初，思澄與宗人遜及子
> 朗俱擅文名，時人語曰：「東海三何，子朗最多。」思
> 澄聞之，曰：「此言誤耳。如其不然，故當歸遜。」思
> 澄意謂宜在己也。
> 子朗字世明，早有才思，工清言，周捨每與共談，服其
> 精理。嘗為〈敗冢賦〉，擬莊周馬棰，其文甚工。世人
> 語曰：「人中爽爽何子朗。」歷官員外散騎侍郎，出為
> 國山令，卒，時年二十四。文集行於世。[58]

是知何子朗事蹟乃附於〈何思澄傳〉末，陳氏失察，竟將〈敗冢賦〉繫為何思澄所作，難免貽笑方家。

綜言之，陳氏在〈志遺〉中對於《漢志》將賦分為四類有其獨到見解，然而在篇目檢校上實欠細心精良，這或許是《賦略》無法騰聲飛實的原因之一。

(五) 統論（兼論〈賦略序〉）

統論，旨在將前人論賦資料加以歸類，分從體裁、諷諭、情文、氣、比興、誇飾、物色、遲速等方面，談論作賦之方，如「論體裁」先引《西京雜記》言：

> 司馬相如為〈上林〉、〈子虛賦〉，意思蕭散，不復與
> 外事相關。控引天地，錯綜古今，忽然如睡，煥然而
> 興，幾百日而後成。其友人盛覽，字長通，牂牁名士，
> 嘗問以作賦。相如曰：「合綦組以成文，列錦繡而為
> 質。一經一緯，一宮一商，此賦之跡也。賦家之心，苞

---

[58] 見唐・姚思廉《梁書》卷50，頁714。

括宇宙，總覽人物。斯乃得之於內，不可得而傳覽。」
乃作〈合組歌〉、〈列錦賦〉而退，終身不復敢言作賦
之心矣。

或問揚雄為賦，雄曰：「讀千首賦，乃能為之。」[59]

又引皇甫謐言：

> 賦也者，所以因物造端，敷弘體理，欲人不能加也。引
> 而伸之，故文必極美，觸類而長之，故辭必盡麗。然則
> 美麗之文，賦之作也。[60]

再引王世貞言：

> 作賦之法，已盡長卿數語。大抵須包蓄千古之材，牢籠
> 宇宙之態。其變幻之極，如滄溟開晦，絢爛之至，如霞
> 錦照灼，然後徐而約之，使指有所在。若汗漫縱橫，無
> 首無尾，了不知結束之妙，又或瑰偉宏富，而神氣不流
> 動，如大海乍涸，萬寶雜廁，皆是瑕璧，有損連城。然
> 此易耳。惟寒儉率易，十室之邑，借理自文，乃為害
> 也。賦家不患無意，患在無蓄；不患無蓄，患在無以運
> 之。

> 擬〈騷〉賦勿令不讀書人便竟。騷覽之，須令人裴回循
> 咀，且感且疑；再反之，沉吟歔欷；又三復之，涕淚俱

> 下，情事欲絕。賦覽之，初如張樂洞庭，襄帷錦官，耳
> 目搖眩；已徐閱之，如文錦千尺，絲理秩然，歌亂甫
> 畢，肅然斂容；掩卷之餘，傍徨追賞。[61]

陳氏於引文後未加任何按語，然透過所徵引的原文，可知「論體
裁」的體裁，乃指辭賦作品表現於外的文體樣貌，而非〈賦略序〉中
陳氏自言作賦「五祕」的第一祕「裁」。[62]

　　此外，就《賦略》的讀者而言，從上述引文中得到的訊息為：
賦乃美麗之文，其纂組錦繡，絢爛至極。至於如何為之？則有相如
言：「斯乃得之於內，不可得而傳覽。」亦有揚雄語：「讀千首
賦，乃能為之。」換言之，纂組美麗之文，究竟僅能得之於內，或
可習之於外，似無定論。然而陳氏末引王世貞所謂的「賦家不患無
意，患在無蓄；不患無蓄，患在無以運之」，則是綜合了前人之
說，提出意（得之於內）、蓄（習之於外）、運三者兼備，方能作出
瑰偉宏富、神氣流動的賦篇。

　　再如「論遲速」，先引劉勰言：

> 人之稟才，遲速異分；文之制體，大小殊功。相如含筆
> 而腐毫，揚雄輟翰而驚夢，桓譚疾感於苦思，王充氣竭
> 於思慮，張衡研京以十年，左思練都以一紀，雖有巨
> 文，亦思之緩也；淮南崇朝而賦騷，枚皋應詔而成賦，
> 子建援牘如口誦，仲宣舉筆似宿構，阮瑀據鞍而制書，

---

[61] 同前註。

[62] 陳山毓於〈賦略序〉中提出作賦五祕，分別為裁、軸、氣、情、神。所謂的裁，乃指賦的體
裁，即《漢志》所言的「不歌而誦謂之賦」，同時又指出「屈子諸什皆賦」、「頌則是賦之
別目」，可見此處的「裁」，重在賦體意義的解釋上，與《緒論‧統論》中的「論體裁」，
重在賦體樣貌的呈現不同。

禰衡當食而草奏，雖有短篇，亦思之速也。若夫駿發之
士，心總要術；敏在慮前，應機立斷。覃思之人，情饒
歧路；鑑在疑後，研慮方定。機敏故造次而成功，慮疑
故愈久而致績；難易雖殊，並資博練。若學淺而空遲，
才疏而徒速；以斯成器，未之前聞。是以臨篇綴慮，必
有二患：理鬱者苦貧，辭溺者傷亂。然則博見 饋貧之
糧，貫一為拯亂之藥；博而能一，亦有助乎心力矣。[63]

此段文字出自《文心雕龍・神思》。依劉勰之意，創作的重點，在
博見與貫一，不在遲與速。因此，無論是造次而成功，或是愈久而
致績，最終只要能成器，並無高下優劣之分。陳氏緊接著引王世貞
言：

賦詞非一時可就，《西京雜記》言相如為〈子虛〉、
〈上林〉，遊神蕩思，百餘日乃就，故也。梁王兔園諸
公無一佳者，可知矣。坐有相如，寧當罰酒，不免腐
毫。[64]

王氏以為辭賦非一時可就，速成之什恐無佳篇。至此，陳氏似乎不贊
同劉勰看法，故引王世貞語。然而，下一則同樣出於王世貞《藝苑卮
言》的文字，則又採取了較為折衷的說法：

巧遲拙速，摛辭與用兵，故絕不同。語曰：「枚皋拙
速，相如工遲。」又曰：「工而速者，唯士簡一人。」

63　見明・陳山毓〈緒言〉，《賦略》，頁53。

64　同前註，頁54。

> 士簡，張率也，第一時賞譽之稱耳。皇甫氏以入談，
> 何也？時蘭陵蕭文琰、吳興丘令楷，一擊銅缽響滅而詩
> 成，唐溫飛卿八叉手而成八韻小賦，俱不足言。蓋有
> 工而速者，如淮南王、禰正平、陳思王、王子安、李太
> 白之流，差足倫耳。然〈鸚鵡〉一揮，〈子虛〉百日，
> 〈煮豆〉七步，〈三都〉十年，不妨兼美。[65]

所謂「〈鸚鵡〉一揮，〈子虛〉百日，〈煮豆〉七步，〈三都〉
十年，不妨兼美」，似又以爲摛辭的拙速、工遲，各有優點。

　　其他如「論諷諭」徵引班固《漢書・藝文志・詩賦略》「大儒
孫卿及楚臣屈原，離讒憂國，皆作賦以風」以及《漢書・揚雄傳》
「雄以爲賦者，將以風也」的說法；「論情文」、「論比興」、
「論誇飾」、「論物色」則分別徵引劉勰《文心雕龍》中〈情
采〉、〈比興〉、〈誇飾〉、〈物色〉等篇的觀點，均是藉前人之
言以闡明作賦的技巧及內容，此一手法，不僅可以取得更高的信服
度，更可以假前人名氣以行銷自我。

　　然而，〈緒言〉雖以輯錄歷代論賦文字爲要，但除了「統論」
一項完全徵引前人舊說外，其餘「源流」、「歷代」、「品藻」、
「志遺」等四部分，陳氏或多或少皆申有己意；且《賦略》的纂輯目
的在於爲作賦者提供學習指導，「統論」一項即在討論作賦方法，陳
氏即便以「余奧自齠歲，載懷迄今，以爲已製，未容即工」[66]爲由
而不置一詞，但看在讀者眼中，著實說不過去。事實上，陳氏費了極
大功夫討論如何寫賦，此一部分乃置於〈賦略序〉中，即所謂的作賦
「五祕」，分別爲：

---

[65]　同前註，頁55。
[66]　見明・陳山毓〈賦略序〉，《賦略》，頁1。

一曰裁。夫紺絳殊采而概屬之色，夷洗殊律而同協乎音。既繇類統，難曰異門。古人云：「不歌而誦謂之賦。」……〈藝文志〉云：「屈原賦二十五篇。」〈賈傳〉云：「楚賢臣被讒作〈離騷賦〉。」史遷亦云：「〈懷沙〉之賦。」是則屈子諸什皆賦也。而或者目連類比物為賦，謳吟情事為騷，奧自何人，殊暗厥旨。夫騷者，憂也，又，擾動也。試繹其義，是可以為篇章之一目乎？斯蓋繇來之蔽也。又頌者，賦之別目，特其類四言詩者，分路揚鑣，不可一儔耳。〈九章〉有〈橘頌〉；子淵〈洞簫〉，孟堅曰頌；安仁〈藉田〉，臧書曰頌，昭明曰賦，是其共出一原，同歸一致者也。既達斯旨，則遣詞用心，略無定式，巧心妙手，彌可抒長。[67]

可知裁，是指賦的體裁，凡不歌而誦者皆謂之賦。是故《楚辭》、〈洞簫頌〉等均是賦。而「騷體」之分，陳氏以為尤有不可，因「騷者，憂也，擾動也」，不當為篇章之一目。順此脈絡而下，則騷、賦、頌同歸一致，在遣詞用心上，略無定式，只要是巧心妙手，皆可以舒展所長。若以此回顧陳氏於〈統論〉「論體裁」中所徵引的王世貞語：「騷覽之，須令人裴回循咀，且感且疑；再反之，沉吟歔欷；又三復之，涕淚俱下，情事欲絕。賦覽之，初如張樂洞庭，襄帷錦官，耳目搖眩；已徐閱之，如文錦千尺，絲理秩然。」則陳氏對於寫騷作賦之方，自有一定的看法。

二曰軸。夫無心出岫，奇形成色；眾竅怒號，宮商自韻。斯則象無常本，聲無定曲者也。……胡為後世辭

67　同前註，頁2-3。

人，疲精賦頌，輒乃前者造規，繼者蹈矩，互相規仿，
無復新裁。不聞今日之風雲，即是昔日之貌，竹柏清
響，下與蔓草爭靡。剽竊固是卑凡，擬議亦是合轍，正
須胸馳臆騖，不受他人驅策，自我抱玉，無取效眉，此
自漢至今，不可多得，將是有待，豈曰無才。[68]

可知軸，是指創作的機杼。所謂「剽竊固是卑凡，擬議亦是合
轍」，陳氏反對後世辭人的模擬剽竊，而強調作賦不應受他人驅
策，當自出機杼，明白指出學賦者應重在創新。

三曰氣。夫穴蚓哀吟，螻蛄長噪，率由氣至而鳴，或引
之長也。作者氣一不至，正使玄黃燦爛，亦何足賞？竊
以為氣厚故不匱，氣伸故不住，氣旺故不衰，氣貫故無
迹。作者之氣，正可引讀者之氣，而使不歇，自然行
挾風雲，字灑珠玉。若乃氣一不至，則使讀之者索然自
盡，聲不能高，而氣不能暢。夫〈離騷〉連篇，豈曰蕪
累；〈九歌〉半牘，非是短促。篇或一韻，固自昌達，
句或改韻，亦復汪溔。[69]

可知氣，是指行文的氣勢。陳氏以爲穴蚓能哀吟、螻蛄能長噪，都是
因爲「氣至」，因此賦家創作時，必須氣厚、氣伸、氣旺、氣貫，方
能使得文氣不匱、不住、不衰、無迹。此外，陳氏又特別關註作者之
氣與讀者之氣兩者間的關係。陳氏於〈統論〉中大量引用劉勰《文心
雕龍》之說以論情文、比興、誇飾、物色，但此處所談的氣，卻不同

68　同前註，頁4。
69　同前註，頁5。

於《文心雕龍・養氣》。劉勰所談的養氣，是指保養體氣、保養精神，劉勰以為「生理的血氣和心理的志氣密切關聯，當血氣剛健，神志虛靜清明，無紅塵俗務縈繞其心之際，自然志氣旺暢，文氣流暢而無糟粕」[70]，所謂「率志委和，則理融而情暢；鑽礪過分，則神疲而志衰」[71]，意即心和氣暢，自然理融情暢。而陳氏所謂的氣，比較接近孟子的知言養氣，因此〈統論〉「論氣」不引劉勰〈養氣〉篇，反而引南宋高似孫《子略》之言：

> 養氣之學，孟子一人而已。士之有所激而奮者，極天地古今之變動。山川草木之情狀；人物智愚賢否；是非邪正之銷長，有觸於吾心，有干於吾氣。慮遠而志善，事切而憂深，其言往往出於危激哀傷之餘，而其氣有不可過者，舉天地今古山川草木人物盛衰之變，皆不足以敵之。嗚呼！此屈原、賈誼之所為者乎？[72]

高氏以為士人，如屈原、賈誼，因心中「有所激而奮者」，故能有超越天地、古今變嬗的浩然之氣。雖然他們的言詞往往是出於岌危激切哀傷之餘，但他們的浩然之氣卻是超然無有過者，即使歷經天地、古今、山川、草木、人物盛衰的變異，也不足以抵擋這股氣勢。陳氏將高似孫「氣可以超越古今」的觀點進一步運用於創作上，提出「作者之氣，正可引讀者之氣，而使不歇」，假若作者「氣一不至」，則讀之者也將「索然自盡，聲不能高，而氣不能暢」；即使為文「玄黃燦爛」，但若「氣一不至」，「亦何足賞」？儼然已註意到文與氣、作者與讀者之間的關係。順此脈絡，陳氏又談及文與情、作者之

---

[70] 參見卓國浚《文心雕龍精讀》（臺北：五南圖書，2007年），頁342。

[71] 南朝梁・劉勰《文心雕龍・養氣》，見范文瀾《文心雕龍註》，頁646。

[72] 見明・陳山毓〈緒言〉，《賦略》，頁49。

情對讀者的影響：

> 四曰情。夫樂者揮危弦而初未顰眉，哀者撫宮音而自然
> 淚灑。故孟嘗之於邑，荊卿之低回，談者以為音之感，
> 蓋末矣。古人云：「未知文生於情，情生於文。」作者
> 要使文生於情，自然使讀之者情生於文。詠〈離騷〉而
> 涕漣，身非遊澤畔也；誦〈天問〉而心激，目非親圖畫
> 也，情感之也。若夫身無疾痛，強效呻吟，此如當烈風
> 而談絺綌，御朱明而詠含霜耳。雖可傾身，故不適，後
> 世辭人，率皆類此。竊以為胸無鬱結，不必抒詞，中有
> 徘徊，纔御楮墨。自然吐言逼真，中情妙達。[73]

可知情，是指作者的情感。陳氏以為作品之所以能感人（讀者），
就在於作者之情。是以讀者詠〈離騷〉而涕漣，非身遊於澤畔；誦
〈天問〉而心激，非目睹於圖畫，皆是因作者之情的感發。因此作
者為文「要使文生於情」，若「胸無鬱結，不必抒詞」，「中有徘
徊，纔御楮墨」，自然能使「讀之者情生於文」。
　　陳氏對於氣、情、文的看法，之後清代章學誠也有所發揮，其
《文史通義・史德》曰：

> 凡文不足以動人，所以動人者，氣也。凡文不足以入
> 人，所以入人者，情也。氣積而文昌，情深而文摯，氣
> 昌而情摯，天下之至文也。[74]

---

[73] 見明・陳山毓〈賦略序〉，《賦略》，頁6。
[74] 見清・章學誠《文史通義》（臺北：世界書局，2013年），頁45。

章學誠的說法，可以說是替陳山毓論氣、情、文三者之間的關係下了
一個總結。如今我們無法得知章學誠是否曾經接觸過《賦略》，唯一
遺憾的是誠如高攀龍在〈明孝廉賁聞陳公墓誌銘〉所言：「姱修之
士，志古今之大業，必以年也」，「使賁聞而得年，必入聖賢之
奧，必見豪傑之業」[75]。或許，若天假以陳氏年歲，應可有一番作
爲。

　　　　五曰神。夫靈均抽辭，江濱岑寂；〈子虛〉援豪，意思
　　　　瀟散，皆是神思獨往，不以俗物纏心。故寓心萬代，遊
　　　　神八方，咸神以靜伸，思由密致。故夫營營胸次，汲汲
　　　　人間者，且不能窺情風景，鑽貌草木，而況乎語時事、
　　　　論懷抱哉？若乃平子練思十年，太沖濡毫一紀，斯僅博
　　　　取充棟，漫錄圖記，雖云富才，只是儲實，非神之謂
　　　　也，若夫「孤歟麗山，黃鵠高舉，龍門百尺，溪谷曾
　　　　波」，斯並辭彩精拔，跌宕不群，筆端有神，斯焉其
　　　　次。若乃含筆腐毫，應詔成賦，遲速之判也；〈子虛〉
　　　　奔星入軒，宛虹臨檻，〈三都〉稽必地圖，考必方紀，
　　　　虛實之分也；或模山範水，字取連形，或清言逸句，悠
　　　　然天挺，繁約之辨也；或即目會境，象臆抽心，或蕪累
　　　　相仍，穢雜無序，工拙之殊也。[76]

可知神，是指作家構思的想像力。陳氏以爲想像力不受時間、空間
的限制，所謂「寓心萬代，遊神八方」，其形成必以「靜伸」，必
由「密致」，「不以俗物纏心」。此一觀點完全承襲劉勰，《文心

[75]　見明・陳山毓《陳靖質居士文集》，頁554。

[76]　見明・陳山毓〈賦略序〉，《賦略》，頁7-8。

雕龍‧神思》篇即云：「寂然凝慮，思接千載，悄焉動容，視通
萬里。」又云：「是以陶鈞文思，貴在虛靜，疏瀹五藏，澡雪精
神。」[77]然而劉勰以爲文思的醞釀除了貴在虛靜，還須「積學以儲
實，酌理以富才，研閱以窮照，馴致以繹辭」[78]，陳氏卻提出富
才、儲實，「非神之謂也」，明顯將張衡〈二京〉、左思〈三都〉
等「博練」而成之賦，排除在神思之外。是故〈神思〉篇中言及
「人之稟才，遲速異分；文之制體，大小殊功」一段文字，陳氏於
〈統論〉中乃標以「論遲速」，而非識以「論神思」，可見陳氏對於
劉勰〈神思〉所論並非全盤接受，而是有自己的見解。

綜上所述，陳山毓〈緒論‧統論〉及〈賦略序〉均提供作賦之
方；前者引前人論述，後者則自申己意，兩者看似無所關涉，然而相
互比對下，不難看出即使〈統論〉完全徵引前人文字，仍是經過纂輯
者悉心安排。

二、〈列傳〉

〈列傳〉主要以載錄《賦略》正篇70位賦家的傳記資料爲主，
其編排方式乃先引正史記載，再於正史行文中取低一格配以前人舊
說，以爲己註，有時亦附加按語，或於眉欄間加評。然而如此詳盡的
編纂體例，僅限於屈原、宋玉、荀卿、賈生、東方朔等五人，自漢
代枚乘以下賦家均僅列引史傳紀錄，未附引前人舊說，也未申之按
語，只偶有眉評。以下即以屈原爲例進行說明[79]：

---

[77] 見范文瀾《文心雕龍註》，頁493。

[78] 同前註。

[79] 以下所引原文，見明‧陳山毓《賦略‧列傳》，頁1-4。

《史記》：屈原，名平，楚之同姓也。爲楚懷王左徒。

　　註云：「左徒，蓋今左右拾遺之類。」《楚辭》云：「爲三閭大夫。三閭之職，掌王族三姓，曰昭、屈、景。」

　　博聞彊志，明於治亂，嫺於辭令。入則與王圖議國事，以出號令；出則接遇賓客，應對諸侯。王甚任之，上官大夫與之同列，爭寵而心害其能。懷王使屈原造爲憲令，屈平屬草稿未定。上官大夫見而欲奪之，原不與，因讒之，曰：「王使屈平爲令，眾莫不知，每一令出，平伐其功，曰『非我莫能得也。』」

　　《新序》云：「秦欲吞滅諸侯，並兼天下，原爲楚東使於齊，以結強黨，秦國患之，使張儀之楚，貨楚貴臣上官大夫靳尚之屬，共譖屈原。」按，向博極群書，其語必有所本，然則上官之讒，秦之間也。

※引文中之粗體、底線均爲筆者所加。

　　　上述引文中，加粗體者爲陳氏引錄《史記》原文，取低一格者，則爲陳氏引前人舊說爲《史記》加註。如於「左徒」一詞之後，引張守節《史記正義》釋「左徒」一職的性質，類似唐代掌供奉諷諫之官；又引王逸《楚辭章句》之說，以爲屈原於楚懷王時任三閭大夫，其職責爲掌管楚國屈、昭、景三大貴族事務。由此可知，左徒與三閭大夫實爲不同屬性的官職。陳氏於屈原傳下雖然引用《史記》之說，但對於屈原是否擔任左徒一職，陳氏應是有所存疑，因此引前人舊說加以註明；然而究竟孰是孰非，陳氏並未遽下斷言。

　　　此外，陳氏對於上官大夫之所以讒毀屈原的原因，也有著不同於《史記》的看法。史遷以爲，上官大夫因嫉妒屈原才能，故進讒害之；劉向《新序》則以爲，上官大夫等人因收受秦使張儀賄賂，故出言譖訧。陳氏按語則言：「向博極群書，其語必有所本，然則上官之讒，秦之間也。」明顯表態支持劉向《新序》的看法，以爲屈原受讒，主因秦國離間。

> 王怒而疏屈原。
>
> 　　洪氏曰：「時懷王之十六年也。」按《史》，是時原祇被疏耳。故下文云：「屈原既絀。」又云：「屈原既疏，不復在位，使於齊。」〈騷經〉亦祇曰離，別曰替，未嘗一字及遷放也。

　　此處主要引洪興祖《楚辭補註》之說，指出「王怒而疏屈原」的時間點為楚懷王16年，當時屈原只是被懷王疏遠，還不至於流放。

> 　　屈平疾王聽之不聰也，讒諂之蔽明也，邪曲之害公也，方正之不容也，故憂愁幽思而作〈離騷〉。屈平既絀，其後秦令張儀佯去秦，委質事楚，說楚絕齊，許以商於之地六百里。懷王貪，信張儀，遂絕齊，而儀欺以六里。懷王怒，興師伐秦。秦大破楚師。明年，秦割漢中地以和。懷王曰：「不願得地，願得張儀而甘心焉。」儀聞乃如楚，因厚幣用事者靳尚，而設詭辯於寵姬鄭袖。懷王竟聽鄭袖，復釋張儀。是時屈平既疏，不復在位，使於齊，顧反，諫懷王曰：「何不殺張儀？」王悔，追儀不及。
>
> 　　《新序》云：「是時懷王悔不用屈原之策，以至於此，於是復用屈原。洪氏曰：時懷王十八年也。」按，使齊者時，楚復與齊通也，事見〈世家〉，其使原者，終原本志也。又按，原之復用，當不復任事如初年也。

　　此處引《新序》之言，旨在說明屈原復使於齊的原因，以補史遷未及敘明之處。同時，陳氏按語指出，屈原此次雖得復用，但受到重用的程度已不如當初。

> 　　其後秦與楚婚，欲與懷王會。懷王欲行，屈平曰：「秦虎狼之
> 國，不可信，不如無行。」懷王卒行。秦留懷王，王竟死於秦。
> 　　時懷王三十年也，原復用至是十年餘矣，而寂寞無聞焉，諸賦
> 亦絕不之及，故曰：當不得任事如初年也。

此段僅有陳氏按語。陳氏以為，自懷王為張儀欺（懷王18年）至懷
王卒於秦（懷王30年），前後長達十餘年，期間，屈原寂寞無聞，
故可以驗證前段所言：屈原雖得以復用，卻不得任事如當年。

> 頃襄王立，復用讒言，遷屈原於江南。
> 　　《楚辭》云：「原復作〈九歌〉、〈天問〉、〈九章〉、〈遠
> 遊〉、〈卜居〉、〈漁父〉諸篇。」按，〈騷經〉懷王時作，
> 〈九歌〉以下皆頃襄王時作。然則〈卜居〉之歲，襄王三年也，
> 作〈哀郢〉之歲，襄王九年也。

此段粗體引文非《史記》原文[80]，後二句乃出自王逸《楚辭章句·離
騷經·序》[81]，陳氏未加註記，似有便宜行事之嫌。至於「《楚辭》
云」以下所引，亦出自王逸〈序〉[82]。王逸僅言及〈九歌〉以下諸篇

80　漢·司馬遷《史記·屈原賈生列傳》載：「長子頃襄王立，以其弟子蘭為令尹。……令尹子
　　蘭聞之大怒，卒使上官大夫短屈原於頃襄王，頃襄王怒而遷之。」（頁2484-2485）
81　漢·王逸《楚辭章句·離騷經·序》云：「是時，秦使張儀，譎詐懷王，……卒客死於秦。
　　而襄王立，復用讒言，遷屈原於江南。」見宋·朱熹《楚辭集註》（南宋端平刊本，臺北：
　　河洛圖書，1980年），頁2。
82　據筆者查考，王逸《楚辭章句·離騷經·序》，今因版本不同，文字亦有所不同。今所見王
　　逸《楚辭章句》及洪興祖《楚辭補註》皆是明代翻刻宋本，其於「遷屈原於江南」後之文字
　　均為「屈原放在草野，復作〈九章〉，援天引聖，以自證明，終不見省。」（見宋·洪興祖
　　《楚辭補註》，臺北：長安出版社，1991年，頁2）唯南宋朱鑑於理宗端平乙未刊刻的《楚

均爲屈原被逐江南後所作，陳氏則進一步指出〈卜居〉作於頃襄王三年、〈哀郢〉作於頃襄王九年，然不知陳氏所據爲何。

> 於是懷石，遂自汨羅以死。
>
> 　　《荊楚歲時記》云：「原以五月五日自沉。」《異苑》云：「長沙羅縣，有屈原自投之川，山水明淨，異於常處，民爲立祠，在汨潭之西岸。相傳云，原投川之日，乘白驥而來。」《水經註》云：「原有賢姊，聞原放逐來歸，喻令自寬全，鄉人因名其地曰秭歸。後以爲縣，縣東北數十里，有原舊田宅，雖畦堰麋漫，猶保屈田之稱也。縣北一百六十里，有原故宅，累石爲屋基。宅之東北六十里，有女嬃廟，擣衣石尚存。故《宜都記》云：『秭歸，蓋楚子熊繹之始國，而屈原之鄉里也。』」
>
> 屈原既死之後，楚日以削，數十年竟爲秦所滅。

此段陳氏徵引各種記錄歲時節令、風物故事的筆記小說及地理書籍，爲屈原投江之日及汨羅所在位置做註解。此外，在「於是懷石，遂自汨羅以死」上方眉欄間註有「汨音密」；「相傳云，原投川之日，乘白驥而來」上方評有「彷彿可見」，是知陳氏〈列傳〉雖引正史爲賦家傳記，但實際上也有爲史作註、作評的味道。如傳記宋玉引《史記》云：

　　楚之後有宋玉、唐勒、景差者，皆好辭而以賦稱。[83]

辭集註》乃今日所見最古的《楚辭》刻本，其於「遷屈原於江南」後云：「屈原復作〈九歌〉、〈天問〉、〈九章〉、〈遠遊〉、〈卜居〉、〈漁父〉等篇，冀伸己志，以悟君心，而終不見省。」（見宋‧朱熹《楚辭集註》，頁2）

[83] 見明‧陳山毓《賦略‧列傳》，頁4。

陳氏於眉欄間標明「差音瑳，作瑳」，又於引文後云：

> 按，唐勒遺文不可復睹，《水經註》著其〈奏土論〉
> 云：「我是楚也，世霸南土，自越以至葉垂，弘境萬
> 里，故號曰萬城也。」寥寥數語，令人永慨。[84]

此按語即同時兼具註與評的功能。

　　然而，這樣的形式僅限於屈、宋、荀、賈、東方朔五人，其餘65位賦家中僅5人有眉評，如載漢武帝：「又自爲作賦，以傷悼夫人。其後延年弟季坐姦亂後宮，廣利降匈奴，家族滅矣。」眉評云：「又感慨。」載劉向：「乃著疾讒、摘要、救危及世頌，凡八篇。」眉評云：「惜不傳。」載班倢伃：「使鬼神有知，不受不臣之愬，如其無知，愬之何益？上善其對，憐閔之，賜黃金百金。」眉評云：「□王猶解如此。」載班固：「固嘗以事觸洛陽令種競，競因此捕繫固，固遂死獄中，詔以譴責競，抵主者吏罪。」眉評云：「當時殺固非朝廷意。」載劉鳳：「王弇州曰：『……子威材甚高，於子史百家言無所不治，而獨不喜習大曆以後語。世之好簡者，疑其蔓；尚率者，苦其深。』」眉評云：「褒貶具在。」[85] 餘者均僅節引史傳，簡要交代賦家生平，未若屈原、宋玉傳等有較詳實的史料考證，若就讀者角度而言，難免有虎頭蛇尾之嫌。

　　總結本小節所論，陳山毓《賦略》乃目前所見萬曆年間辭賦刻本中，編纂體例較有系統者；其於選文之前，安排〈緒言〉及〈列傳〉各一卷，用以論述辭賦源流、品評辭賦篇章、說明辭賦存佚情況、分析辭賦體裁、諷諭、情文、氣、比興、誇飾、物色、遲速等問

---

[84] 同前註。
[85] 同前註，頁9、12、14、16、32。

題，並介紹各別賦家生平，對於初習賦者而言，著實有津筏之效。

　　且其中雖以輯錄前人資料爲主，但經由筆者仔細地爬梳與釐析，不難發現陳氏仍盡可能地在舊史故語中發揮個人獨特見解，諸如：論賦體之變時，在李夢陽「唐無賦」說的基礎上，進一步提出「唐宋元無賦」，主因唐賦之俳、宋賦之俚、元賦之稚；以「窮工極態，如印之印泥，出之無不肖」等批評六朝文風「文貴形似」的用語品評屈原〈九歌〉；對於某些讀史議題，如《漢書‧藝文志‧詩賦略》分賦爲四類的依據，一般都以清代史學家章學誠、章炳麟爲最早對此問題提出分析的學者，實則陳氏已先註意到此問題；《史記》載屈原於楚懷王時擔任左徒一職、上官大夫讒原是出於嫉妒，對此提出王逸、劉向說法，以爲屈原或曾擔任楚國三閭大夫、靳尙進讒言乃是遭秦國離間。以上皆是陳氏獨到眼光。

　　然而輯引資料的過程中也不乏疏失，如：「志遺」中未剔除揚雄〈反離騷〉、王粲〈登樓賦〉、陸機〈文賦〉、〈感逝賦〉、陸雲〈逸民賦〉、〈歲暮賦〉、張率〈舞馬賦〉等陳氏《賦略》中已收錄之賦作；誤將〈敗冢賦〉的作者何子朗誤植爲何思澄，實爲瑕疵。

第三節　結語

　　陳山毓《賦略》56卷本，由於卷帙浩大，是以本章先從體例、賦學主張等方面進行梳理，得到以下結論：

　　就編纂體例而言，《賦略》完成於萬曆四十六年，相較於前此的幾部辭賦選本，其編纂體例較爲嚴明。除《正篇》、《外篇》選文之外，陳氏於《正篇》前又纂有〈緒言〉、〈列傳〉各一卷；其中〈緒言〉又分源流、歷代、品藻、志遺、統論等五項。

　　以源流言，陳氏分從「賦字義」、「騷者詩之變」、「《楚辭》名義」、「〈離騷〉諸篇皆有稱賦」、「〈離騷〉諸篇皆有稱賦」、「賦之變」等六方面進行爬梳。由賦之源起延伸至詩、騷、

賦、頌之辨體。雖認同班固所謂的「詩→辭→賦」生成譜系，但更著重騷與賦之間的關係，強調騷、賦無別，卻皆與詩畫境；提出「頌者賦之通稱」，指出賦、頌無別。最後再結以「賦之變」，認為六朝俳賦、唐代律賦已盡失楚、漢古賦的風流蘊藉，進而指出「唐賦律、宋賦俚、元賦稚」，唐以後皆無賦。此一賦學觀點嚴重影響《賦略》的選賦標準，是以唐賦僅入選8篇、宋賦1篇，元賦則未得選入。

以歷代言，在祖騷宗漢的賦學主張下，陳氏著重於描述楚、漢辭賦興盛的情況，並強調帝王好尚乃是才士雲會、辭賦競發的主要因素。此一觀點，正是明代漢賦論述的主要議題之一；同時，自英宗以降，恢復科舉試賦制度之說，便不時蠭起。是以，陳氏述歷代雖以輯錄史料為主，但在材料的去取上，不難看出纂輯者的用心。

以品藻言，陳氏主要就《賦略》所收錄賦家的賦作、賦風等進行品評，其編纂形式類似所謂的「評林」，當中引用次數最多者為王世貞《藝苑卮言》。然而，陳氏引述時，並非原封不動地抄錄，而是有所更刪。如評宋玉〈招魂〉：王世貞明白指出楊慎言〈招魂〉遠勝〈大招〉，陳氏卻將之刪去，主因楊慎以為〈大招〉寒儉促迫，陳氏卻認為〈大招〉文采采極。評〈舞賦〉：王世貞以為〈舞賦〉作者宋玉或傅毅皆有可能，陳氏卻更動王氏行文語氣，將疑問句改為肯定句，視〈舞賦〉作者為傅毅。評郭璞〈江賦〉：王世貞為突顯〈江賦〉地位，而以木華〈海賦〉為對比，指出〈海賦〉不足之處，陳氏亦將此段文字刪去，而於評木華〈海賦〉時以為「文甚儁麗」。品騭李夢陽：王世貞以為「精思未極」乃李賦一大缺點，陳氏則於「精思未極」四字前加一「惜」字，而成「惜精思未極」，語氣似較王世貞和緩。以上皆可看出陳氏雖引前人之語為品藻，卻仍有個人見解主張。唯任意增刪前人舊說而未加註解，實為明代選本一大陋習。然而，陳氏又以六朝人語品評屈原、宋玉作品，如評〈九歌〉：「窮工極態，如印之印泥」，就《賦略》以明代復古派賦論為整體走向的風格而言，可謂別出心裁。

以志遺言，陳氏最大的貢獻在於對《漢書‧藝文志‧詩賦略》

分四家賦（屈原賦、陸賈賦、孫卿賦、雜賦）的解說上。關於《漢志》分賦爲四類的依據爲何，迄今學界多引清代史學家章學誠、章炳麟之說爲解。然而兩人在臆測《漢志》分賦爲四類的分類上，都提出了《漢志》分類的不當：章學誠以爲第一類「淮南王群臣賦四十四篇」及第三類「秦時雜賦九篇」，皆應隸屬於第四類「雜賦」；章炳麟以爲揚雄賦本模擬相如，而相如賦與屈原同類，因此揚雄賦不應列入陸賈賦項下。在此之前，陳氏則已提出《漢志》分賦爲四種，主要是區別「上下工拙」。是以淮南王群臣賦列入第一類、秦時雜賦列入第三類、揚雄賦列入陸賈賦項下，皆無分類失當之嫌。陳氏的說法，未必即是《漢志》的看法，卻也提供了另一個觀照視野，就現今學術研究的角度而言，自有其價值意義。

以統論言，陳氏旨在將前人論賦資料加以歸類，而分從體裁、諷諭、情文、氣、比興、誇飾、物色、遲速等方面，談論作賦之方，此一部分可與〈賦略序〉互相參酌對照，不啻爲作賦旨要。

至於〈列傳〉，則以載錄《賦略》正篇70位賦家的傳記資料爲主，其編排方式乃先引正史記載，再於正史行文中取低一格配以前人舊說，以爲己註，有時亦附加按語，或於眉欄間加評。然而如此詳盡的編纂體例，僅限於屈原、宋玉、荀卿、賈生、東方朔等五人，自漢代枚乘以下賦家均僅列引史傳紀錄，未附引前人舊說，也未申之按語，只偶有眉評，就讀者角度而言，難免有虎頭蛇尾之嫌。

綜上所述，陳山毓《賦略》乃目前所見萬曆年間辭賦刻本中，編纂體例較有系統者；其於選文之前，安排〈緒言〉及〈列傳〉各一卷，用以論述辭賦源流、品評辭賦篇章、說明辭賦存佚情況、分析辭賦體裁、諷諭、情文、氣、比興、誇飾、物色、遲速等問題，並介紹各別賦家生平，對於初習賦者而言，著實有津筏之效。

第七章

陳山毓《賦略》
析論（下）

第一節 《賦略》選賦情況

　　《賦略》選賦分《正篇》34卷、《外篇》20卷，共收錄由楚至明賦家105人（包括無名氏1人）、賦作306篇（包含騷、頌、七、九、對問諸體）。關於陳氏的選文標準，由於〈賦略序〉並無明言，以下即先表列《賦略》於各朝代的選賦數量：

朝代	正篇	外篇	合計	占全書比例
楚國	37	7	44	14.38%
漢代	50	30	80	26.14%
曹魏	5	0	5	1.63%
晉代	19	13	32	10.46%
南朝	16	19	35	11.44%
北朝	3	6	9	2.94%
隋代	1	0	1	0.33%
唐代	8	16[1]	24	7.84%
宋代	0	1	1	0.33%
明代	38	37	75	24.51%
總計	177	129	306	100%

由表中可知，《賦略》收賦以楚、漢爲大宗，占全書的40.52%，幾乎近半；其次則爲明代，占24.51%，所收賦篇多爲李夢陽、何景明等復古派文人作品；再次爲南北朝（含隋代）、魏晉，分別爲

---

[1] 據陳山毓《賦略・外集・目錄》所載，唐賦應有17篇，然其中〈擬招隱士〉一文的作者范縝，實爲南朝梁人，詳見下文。是以筆者將之歸入南朝計算。

14.37%、12.09%；唐宋賦收錄最少，僅8.2%，宋代甚至僅於外集中收錄蘇軾〈屈原廟賦〉一篇，元代更是一賦未取，由此可見陳氏「祖騷宗漢」的賦學傾向，其於〈賦集自序〉即云：

> 粵自靈均，案衍年代，作者爭鳴，厥體多變。若夫以文緯情，用物彰志，雅奧宛致，多風而可繹，詩人之沉摯，楚人之堂奧也。披形錯貌，綦態而極妍，胎於〈高堂〉，成於〈子虛〉，辭人之綺豔也。標瀏亮之概，雕藻研奇，比偶為工，新聲競爽，此又辭人之漫衍，陸、謝、江、鮑之波漸也。大凡賦擅於楚，昌於西京，叢於東都，沿於魏晉，敝於宋，萎茶於齊梁，迄律賦興，而子遺鮮矣。宋俚而元稚，又弗諭焉。……合酌而統體者，其諸國朝乎。……賦無右獻吉、次楩。〈述征〉、〈省愆〉繩武〈九章〉，次楩襲楚、八代而並駕之。[2]

陳氏此番言論，雖是為自己的賦集而發，但實際上也是為《賦略》的選賦標準下了定義，楚賦「雅奧宛致，多風可繹」、漢賦「披形錯貌，綦態極妍」、六朝「比偶為工，新聲競爽」，一代不如一代，迄唐、宋、元更是無足可取，直至國朝李夢陽、盧柟諸人起，才復見往昔氣象。是以楚、漢、明賦，合計占《賦略》選文的65%，也不無道理。以下再就各朝代的具體選賦情況，進行分析。

一、楚漢賦

《賦略》收楚漢賦家32人、賦作124篇，表示如下：

2　見明‧陳山毓《陳靖質居士文集》，頁618-619。

賦家	《正篇》	《外篇》
屈原	〈離騷〉、〈九歌〉十一篇、〈天問〉、〈九章〉九篇、〈遠遊〉、〈卜居〉、〈漁父〉	
宋玉	〈九辯〉、〈招魂〉、〈風賦〉、〈高唐賦〉、〈神女賦〉	〈登徒子好色賦〉、〈諷賦〉、〈釣賦〉、〈大言賦〉、〈小言賦〉、〈笛賦〉
不知作者（景差）[3]	〈大招〉	
荀卿	〈禮賦〉、〈知賦〉、〈雲賦〉、〈蠶賦〉、〈箴賦〉、〈遺春申君賦〉	〈成相〉三篇
賈誼	〈惜誓〉、〈弔屈原賦〉、〈服賦〉	
莊忌	〈哀時命〉	
枚乘	〈七發〉	〈梁王菟園賦〉
漢武帝	〈悼李夫人賦〉	
淮南小山	〈招隱士〉	
中山王勝		〈文木賦〉

3　陳山毓於《賦略》目錄，「卷四，楚一之四」項下載：「不知作者賦一篇，〈大招〉。」卻於《賦略・緒言・品藻》中，於宋玉之後品評景差，並言：「〈大招〉古奧有餘，文采采極，故儒者賞其秋實詞，人慊其春華。」似乎確指〈大招〉作者為景差。然又於〈大招〉題解下云：「《楚辭》：『〈大招〉者，屈原之所作也，或曰景差，疑不能明也。』」採王逸《楚辭章句》的記載，以為〈大招〉的作者或為屈原，或為景差，無從判定。是以〈大招〉作者究竟為誰，《賦略》中竟有三種說法。以陳氏品藻景差，所述文字乃出自己意而言，陳氏應認定〈大招〉的作者為景差，然因前人王逸對此存疑，是以陳氏不敢妄下斷言，便於目錄中載錄「不知作者賦一篇」。

賦家	《正篇》	《外篇》
董仲舒		〈士不遇賦〉
司馬相如	〈子虛賦〉、〈哀二世賦〉、〈大人賦〉、〈長門賦〉	〈美人賦〉
東方朔	〈七諫〉七篇	
王褒	〈洞簫頌〉	〈九懷〉九篇
劉向	〈九歎〉九篇	
班婕妤	〈自悼賦〉	
揚雄	〈反離騷〉、〈甘泉賦〉、〈河東賦〉、〈羽獵賦〉、〈長揚賦〉	〈蜀都賦〉、〈太玄賦〉、〈逐貧賦〉
劉歆	〈遂初賦〉	
班彪	〈北征賦〉	
馮衍	〈顯志賦〉	
傅毅	〈舞賦〉	
崔篆		〈慰志賦〉
杜篤		〈論都賦〉
班固	〈幽通賦〉、〈兩都賦〉	
曹大家	〈東征賦〉	
張衡	〈二京賦〉、〈南都賦〉、〈思玄賦〉	〈歸田賦〉
馬融	〈廣成頌〉、〈長笛頌〉	〈圍碁賦〉
王逸		〈九思〉九篇
王延壽	〈魯靈光殿賦〉	〈王孫賦〉
蔡邕	〈述行賦〉	
邊讓	〈章華賦〉	
禰衡	〈鸚鵡賦〉	

從表中可以看出幾個現象：首先，就其編排體例而言，《賦略》
一書，基本上是以朝代爲次，分爲楚國、漢代、曹魏、晉代、南
朝、北朝、隋、唐、宋、國朝（明）等，朝代之中再以賦家生卒先
後爲序。唯楚國所收賦家有四，依序爲屈原、宋玉、不知作者（景
差）及荀卿，此一序列，應是本之於元代祝堯的《古賦辯體》，祝氏
云：

> 卿，趙人，少遊於齊，爲稷下祭酒，後以避讒適楚，春
> 申君以爲蘭陵令。君死，卿遂廢，家蘭陵而終。其時在
> 屈原先，楚賦於斯已盛矣。愚今先屈後荀，固誠迭舛，
> 但以屈子之騷，賦家多祖之，卿措辭工巧，雖有足尚，
> 然其意味終不能如騷章之淵永，若欲寘之於首，恐誤後
> 學。[4]

又：

> （〈禮賦〉）純用賦體，無別義，後諸篇同。卿賦五篇
> 一律，全是隱語，描形寫影，名狀形容，盡其工巧，自
> 是賦家一體，要不可廢。然其辭既不先本於情之所發，
> 又不盡本於理之所存，若視風騷所賦，則有間矣。吁！
> 此楚騷所以爲百代詞賦之祖也歟！[5]

祝堯認爲屈騷「意味淵永」，重在情；荀賦「措辭工巧」，重在

---

[4] 見元・祝堯《古賦辯體》（《四庫全書珍本》第6集，臺北：臺灣商務印書館，1975年）卷
2，頁23。

[5] 同前註，頁24。

辭，然辭之所發必須先本於情。因此，荀賦雖然是賦家一體，有足以尚之之處，但若作為學賦者的教材，恐非是可以為首的典範。

繼《古賦辯體》之後，明前期吳訥《文章辨體》於辨「古賦」體時，大都採用了祝堯的說法，然於荀卿、屈原的序列上，則有不同的考量：

> 按賦者，古詩之流。……迨近世祝氏著《古賦辨體》，因本其言而斷之曰：「屈子〈離騷〉，即古賦也。古詩之義，若荀卿〈成相〉、〈佹詩〉是也。」然其所載，則以〈離騷〉為首，而〈成相〉等弗錄。尚論世次，屈在荀後，而〈成相〉、〈佹詩〉，亦非賦體。故今特附古歌謠後，而仍載《楚辭》於古賦之首，蓋欲學賦者必以是為先也。[6]

以世次而言，荀卿居於屈子之前，祝堯雖以「本之於情」的作賦原則將荀賦置於屈騷後，但多少有逆舛世次之感；因此，吳訥《文章辨體》卷二「古賦」項下不收荀卿〈賦篇〉，改以卷一「古歌謠辭」項下收錄具古詩之義的〈成相〉、〈佹詩〉，如此一來，屈騷仍位居「古賦」之首，便可解決「先屈後荀」有違世次的問題。

陳山毓《賦略》中對於荀、屈的排序，明顯是承襲祝堯而來，陳氏雖未明言何以如此安排，但其於〈緒言・品藻〉中論荀卿時言：

> 卿才實傑出，故〈禮〉、〈智〉諸篇無所規襲而拔焉特秀。然體局而少變則不遠，致直而少婉則不通，以故後世詞人傚之者絕少，即效之亦略無味也。卿固非賦才

6　見明・吳訥等著《文體序說三種》（臺北：大安出版社，1998年），頁26。

耳。[7]

引文中陳氏雖肯定荀子之才，稱其〈賦篇〉「拔爲特秀」，但也直言荀子賦才不高，因此「後世詞人效之者絕少」、「即效之亦略無味」，即有意呼應祝堯所謂的「以屈子之騷，賦家多祖之」、「然其（荀賦）意味終不能如騷章之淵永」，可見陳山毓對於楚賦的接受，明顯受到祝堯的影響。

　　其次，王褒〈洞簫〉、馬融〈廣成〉、〈長笛〉等自《文選》以來即被稱之爲「賦」的作品，《賦略》均稱之爲「頌」。陳山毓於〈緒言〉論源流時即言：「頌者賦之通稱」，並以《文選註》云：「賦之言頌者，頌亦賦之通稱也」爲例，主張：

　　按〈九章〉有〈橘頌〉；〈大人賦〉，史遷謂之〈大人頌〉；〈洞簫頌〉昭明謂之賦；〈藝文志・賦略〉中，入孝景皇帝頌；〈長笛賦〉本稱〈長笛頌〉；〈籍田賦〉臧榮緒《晉書》稱〈籍田頌〉。然則賦可稱頌，頌之取裁於賦者，即得稱賦也。[8]

認爲在古人眼中，頌、賦通稱。因此將史書中原本稱爲「頌」，後世概稱「賦」的篇章，皆回歸「頌」題[9]，並於〈賦略序〉中提出「詩頌」與「賦頌」之別，似有辨體的意味：

　　又，頌者，賦之別目，特其類四言詩者，分路揚鑣，不

7　見明・陳山毓〈緒言〉，《賦略》，頁15。

8　同前註，頁4。

9　唯司馬相如〈大人賦〉例外，陳氏於〈緒言〉中言及：「〈大人賦〉，史遷謂之〈大人頌〉。」然於目錄中卻仍題爲〈大人賦〉，恐是陳氏一時不察。

可一傳耳。〈九章〉有〈橘頌〉，子淵〈洞簫〉，孟堅曰「頌」；安仁〈籍田〉，臧《書》曰「頌」，昭明曰「賦」。是其共出一原，同歸一致者也。[10]

陳氏指出，「頌」雖然是「賦之別目」，但實與「類四言詩者，分路揚鑣」，不可混爲一談。然而明代徐師曾於《文體明辨》「頌」類項下嘗言：

> 按詩有六義，其六曰頌。頌者，容也，美盛德之形容，以其成功告於神明者也。若商之〈那〉、周之〈清廟〉諸什，皆以告神，乃頌之正體也。至魯頌〈駉〉、〈閟〉等篇，則用以頌僖公，而頌之體變矣。後世所作，皆變體也。其詞或用散文，或用韻語，今亦辨而列之。又有哀頌，則任昉所稱「漢張紘初作〈陶侯哀頌〉」者是已。今其文雖未及見，而竊意大體與哀贊略同，姑識以俟博聞者。[11]

徐氏所論之頌，即《詩經》中用於宗廟祭祀時的讚歌，此與「賦頌」之頌，顯然不同；而在徐氏之前的吳訥，也主張頌即詩頌，並引劉勰《文心雕龍》所言「敷寫似賦」[12]，將頌與賦視爲不同的文體。考陳氏《賦略》曾引用《文體明辨》之言，當知徐氏將文體分爲127類，且「賦」與「頌」各別爲一類；陳氏刻意將後世已然以賦名篇的〈洞簫〉、〈廣成〉、〈長笛〉等篇冠以頌題，應是有意強調頌之體

10　見明·陳山毓〈賦略序〉，《賦略》，頁3。
11　見明·吳訥等著《文體序說三種》，頁100。
12　同前註，頁59。

不全然指稱四言詩頌體，在漢晉時期乃爲賦的別名。

附帶一提「七」體。陳氏於〈緒論・品藻〉中論枚乘時云：

> 〈七發〉亦賦之流也，當時不正名曰賦，後人遂謂之
> 七，謬矣！〈九歌〉、〈九辯〉亦可謂之九乎！荀卿
> 〈成相〉，〈藝文志〉以入〈賦略〉，況〈七發〉乎！[13]

言下之意，陳氏不認同「七」可以獨立成體的說法。關於「七」之
所以成爲一專門文體的過程，最早見於西晉傳玄的〈七謨序〉，其
言：

> 昔枚乘作〈七發〉，而屬文之士，若傅毅、劉廣世、崔
> 駰、李尤、桓麟、崔琦、劉梁、桓彬之徒，承其流而
> 作之者紛焉，〈七激〉、〈七興〉、〈七依〉、〈七
> 款〉、〈七說〉、〈七蠲〉、〈七舉〉、〈七設〉之
> 篇，於是通儒大才馬季長、張平子亦引其源而廣之。
> 馬作〈七厲〉，張造〈七辨〉，或以恢大道而導幽滯，
> 或以黜瑰侈而托諷詠，揚輝播烈，垂於後世者，凡十有
> 餘篇。自大魏英賢迭作，有陳王〈七啓〉，王氏〈七
> 釋〉，楊氏〈七訓〉，劉氏〈七華〉，從父侍中〈七
> 誨〉，並陵前而邈後，揚清風於儒林，亦數篇焉。世之
> 賢明，多稱〈七激〉工，余以為未盡善也，〈七辨〉似
> 也。非張氏至思，比之〈七激〉，未為劣也。〈七釋〉
> 僉曰「妙哉」，吾無間矣。若〈七依〉之卓轢一致，

〈七辨〉之纏綿精巧，〈七啓〉之奔逸壯麗，〈七釋〉之精密閒理，亦近代之所希也。[14]

由於自枚乘〈七發〉之後，「承其流而作之者紛焉」，〈七謨序〉中所引篇章即有近二十篇。以此之故，南朝梁蕭統在編纂《文選》時，便獨列「七」體。這樣的分類法，在明代以「辨體」爲名的兩大文學總集中得到了繼承，吳訥《文章辨體》「七體」下云：

> 昭明輯《文選》，其文體有曰「七」者，蓋載枚乘〈七發〉。繼以曹子建〈七啓〉、張景陽〈七命〉而已。[15]

徐師曾《文體明辨》亦云：

> 按七者，文章之一體也。詞雖八首，而問對凡七，故謂之七；則七者，問對之別名，而《楚辭》〈七諫〉之流也。[16]

是以「七」獨立成體一事，至少在明代中葉仍是普遍爲人接受的共識。至於持反對意見者，現今一般所能看到的最早史料當屬清代章學誠於《文史通義·內篇·詩教下》所言：

> 七林之文，皆設問也。今以枚生發問有七，而遂標爲七，則〈九歌〉、〈九章〉、〈九辨〉亦可標爲九乎？[17]

14　見清·嚴可鈞《全晉文》（上海：上海古籍出版社，2009年）卷46，頁300。
15　見明·吳訥等著《文體序說三種》，頁60。
16　同前註，頁94。
17　見清·章學誠《文史通義》（臺北：世界書局，2013年），頁18。

章氏的質疑與陳山毓如出一轍，我們雖然無法判定章氏的說法是否出自於陳氏，但至少得知《文選》另立「七」體是否恰當一事，早在《賦略》中便已提出。

再次，陳山毓於《賦略》卷四中收錄有荀卿〈遺春申君賦〉一篇，陳氏題解云：

> 按：《荀子》此章附〈賦篇〉而無題。《國策》載其亂辭謂之曰賦，而係之〈謝春申君書〉末；《風俗通》稱卿為歌賦以遺春申君；楊倞亦云：「即遺春申君之賦也；後人取篇首二字，謂之〈佹詩〉。」其曰詩者，古人亦目辭賦為詩，如：〈悲回風〉云「竊賦詩之所明」、〈哀時命〉云「杼中情而屬詩」是也。[18]

是知〈遺春申君賦〉即附於荀子五篇隱語小賦後的〈佹詩〉。陳氏之前的幾部文學總集，僅朱熹《楚辭後語》曾單獨收錄〈成相〉、〈佹詩〉；爾後祝堯《古賦辨體》僅收錄〈禮〉、〈知〉、〈蠶〉、〈雲〉、〈箴〉等五賦，未收錄〈成相〉、〈佹詩〉；吳訥《文章辨體》亦未收五篇小賦，但將〈成相〉、〈佹詩〉置入「古歌謠辭」。吳訥以爲〈佹詩〉非賦體之說已見前揭文；祝堯僅將〈禮〉、〈知〉等五賦收入《古賦辨體》，可見〈佹詩〉在其心中亦非賦體，甚明；至於朱熹，其云：

> 〈佹詩〉者，荀卿子之所作也。或曰：「此荀卿既為蘭陵令，客有說春申君者曰：『湯以亳，武王以鎬，皆有天下。今荀子賢，而君借以百里之勢，臣為君危之。』

春申君乃謝荀子。荀子去，之趙。人又說春申君曰：
『昔伊尹去夏入殷，殷王而夏亡；管仲去魯入齊，魯弱
而齊強。賢者所在，其君未嘗不尊榮也。今荀子，天
下賢士，君何為謝之？』春申君又使人請荀子，荀子不
還，而遺之賦，蓋即此〈佹詩〉也。」[19]

朱子僅交代〈佹詩〉的由來，對於〈佹詩〉究竟屬於詩或賦，並無明
確說明，然其於〈成相〉解題中提及：

此篇在《漢志》號〈成相雜辭〉，凡三章，雜陳古今治
亂興亡之效，託聲詩以風時君，若將以為工師之誦，旅
賁之規者，其尊主愛民之意，亦深切矣。相主，助也，
舉重勸力之歌，史所謂五羖大夫死而舂者不相杵是也。
卿非屈原之徒，故劉向、王逸不錄其篇。今以其詞亦託
於楚而作，又頗有補於治道，故錄以附焉。[20]

《漢書・藝文志》「雜賦類」收錄有〈成相雜辭〉十一卷，朱子以
其所收三章〈成相〉即為《漢志》中的〈成相雜辭〉，可見朱子視
〈成相〉為賦。賦與騷在漢人眼中乃相同文類，王逸《楚辭章句》何
以不收〈成相〉，朱子以為但因「卿非屈原之徒」。然而，朱子卻
以「其詞亦託於楚而作，又頗有補於治道」為由，將之收錄進《楚
辭後語》。是以朱子於〈成相〉之後收錄〈佹詩〉，可能亦是基於相

---

[19] 見宋・朱熹《楚辭後語》，收錄於《楚辭集註》（臺北：河洛圖書出版社，1980年），頁
218。

[20] 同前註，頁209。

同理由[21]，只是未加明說，僅於題解中言及〈佹詩〉乃荀子遺春申君之賦。

由於〈佹詩〉向來是附於〈賦篇〉之後，《楚辭後語》是現今所見最早將〈佹詩〉獨立收錄的文學總集，且《楚辭後語》中收錄的文體包括詩、歌、賦、騷、操、弔文等諸體，因此在後世的辨體上〈佹詩〉便產生了疑義，吳訥就將之歸入「古歌謠辭」。陳山毓為解決此一問題，直接追溯至西漢末年，採用由劉向編纂而成的《戰國策》之說，《戰國策·楚策四·客說春申君》載：

> 春申君……於是使人請孫子於趙。孫子為書謝曰：「癘人憐王，此不恭之語也。雖然，不可不審察也。此為劫弒死亡之主言也。夫人主年少而矜材，無法術以知姦，則大臣主斷國私以禁誅於己也，故弒賢長而立幼弱，廢正適而立不義。春秋戒之曰：『楚王子圍聘於鄭，未出竟，聞王病，反問疾，遂以冠纓絞王，殺之，因自立也。齊崔杼之妻美，莊公通之。崔杼帥其君黨而攻。莊公請與分國，崔杼不許；欲自刃於廟，崔杼不許。莊公走出，踰於外牆，射中其股，遂殺之，而立其弟景公。』近代所見：李兌用趙，餓主父於沙丘，百日而殺之；淖齒用齊，擢閔王之筋，縣於其廟梁，宿夕而死。夫厲雖癰腫胞疾，上比前世，未至絞纓射股；下比近代，未至擢筋而餓死也。夫劫弒死亡之主也，心之憂

---

21 劉向《別錄·孫卿新書敘錄》云：「春申君使人聘孫卿，孫卿遺春申君書，刺楚國，因為歌賦以遺春申君。」（漢·劉向《別錄》，見清·姚振宗輯錄《七略別錄佚文》，《書目類編》，臺北：成文出版社，1940年，頁31）由「刺楚國」一語可知，〈佹詩〉亦是託於楚而作，與治道有關。

勞，形之困苦，必甚於癘矣。由此觀之，癘雖憐王可也。」因為賦曰：「寶珍隋珠，不知珮兮，褘布與絲，不知異兮。閭姝子奢，莫知媒兮，嫫母求之，又甚喜之兮。以瞽為明，以聾為聰，以是為非，以吉為凶，嗚呼上天，曷惟其同！」詩曰：「上天甚神，無自瘵也。」[22]

依《戰國策》的記載，荀子對於春申君一去一請的行為，先是「為『書』謝曰」，再「因為『賦』曰」，最後結以「『詩』曰」，其中「因為賦曰」所引文字乃是〈佹詩〉末「小歌」中的一段文字，再加上「因為賦曰」乃接在「為書謝曰」之後，明顯可以感受到與前〈書〉之律調節奏有異，是以東漢應劭〈風俗通〉即言：「春申君使請孫況，況遺春申君書，刺楚國，因為歌賦以遺春申君。」[23]可知荀子所賦的那一小段文字，在漢人眼中乃為遺〈謝春申君書〉後，「煩聲促節，震蕩人心」的一種表達形式，類似《楚辭》終章的「亂曰」，並未將之命名為〈遺春申君賦〉，此即陳山毓所言：「《國策》載其亂辭謂之曰賦。」直到唐代楊倞註《荀子》時才將之確定為〈遺春申君賦〉，而後人因取篇首兩字，故一般稱〈佹詩〉，是以陳氏以為〈佹詩〉原屬辭賦之體無疑，至於荀子何以言「天下不治，請陳〈佹詩〉」？則是因「古人亦目辭賦為詩」（此處的古人當指楚漢時人），如屈原〈悲回風〉云：「竊賦詩之所明」、莊忌〈哀時命〉云：「杼中情而屬詩」，都是騷而稱詩的例子。

　　此外，班倢伃賦今存〈擣素〉、〈自悼〉兩篇，其於陳山毓《賦略》刊刻前，為歷代選集收錄的情況大致如下表：

22 見漢・劉向《戰國策》（臺北：里仁出版社，1982年），頁567。
23 見漢・應劭著、王利器校註《風俗通義校註》（北京：中華書局，2011年）卷7〈窮通〉，頁323。

選集	〈擣素賦〉	〈自悼賦〉
梁・蕭統《文選》	✕	✕
宋・不詳《古文苑》	○	✕
宋・朱熹《楚辭後語》	✕	○
元・陳仁子《文選補遺》	○	○
元・祝堯《古賦辨體》	○	○
明・吳訥《文章辨體》	○	○
明・李伯璵《文翰類選大成》	○	○
明・徐師曾《文體明辨》	○	○
明・劉節《廣文選》	○	○
明・俞王言《辭賦標義》	○	○
明・李鴻《賦苑》	○	○

由表中明顯可見，班婕妤〈擣素賦〉、〈自悼賦〉，除《文選》未
收，《古文苑》、《楚辭後語》各收一篇外，自元代陳仁子《文選
補遺》起，凡有選錄班婕妤賦作者，均屬兩篇皆收，唯陳山毓《賦
略》僅收錄〈自悼賦〉一篇。

　　關於〈擣素賦〉、〈自悼賦〉的寫作動因，宋代章樵註《古文
苑》，於班婕妤〈擣素賦〉題解下云：

　　　班婕妤，班彪之姑也，為成帝婕妤，漢後宮十四等，婕
　　　妤視上卿三夫人之位也。古者后夫人親蠶，分繭繰絲，
　　　朱綠之，玄黃之，以備君之祭服，君服之以事天地祖
　　　宗，敬之至也。成帝既耽於酒色，政事廢弛，婕妤貞靜
　　　而失職，故託〈擣素〉以見意。[24]

24　見宋・章樵註《古文苑》（北京：中華書局，1985年）卷3，頁87。

是知婕妤此作是因有感成帝荒廢政事以致后妃失職，因此藉詠宮女悲情命運以自託心志，然其說本諸何人，已不可考。在此之前，李善註謝惠連〈雪賦〉時，即曾針對〈擣素賦〉是否爲班婕妤所作提出質疑，〈雪賦〉「歲將暮，時既昏。寒風積，愁雲繁」句下註云：

> 班婕妤〈擣素賦〉曰：「佇風軒而結睇，對愁雲之浮沉。」然疑此賦非婕妤之文，行來已久，故兼引之。[25]

可知〈擣素賦〉題爲班婕妤所作由來已久，至少在李善註《文選》的初唐時期，這樣的說法仍然持續，但也已引起了一些學者的懷疑。反觀〈自悼賦〉，因《漢書·外戚傳》載：「趙氏姊弟驕妒，倢伃恐久見危，求共養太后長信宮，上許焉。倢伃退處東宮，作賦自傷悼。」[26]是以朱熹選錄此賦時亦採用《漢書》之說。

陳山毓《賦略》僅收錄〈自悼賦〉一篇，即因〈擣素賦〉的作者爲誰，在歷史上曾有過疑慮，其於〈緒論·品藻〉中言：

> 李善云：「〈擣素賦〉疑非婕妤之文。」楊用修曰：「《文選註》疑〈擣素賦〉非婕妤之作，蓋卓見也。」此賦六朝擬作無疑，然亦是徐庚之極筆。[27]

陳氏採李善及同時代人楊慎之說，遽以斷定〈擣素賦〉乃六朝人僞作，且若與「頗得託諷之軌」[28]的〈自悼賦〉相較，也只是徐陵、庾

25　見梁·蕭統編、李善等註《增補六臣註文選》（臺北：華正書局，2005年）卷13，頁248。

26　見漢·班固《漢書》卷97下，頁3985。

27　見明·陳山毓〈緒言〉，《賦略》，頁18。

28　明·陳山毓〈緒論·品藻〉「班婕妤」下引黃勉之言：「婕妤抱〈睢鳩〉、〈雞鳴〉之賢，而遘會弗淑，不冠宮儀，則充嬪舍，故睿才閑學，韞菀幽沉，及飛燕擅寵，潛蠖自保，宣之

信的綺麗之文而已。

至於賈誼賦，陳山毓《賦略》中收錄有〈惜誓〉、〈弔屈原
賦〉、〈服賦〉三篇，若依表二所列文集，除朱熹《楚辭集註》
外，其餘選錄賈誼賦作者，皆僅收錄〈弔屈原賦〉及〈服賦〉二
篇。朱子言：

> 《史》、《漢》於〈誼傳〉獨載〈弔屈原〉、〈服鳥〉
> 二賦，而無此篇，故王逸雖謂「或云誼作，而疑不能
> 明」，獨洪興祖以為其間數語與〈弔屈賦〉詞指略同，
> 意為誼作亡疑者。今玩其辭，實亦瓌異奇偉，計非誼莫
> 能及，故特據洪説，而並錄〈傳〉中二賦，以備一家之
> 言矣。[29]

朱子以〈惜誓〉文辭的瓌異奇偉判斷非賈誼莫能及，因此採洪興
祖《楚辭補註》的說法，以〈惜誓〉爲賈誼所作。時至明代，除各文
學總集未予收錄外，稍早於陳山毓的謝榛（1495-1575）也在其《四
溟詩話》中貶抑此作：

> 賈誼〈惜誓賦〉曰：「惜予年老而力衰兮，歲忽忽而不
> 返。黃鵠神龍猶如此兮，況賢者之逢亂世哉。」賈誼
> 三十而曰「衰老」，遭際漢文而曰「亂世」，氣短量
> 狹如此。《漢書·誼傳》獨載〈弔屈原〉、〈鵬鳥〉二
> 賦，而無此篇。洪興祖以為瓌異奇偉，非誼莫能及，而

賦歌，怨音清結，頗得託諷之軌。」見《賦略》，頁18。
[29] 見宋·朱熹《楚辭集註》卷8，頁153。

並錄傳中，豈興祖誤耶？[30]

是知謝榛以〈惜誓〉內容的氣量狹短，認爲此賦應非出自賈誼。陳山毓則於〈惜誓〉題解下云：

> 《楚辭》：「〈惜誓〉者，不知誰所作也。或曰賈誼，疑不能明也。」晁氏曰：「此篇卒章即弔屈原篇語，〈惜誓〉誼作無疑也。」按：王逸稱屈原沉湘之後，忠臣介士遊覽學者，讀〈離騷〉之文，莫不愀然，心為悲感。高其節行，妙其麗雅，咸嘉其義，作賦騁辭以讚其志。漢興賈誼作〈惜誓〉，莊忌作〈哀時命〉，淮南小山作〈招隱士〉，東方朔作〈七諫〉，王褒作〈九懷〉，劉向作〈九歎〉，說者皆以為述原之志云。[31]

除採晁補之的說法，並以王逸曾言漢興賈誼、莊忌等人之作皆爲「述原之志」，遽以肯定〈惜誓〉作者爲賈誼。

此外，題爲宋玉所作辭賦，《楚辭章句》收錄了〈九辯〉、〈招魂〉；《文選》收錄了〈風賦〉、〈高唐賦〉、〈神女賦〉、〈登徒子好色賦〉；《古文苑》收錄了〈笛賦〉、〈大言賦〉、〈小言賦〉、〈諷賦〉、〈釣賦〉、〈舞賦〉。以上篇章，《賦略》唯一未收入〈舞賦〉。關於〈舞賦〉的作者問題，《文選》以爲傅毅作，《古文苑》以爲宋玉作，陳山毓於品藻〈舞賦〉時，藉由更動王世貞語評，以透露〈舞賦〉作者爲傅毅，本文前已有所論述[32]，於

---

[30] 見明‧謝榛《四溟詩話》（北京：人民文學出版社，1998年）卷1，頁10。

[31] 見明‧陳山毓《賦略》卷5，頁1。

[32] 見本書頁273。

此不再贅言。至於〈笛賦〉一篇，《賦略》雖有收錄，然陳山毓於〈笛賦〉題解下引《古文苑》註云：「楚襄王立，三十六年卒，後又二十餘年而有荊卿刺秦之事，此賦果玉作耶？」並加按語言：「〈笛賦〉爲後人依託無疑，聊附之此。」[33]可見陳氏雖收錄〈笛賦〉，卻採信章樵的說法，否定宋玉爲〈笛賦〉的作者。

綜上所述，《賦略》以輯錄楚漢賦爲大宗，但並不僅止於網羅放佚，在選文及評論的小細節上，仍然可看出陳氏的賦學主張，如：

㈠在荀卿、屈原的序次安排上，陳山毓的「先屈後荀」，原則上依循祝堯《古賦辨體》，然而所持理由不同於祝堯的「以情爲本」，而是以荀卿賦「體局少變」、「致直少婉」、「固非賦才」爲由，認爲將荀卿置首，不足以爲典範，因此置於屈騷之後。如此的排列順序，有異於同時代吳訥的《文章辨體》。

㈡在賦與頌的辨別上，明代吳訥《文章辨體》、徐師曾《文體明辨》都將「頌」獨列一體，並從「詩有六義，其六曰頌」的角度，爲頌體溯源。陳山毓則以爲詩頌、賦頌不可混爲一談，且頌在先秦漢晉時期，與賦通稱，如〈洞簫頌〉即〈洞簫賦〉、〈廣成頌〉即〈廣成賦〉，非如吳訥引《文心雕龍》言「敷寫似賦」而已。

㈢在「七」是否可以獨立成體的說法上，亦不同於上述兩大以辨體爲要的當代總集。陳氏以爲若〈七發〉、〈七激〉、〈七興〉、〈七依〉等以七爲題的作品，可以獨立成體，何以〈九歌〉、〈九辯〉等作品，不能獨立成「九」體？此一質疑的提出，早於清代章學誠《文史通義》，史料意義珍貴。

㈣賈誼〈惜誓〉、班婕妤〈擣素賦〉，在歷代選集的收錄上，前者大都不收、後者幾乎皆錄，其中收或不收的疑慮，均在於此二賦的辭風與賦家本身或時代風格有異。然而，有趣的是，當多數人

---

33 見陳山毓《賦略・外篇》，頁6。

不收的賦篇，如〈惜誓〉，陳山毓即努力爲之驗明正身，加以選錄；反之，當多數人均收的作品，如〈擣素〉，陳氏則引前人有所質疑之舊說，加以擯除，似乎刻意突顯《賦略》選賦在某些篇章上的自有主張及獨特處。

㈤斷定〈舞賦〉的作者爲東漢傅毅，〈笛賦〉作者非宋玉，乃是後人依託所作。

二、魏晉南北朝賦

《賦略》收魏晉賦家21人、賦作37篇，表示如下：

賦家	《正篇》	《外篇》
王粲	〈登樓賦〉	
曹植	〈洛神賦〉、〈七啓〉	
何晏	〈景福殿賦〉	
嵇康	〈琴賦〉	
向秀		〈思舊賦〉
張華	〈鷦鷯賦〉	
木華	〈海賦〉	
成公綏	〈嘯賦〉	〈天地賦〉
潘岳	〈籍田賦〉、〈秋興賦〉、〈西征賦〉、〈閒居賦〉、〈寡婦賦〉、〈笙賦〉、〈射雉賦〉	〈懷舊賦〉、〈哀永逝〉
左思	〈三都賦〉	
左貴嬪		〈離思賦〉
陸機	〈文賦〉、〈歎逝賦〉	〈弔魏武帝〉
陸雲	〈歲暮賦〉	〈逸民賦〉、〈寒蟬賦〉
摯虞	〈思遊賦〉	
張協	〈七命〉	

賦家	《正篇》	《外篇》
郭璞	〈江賦〉	
孫綽	〈天臺山賦〉	
李嵩		〈述志賦〉
陶淵明	〈歸去來〉	〈感士不遇賦〉、〈閒情賦〉
謝靈運		〈撰征賦〉
傅亮		〈感物賦〉

由表中可知，《正篇》收賦24篇，《外篇》收賦13篇。《正篇》中除陸雲〈歲暮賦〉、摯虞〈思遊賦〉外，其餘22篇《文選》均有收錄。陳山毓雖云《文選》一書乃古文詞「一巨蠹」、「一厄運」，但實際上，凡《文選》收錄的作品，陳氏盡納入《賦略》中。唯一不同的是，向秀〈思舊賦〉、潘岳〈懷舊賦〉，以及楚漢賦中宋玉〈登徒子好色賦〉、張衡〈歸田賦〉四篇作品，陳氏將之納入《外篇》。

　　以陳氏收錄楚漢賦的情況而言，《正篇》所收作品，大多數與《文選》相同，少部分《文選》未收的篇章，則來自《楚辭》及正史本傳；至於《外篇》所收，則多取自《古文苑》及史傳；可見《文選》乃陳氏收錄楚漢魏晉賦的重要底本，在此基礎上，再旁搜前人筆記及史書，以為纂輯依據。

　　至於《正篇》、《外篇》的差別與分輯緣由，由於陳氏未曾明言，筆者僅能就其收賦狀況加以推測。大抵而言，《外篇》是以類似補充教材形式出現，其重要性在陳氏眼中不如《正篇》。以宋玉賦而言，《正篇》收〈九辯〉、〈招魂〉、〈風賦〉、〈高唐賦〉、〈神女賦〉等篇，《文選》皆見載錄；《外篇》收〈登徒子好色賦〉、〈諷賦〉、〈釣賦〉、〈太言賦〉、〈小言賦〉、〈笛賦〉等篇，除〈登徒子好色賦〉見《文選》，其餘均見《古文苑》。由於〈登徒子好色賦〉《文選》亦收，陳氏卻不將其納入《正篇》，

反而置於《外篇》，是知《正篇》、《外篇》之分並非是為補遺；加上〈笛賦〉一文，陳氏以為非宋玉所作，乃「聊附之此」，可見其對《外篇》的態度；再如馮衍〈顯志賦〉、崔篆〈慰志賦〉都出自《後漢書》本傳，屬於明志之作，然前者述其仕途坎坷於是決心歸隱以進德修業，後者則寫其屈身仕莽而無顏再仕漢；前者作賦以「自勵」，後者為賦以「自悼」；前者收入《正篇》，後者繫於《外篇》，不難看出陳氏正、外之別的用意。由此或可推斷〈登徒子好色賦〉、〈歸田賦〉、〈思舊賦〉、〈懷舊賦〉等《文選》已收四賦，陳氏何以僅輯入《外篇》的原因。

　　首先，就宋玉〈神女賦〉、〈登徒子好色賦〉而言，二賦皆描寫女性，然前者歸《正篇》，後者入《外篇》；自宋玉以下描寫女性的賦篇，曹植〈洛神賦〉、潘岳〈寡婦賦〉選入《正篇》，司馬相如〈美人賦〉、陶淵明〈閒情賦〉及江淹〈江上神女賦〉、〈麗色賦〉則列入《外篇》。宋玉、曹植筆下的神女，既美麗又識禮儀，與潘岳筆下的寡婦，皆是德容兼備的女性；反觀《外篇》所錄諸賦，賦家筆下的女子，極具美色與誘惑，尤其江淹二賦，更是沾染宮體息氣，開豔情賦寫作之風。因此，即便《文選》將〈登徒子好色賦〉與〈神女賦〉、〈洛神賦〉同列「情賦」項下，陳氏更加所區隔地將其置入不同的篇卷中。

　　其次，就張衡〈歸田賦〉而言，賦文言及「遊都邑以永久」，然而「無明略以佐時」，又「俟河清乎未期」，於是「追漁父以同嬉」，願「與世事乎長辭」[34]，因此《文選》歸入「志賦」項下。《文選》此類賦中尚有班固〈幽通賦〉、張衡〈思玄賦〉、潘岳〈閒居賦〉；此三賦，陳氏皆選入《正篇》，唯〈歸田賦〉編入《外篇》。〈歸田賦〉篇幅短小，或許是陳氏將其置於《外篇》的考量之一，但細看班、張之作，雖然都是因逢時乖違，而興起吉凶倚

---

[34] 本小節所引賦作原文，均出自陳山毓《賦略》，以下不另加註。

伏、幽微難明的慨歎，但賦文的最後皆表明決心守道、潛心學術，並未鼓勵遊於六合之外；潘岳〈閒居賦〉結語雖言「仰眾妙而絕思，終優游以養拙」，然其築室種樹、閒居讀書的地方仍在洛陽，即使歸隱，也屬市隱，此乃晚明不仕文人最時興的隱居方式；加上潘岳所謂的「養拙」，實際乃指序言所稱的「孝乎惟孝，友於兄弟，此亦拙者之爲政也」，並未棄絕人事。綜觀此三賦，皆未若〈歸田賦〉高唱「苟縱心於物外，安知榮辱之所如」般地強調「超塵埃以遐逝，與世事乎長辭」。是以，謝靈運〈山居賦〉、沈約〈郊居賦〉都被納入《正篇》，甚至陶淵明〈歸去來兮辭〉也入《正篇》。〈歸去來兮辭〉云：

> 乃瞻衡宇，載欣載奔。僮僕歡迎，稚子候門。三徑就荒，松菊猶存。攜幼入室，有酒盈樽。引壺觴以自酌，眄庭柯以怡顏。……悅親戚之情話，樂琴書以消憂。農人告餘以春及，將有事於西疇。

正是結廬人境、守拙歸田園的最佳寫照。

此外，摯虞〈思遊賦〉，《晉書·摯虞傳》云：

> 虞嘗以死生有命，富貴在天。天之所祐者義也，人之所助者信也。履信思順，所以延福，違此而行，所以速禍。然道長世短，禍福舛錯，恇迫之徒，不知所守，蕩而積憤，或迷或放。故借之以身，假之以事，先陳處世不遇之難，遂棄彝倫，輕舉遠遊，以極常人罔惑之情，而後引之以正，反之以義，推神明之應於視聽之表，崇否泰之運於智力之外，以明天任命之不可違，故作〈思

游賦〉。[35]

可見摯虞是不贊同處世不遇即拋棄彝倫、輕舉遠遊的，是故賦末言：「蹈煙熅兮辭天衢，心闒冃兮識故居。路逶遲兮情欣欣，奄忽歸兮反常閭。修中和兮崇彝倫，大道綦兮味琴書。」見錄於《賦略·正篇》。而陸雲的〈逸民賦〉言：

> 古之逸民，或輕天下，細萬物，而欲專一丘之歡，擅一壑之美，……陋此世之險隘兮，又安足以盤遊？杖短策而遂往兮，乃枕石而漱流。

吳均〈巖棲賦〉（見下表：南北朝賦收錄情況）云：

> 遠浮俗之艱險，消毀譽之損益。蹈方外之坦途，信可免於兢惕，既即陰以息影，由不行而滅跡。

兩者皆強調結廬於山、蕭蕭絕塵，且均收錄於《賦略·外篇》，由此可以看出陳氏對隱逸賦（志賦）何者為正、何者為附的標準。
　　再者，就向秀〈思舊賦〉、潘岳〈懷舊賦〉而言，兩賦同屬懷舊、悼亡之作，於《文選》中與陸機〈歎逝賦〉、潘岳〈寡婦賦〉同為「哀傷」一類，然前者陳氏置於《外篇》，後者則入於《正篇》。檢視上表（魏晉賦收錄情況）及下表（南北朝賦收錄情況）中，此類賦作的編纂情形，《正篇》錄有陸機〈歎逝賦〉、陸雲〈歲暮賦〉，《外篇》則有向秀〈思舊賦〉、潘岳〈懷舊賦〉、〈哀永逝〉、左芬〈離思賦〉、鮑照〈傷逝賦〉。向秀等人之作，不

35　見《晉書》卷51，頁1419。

僅篇幅短小，且賦文內容純粹抒發對親人、故友的悼念之情；反觀陸
氏兄弟所作，除敘述悼親之念，還多了日月流邁、生命易逝之歎，賦
中不乏哲理性的思考。〈歎逝賦〉云：

> 悲夫，川閱水以成川，水滔滔而日度，世閱人而為世，
> 人冉冉而行暮。人何世而弗新，世何人而能故？

〈歲暮賦〉言：

> 寒與暑其代謝兮，年冉冉其將老。豐顏曄而朝榮兮，玄
> 法燦其夕皓。感芳華之志學兮，悲時暮而難考。……歲
> 難停而易逝兮，情覬多而泰寡。年有來而棄予兮，時無
> 算而非我。

都是在傷悼亡故之際，寄寓了對生命的理性觀照。尤其唐代張若虛
〈春江花月夜〉言：「江畔何人初見月？江月何年初照人？人生
代代無窮已，江月年年望相似。不知江月待何人，但見長江送流
水。」[36] 應是受到上引陸機〈歎逝賦〉一段文字的啟發。是故，就指
導寫作的立場而言，陸氏兄弟的作品自然優於向秀、潘岳。至於陸機
〈弔魏武帝文〉，雖然亦數哀弔類作品，但通篇說理，與宋賦好議論
特色無異，依陳氏選文「祖騷宗漢」的標準，應難列於《正篇》。
　　以上關於《賦略》選魏晉賦的情況，由於陳氏所錄賦篇不多，且
多依《文選》為據，是以僅就《文選》有收卻為陳氏列入《外篇》的
原因進行分析，得到以下結果：
　㈠《文選》中與宋玉〈神女賦〉、曹植〈洛神賦〉同列於「情賦」

36　唐·張若虛〈春江花月夜〉，見《全唐詩》（臺北：宏業書局，1982年）卷117，頁1183。

項下的宋玉〈登徒子好色賦〉，因所述著重情欲描寫，是以列入
《賦略‧外篇》，爾後的司馬相如〈美人賦〉、陶淵明〈閒情
賦〉、江淹〈江上神女賦〉、〈麗色賦〉，皆因賦寫豔情成分居
多而列入《外篇》。

㈡《文選》中與班固〈幽通賦〉、張衡〈思玄賦〉、潘岳〈閒居
賦〉同列於「志賦」項下的張衡〈歸田賦〉，因其強調超離塵世
的隱逸之樂，不同於前述三賦的入世守樸，因此列於《外篇》
中。依此標準，故爾後的摯虞〈思遊賦〉、陶淵明〈歸去來兮
辭〉、謝靈運〈山居賦〉、沈約〈郊居賦〉皆入《正篇》；陸雲
〈逸民賦〉、吳均〈巖棲賦〉僅入《外篇》。

㈢《文選》中與陸機〈歎逝賦〉同列於於「哀傷賦」項下的向秀
〈思舊賦〉、潘岳〈懷舊賦〉，因僅抒發悼亡之情，未若陸機
〈歎逝賦〉、陸雲〈歲暮賦〉於悼念中寄寓人生哲理，是以列入
《外篇》。

由此可見，《賦略》選賦，不僅可從朝代上看出陳氏的賦學主
張，同時在篇章卷帙的安排上，也有主、從關係的分別。至於南朝賦
的選錄情況則如下：

賦家	《正篇》	《外篇》
謝靈運	〈山居賦〉	
宋孝武帝		〈擬李夫人賦〉
鮑照	〈蕪城賦〉、〈舞鶴賦〉	〈野鵝賦〉、〈傷逝賦〉、〈遊思賦〉、〈觀漏賦〉
謝朓		〈思歸賦〉、〈酬德賦〉
顏延之	〈赭白馬賦〉	
謝惠連	〈雪賦〉	
謝莊	〈舞馬賦〉、〈月賦〉	
張融	〈海賦〉	

賦家	《正篇》	《外篇》
沈約	〈郊居賦〉	
江淹	〈恨賦〉、〈別賦〉、〈學梁王菟園賦〉	〈待罪江南思北歸賦〉、〈江上神女賦〉、〈麗色賦〉、〈赤虹賦〉
張率	〈舞馬賦〉	
張纘	〈南征賦〉	
陶弘景		〈尋山誌〉
吳均		〈巖棲賦〉
蕭子雲		〈玄圃園講賦〉
梁簡文帝	〈箏賦〉	〈悔賦〉、〈金錞賦〉
不知作者	〈擣素賦〉	
梁元帝		〈玄覽賦〉
江總		〈修心賦〉

由表中可知，《賦略》收南朝賦家18人，其中一人不知姓氏[37]，賦作
《正篇》16篇、《外篇》18篇。大抵上，《文選》收錄之賦，如：
鮑照〈蕪城賦〉、〈舞鶴賦〉、顏延之〈赭白馬賦〉、謝惠連〈雪
賦〉、謝莊〈月賦〉、江淹〈恨賦〉、〈別賦〉，皆入《正篇》。
其餘如：謝靈運〈山居賦〉，陳氏眉評言：「意興所寄，言之趣味
倍眞。」張融〈海賦〉，眉評言：「頗模玄虛、景純，當時遂以爲
詭激耳。」江淹〈學梁王菟園賦〉，眉評言：「此文通盡變其聲律
而爲之者，絕非本色，間有露本色處。」張纘〈南征賦〉，眉評
言：「此篇專摹安仁，頗存典型，亦饒風致，齊梁而下，斯爲傑
作。」以上頗得陳氏佳評的篇章，亦皆見於《正篇》。

---

[37] 有關〈擣素賦〉作者的探討，見本書頁321-324。

　　至於《外篇》，除上文已有述及者之外，鮑照〈野鵝賦〉，眉評言：「起語便似律賦，風骨都盡。」江淹〈待罪江南思北歸賦〉眉評言：「文通諸賦，讀之，時得麗詞秀句，無奈風格漸下何。」可見風骨都盡、風格漸下，乃入《外篇》的主因。此外，謝朓〈思歸賦〉、〈酬德賦〉表現出消極避世的強烈願望；蕭子雲〈玄圃園講賦〉描述梁朝法會講經的盛況、江總〈修心賦〉旨在參悟佛教明心見性之法；梁簡文帝〈悔賦〉、梁元帝〈玄覽賦〉以帝王之姿，期許戰亂戡定、國家中興、勵精圖治，然皆因於侯景之亂而作，是以入《外篇》。

　　以上諸賦，雖僅被列入《外篇》，重要性不如《正篇》，卻也可看出陳氏選賦的多元性。然而在陳氏眼中，賦的發展畢竟「敝於宋，萎苶於齊梁」，因此選入《正篇》的作品少於《外篇》。

　　附帶一提的是，謝靈運〈撰征賦〉併入晉朝，〈山居賦〉則置於南朝，主要是因為〈撰征賦〉作於東晉安帝義熙十二年，〈山居賦〉則作於宋文帝元嘉二年，由於作賦時間點的不同而有如是安排。此外，綜觀《賦略》所錄之「征賦」，計有班彪〈北征賦〉、班昭〈東征賦〉、潘岳〈西征賦〉、謝靈運〈撰征賦〉、張纘〈南征賦〉、高適〈東征賦〉，當中僅謝靈運〈撰征賦〉及唐代高適〈東征賦〉見於《外篇》，其餘均見於《正篇》。原因或許在於，謝靈運的遠行是以黃門侍郎身份奉使至彭城慰勞劉裕軍，賦中多所頌讚；高適的東行則類似遊歷，所謂：「望君門之悠哉！微先容以效拙；姑不隱而不仕，宜漂淪而播越。」（〈東征賦〉語）即使書寫模式依循傳統紀行賦的寫作架構，但寫作緣由則不同於班彪避難而北行、班昭隨子赴陳留、潘岳坐太傅楊駿事出任長安令、張纘與參掌何敬容不協而遷湘州刺史，多敘天下離亂及人生哀歎，因此陳氏評張纘〈南征賦〉時是以潘岳〈西征賦〉為典範，言其「頗存典型」。

　　由於陳氏的選賦標準重在宗楚漢，魏晉以下選錄比例已明顯下降，是以北朝賦的選錄情況更為單純，如下：

賦家	《正篇》	《外篇》
張淵	〈觀象賦〉	
陽固	〈演賾賦〉	
盧思道	〈孤鴻賦〉	
蕭皇后	〈述志賦〉	
袁翻		〈思歸賦〉
李騫		〈釋情賦〉
李諧		〈述身賦〉
顏之推		〈觀我生賦〉
沈烱		〈歸魂賦〉
庾信		〈枯樹賦〉（有誤）

《正篇》收入賦家4人、賦作4篇，《外篇》收入賦家6人、賦作6篇。其中庾信賦作，於目錄頁作〈枯樹賦〉，然內文實收入〈哀江南賦〉。考《北周書·庾信傳》僅載〈哀江南賦〉、《北史》則一賦未載，是以陳氏目錄之誤，未知所由何來。因此北朝所錄十篇賦作，除沈烱〈歸魂賦〉，均見於史書本傳。

　　由於北朝賦的收錄，均是陳氏依據讀史心得加以選編安排，未受到《文選》典律效應的掣肘，因此，以下即就《正篇》所錄四賦，分析其作賦緣由及賦作意旨，再以此標準檢視《外篇》所收六賦，或許更加能看出陳氏正、外篇之分的理路。

　　張淵〈觀象賦〉，《魏書》本傳載：

　　　　明占候，曉內外星分。自云嘗事苻堅，堅欲南征司馬昌
　　　　明，淵勸不行，堅不從，果敗。……神䴥二年，世祖將討
　　　　蠕蠕，淵與徐辯皆謂不宜行，與崔浩爭於世祖前，語在
　　　　〈浩傳〉。淵專守常占，而不能鉤深致遠，故不及浩。

後為驃騎軍謀祭酒，嘗著〈觀象賦〉。[38]

又據《魏書・崔浩傳》載：

> 是年，議擊蠕蠕，朝臣內外盡不欲行，保太后固止世
> 祖，世祖皆不聽，唯浩讚成策略。尚書令劉潔、左僕射
> 安原等，乃使黃門侍郎仇齊推赫連昌、太史張淵、徐辯
> 說世祖曰：「今年己巳，三陰之歲，歲星襲月，太白在
> 西方，不可舉兵。北伐必敗，雖克，不利於上。」[39]

由此可知〈觀象賦〉之作，雖未必為勸阻北魏世宗征討蠕蠕而作，然
應是申明觀測天象以察吉凶的主張，故賦云：

> 睹夫天官之羅布，故作則於華京。……美景星之繼晝，
> 大唐堯之德盛。嘉黃星之靡鋒，明虞舜之不競。疇呂尚
> 之宵夢，善登輔而翼聖。欽管仲之察微，見虛危而知
> 命。歎熒惑之舍心，高宋景之守政。壯漢祖之入秦，奇
> 五緯之聚映。爾乃曆象既周，相伴巖際。尋圖籍之所
> 記，著星變乎書契。覽前代之將淪，咸譴告於昏世。桀
> 斬諫以星勃，紂酖荒而致彗。恆不見以周衰，枉蛇行而
> 秦滅。諒人事之有由，豈妖災之虛設。誠庸主之難悛，
> 故明君之所察。堯無為猶觀象，而況德非乎先哲。

凡人事之所由，天必有冥應，是以，「觀乎天文以察時變，聖人則

之」，乃本賦的宗旨。

陽固〈演賾賦〉，《魏書》陽固本傳言：

> 世宗末，中尉王顯起宅既成，集僚屬饗宴。酒酣問固
> 曰：「此宅何如？」固對曰：「晏嬰湫隘，流稱於今；
> 豐屋生災，著於《周易》。此蓋同傳舍耳，唯有德能
> 卒。願公勉之。」顯嘿然。他日又謂固曰：「吾作太府
> 卿，庫藏充實，卿以為何如？」固對曰：「公收百官
> 之祿四分之一，州郡贓贖悉入京藏，以此充府，未足為
> 多。且有聚斂之臣，寧有盜臣，豈不戒哉！」顯大不
> 悅，以此銜固。又有人間固於顯，顯因奏固剩請米麥，
> 免固官。既無事役，遂闔門自守，著〈演賾賦〉，以明
> 幽微通塞之事。[40]

是知陽固因得罪中尉王顯，因而免官，故作〈演賾賦〉，以闡明幽微
通塞之事，賦言：

> 以患塞為福兮，痛比干之殘軀。以佞諛為獲安兮，曬宰
> 嚭之見屠。以舉士而受賞兮，悼史遷之腐刑。以進為
> 無益兮，見鄂秋之專城。以仁義為桎梏兮，信揖讓之
> 勞疲。以放曠為懸解兮，傷六親之乖離。哀越種之被戮
> 兮，嘉范蠡之脫羈。欽四皓之高尚兮，歎伊周之涉危。
> 望仗鉞而先鋒兮，光安車而勿顧。求封賞於寸心兮，夢
> 臺袞於遠慮。或忌賢而獨立兮，或篡君以自樹。既思匿

而名揚兮，亦求清而反污。

《周易‧繫辭上》云：「聖人有以見天下之賾，而擬諸其形容，象其物宜。」[41]然而陽固上段賦中所述，盡是眾兆紛錯、變化無方。現實世界的紛亂，實際上無法確切地把握而擬諸形容、象其物宜，於是只好「攜羽民而遠遊兮，探長生之妙術」，然終因「憶慈親於故鄉兮，戀先君於丘墓」而回駕改轅，所謂：

> 還故園而解羈兮，入茅宇而返素。耕東皋之沃壤兮，釣北湖之深潭。養慈顏於婦子兮，競獻壽而薦甘。朝樂酣於濁酒兮，夕寄忻於素琴。誦風雅以導志兮，蘊六籍於胸襟。敦儒墨之大教兮，崇逸民之遠心。播仁聲於終古兮，流不朽之徽音。進不求於聞達兮，退不營於榮利。泛若不繫之舟兮，湛若不用之器。不潔其身兮，不屑於位。不拘小節兮，不求曲備。資靈運以托己兮，任性命之遭隨。既聽天而委化兮，無形志之兩疲。除紛競而靖默兮，守沖寂以無為。寄後賢以籍賞兮，寧怨時之弗知。

入世守拙，聽天委化，無求於榮利聞達，方是演賾的最終要義。此實延續班固〈幽通賦〉以來的傳統，故入於《正篇》。

盧思道〈孤鴻賦〉，《隋書》盧思道本傳載：「高祖為丞相，遷武陽太守，非其好也。為〈孤鴻賦〉以寄其情。」[42]是以此賦乃盧思道被貶遷武陽太守時，託志孤鴻的憤懣之作，賦言：

41　見《周易》（《十三經註疏》，臺北：藝文印書館，2001年），頁150。
42　見唐‧魏徵《隋書》卷57，頁1398。

> 惟此孤鴻，擅奇羽蟲，實稟清高之氣，遠生遼碣之
> 東。……忽值羅人設網，虞者懸機，永辭寥廓，蹈跡重
> 圍。始則窘束籠樊，憂憚刀俎，靡軀絕命，恨失其所。
> 終乃馴狎園庭，棲託池籞，稻粱爲惠，恣其容與。於是
> 翕羽宛頸，屏氣銷聲，滅煙霞之高想，閟江海之幽情。
> 何時驤首奮翼，上凌太清，騫翥鼓舞，遠薄層城。惡禽
> 視而不貴，小鳥顧而相輕，安控地而無恥，豈沖天之復
> 榮！

原本稟氣清高的飛鴻，一旦爲人捕獲，就只能「滅煙霞之高想，閟
江海之幽情」，甚至被惡禽、小鳥凌辱輕視，連如何「控地而無
恥」都已應之不暇，更遑論「沖天之復榮」。作者因而得出一套處
世哲學，所謂：

> 若夫圖南之羽，偉而去羡，棲睫之蟲，微而不賤，各遂
> 性於天壤，弗企懷以交戰。不聽咸池之樂，不饗太牢之
> 薦，匹晨雞而共飲，偶野鳧以同膳。匪揚聲以顯聞，寧
> 校體而求見，聊寓形乎沼沚，且夷心於溏澱。齊榮辱以
> 晏如，承君子之余眄。

鴻雁雖是奇偉卻未必值得欣羡，小蟲雖是微物卻未必可鄙下賤。因
此，孤鴻既然淪落，就只能忍辱忘榮，「聊寓形乎沼沚，且夷心於
溏澱」，整翅理羽，以求君子一眄。如此消極的人生態度，陳氏竟
評爲「古雅」而輯入《正篇》，或許正是爲透顯出晚明邊緣文人的無
奈心聲。

　　蕭皇后〈述志賦〉，《隋書》本傳記載：「帝每遊幸，后未嘗
不隨從。時后見帝失德，心知不可，不敢厝言，因爲〈述志賦〉

以自寄。」[43]可知此賦乃蕭皇后憂心煬帝失德之作，故賦中言：

> 夫居高而必危，慮處滿而防溢。知恣誇之非道，乃攝生
> 於沖謐。嗟寵辱之易驚，尚無為而抱一。履謙光而守
> 志，且願安乎容膝。珠簾玉箔之奇，金屋瑤臺之美，雖
> 時俗之崇麗，蓋吾人之所鄙。愧絺綌之不工，豈絲竹之
> 喧耳。知道德之可尊，明善惡之由己。蕩囂煩之俗慮，
> 乃伏膺於經史。綜箴誡以訓心，觀女圖而作軌。遵古賢
> 之令範，冀福祿之能綏。

賦中雖是自陳己志，但其實不乏語重心長的規勸之意，是以賦末
言：「誠素志之難寫，同絕筆於獲麟。」陳氏評為「亦自雅正」而
選入《正篇》。

　　綜觀此四賦，張淵〈觀象賦〉、蕭皇后〈述志賦〉皆主述人君治
國之道與行；陽固〈演賾賦〉、盧思道〈孤鴻賦〉皆因仕途失意而自
述處世之方，其中盧賦即便消極，卻也未棄世、遁世，可見陳氏選賦
秉持的一貫雅正、用世精神。

　　至於《外篇》六賦，袁翻〈思歸賦〉，《魏書》本傳言：

> 熙平初，除冠軍將軍、廷尉少卿，尋加征虜將軍，後出
> 為平陽太守。翻為廷尉，頗有不平之論。及之郡，甚不
> 自得，遂作〈思歸賦〉。[44]

可知袁翻〈思歸賦〉的寫作緣由，同於陽固、盧思道，然袁賦相較之

43　同前註，卷36，頁1111。

44　同前註，卷69，頁1540。

下篇幅短小，僅四百餘字，且賦中僅表達滿腹恨怨，一心只想生返洛陽，所謂：

> 彼烏馬之無知，尚有情於南北。雖吾人之固鄙，豈忘懷於上國？去上國之美人，對下邦之鬼蜮。形既同於魑魅，心匪殊於蜇賊。欲修之而難化，何不殘之云克？知進退之非可，徒終朝以默默。願生還於洛濱，荷天地之厚德。

身爲平陽太守，卻將每日所要面對的百姓形容爲鬼蜮，而終日期待能返還上國，實在有違仕宦之道，即便是賦家眞情實感，也難入於《正篇》。

李騫，《魏書》本傳僅言其歷任「大將軍府法曹參軍、太宰府主簿，轉中散大夫，遷中書舍人，加通直散騎常侍，曾爲〈釋情賦〉」[45]。至於作賦緣由，未有著墨。然賦序云：

> 單閼之年，無射之月，余承乏攝官，直於本省。對九重之清切，望八襲之崢嶸，感代序以長懷，觀爽氣而軫慮。籠樊之念既多，寥廓之想彌切。含毫有思，斐然成賦。猶潘生之〈秋興〉，王子之〈登閣〉也。廁鄭璞於周寶，編魚目於隨珠，未敢自同作者，蓋亦各言爾志云。

是知此賦是李騫於官任時模擬潘岳〈秋興賦〉之作，然賦末云：

---

[45] 同前註，卷38，頁837。

揖帝城以高逝，與人事而長辭。擊壤而頌，結草而嬉。
援巢父以戲穎，追許子而升箕。供暮餐於沆瀣，給朝餌
於瓊芝。同糟醨而無別，混名實而不治。放言肆欲，無
慮無思。

據本傳於〈釋情賦〉後載，李騫不久即加散騎常侍，殷州大中正、
鎮南將軍、尚書左丞，後因坐事免，尋又詔兼太府少卿、除征南將
軍、給事黃門侍郎，可見仕途順遂。尤其此賦作於任官之期，雖是模
仿前人〈秋興〉、〈登樓〉而作，然云願「援巢父以戲穎，追許子
而升箕」、「放言肆欲，無慮無思」，對讀書人而言，恐怕亦非最
佳典範。

　　李諧〈述身賦〉，《魏書》本傳云：「元顥入洛，以爲給事黃
門侍郎。顥敗，除名，乃爲〈述身賦〉。」[46]可知此賦是作於革
職歸家之際。賦中主要歷敘一生的仕宦經歷，而於賦末抒發一己慨
歎，並言：「願自託於魚鳥，永得性於飛沉。庶保此以獲沒，不
再罪於當今。」相較於前人不遇而能奮發自立，李諧只求不再得罪
於當道，氣格弱矣。

　　至於顏之推〈觀我生賦〉、沈烱〈歸魂賦〉、庾信〈哀江南賦〉
三賦，均有相同的寫作背景，三人皆歷經梁末侯景之亂。當建康淪
陷，蕭繹雖據江陵改元稱帝，然旋爲西魏所滅。三人被迫身羈北朝的
痛苦經驗是相同的[47]。沈烱〈歸魂賦〉寫於有幸東歸之後，其賦言：

　　　每日夕而靡依，常一步而三歎。蠻蜒之與荊吳，玄狄之

46　同前註，卷65，頁1456。

47　見唐・李百藥《北齊書・顏之推傳》（北京：中華書局，1997年），頁617；唐・姚思廉
　　《陳書・沈烱傳》（北京：中華書局，1997年），頁253；唐・令狐德棻《周書・庾信傳》
　　（北京：中華書局，1997年），頁733。

> 與羌胡。言語之所不通，嗜欲之所不同，莫不疊足斂
> 手，低眉曲躬，豈論生平與意氣，止望首丘於南風。悲
> 城邑之毀撤，熹風水之淼揚，既盡地而謁帝，乃懷橘而
> 升堂。何神仙之足學，此即雲衣而虹裳也。

與淪陷異邦相比，李騫以爲能重返南朝即是「衣雲裳虹」般地蒙受上
天恩澤了，又豈須企慕神仙之學？不難看出歸返故國的喜悅。

　　相較於李騫，顏之推似無此幸運，由賦中所言「予一生而三
化，備荼苦而蓼辛」，三化當指於揚都值侯景殺簡文而篡位，於江
陵逢孝元覆滅，於北齊又遭北周覆滅，至此而三爲亡國之人。故賦
言：

> 向使潛於草茅之下，甘爲畎畝之人，無讀書而學劍，莫
> 抵掌以膏身，委明珠而樂賤，辭白璧以安貧，堯、舜不
> 能榮其素樸，桀、紂無以污其清塵，此窮何由而至，茲
> 辱安所自臻。而今而後，不敢怨天而泣麟也。

身爲傳統儒家士大夫的一份子，顏之推最終對於一生所學予以否
定，可見悲哀之深。庾信〈哀江南賦〉亦有相同情調，賦言：「豈
知灞陵夜獵，猶是故時將軍；咸陽布衣，非獨思歸王子。」即使
庾信在北周位望通顯，卻仍見強烈的鄉關之思。

　　觀此三賦，皆述及國家淪亡、羈旅異族的沉慟之情。就陳山毓所
處的晚明而言，除了明初蒙古瓦剌部曾大舉南下，俘擄英宗，釀成
「土木之變」，嘉靖二十九年韃靼部一度兵臨北京城下，是爲「庚戌
之變」，當令讀書人有所警惕外，嘉靖三十一年，倭寇犯臺州，破
黃岩縣，殺掠慘甚，復又四散大掠象山、定海，浙東爲之騷動；次
年，又連艦數百，蔽海而至，攻吳淞江所、南匯所，屠掠極慘，分兵

掠江陰，圍嘉定、太倉[48]，當時賊勢蔓延，江、浙無不蹂躪，對於出身浙江嘉定的陳氏來說，想必更能感同身受。是以《賦略》選入沈炯等三賦，自有其時代意義，然畢竟主訴亡國之痛、流離之慘，故只得置於《外篇》。

綜觀此六賦，幾乎皆為貶謫、流寓之作，雖不乏愷切之詞，但相較於《正篇》諸賦的雅正、自勵，其格不免蕭瑟、儉狹。

三、唐宋賦

由於陳山毓以為唐賦律、宋賦俚、元賦稚，是以能符合其「以文緯情，用物彰志，雅奧婉至，多風而可繹」標準的唐賦，鮮有孑遺，更遑論宋賦俚俗、元賦稚弱[49]。因此，唐代僅李白、柳宗元賦被選納《正篇》，虞世南等人賦得列《外篇》；宋代僅蘇軾〈屈原廟賦〉得列《外篇》；元賦無一選，其具體選賦情況如下：

賦家	《正篇》	《外篇》
虞世南		〈琵琶賦〉
李百藥		〈笙賦〉
謝偃		〈聽歌賦〉、〈觀舞賦〉
李華		〈含元殿賦〉
李庾		〈兩都賦〉
鄭惟忠		〈古石賦〉、〈七夕賦〉

---

[48] 見明‧徐學聚《嘉靖東南平倭通錄》（《明清史料彙編》第8輯，臺北：文海出版社，1967年）卷1，頁3-26。

[49] 稚，有幼小、不成熟之意。筆者將陳山毓所謂的「元賦稚」，解釋為元賦稚弱，主因明初吳訥《文章辨體》論及元賦時言：「延祐設科，以古賦命題，律賦之體，縣是而變。然多浮靡華巧，抑揚歸美，至末年而格調益弱矣。」（《文體序說三種》，頁30）加上陳氏眉評常以「俳」、「弱」、「風致」等字詞為之，故將「稚」釋為「稚弱」。

賦家	《正篇》	《外篇》
高適		〈東征賦〉
李白	〈明堂賦〉、〈大獵賦〉、〈擬恨賦〉	
韓愈		〈復志賦、〈送窮文〉
柳宗元	〈懲咎賦〉、〈閔生賦〉、〈夢歸賦〉、〈晉問〉、〈乞巧〉	〈佩韋賦〉、〈弔屈原〉、〈弔萇弘〉、〈招海賈〉
劉禹錫		〈楚望賦〉
范縝		〈擬招隱士〉
蘇軾		〈屈原廟賦〉

　　前文曾提及，陳山毓《賦略》選賦的依據，楚漢、魏晉、南朝賦多以《文選》為底本，北朝賦則以史傳載錄為主，然《唐書》所載全文幾以奏疏議論文為主，文學性作品至多提及篇名，如李華〈含元殿賦〉，新、舊《唐書》均僅言及李華〈含元殿賦〉成，蕭穎士見而賞之，曰：「〈景福〉之上，〈靈光〉之下。」[50]據筆者查考，陳氏所錄唐宋賦，唯柳宗元〈懲咎賦〉一文見錄於《新唐書》本傳，其餘皆未見載錄，是以唐宋以下賦，陳氏另有選錄來源，其中最可能者為《文苑英華》、《唐文粹》。然考上述選文，《唐文粹》僅收李華〈含元殿賦〉、李庾〈兩都賦〉、李白〈明堂賦〉、〈大獵賦〉等四賦；反觀《文苑英華》，除李白賦、韓愈賦及柳宗元賦（不含〈弔屈原〉、〈弔萇弘〉、〈招海賈〉）未收外，其餘諸賦均有收錄，是以陳氏選唐賦應以《文苑英華》為主要底本，再配合《唐文粹》的可能性較高，至於李白、韓愈、柳宗元賦則應來自個人別集。

　　然而上述推論可否成立，似乎可再進一步比對。首先，就所選

---

[50] 見後晉·劉昫《舊唐書》卷190，〈李華傳〉，頁5047；宋·歐陽修《新唐書》卷203，〈李華傳〉，頁5775。

賦家、賦作而言，鄭惟忠〈古石賦〉、〈七夕賦〉，以今人眼光來說，看似較冷門，《新唐書》本傳載：

> 鄭惟忠，宋州宋城人。第進士，補井陘尉。天授中，以制舉召見廷中，武后問舉者，何所事為忠，對皆不合旨。惟忠曰：「外揚君之美，內正君之惡。」后曰：「善。」擢左司御冑曹參軍事，遷水部員外郎。后還長安，復以待制召。后曰：「非嘗於東都對忠臣者乎？朕今不忘。」遷鳳閣舍人。中宗立，擢黃門侍郎。時議禁嶺南酋戶不得畜兵，惟忠曰：「善為政者因其俗。且吳人所謂家鶴膝、戶犀渠，此民風也，禁之得無擾乎？」遂止。進大理卿。節湣太子敗，守衛註誤皆流，已決，諸韋黨請悉誅之，帝欲改推。惟忠奏：「大獄始判，復改訊，恐反側者不自安，且失信天下。」有詔百司參議，卒論如前，所全貸為多。俄授御史大夫，持節賑給河北道，且許黜陟守宰。還奏稱旨，封滎陽縣男，遷太子賓客。卒，贈太子少保。[51]

由史傳記載可知，鄭氏生平事蹟較引人註目者，唯武后召問時所對合懿旨，並於中宗時屢次建言被採納，餘者一般。而其所作賦，《文苑英華》所錄者為〈泥賦〉、〈古石賦〉，陳氏收錄的〈七夕賦〉，《文苑英華》則題為「闕名」。有趣的是，湯紹祖《續文選》（萬曆二十九年希貴堂刻本）恰有收錄〈古石賦〉、〈七夕賦〉，且賦題上原繫有作者，然筆者所見之版本，作者名號皆已抹去，或有可能即為鄭惟忠。

《續文選》目錄頁

《續文選》內文

　　此外，據《李太白文集》，李白今存賦作計有：〈明堂賦〉、〈大獵賦〉、〈大鵬賦〉、〈劍閣賦〉、〈擬恨賦〉、〈惜餘春賦〉、〈愁陽春賦〉、〈悲清秋賦〉等八賦，其於陳山毓《賦略》刊刻前，為歷代選集收錄的情況大致如下表：

	《文苑英華》	《古賦辨體》	《文章辨體》	《文章類選》	《文翰類選大成》	《續文選》
〈明堂賦〉		○			○	○
〈大獵賦〉		○			○	○
〈大鵬賦〉	○	○	○	○	○	
〈劍閣賦〉		○	○			
〈擬恨賦〉						○
〈惜餘春賦〉	○			○	○	
〈愁陽春賦〉		○				
〈悲清秋賦〉	○	○				

1. 篇目加下線者，乃《賦略》所收。
2. 朱熹《楚辭後語》、陳仁子《文選補遺》、徐師曾《文體明辨》，皆未收錄李白賦作，故不列入本表中。

　　由表中不難發現，最受選家青睞的〈大鵬賦〉僅《續文選》未收，而乏人問津的〈擬恨賦〉卻為《續文選》收錄，且《續文選》所收李白三賦，正是陳氏所收篇目；加上高適〈東征賦〉，除《文苑英華》收錄外，亦僅見於《續文選》。至於韓、柳賦的編錄，《賦略》與《續文選》重複者僅柳宗元〈晉問〉及〈弔屈原文〉，反而朱熹《楚辭後語》與之多所重疊[52]。因此，筆者以為，陳山毓纂輯唐賦時應是多方參酌，不僅止於《文苑英華》、《唐文粹》，可能還包括《楚辭後語》、《續文選》。

　　由於陳氏纂輯唐賦的來源不一，再加上陳氏對唐賦抱持貶抑的態度，是以在賦家時代的考證上也有所輕忽，「唐宋賦表」中〈擬招隱士〉的作者范縝，實為南朝梁人[53]。范縝〈擬招隱士〉一文，《文苑英華》收錄於卷三百五十八，文前乃梁孝元皇帝〈秋風搖落〉，後為盧照鄰〈獄中學騷體〉；《續文選》則將之收錄於卷十四之首，後繫劉禹錫〈何卜〉、韓愈〈享羅池〉、王廷相〈巫陽辭〉等騷體文；由於《文苑英華》、《續文選》均未註明作者時代，陳氏極有可能依〈擬招隱士〉後繫之文皆為唐人作品，因此誤判范縝為唐代人，此處乃陳氏編纂上的又一訛誤。

　　至於選文方面，陳氏以為唐賦入律，是以主張「唐室無賦」，此一看法自是延續復古派「唐無賦」之說。然而，綜觀唐人賦作，未必盡是律調，何以至於無賦？陳氏〈賦選自序〉即云：

　　　　當貞元中，以昌黎、河東之徒挺出。而韓賦凡淺，柳賦

52　今所見《楚辭後語》所收韓、柳賦作為：韓愈〈復志賦〉、〈閔己賦〉、〈別知賦〉、〈訟風伯〉、〈弔田橫文〉；柳宗元〈招海賈文〉、〈懲咎賦〉、〈閔生賦〉、〈夢歸賦〉、〈弔屈原文〉、〈弔萇弘文〉、〈乞巧文〉。見朱熹《楚辭集註》（臺北：河洛圖書出版社，1980年），頁268-294。
53　見唐‧姚思廉《梁書》卷48，〈范縝傳〉，頁664。

槁寂，卒不獲浣污沿而振麗則，可歎也。故知一代雄
譔，多專而不能為通。西京以上無論，如黃初之五言，
唐之古律，擅其一隅，獨標當時，昭後世。然方員難
周，修短不掩，故八代無文，唐室無賦矣。[54]

陳氏以為，韓愈、柳宗元乃唐代古文運動大家，雖能「文起八代之
衰」[55]，然而賦作一凡淺、一槁寂，無法洗滌前代陋習，重振「麗
則」的辭賦傳統，故整體而言唐室無賦。由此可知，「唐無賦」之
賦，乃指楚漢麗以則的詩人之賦，是以勉強可入《正篇》的作品，僅
李白、柳宗元等八賦，其入選理由，如評李白〈明堂賦〉、〈大獵
賦〉云：

二賦構體博大，造語魁梧，漢晉梗概，猶存十三。

評柳宗元賦云：

刊落鉛華，獨存風骨，洗齊梁之陋而規橅靈均。其失
也，槁而無致。（〈懲咎賦〉）
惜無觀濤、縱獵，種種奇怪，足以發其妙思者。若其造
體鍊句，則越陳思諸人而上之，欲追枚叔矣。（〈晉
問〉）
激昂感慨處，有類賈生，而時睹狷奧。（〈乞巧〉）[56]

54　見明・陳山毓《陳靖質居士文集》，頁619。
55　見宋・蘇軾〈潮州韓文公廟碑〉，《東坡全集》（《景印文淵閣四庫全書》集部第1107冊）
　　卷86，頁386。
56　以上評語均為陳山毓眉評，詳見附表六。

可知李賦因「構體博大，造語魁梧」，頗得漢晉梗概；而柳賦雖然「槁而無致」，無「足以發其妙思者」，但至少「造體鍊句，欲追枚叔」，「激昂感慨，有類賈生」，差可爲唐賦典範。

　　另外較值得註意的是，陳氏於此選入了多篇不以賦爲題的賦體雜文，如〈晉問〉、〈乞巧文〉、〈送窮文〉、〈弔屈原文〉、〈弔萇弘文〉、〈招海賈文〉等。《文心雕龍》列有「雜文」一目，據劉勰的說法，此類文章，以宋玉〈對楚王問〉、枚乘〈七發〉、揚雄〈連珠〉爲濫觴[57]。《文選》則將「對問」、「七」與「連珠」，分別立類，實則均爲賦體。又洪邁《容齋隨筆》卷十五「逐貧賦」條云：

> 韓文公〈送窮文〉、柳子厚〈乞巧文〉皆擬揚子雲〈逐貧賦〉。韓公〈進學解〉擬東方朔〈客難〉，柳子〈晉問〉擬枚乘〈七發〉、〈貞符〉擬〈劇秦美新〉，黃魯直〈跛溪移文〉擬王子淵〈僮約〉。[58]

可見〈乞巧文〉、〈送窮文〉等未以賦爲名的作品，在前人眼中仍然是賦體。至於以弔、以招、以訟爲題的作品，則被歸於騷類，如《楚辭後語》即收錄有韓愈〈訟風伯〉、〈弔田橫文〉、柳宗元〈弔屈原文〉、〈弔萇弘文〉、〈招海賈文〉。陳氏將這一類文章納入《賦略》，不同於當時《文章辨體》、《文體明辨》採《文選》將「對問」、「七」、「連珠」、「騷」、「辭」、「弔文」分別立目的細分法。多少有意彰顯賦體本爲概括多種形態的綜合體裁，同時也有意指出賦與上述各體文章之間的關係，如對「七體」分類的不以

57　見南朝梁・劉勰《文心雕龍・雜文》，范文瀾《文心雕龍註》，頁254。

58　見宋・洪邁《容齋續筆》，收錄氏著《容齋隨筆》（上海：上海古籍出版社，1978年），頁399。

為然，以及將〈漢志〉歸在「雜賦」之列的荀子〈成相〉收入《賦略》，而不同於《古賦辨體》、《文章辨體》、《文體明辨》等以古歌謠辭視之。可見陳氏選賦重在回歸漢人分類，即楚辭、頌、七、擬騷類作品均為賦，而不同意《文選》以下細分類目的作為。

宋賦唯一入選的僅蘇軾〈屈原廟賦〉，陳氏以為：「子瞻才高語多，率直不假點竄，然世所豔稱諸賦全不品，獨此稍宛轉可誦，然猶在唐人下。」由於陳氏選賦重在雅麗、風致，蘇賦語多率直、不假點竄的寫作風格，應即陳氏所謂的「宋賦俚」，然而〈屈原廟賦〉情致尚屬宛轉，因此猶有可觀，成為唯一入選的宋代作品。與馮紹祖《續文選》完全不錄宋文相較，此又是《賦略》與之有所區隔之處。

四、明朝賦

《賦略》選賦重在祖騷宗漢，因此明賦的選錄以復古派文人作品為主，具體情況如下表：

賦家	《正篇》	《外篇》
李夢陽	〈述征賦〉、〈省愆賦〉、〈疑賦〉、〈鈍賦〉、〈大復山賦〉	〈宣歸賦〉、〈緒寓賦〉、〈寄兒賦〉、〈汎彭蠡賦〉、〈泊雲夢賦〉、〈弔申徒狄賦〉、〈弔康王城〉、〈禹廟〉、〈雙忠祠〉、〈朱槿賦〉、〈感音賦〉、〈畫鶴賦〉
何景明	〈述歸賦〉、〈寡婦賦〉	
徐禎卿	〈反反騷賦〉	
王廷相		〈悼時賦〉、〈巫陽祠辭〉
黃省曾		〈閨哀賦〉
楊慎	〈戎旅賦〉	

賦家	《正篇》	《外篇》
袁裹	〈遠遊賦〉、〈思歸賦〉、〈七稱〉	
盧柟	〈幽鞫賦〉、〈放招賦〉、〈惜毀賦〉、〈廣招隱賦〉、〈懷隱賦〉、〈酬德賦〉、〈秋賦〉	〈九騷〉、〈壽成皐王賦〉、〈崑崙山人賦〉、〈嵩陽賦〉、〈夢州賦〉、〈天目山賦〉、〈嘘昆山賦〉、〈滄溟賦〉、〈雲濱賦〉、〈龍池賦〉、〈嘉禾樓賦〉
俞允文	〈蟋蟀賦〉	〈九日賦〉、〈菊賦〉
王世貞	〈離閔〉、〈沉騷〉、〈續九辯〉、〈玄嶽太和山賦〉、〈土木賦〉、〈愁賦〉、〈七扣〉	〈靜姬賦〉、〈弔夷齊〉、〈紅鸚鵡賦〉、〈白鸚鵡賦〉、〈竹林七賢圖賦〉、〈人問〉
劉鳳	〈九命〉（〈抽信〉、〈朝濟〉、〈哀三川〉、〈惜逝風〉、〈曾思〉、〈臨眤〉、〈悲杪秋〉、〈思九河〉、〈揚大江〉）、〈齊雲山賦〉、〈小山賦〉	〈菊花賦〉、〈凌秋賦〉、〈清暑賦〉

※篇目加底線者，乃《續文選》已收錄篇目。

　　首先，就選錄篇章數量而言，盧柟入選18篇爲最，李夢陽17篇居次，再次則爲王世貞13篇。陳氏於〈緒論‧品藻〉中皆給予三人極高的總體評價，其言：

　　予觀獻吉諸篇，如〈述征〉、〈省愆〉，允〈九章〉之踵武，〈大復山〉一首，實〈菟園〉之青藍。使後起詞人，知有屈、宋牧馬，而不復沿唐以後之陋，嗚呼偉哉！

予謂次楩模擬精密，而少自運之趣。然諸體悉備，庶稱雅麗，魏晉六朝之遺風，為之一振矣。

元美材高，而〈大玄嶽〉一首，雖未臻漢奧，亦自燦爛驚人，〈沉愾〉〈離閔〉獵靈均之藩籬，〈愁賦〉一章逼文通之奧妙。吾嘗論其賦，以為當軼獻吉而比肩次楩云。[59]

李夢陽一洗唐人之陋、盧柟重振魏晉六朝雅麗之風、王世貞則是超軼李氏而能與盧柟比肩；三人賦作或能踵武楚騷，或可臻於漢奧、逼於六朝，是以得到陳氏高度肯定。

然而細看陳氏評語，三人仍有高下之分，其中尤以王世貞最受推崇，言其〈大玄嶽〉雖未臻漢奧卻燦爛驚人，〈沉騷〉、〈離閔〉獵靈均藩籬，〈愁賦〉逼江淹奧妙，可說兼具楚騷、漢賦、六朝賦之優點於一身，再加上前文提及陳氏對歷代賦家、賦作的品藻多採用《藝苑卮言》語，可見陳氏對王世貞的服膺。《明史·王世貞傳》載：

世貞始與李攀龍狎主文盟，攀龍沒，獨操柄二十年。才最高，地望最顯，聲華意氣籠蓋海內。一時士大夫及山人、詞客、衲子、羽流，莫不奔走門下。片言褒賞，聲價驟起。[60]

王世貞卒於萬曆二十一年，距《賦略》纂輯完成不過二十餘年，以王氏獨操柄文壇二十年、一時士大夫莫不奔走門下的態勢看來，陳氏對

---

[59] 見明·陳山毓〈緒言〉，《賦略》，頁24-25。

[60] 見清·張廷玉《明史》卷287，頁7381。

王世貞的稱美實不足為奇。就市場角度而言，可藉此提高《賦略》聲價；就陳氏自身前途而言，亦有可能得到時人認同。因此，王世貞極度稱賞的盧柟賦，其地位也高於李夢陽，陳氏〈緒論·品藻〉引王世貞言：

> 賦至何、李，差足吐氣，然亦未是當家。近見盧次楩繁麗濃至，是伊門第一手也。[61]

王氏眼中，盧柟既是作賦第一高手，是以陳氏論王世貞賦，自然「以為當軼獻吉而比肩次楩」了。

此外，前文曾提及蘇軾〈屈原廟賦〉乃唯一入選的宋賦作品，《明史·王世貞傳》載：

> 其持論，文必秦漢，詩必盛唐，大曆以後書勿讀，而藻飾太甚。晚年，攻者漸起，世貞顧漸造平淡。病亟時，劉鳳往視，見其手蘇子瞻集，諷玩不置也。[62]

據《明史》所言，王世貞晚年文學思想有轉變，病亟時，猶手子瞻集，諷玩不置。是以陳氏之所以選錄蘇軾〈屈原廟賦〉，極有可能也是出於王世貞晚年對蘇軾態度的轉變。

再者，劉鳳賦被收錄的比例亦偏高。劉鳳，《明史》無傳，生卒年不詳，據錢謙益《列朝詩集小傳》載：

> 鳳，字子威，長洲人，嘉靖庚戌進士。……博覽群籍，

61　見明·陳山毓〈緒言〉，《賦略》，頁25。
62　見清·張廷玉《明史》卷287，頁7381。

苦心鉤索，著騷賦古文數十萬言，觀者驚其繁富，憚其
奧僻，相與駭掉慄眩，望洋而歎，以為古之振奇人也。[63]

是知劉鳳賦詰屈聱牙，應非陳氏選賦標準，故〈品藻〉云：

〈九命〉，「內不能而陽好之兮，固時俗之庸態。投之
以所必爭兮，益遠逝而不顧。」予最愛子威數語，以為
真逼〈九章〉。概觀諸賦，正惜其鍊氣太激，而面月遂
遠耳。擬六朝者，乏綺靡之致，故自不肖。[64]

實際上，陳氏對於劉鳳賦[65]的評價不高，唯〈九命〉中數語尚能真逼
〈九章〉，稍可肯定外，其餘乏善可陳，而陳氏卻大量收錄劉鳳賦
作，或許亦與王世貞病亟時，劉鳳往視有關[66]。

　　至於同為前、後七子復古派大將的何景明、李攀龍，其賦作入
選數量極少。李攀龍「材高，不肯作賦」[67]自不待言，然何景明存賦
二十餘篇，且王世貞云「賦至何、李，差足吐氣」，陳氏卻僅選錄
〈述歸賦〉、〈寡婦賦〉，其所持理由如下：

仲默繼獻吉之塵，而時傷雅弱，如〈瀘水〉諸賦，猶是
元季風流也，〈述歸〉、〈寡婦〉二篇，窺魏晉之室
矣。[68]

63　見清·錢謙益《列朝詩集小傳》（上海：上海古籍出版社，2009年）丁集中，頁484。

64　見明·陳山毓〈緒言〉，《賦略》，頁25。

65　劉鳳著有《劉子威集》（《四庫全書存目叢書》）52卷，當中賦作近20篇。

66　此外，周履靖《賦海補遺》亦掛名劉鳳，可見劉氏當時名聲；加上劉氏「博覽群集，苦心鉤
　　索，著騷賦古文數十萬言」的情況與陳山毓學思經歷十分相近，或有可能因此而選錄。

67　王世貞語，見《藝苑巵言》（《續修四庫全書》集部第1695冊）卷5，頁493。

68　見明·陳山毓〈緒言〉，《賦略》，頁24。

可知陳氏之所以不錄何賦，主因何賦雅弱，猶是元季風流，唯〈述歸〉、〈寡婦〉二賦尚能窺魏晉之室，是以入選。至此，似又能看出陳氏服膺王世貞之餘，仍不失一己之見。

其次，就所選賦篇來源而言，前此施重光《賦珍》所錄明賦，雖亦以復古派作家為主，但重複者僅李夢陽、何景明、王世貞三人，且選錄篇目不盡相同，《賦珍》所收者為：李夢陽〈大復山賦〉、〈汎彭蠡賦〉、〈泊雲夢賦〉、〈弔鸚鵡洲賦〉、〈感音賦〉、何景明〈進舟賦〉、〈九詠〉、王世貞〈二鳥賦〉。以上諸賦，《賦略》有錄者僅夢陽五賦。然而，檢視馮紹祖《續文選》，則《賦略》與之重複者達半數以上（見「表十四」中篇目加網底者）。雖然缺乏直接證據證明陳氏選明賦與《續文選》直接相關，但從選唐賦等跡象來看，《續文選》絕對是繼《文選》之後，成為陳氏編纂《賦略》的重要參考依據。

以上梳理《賦略》選賦狀況，由於陳山毓本身賦學理念極強，選賦時除明顯可見「祖騷宗漢」的傾向外，其對《文選》以來的文章辨體、分類，以及對歷代辭賦的評價都有主觀想法；同時，選本作為一種習作讀物，須考量市場效應，再加上《賦略》纂輯後不久，陳氏即參與鄉試，是故選編時又得顧及官方閱聽。以上種種因素，匯集成帙，使得表面看似極其簡單的選賦之舉，其實隱藏了編纂者的處心積慮。因此，筆者不厭其煩地就《賦略》各時代選賦情況進行剖析，看似瑣碎紛雜，卻仍能得出幾項宏觀性結論：

㈠大量收入楚、漢賦及明代復古派辭賦作品，以彰顯「祖騷宗漢」的賦學主張。

㈡將《文選》以來稱之為賦的作品，如王褒〈洞簫〉、馬融〈廣成〉、〈長笛〉等篇冠以頌題，以明早期賦、頌通稱的情形。

㈢將《文選》中「對問」、「七」、「辭」、「弔文」等分別立目的作品一併收入，以明此類文章與賦之間的直屬關係。

㈣雖視《文選》一書乃古文詞「一巨蠹」、「一厄運」，然齊梁以前辭賦作品的收錄即以《文選》為底本；齊梁以後，除北朝賦多

採錄自史傳,其餘選文則多數與《續文選》相同,由此亦可看出明代《選》學的興盛與流行。

㈤《正篇》、《外篇》之分,主要以內容雅正、風骨遒上為據,寫豔情不得狎昵傷格,抒不遇不可避世喪志,以文以雅麗、意悲而切為《正篇》之選。

第二節 《賦略》評註特色

一、評點

《賦略》一書的評點形式,包括眉評、旁批及圈點,以下分述之。

㈠ 眉評[69]

《賦略》評的部分主採眉評方式為之,語詞較為簡潔。就《正篇》而言,由於陳氏選賦依朝代為次,再加上「祖騷宗漢」的賦學觀念始終貫穿於全書,因此,有關陳氏眉評的具體情況,茲亦從楚、漢賦入手,歸納整理其特點,再以此為基礎,分析其他朝代。

陳山毓〈賦集自序〉云:

> 夫方出於矩,員出於規。規矩誰者出乎,出於方員也,方員以起矣,得五人焉,曰屈原、宋玉、枚乘、淮南八公、司馬長卿。因矩為方,仍規為員,方員亦盡矣,得一人曰子雲。非擬而發,非傍而秀,天下之為方員者,

---

[69] 由於《賦略》一書,今僅見於北京國家圖書館古籍善本室,因受限於館方複印規定,故筆者僅能於館內抄錄。然又礙於個人時間、精力有限,故僅盡可能將觸目所及之眉評資料條列而出,不足之處還請見諒為感。今將所抄錄眉評附錄於本章之後,以下引陳氏眉評語,均詳見附表六,不另註出處。

亦匪是出也，得二人焉，曰荀卿、賈誼。若夫沿波為淪，趨風為靡，祖輒合冶者，不可勝數也。[70]

陳氏以方圓、規矩比喻賦家，以為「規矩出於方圓」，是以方圓為起、為濫觴，屈原、宋玉、枚乘、淮南八公、司馬相如等人恰如方圓；然而，「因規矩亦可成方圓」，是以後出者只要透過模擬學習，亦可以轉精，揚雄則是這方面的代表；至於荀卿、賈誼，其辭賦成就非出自模擬，而後世能成方圓者，也非以其為模擬對象，在辭賦史上可說是獨立成格。若以此標準檢示陳氏眉評楚漢賦作，似乎也可得出相同結論，如：

紆徐委曲，不可測識。（評屈原〈離騷〉）

風流華靡，開後人幾許門戶。（評宋玉〈風賦〉）

模寫形容，大約以雄壯為體，以悽惋為致，此風創自宋玉，至漢而大盛矣。所謂窺情風景之上，錯貌草木之中者也，枚叔、相如皆祖此。（評宋玉〈高堂賦〉）

風氣遒上，才藻映發，絕宏放，絕瑰奇，絕沉致，絕流利，無所不妙。（評枚乘〈七發〉）

情景最妙，風格復高。（評司馬相如〈長門賦〉）

言屈騷的自然天成，不可測識；言宋玉賦風流華靡、雄壯悽惋，開啟後人門戶；以絕宏放、絕瑰奇、絕沉致、絕流利四絕，言枚乘賦無所

70　見明・陳山毓〈賦集自序〉，《陳靖質居士文集》，頁619。

不妙；以情景最妙，風格復高，言司馬相如賦，在在顯示出四人在辭賦史上的崇高地位。且由於陳氏評賦相當重視所謂的創始、濫觴，是以班彪即使不在方圓之列，然其〈北征賦〉開啓後世紀行賦的寫作模式，因此也得到陳氏高度評價，所謂：

> 文溫以麗，意悲而遠，斯賦有焉。後之紀行者，大率祖此。

可見陳氏對於「方圓」者（創始者）的肯定。至於「規矩而能成方圓」者，陳氏於〈賦集自序〉以爲只得揚雄一人，因其〈甘泉賦〉雖「模擬斟酌」，卻得「法致兩極」，亦即除了模擬形式（法）之外，還能得風雅之致。而張衡〈二京賦〉陳氏評曰：

> 步驟孟堅，而益以弘大，附以藻繪，頗覺有色。

張衡雖不在「規矩而能成方圓」之列，然因〈二京賦〉「藻繪有色」，亦得陳氏肯定。此外，陳氏認爲傅毅所作的〈舞賦〉，因前人視爲宋玉之作，故陳氏評曰：

> 此篇瑰奇宏壯，兼多姿態，厠之玉賦中，幾無愧色矣。

似乎也可稱得上是「規矩而能成方圓」者。至於其他賦作，若僅止於學步效顰，且語多俳調，陳氏則有所否定，如：

> 原本〈七發〉而宏衍之，展轉效顰，遂成可厭。（評王褒〈洞簫賦〉）

> 語多欲俳，而通章讀之，猶知是西京物。（評劉向〈九歎〉）

「哭殷紂於牧野，詔伊尹於簸郊兮……」以下章句多雷同，少變化。（評馮衍〈顯志賦〉）

造體雅奧，鍊字精工，但鋪錦列繡，所乏生意耳。（評班固〈幽通賦〉）

其原出於相如，質直有餘，流動不及。視西京則已俳，較魏晉則猶古矣。（評班固〈兩都賦〉）

規摹〈騷經〉，旁及〈幽通〉，頗精工博大，恨未能出新意耳。（評張衡〈思玄賦〉）

古色非不犖然，遂無復自運處。（評馬融〈廣成頌〉）

規摹作者，不免儉狹。（評邊讓〈章華賦〉）

以上賦作，陳氏以為雖不乏造體雅奧、精工博大之處，但只是模擬仿效、缺乏新意，再加上鋪錦列繡、語多欲俳，應即〈賦集自序〉所謂的「沿波為淪，趨風為靡」。然而此類賦作，卻仍得以選入《正篇》，或許陳氏更為看重的是規摹〈騷經〉、原本〈七發〉、出於相如的雅奧博大、古色犖然。

此外，由於陳氏以為荀、賈賦「非擬而發，非傍而秀，天下之為方員者，亦匪是出」，是以評荀卿〈禮賦〉云：「儒者之賦，說理有餘。」評〈遺春申君賦〉云：「此篇風雅之致稍備，似勝諸賦。」[71]皆僅單純點出該賦特色，無涉及創新、模擬等批評用語，而評禰衡〈鸚鵡賦〉云：「此賦聲價噪甚，當由重其捷耳。」亦是如

---

71 此處所謂的諸賦，當指〈禮〉、〈智〉等儒者之賦。

此。

　　綜上所述，陳氏對於賦家賦作的批評，在傳承上，重在「祖」、「述」，即創始與規矩，然強調規矩前人時，須能自運、有新意，切忌隨人腳後，一味地模擬效顰；在風格上，重雅奧、瑰奇、遒勁、宏大，也重紆徐委曲；在語言上，雖強調華靡、藻繪，卻反對俳儷。

　　以此標準檢示魏晉以下眉評，如：

> 所謂集群葩而呈秀，似少爛發處。（評曹植〈七啟〉）

> 造體弘富，遣辭雅雋，欲追平子而軼孟堅。（評左思〈三都賦〉）

> 頗有淋漓滿志處，似勝子建。（評張協〈七命〉）

> 俳調中，稍覺老成，不乏風采，似勝希逸。（評張率〈舞馬賦〉）

> 此篇專摹安仁，頗存典型，亦饒風致，齊梁而下，斯為傑作。（評張纘〈南征賦〉）

> 構體博大，造語魁梧，漢晉梗概，猶存十三。（評李白〈明堂賦〉）

> 刊落鉛華，獨存風骨，洗齊梁之陋而規橅靈均。（評柳宗元〈懲咎賦〉）

> 惜無觀濤、縱獵，種種奇怪，足以發其妙思者。若其造體鍊句，則越陳思諸人而上之，欲追枚叔矣。（評柳宗

元〈晉問〉）

激昂感慨處，有類賈生，而時睹狷奧。（評柳宗元〈乞巧〉）

此及〈省愆〉，竝原本〈九章〉，情事淋漓，音律調暢，盡洗齊梁而下風雲之陋，亦不為子厚之枯寂者。（評李夢陽〈述征賦〉）

原本荀卿，亦自古奧。（評李夢陽〈疑賦〉）

此次梗〈雲濱〉諸賦之濫觴也，是故君子慎作法。（評李夢陽〈大復山賦〉）

得其雅奧，革其聱牙，其〈苑園〉之青藍乎。（評李夢陽〈大復山賦〉）

能出新意，絕無動詞，知弇州之才，才而奇也。（評王世貞〈七扣〉）

皆從祖述前人的角度出發，或言其頗存典型，或云其出之青藍，或賞其能出新意，基本上均以能否規撫楚騷漢賦為品評基準，而當中評李夢陽〈大復山賦〉為盧柟〈雲濱〉諸賦的濫觴，而期勉士子「慎作法」，則又是重創始的表現。

又如：

平叔賦多作疏簡真樸語，緣當塗之代猶未尚綺靡、工勾棘也。（評何晏〈景福殿賦〉）

　　　無棘態，無俳調，長才雅韻，獨秀當年，以陸耦潘，未
　　　之或信。（評潘岳〈西征賦〉）

　　　東京以來，篇章之利病，亦自略盡，然遂無一語不俳。
　　　（評陸機〈文賦〉）

　　　亦是俳調，頗覺高亮。（評孫綽〈天臺山賦〉）

　　　意興所寄，言之趣味倍真，猶未脫俳耳。（評謝靈運
　　　〈山居賦〉）

　　　有韻有致，然傷弱矣，是又俳之。（評鮑照〈蕪城
　　　賦〉）

以上品評賦作的語言特色，多集中在六朝賦，且以是否尚勾棘、作
俳語爲評判依據，如言潘岳〈西征賦〉能獨秀當年，其中一原因即
「無棘態，無俳調」，而陸機〈文賦〉因「無一語不俳」，是以
前人「以陸耦潘」，陳氏卻不以爲然。又如言謝靈運〈山居賦〉雖
寄意興，可惜仍未擺脫駢儷；鮑照〈蕪城賦〉有韻有致，卻傷於俳
句。由此可見陳氏對於駢儷偶句的排拒，以是對於唐代律賦更加反
對。然而，以上賦作亦入《正篇》，可證，陳氏選賦正、外之分的判
準，應是筆者前文所論，以風格內容爲主要考量。
　　再者如：

　　　寫事疏暢，造語閒雅，汪汪萬頃，而瀠洄處婉轉多致，
　　　風流蘊藉，不可復得。（評潘岳〈西征賦〉）

　　　高情雅致，幾欲冒真矣。（評潘岳〈閒居賦〉）

宛轉沉致。（評潘岳〈寡婦賦〉）

真寫高曠之趣，真令十載而下，想見其風矣。（評陶潛
〈歸去來辭〉）

精密中，頗饒風致。（評謝惠連〈雪賦〉）

古雅。（評盧思道〈孤鴻賦〉）

諸賦刻畫宋、馬，宏富奇偉。（評盧柟〈幽鞫賦〉）

以上則是針對賦風加以評論，從「婉轉多致」、「風流蘊藉」、
「高情雅致」、「宛轉沉致」、「高曠之趣」、「頗饒風致」、
「宏富奇偉」、「古雅」等用語看來，仍不出以屈騷「紆徐委
曲」、漢賦「博雅高古」為標的的品騭範疇。

　　就《外篇》而言，陳氏眉評重在指出該賦的不足之處，包括：

㈠魯魚亥豕，錯誤過多。如評揚雄〈蜀都賦〉云：「颯颯大篇，
　似不當置此，無奈魚豕何耳。」

㈡議論過重，辭藻不逮。如評杜篤〈論都賦〉云：「〈兩都〉之
　流，辭藻稍不逮。」評蘇軾〈屈原廟賦〉云：「子瞻才高語
　多，率直不假點竄，然世所豔稱諸賦全不品，獨此稍宛轉可
　誦，然猶在唐人下。」

㈢麗辭偶句，風格都盡。如評司馬相如〈美人賦〉云：「穠纖欲
　勝宋玉。」評陶潛〈閒情賦〉云：「『魂須臾而九遷，願在衣
　而……』本平子〈定情〉八詩，非不纖治卻傷格。」評鮑照
　〈野鵝賦〉云：「起語便似律賦，風骨都盡。」評江淹〈待罪
　江南思北歸賦〉云：「文通諸賦，讀之，時得麗詞秀句，無奈
　風格漸下。」

㈣語雖新拔，才不如古。如評李夢陽〈禹廟〉、〈雙忠祠〉云：

「二篇氣厚而意懇，語亦新拔，似勝退之，然視〈九歌〉，
猶十不得三。」

㈤多襲故思，鮮能抽新。如評俞允文〈九日賦〉云：「仲蔚數賦
擬晉宋，占十得其二三，然句多襲故思，鮮抽新，當由才弱
故耳。聊錄一二，以志梗概。」評王世貞〈紅鸚鵡賦〉云：
「其託意遣詞處，彷彿正平。」

綜觀陳氏眉評，不外乎集中於體制、風格、辭藻等三方面，而三
者之中，規摹體制進而自成新意尤為重要，陳氏曾將所作之賦加以自
別等第，其云：

> 余命觚於茲，幾十祀矣。緣方準員，因情生文，然詞賦
> 非一時可就也，故未能多得，蓋試自第之：嘗為〈七
> 夕〉、〈感逝〉諸篇矣，陶、盧、謝、陸，旁及江、
> 鮑，是綺繪之遺也；為〈愁〉、〈霖〉諸章矣，品擬
> 〈江〉、〈海〉，上延枚、揚，是閎衍之系也；為〈重
> 離騷〉、〈九辯〉諸什矣，獻吉云，襲其意而異其言，
> 是婉惻之概也；為〈撰志〉之詠矣，非拾澤畔，非襲
> 揚、班，其欲成一家言者乎。[72]

由「綺繪之遺」，至「閎衍之系」、「婉惻之槩」，再至「成一
家言者」，正是辭藻、風格、自成新意三面向。陳氏對自作賦的品
騭，可以說是《賦略》眉評的最佳註解。

㈡旁批

《賦略》中旁批的部分不多見，故僅就筆者初步所見，以屈原
〈離騷〉、枚乘〈七發〉及司馬相如〈長門賦〉為例，摘舉如下：

---

[72] 見明・陳山毓〈賦集自序〉，《陳靖質居士文集》，頁619。

〈離騷〉	平句　　　　　　勁句
	帝高陽之苗裔兮，朕皇考曰伯庸。攝提貞於孟陬兮，惟庚寅吾以降。
	長句　　　　　　　　　短句
	皇覽揆余初度兮，肇錫余以嘉名。名余曰正則兮，字余曰靈均。
	語本作對都不覺
	○○○○○○○　　○○○○○○　　○○○○○○○　　○○○○○○○
	彼堯舜之耿介兮，既遵道而得路。何桀紂之昌披兮，夫唯捷徑以窘步。
	可悲
	○○○○○○○○○　　○○○○○○
	余固知謇謇之為患兮，忍而不能舍也。
	原長句止此
	○○○○○○○○○　　○○○○○○
	苟余情其信姱以練要兮，長顑頷亦何傷？
	此言便已然
	○○○○○○○
	願依彭咸之遺則。
	可涕
	○○○○○○○　　○○○○○○○
	寧溘死以流亡兮，余不忍為此態也。
	獨重華可與語耳
	○○○○○○○　　○○○○○○
	濟沅湘以南征兮，就重華而敶詞。
	似真欲上征矣
	○○○○○○○　　○○○○○○○　　○○○○○○
	耿吾既得此中正，駟玉虬以乘鷖兮，溘埃風余上征。
	甚於痛哭
	○○○○○○　　○○○○○○
	豈其有他故兮，莫好修之害也。

	千言縱橫　一語收住 ○○○○○○ 忽臨睨夫舊鄉。
〈七發〉	翔字是句法 獨鵠晨號乎其上，鷗雞哀鳴翔乎其下。
	形容絕妙 ○○○○　○○○○　○○○○　○○○○ 楚苗之食，安胡之飯，摶之不解，一啜而散。
	如畫 ○○○○○○○○　○○○○　○○○○○ 陽氣見於眉宇之間，侵溢而上，幾滿大宅。
	惟恐其盡 ○○○　○　○○○ 太子曰：善，願復聞。
〈長門賦〉	祝氏曰纏綿之甚 ○○○○○○　○○○○○○　○○○○○○○　○○○○○○ 揄長袂以自翳兮，數昔日之諐殃。無面目之可顯兮，遂頹思而就床。

　　由表中可知，陳氏旁批處多有圈點，應是為解釋圈點意義。至於內容多屬個人閱讀心得，偶有解釋句意。且從〈離騷〉第一、二、五列中的「平句」、「勁句」、「短句」、「長句」，以及〈七發〉第一列的「翔字是句法」等批語可知，陳氏有意就句法、句式進行分析，可惜所見例證不多，此後僅於馬融〈圍棋賦〉見賦首眉評曰：「短句自勁。」

　(三) 圈點

　　基本上，圈點的目的在於提示讀者重點，以發人深思；然而，除非圈點者有輔以文字說明，否則都只能予人一種朦朧的印象[73]。由於

---

[73] 見孫琴安《中國評點文學史》（上海：上海社會科學院出版社，1999年），頁6。

《賦略》一書未有凡例，是以陳氏如何運用這些符號，以及使用這些符號的意義爲何，茲將做一簡單梳理。

《賦略》中所使用的圈點符號僅有「、」、「○」二種，基本上是用以斷句及提示重點。

就斷句言，有些篇章以圈爲斷句，如〈離騷〉、〈惜誓〉、〈長門賦〉，有些篇章則以點爲斷句，如〈兩都賦〉、〈自悼賦〉、〈思玄賦〉；若有序者，則序以點斷句，正文以圈斷句，然亦有例外者，如陸雲〈歲暮賦〉，序及正文皆以點斷句；此外，尚有一賦之內，以前點後圈斷句者，如王粲〈登樓賦〉。總之，體例相當不一。

就提示重點言，通常使用圈者，偶爾會加以眉評、旁批說明，旁批之例可參見前表，在此僅舉眉評例，如賈誼〈惜誓〉：

○○○○○○　○○○○○○　○○○　○○○○○○
黃鵠之一舉兮，知山川之紆曲；再舉兮，睹天地之圜方。

眉評云：「風旨高曠。」又如漢武帝〈悼李夫人賦〉：

○○○○○○○　○○○○○○　○○○○○○○
託沉陰以壙久兮，惜繁華之未央。念窮極之不還兮，
○○○○○○
惟幼眇之相羊。

眉評云：「寫情哀，造語雋，自是才人之秀。」

至於使用點者，通常沒有說明，如謝莊〈月賦〉：

聆皐禽之夕聞，聽朔管之秋引。於是絲桐練響，音容選

和。徘徊〈房露〉，惆悵〈陽阿〉，聲林虛籟，淪池滅波。情紆軫其何託？訴皓月而長歌。歌曰：「美人邁兮音塵闕，隔千里兮共明月；臨風歎兮將焉歇？川路長兮不可越。」歌響未終，餘景就畢；滿堂變容，迴徨如失。又稱歌曰：「月既沒兮露欲晞，歲方晏兮無與歸；佳期可以還，微霜霑人衣。」

文中僅於「○」者上方眉欄評曰：「宛然。」其餘凡標「、」處，皆無任何文字說明。雖然如此，但仍可由文中加點處，判斷陳氏的用意，以上引〈月賦〉為例，文中主要描寫月夜下的琴聲，以及賞月者的羈旅心情，陳氏特別以點標出，應是強調此處引文乃〈月賦〉的旨意。又如賈誼〈弔屈原賦〉：

闒茸尊顯兮，讒諛得志；聖賢逆曳兮，方正倒植。世謂隨、夷為溷兮，謂跖、蹻為廉；莫邪為鈍兮，鉛刀為銛。

彌衡〈鸚鵡賦〉：

感平生之遊處兮，若壎箎之相須。何今日之兩絕，若胡

越之異區。順籠檻以俯仰，窺戶牖以跼蹐。想崑山之高

峻，思鄧林之扶疏。顧六翮之殘毀，雖奮迅其焉如？心

懷歸而弗果，徒怨毒於一隅。苟竭心於所事，敢背惠而

忘初。

上述兩段引文，其實就是賈誼爲賦弔屈原、禰衡賦詠鸚鵡的主要心
聲。由此可見，陳氏加點處雖無特別註記解釋，然讀者應不難讀出其
用心。

是以，就重點提示而言，使用圈者，乃陳氏表達個人閱讀感想
處，多於眉欄、行間加以文字說明；使用點者，則多是指該賦作的中
心主旨。

二、註釋

《賦略》註釋的部分，主要以解題、註音爲主，亦有少部分校
正，以下分別述之。

(一) 解題

《賦略》共收錄賦作306篇，於題下置解題文字者僅77篇，包括
《正篇》64篇、《外篇》13篇[74]。題解的來源則有《楚辭》、《荀
子》、《西京雜記》、《文選》、《古文苑》、《太平寰宇記》、史

---

[74] 具體內容詳見附表七。

書傳記，以及陳山毓自著者，以下簡單表列：

題解來源	篇目
《楚辭章句》	〈離騷〉、〈九歌〉、〈天問〉、〈九章〉、〈遠遊〉、〈卜居〉、〈漁父〉、〈九辯〉、〈招魂〉、〈大招〉、〈惜誓〉、〈招隱士〉
《荀子》	〈禮賦〉、〈遺春申君賦〉
《西京雜記》	〈文木賦〉
《文選》	〈長門賦〉、〈北征賦〉、〈東征賦〉、〈南都賦〉、〈長笛頌〉、〈魯靈光殿賦〉、〈鸚鵡賦〉、〈登樓賦〉、〈景福殿賦〉、〈射雉賦〉、〈江賦〉、〈天臺山賦〉、〈蕪城賦〉、〈赭白馬賦〉、〈歸田賦〉
《古文苑》	〈逐初賦〉、〈笛賦〉
《太平寰宇記》	〈禹廟〉、〈雙忠祠〉
史書傳記	〈弔屈原賦〉、〈服賦〉、〈悼李夫人賦〉、〈子虛賦〉、〈哀二世賦〉、〈大人賦〉、〈自悼賦〉、〈反離騷〉、〈甘泉賦〉、〈河東賦〉、〈羽獵賦〉、〈長楊賦〉、〈顯志賦〉、〈幽通賦〉、〈西都賦〉、〈二京賦〉、〈思玄賦〉、〈廣成頌〉、〈章華賦〉、〈鷦鷯賦〉、〈嘯賦〉、〈籍田賦〉、〈西征賦〉、〈閑居賦〉、〈山居賦〉、〈舞馬賦〉、〈海賦〉、〈郊居賦〉、〈舞馬賦〉、〈南征賦〉、〈孤鴻賦〉、〈懲咎賦〉、〈慰志賦〉、〈論都賦〉、〈述志賦〉、〈撰征賦〉、〈感物賦〉、〈述身賦〉、〈哀江南賦〉
陳氏自著	〈述征賦〉、〈述歸賦〉、〈九命〉、〈緒寓賦〉

由上表可知，歷代史書、《文選》及《楚辭》，乃陳氏纂輯《賦略》的重要參考依據，從選文、列傳，以至題解，均以之為參酌。

關於題解的內容，主要在於說明作賦緣由，如屈原〈九章〉題下云：

《楚辭》：「屈原放於江南之壄，思君念國，憂心罔極，故復作〈九章〉。」

張衡〈南都賦〉題下云：

《文選》註：「南都者，光武舊里，故置都焉。時議欲廢之，衡乃作〈南都賦〉以風。」

張華〈鷦鷯賦〉題下云：

本傳：「華初未知名，著〈鷦鷯賦〉以自況。」

如此解題的好處是：可令讀者快速掌握賦家寫作動機，在尚未進入文本前，得知賦文的可能走向，對於理解賦文本身有極大幫助。而明代作品因無史書記載可供參酌，當代幾部文選集也未繫有解題，對此，陳氏即稍加題解，但僅至止於李夢陽〈述征賦〉、〈緒寓賦〉、何景明〈述歸賦〉、劉鳳〈九命〉等四篇，解題如下：

正德三年，逆瑾蓄憾未已，必欲殺夢陽以舒其憤，乃羅織他事，械繫北行，夢陽在途，述所經歷，作〈述征賦〉，在獄作〈省愆賦〉。（〈述征賦〉）

與〈宣歸〉同作。（〈緒寓賦〉）

景明登朝，頗有齟齬之歎，既罷歸，遂究思著作之原，又欲效子長好遊之意，抗志浮雲，徹跡九有，以博其大觀，於是敘出處之概，援聖賢之風，揄始終之志而作〈述歸賦〉。（〈述歸賦〉）

時在豫州。(〈抽信〉)

時濟河有事於衛，從醢醝使者而監撫者，適不說也，故臨流而徬皇。(〈朝濟〉)

伊藩方僭恣，受符察之，為遷其黨於汝，同列欲攘其功，使不竟。(〈哀三川〉)

既受憲悲，為讒所沮，泥不得舉其操繩。(〈惜逝風〉)

已涉江而南遊，思曠遠極所之，遑遑乎繫心於初，託之列仙以見意也。(〈揚大江〉)

以上解題，多依據賦文內容而來。換言之，各賦作的寫作緣由及主旨，即使古書未及載錄，陳氏亦可自行加註，然或因數量過於龐大而無法兼顧，殊爲可惜。

㈡注音

《賦略》注音兼採直音法與反切法，且均置於眉欄。以〈七發〉爲例，如：

「朝則鸝黃、鳱鴠鳴焉。」句註：「鳱，音邊；鴠，音旦。」

「溷漻蕎蓼，蔓草芳苓。」句註：「溷漻，音宋寥；蕎蓼，音儔了。」

「犓牛之腴，菜以筍蒲。」句註：「犓，楚俱反。」

「摶之不解，一啜而散。」句註：「摶，徒丸反。」

此外，尚有兼註聲調，如：

> 「今太子膚色靡曼，四支委隨。」句註：「委，平聲。」
> 「肥狗之和，冒以山膚。」句註：「和，去聲。」
> 「旬隱匈磕，軋盤湧裔。」句註：「匈，上聲。」

並兼及指出錯別字、古今字、異體字，如：

> 「雜裾垂髻，目窕心與。」句註：「窕，當作挑。」
> 「弭節伍子之山，通厲骨母之場。」句註：「骨，當作胥。」
> 「滾漻薵蓼，蔓草芳苓。」句註：「苓，古蓮字。」
> 「蹈壁沖津，窮曲隨隈，逾岸出塠。」句註：「塠，堆同。」

同時詳細說明一字不同聲調的讀法，以〈離騷〉為例，如：

> 「乘騏驥以馳騁兮，來吾道夫先路。」句註：「道，凡
> 訓導者，去聲。」
> 「彼堯舜之耿介兮，既遵道而得路。」句註：「道，凡
> 訓道者，上聲。」
> 「憑不猒乎求索。」句註：「索，凡訓求者，音色量，
> 平聲。」
> 「索胡繩之纚纚。」句註：「索，凡繩索之索，蘇各反。」
> 「又好射夫封狐。」句註：「射，凡泛言，去聲，以射
> 其物言，入聲。」
> 「飲余馬於咸池兮。」句註：「飲，凡以飲飲之，去聲。」

此外，若有一字多音的讀法，亦會一併指出，如：

「玉色頩以脕顏兮。」句註:「脕,晚、萬二音。」
(〈遠遊〉)

「受物之汶汶者乎?」句註:「汶,門、昏二音。」
(〈漁父〉)

「檻檽蛪以黝軋兮。」句註:「蛪,屈、厥二音。」
(〈幽鞞賦〉)

以上爲《賦略》注音方式。除了以直音、反切法標註音讀外,偶爾亦
會標出聲調,並詳加解釋一字因訓義不同而有不同聲調的現象,以及
一字多音的讀法。此外,也兼及指出讀音相同的錯別字、古今字、異
體字。由此可看出陳氏在註音方面所下的功夫,眉欄因而往往爲註音
填滿。

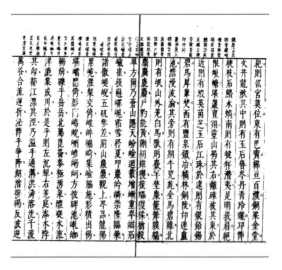

宋玉〈笛賦〉注音舉隅

(三)校正

《賦略》涉及校正的部分不多,除注音時指出「某,當作某」的

錯別字之外，尚可於眉欄處略見一二衍文及互訛的勘正，如：

> 「曰黃昏以為期兮，羌中道而改路。」句註：「曰黃昏
> 二句衍文。」（〈離騷〉）
> 「郁郁乎其遇時之不祥也，拂乎其欲禮義之大行也。」
> 句註：「郁郁、拂字互誤。」（〈遺春申君賦〉）
> 「水背流而源竭兮。」句註：「源、流字互誤。」
> （〈惜誓〉）

此外，陳氏於董仲舒〈士不遇賦〉賦末提及：

> 按：「非吾族矣」，族，舊作徒，義雖可通，而韻不
> 協。竊心疑之，及讀《藝文類聚》，徒正作族。又「末
> 俗以辯詐而期通兮，貞士以耿介而自束」，舊作「以辯
> 詐而期通兮，貞士耿介而自束」，文義欠明，乃知古文
> 辭之謬固多如此。

又，揚雄〈蜀都賦〉賦末亦云：

> 此賦錯誤最多，「相與如乎陽瀨巨沼」，舊乎作平，瀨
> 作頻，巨作叵，杳不知何語。讀《文選》乃得其真。
> 「勝掩腥臊」，舊作「朦厭腥臊」，亦殊不可解，「迎
> 春送冬」，舊本作臘，亦不叶韻，今偶得之他書如此，
> 其他魚豕，陋目鮮見，不能悉正也。

綜觀《賦略》一書，全帙中僅〈士不遇賦〉及〈蜀都賦〉的校正有論
有據，其餘置於眉欄者，均直接指明錯誤，然所憑為何，則未能說

明。據筆者考證，上述衍文及文字互訛的勘誤，均可見於朱熹《楚辭集註》，如：「曰黃昏以爲期兮，羌中道而改路。」朱《註》云：

> 無此二句。洪曰：「王逸不註此二句，後章始釋羌義。疑此後人所增也。」[75]

又：「郁郁乎其遇時之不祥也，拂乎其欲禮義之大行也。」朱熹引楊倞《註》云：

> 楊倞曰：「郁郁，有文章貌。拂，違也。此蓋誤耳，當為拂乎其遇時之不祥也，郁郁乎其欲禮義之大行也。」[76]

又：「水背流而源竭兮。」朱《註》云：

> 背流而源竭，疑當作背源而流竭。王逸註云：「水背其源，泉則枯竭。」似當時本末誤也。[77]

是以陳氏校正實際乃參考前人舊說，卻不標明出處，確實是明代選本一大陋習。

第三節　結語

本章節就《賦略》選文、評註等方面進行梳理，得到以下結果：首先，就選賦情況而言，《賦略》收賦以楚、漢爲大宗，占全

---

[75] 見宋・朱熹《楚辭集註》卷1，頁6。

[76] 見宋・朱熹《楚辭後語》卷1，收錄於氏著《楚辭集註》，頁219。

[77] 見宋・朱熹《楚辭集註》卷8，頁156。

書的40.52%，幾乎近半；其次則爲明代，占24.51%，所收賦篇多爲李夢陽、何景明等復古派文人作品；再次爲南北朝（含隋代）、魏晉，分別爲14.37%、12.09%；唐宋賦收錄最少，僅8.2%，宋代甚至僅於外集中收錄蘇軾〈屈原廟賦〉一篇，元代更是一賦未取，由此可見陳氏「祖騷宗漢」的賦學傾向。

　　此外，據筆者深入剖析，陳氏除於選賦數量上明顯可見各朝代差異外，其於賦家序列、文體之辨，《正篇》、《外篇》之分的安排上，也隱含了個人見解。如：在荀卿、屈原的序次安排上「先屈後荀」，雖是依循祝堯《古賦辨體》，然而所持理由不同於祝堯的「以情爲本」，而是以荀卿賦「體局少變」、「致直少婉」、「固非賦才」爲由，認爲將荀卿置首，不足以爲典範，因此置於屈騷之後。又如：在「七」是否可以獨立成體的說法上，亦不同於上述以辨體爲要的當代兩大總集。陳氏以爲若〈七發〉、〈七激〉、〈七興〉、〈七依〉等以七爲題的作品，可以獨立成體，何以〈九歌〉、〈九辯〉等作品，不能獨立成「九」體？此一質疑的提出，早於清代章學誠《文史通義》，史料意義珍貴。至於《正篇》、《外篇》之分，主要以內容雅正、風骨遒上爲據，寫豔情不得狎暱傷格，抒不遇不可避世喪志，以文以雅麗、意悲而切爲《正篇》之選。

　　再者，陳氏的選文來源，據筆者查考，陳氏雖視《文選》一書乃古文辭「一巨蠹」、「一厄運」，然齊梁以前辭賦作品的收錄即以《文選》爲底本；齊梁以後，除北朝賦多採錄自史傳，其餘選文則多數與《續文選》相同，由此亦可看出明代《選》學的興盛與流行，陳氏亦難免於其外。

　　其次，就評註特色而言，可分爲評點與註釋。其中評點形式，包括眉評、旁批及圈點。

　　以眉評言，陳氏對於賦家賦作的批評，在傳承上，重在「祖」、「述」，即創始與規矩，然強調規矩前人時，須能自運、有新意，切忌隨人腳後，一味地模擬效顰；在風格上，重雅奧、瑰奇、遒勁、宏大，也重紆徐委曲；在語言上，雖強調華靡、藻繪，卻反對俳儷。換

言之，陳氏眉評，不外乎集中於體制、風格、辭藻等三方面，而三者之中，規摹體制進而自成新意尤為重要。是以陳氏品評六朝以下賦家時，從祖述前人的角度出發，或言其頗存典型，或云其出之青藍，或賞其能出新意，基本上均以能否規撫楚騷漢賦為品評基準；又如評李夢陽〈大復山賦〉為盧柟〈雲濱〉諸賦的濫觴，而期勉士子「慎作法」，即是重創始的表現。

以旁批言，《賦略》中旁批的部分不多見，且旁批處多有圈點，應是為解釋圈點意義，內容則多屬個人閱讀心得，偶有句意解釋。

以圈點言，《賦略》中所使用的圈點符號僅有「、」、「○」二種，基本上是用以斷句及提示重點。在提示重點方面，陳氏通常使用圈者，偶爾會加以眉評、旁批說明。至於使用點者，通常沒有解說，但若讀者閱讀多篇文本後，仍可由文中加點處，判斷陳氏的用意。依筆者觀察，加點處多為該賦作的中心主旨。

註釋的形式，則以解題、注音為主，亦有少部分校正。

以解題言，主要輯錄歷代史書、《文選》及《楚辭》等資料，以說明作賦緣由。

以注音言，《賦略》註音兼採直音法與反切法，並兼註聲調或詳細說明一字不同聲調的讀法、一字多音的讀法。此外，偶亦兼及指出錯別字、古今字、異體字。

以校正言，除注音時指出「某，當作某」的錯別字之外，尚可於眉欄處略見一二衍文及互訛的勘正，並特別於董仲舒〈士不遇賦〉、揚雄〈蜀都賦〉賦末糾舉文字錯誤。

綜上所言，陳氏於評註方面，乃盡可能地做到各種形式兼具，眉評、旁批、圈點、解題、注音、校正無一不備。然而《賦略》選賦多達306篇，陳氏無法篇篇評點，尤其楚漢以下多數篇章，僅有斷句，不見評註。此一現象，或可以「祖騷宗漢」說為由加以迴護，但難免予人虎頭蛇尾的負面印象。

綜觀前章及本章所述：在萬曆年間出版業極為興盛的情況下，陳山毓編纂《賦略》一書，於〈序〉中強調賦乃「軒翥詩人之後，奮

飛辭家之前」、「攄寫情性，馨竭風標，孰踰於此？」竭力提高
辭賦身價；同時疾呼「故夫騰譽藝林，嘔心篇章者，可寘斯與！」
多少有爲《賦略》哄抬的效果。然而，與其他以商業出版爲目的辭賦
選本（如《辭賦標義》、《賦海補遺》等）不同的是，陳氏不時於
《賦略》中展現出個人強烈的賦學傾向。除了「祖騷宗漢」說乃延續
元代祝堯及明代復古派賦學理路外，其於〈賦略序〉中提出的作賦五
祕，也明顯可見其賦學觀點。如論體裁，強調騷體之分尤其不可，因
「騷者，憂也，擾動也」，不當爲篇章之一目，正如〈緒論〉中提出
以七、九爲題的作品，不當定爲「七體」、「九體」。再如論氣與
情，已然註意到作者之氣、作者之情對讀者的影響，爾後，章學誠
在《文史通義》中即將文、氣、情、人（讀者）合論，可說是陳氏
習賦要領的總結。另外，對於〈舞賦〉、〈擣素賦〉的作者問題，
《漢書‧藝文志》分賦爲四類等議題上，陳氏也都自有主張，由此可
見，《賦略》的纂集就不只是爲儈魁漁利而已。

　　據〈賦略序〉末題「萬曆四十六年戊午孟夏撰」，可知《賦略》
應是完成於萬曆四十六年四月間，此時距離當年秋闈之期僅餘四個
月。由於《賦略》完成的時間點如此接近鄉試，不得不令人懷疑陳氏
有意藉由編纂《賦略》以提高聲譽。

　　尤其陳氏曾於〈總集序〉中抨擊昭明太子「識最下」，選文
「獨貴綺麗，尙堆疊」，且齊梁以前辭賦之盛，「蕭氏所抄才十餘
卷耳」，當世人奉「蕭氏選如《洛書》、《天球》」時，相對地
「古人鴻篇，遂不復可覯」，是以《賦略》的纂輯，便有苴補罅漏
的用意；而當其高喊「《文選》一書，是古文辭一巨蠹也，亦一厄
運也」之際，《賦略》一書勢必引人側目，故其在編纂上勢得更加
用心。而巧合的是，陳氏即舉當年浙闈第一人。

　　然而，即使《賦略》較一般以漁利爲目的的選本更具系統、更見
賦學觀點，但其流傳終究不敵《文選》。箇中原因，除了陳氏以37
歲英年早逝之外，《賦略》中仍有不少瑕疵、訛誤。除前揭虎頭蛇尾
的情況外，將〈敗冢賦〉的作者何子朗誤植爲何思澄；「志遺」應是

梳理出史傳中存目無文的篇目，然而史傳已載全文，或《文選》已見收錄，且《賦略》亦已纂輯者，陳氏逕引史傳敘說加以彙列；目錄列庾信〈枯樹賦〉，內文實際選錄〈哀江南賦〉；范縝實爲南朝梁人，卻將〈擬招隱士〉誤植入唐賦之列，皆爲明顯疏失，由此亦可看出《賦略》的不足之處。

附表六　《賦略》眉評

篇目	眉評
〈離騷〉	紆徐委曲，不可測識。
〈風賦〉	風流華靡，開後人幾許門戶。
〈高堂賦〉	模寫形容，大約以雄壯爲體，以悽惋爲致，此風創自宋玉，至漢而大盛矣。 所謂窺情風景之上，錯貌草木之中者也，枚叔、相如皆祖此。
〈大招〉	東有之上當有魂乎？無東西四字。
〈禮賦〉	儒者之賦，說理有餘。
〈遺春申君賦〉	此篇風雅之致稍備，似勝諸賦。
〈惜誓〉	通篇讀之語意…… 風旨高曠。
〈七發〉	風氣遒上，才藻映發，絕宏放，絕瑰奇，絕沉致，絕流利，無所不妙。
〈悼李夫人賦〉	寫情哀，造語雋，自是才人之秀。
〈子虛賦〉	此賦妙處，盡弆州數語。
〈長門賦〉	情景最妙，風格復高。
〈洞簫賦〉	原本〈七發〉而宏衍之，展轉效顰，遂成可厭。 子淵爲文反漢盛時，輒有六朝蕫蘭之氣，其於賦亦然，是亦文章一大升降也。

〈九歎〉	語多欲俳，而通章讀之，猶知是西京物。弇州評康樂詩以為語俳而氣古，予於此亦云。
〈自悼賦〉	清麗宛轉，古今閨媛第一。
〈甘泉賦〉	古賦模擬斟酌，法致兩極。
〈北征賦〉	文溫以麗，意悲而遠，斯賦有焉。後之紀行者，大率祖此。
〈顯志賦〉	骯髒之氣可挹。 「哭殷紂於牧野，詔伊尹於簸郊兮……」以下章句多雷同，少變化。
〈舞賦〉	此篇瑰奇宏壯，兼多姿態，厠之玉賦中，幾無愧色矣。
〈幽通賦〉	造體雅奧，鍊字精工，但鋪錦列繡，所乏生意耳。
〈兩都賦〉	其原出於相如，質直有餘，流動不及。 視西京則已俳，較魏晉則猶古矣。
〈東征賦〉	儘溫雅纏綿，特未免閨弱之氣耳。
〈二京賦〉	步驟孟堅，而益以弘大，附以藻繪，頗覺有色。
〈思玄賦〉	規摹〈騷經〉，旁及〈幽通〉，頗精工博大，恨未能出新意耳。
〈廣成頌〉	古色非不犖然，遂無復自運處。
〈長笛頌〉	《文選》：融既博覽典雅，精核數術，又性好音，能鼓琴吹笛，而為督郵，無留事，獨臥郿平陽鄔中。有雒客舍逆旅，吹笛為〈氣出〉、〈精列〉相和。踰年，暫聞，甚悲而樂之。追慕王子淵、枚乘、劉伯康、傅武仲等簫琴笙頌，唯笛獨無，故聊復備數，作〈長笛頌〉。 眉欄：似融自序之詞。
〈章華賦〉	規摹作者，不免儉狹。
〈鸚鵡賦〉	此賦聲價噪甚，當由重其捷耳。
〈登樓賦〉	此賦語雖不多而氣完，意到颭颭乎，不減大篇矣。

〈洛神賦〉	詞情豔發，意態橫生。
〈七啓〉	所謂集群葩而呈秀，似少爛發處。
〈景福殿賦〉	平叔賦多作疏簡真樸語，緣當塗之代猶未尚綺靡，工勾棘也。
〈西征賦〉	寫事疏暢，造語閒雅，汪汪萬頃，而瀠洄處婉轉多致，風流蘊藉，不可復得。 無棘態，無排調，長才雅韻，獨秀當年，以陸耦潘，末之或信。 此賦每轉換處，極寫送之致，綽有餘味。
〈閒居賦〉	高情雅致，幾欲冒真矣。
〈寡婦賦〉	宛轉沉致。 「長乖四節流兮忽代序……」意極詞到，覺景逼真。
〈三都賦〉	造體弘富，遣辭雅雋，欲追平子而軼孟堅。
〈文賦〉	東京以來，篇章之利病，亦自略盡，然遂無一語不俳。
〈歎逝賦〉	頗極工緻，然所謂發唱驚挺，操調險急者也，獨其轉韻處，猶餘雅致。
〈歲暮賦〉	擠藻處，雁行歎逝，然傷弱矣。
〈思遊賦〉	具體而微。
〈七命〉	頗有淋灕滿志處，似勝子建。
〈天臺山賦〉	亦是俳調，頗覺高亮。
〈歸去來〉	真寫高曠之趣，真令十載而下，想見其風矣。
〈山居賦〉	意興所寄，言之趣味倍真，猶未脫俳耳。
〈蕪城賦〉	有韻有致，然傷弱矣。是又俳之。
〈雪賦〉	精密中，頗饒風致。
〈海賦〉	頗模玄虛、景純，當時遂以為詭激耳
〈郊居賦〉	時獲雋句。
〈學梁王菟園賦賦〉	此文通盡變其聲律而為之者，絕非本色，間有露本色處。

〈舞馬賦〉	俳調中，稍覺老成，不乏風采，似勝希逸。
〈南征賦〉	此篇專摹安仁，頗存典型，亦饒風致，齊梁而下，斯為傑作。
〈孤鴻賦〉	古雅。
〈述志賦〉	亦自雅正，風致不逮，然古來閨媛可錄者，止此矣。
〈明堂賦〉	二賦構體博大，造語魁梧，漢晉梗概，猶存十三。
〈懲咎賦〉	刊落鉛華，獨存風骨，洗齊梁之陋而規橅靈均。其失也，槁而無致。
〈晉問〉	惜無觀濤、縱獵，種種奇怪，足以發其妙思者。若其造體鍊句，則越陳思諸人而上之，欲追枚叔矣。
〈乞巧〉	激昂感慨處，有類賈生，而時覿狷奧。
〈述征賦〉	此及〈省愆〉，竝原本〈九章〉，情事淋漓，音律調暢，盡洗齊梁而下風雲之陋，亦不為子厚之枯寂者。
〈疑賦〉	原本荀卿，亦自古奧。
〈鈍賦〉	多頓挫。
〈大復山賦〉	此次梗〈雲濱〉諸賦之濫觴也。是故君子慎作法。得其雅奧，革其聱牙，其〈兔園〉之青藍乎。
〈述歸賦〉	〈思遊〉、〈演頤〉之間耳。
〈反反騷〉	似勝子雲。
〈遠遊賦〉	二賦明雋清圓，不乏麗彩，魏晉而下，不可多得。
〈幽鞠賦〉	諸賦刻畫宋、馬，宏富奇偉。
〈酬德賦〉	次梗每篇各有所刻畫，惟此賦斟酌捃拾，不專一家，意至詞閒，爽朗堪誦。
〈蟋蟀賦〉	是瀏亮之概。
〈續九辯〉	弇州自註云：謂楊子也。
〈愁賦〉	弇州為六朝語不甚肖，以其語少和軟，調少便美耳。子成尤甚此賦，頗彷彿。
〈七扣〉	能出新意，絕無動詞，知弇州之才，才而奇也。

〈九命〉	子雲嘗旁〈惜誦〉至〈懷沙〉，而佚不傳，子威擬之，離合相半。
外篇	
〈美人賦〉	穠纖欲勝宋玉。
〈蜀都賦〉	颯颯大篇，似不當置此，無奈魚豕何耳。
〈論都賦〉	〈兩都〉之流，辭藻稍不逮。
〈圍碁賦〉	短句自勁。
〈閒情賦〉	「魂須臾而九遷，願在衣而……」本平子〈定情〉八詩，非不織治卻傷格。
〈野鵞賦〉	起語便似律賦，風骨都盡。
〈傷逝賦〉	可悲。
〈待罪江南思北歸賦〉	文通諸賦，讀之，時得麗詞秀句，無奈風格漸下。
〈尋山誌〉	會心處絕似康樂〈山居〉。
〈觀我生賦〉	李百藥評此賦曰：文致清遠。
〈東征賦〉	安祿山亂時。
〈屈原廟賦〉	子瞻才高語多，率直不假點竄，然世所豔稱諸賦全不品，獨此稍宛轉可誦，然猶在唐人下。
〈泊雲夢賦〉	誦古。
〈禹廟〉	二篇氣厚而意懇，語亦新拔，似勝退之，然視〈九歌〉，猶十不得三。
〈九日賦〉	仲蔚數賦擬晉宋，占十得其二三，然句多襲故思，鮮抽新，當由才弱故耳。聊錄一二，以誌梗概。
〈紅鸚鵡賦〉	其託意遣詞處，彷彿正平。

附表七　《賦略》題解

篇目	題解
〈離騷〉	《楚辭》：「屈原執履忠貞而被讒衺，憂心煩亂，不知所愬，乃作〈離騷〉。」
〈九歌〉	《楚辭》：「昔楚國南郢之邑，沅湘之間，其俗信鬼而好祀，其祠必作歌樂鼓舞，以樂諸神。屈原放逐，竄伏其域，懷憂苦毒，愁思怫鬱，出見俗人祭祀之禮，歌舞之樂，其詞鄙陋，因為作〈九歌〉之曲焉。」
〈天問〉	《楚辭》：「屈原放逐，憂心愁悴，傍徨山澤，經歷陵陸，嗟號旻昊，仰天歎息，見楚有先王之廟，及公卿祠堂，圖畫天地山川神靈，琦瑋僑佹，及古聖賢怪物行事，周流罷倦，休息其下，仰見圖畫，因書其壁，何而問之，以渫憤懣，舒寫愁思云爾。」
〈九章〉	《楚辭》：「屈原放於江南之壄，思君念國，憂心罔極，故復作〈九章〉。」
〈遠遊〉	《楚辭集註》：「屈原既放，悲歎之餘，眇視宇宙。陋世俗之卑狹，悼年壽之不長，於是作為此篇，思欲制煉形魂，排空御氣，浮遊八極，後天而終，以盡反覆無窮之世變焉。」
〈卜居〉	《楚辭》：「屈原履忠貞之性而見嫉妒，念讒佞之臣，承順君非而蒙富貴，己執忠直而身放棄，故作〈卜居〉。」
〈漁父〉	《楚辭》：「屈原放逐在江湖之間，憂愁歎吟，儀容變易，而漁父避世隱身，釣魚江濱，欣然自樂，時遇屈原川澤之域，怪而問之，逐相應答。」
〈九辯〉	《楚辭》：「玉閔惜其師忠而放逐，故作〈九辯〉以述其志焉。」
〈招魂〉	《楚辭》：「宋玉憐哀屈原忠而斥棄，愁懣山澤，魂魄放佚，厥命將落，故作〈招魂〉。」
〈大招〉	《楚辭》：「〈大招〉者，屈原之所作也，或曰景差，疑不能明也。」

〈禮賦〉	楊倞註：「所賦之事皆生人至切，而時多不知，故特示之。」
〈遺春申君賦〉	按：「《荀子》此章附賦篇而無題；《國策》載其亂辭謂之曰賦，而係之謝春申君書末；《風俗通》稱卿為歌賦以遺春申君；楊倞亦云：『即遺春申君之賦也；後人取篇首二字，謂之佹詩。其曰詩者，古人亦目辭賦為詩，如〈悲回風〉云：竊賦詩之所明；〈哀時命〉云：杼中情而屬詩是也。』」
〈惜誓〉	《楚辭》：「〈惜誓〉者，不知誰所作也。或曰賈誼，疑不能明也。晁氏曰：此篇卒章即弔屈原篇語，〈惜誓〉誼作無疑也。」 按：「王逸稱屈原沉湘之後，忠臣介士遊覽學者，讀〈離騷〉之文，莫不愴然，心為悲感。高其節行，妙其麗雅，咸嘉其義，作賦騁辭以讚其志。漢興賈誼作〈惜誓〉，莊忌作〈哀時命〉，淮南小山作〈招隱士〉，東方朔作〈七諫〉，王褒作〈九懷〉，劉向作〈九歎〉，說者皆以為述原之志云。」
〈弔屈原賦〉	本傳：「誼為長沙王太傅，既以適去，意不自得，及渡湘水為賦以弔屈原，因以自喻。」
〈服賦〉	本傳：「誼為長沙傅，三年，有服飛入誼舍，止於坐隅。服似鴞，不祥鳥也。夷既以適居長沙，長沙卑濕，誼自傷悼，以為壽不得長，乃為賦以自廣。」
〈悼李夫人賦〉	《漢書》：「李夫人少而蚤卒，上憐閔焉，自為作賦，以傷悼夫人也。」
〈招隱士〉	《楚辭》：「小山之徒閔傷屈原，又怪其文昇天乘雲，役使百神，似若僊者，雖身沉沒，名德顯聞，與隱處山澤無異，故作〈招隱士〉之賦以章其志焉。」
〈子虛賦〉	本傳：「相如游涼，著〈子虛〉之賦，蜀人楊得意為狗監侍上，上讀〈子虛賦〉而善之，曰：『朕不得與此人同時

	哉！」得意曰：「臣邑人司馬相如，自言為此賦。』上驚，乃召問相如，相如曰：『有是。然此乃諸侯之事未足觀，請為天子遊獵之賦。』上令尚書給筆札，相如以子虛，虛言也，為楚稱；烏有先生者，烏有此事也，為齊難；亡是公者，亡是人也，明天子之義。虛藉此三人為辭以推天子諸侯之苑囿，其卒章歸之天子。天子大說。」
〈哀二世賦〉	本傳：「其進仕宦，未嘗肯與公卿國家之事，稱病間居，不慕官爵。常從上至長楊獵，是時天子方好自擊熊豕，馳逐野獸，相如上疏諫之。上善之。還過宜春宮，相如奏賦以哀二世行失也。」
〈大人賦〉	本傳：「相如拜為孝文園令。天子既美子虛之事，相如見上好仙道，因曰：「上林之事未足美也，尚有靡者。臣嘗為大人賦，未就，請具而奏之。」相如以為列仙之傳居山澤間，形容甚臞，此非帝王之仙意也，乃遂就大人賦。」
〈長門賦〉	《文選》：「孝武帝陳皇后，得幸，頗妒，別在長門宮，愁悶悲思，聞蜀郡成都司馬相如，天下工為文，奉黃金百金為相如文君取酒，因於解悲愁之辭，而相如為文以悟主上，皇后復得幸。」
〈自悼賦〉	本傳：「倢伃既退，處東宮作賦，自傷悼。」
〈反離騷〉	本傳：「雄嘗好辭賦，先是蜀有司馬相如作賦，甚弘麗溫雅，雄心壯之，每作賦，嘗擬之以為式。又怪屈原文過相如，至不容，作〈離騷〉，自投江而死，悲其文，讀之未嘗不流涕也。以為君子得時則大行，不得時則龍蛇，遇不遇命也，何必湛身哉！乃作書，往往摭〈離騷〉文而反之，自岷山投諸江流以弔屈原，名曰〈反離騷〉。」
〈甘泉賦〉	本傳：「孝成帝時，客有薦雄文似相如者，上方郊祠甘泉泰畤、汾陰后土，以求繼嗣，召雄待詔承明之庭。正月，從上甘泉，還奏〈甘泉賦〉以風。甘泉本因秦離宮，既奢泰，而武帝復增通天、高光、迎風。宮外近則洪崖、旁皇、儲胥、弩陆，遠則石關、封巒、枝鵲、露寒、棠梨、師得，遊觀，

	屈奇瑰瑋，非木摩而不雕，牆塗而不畫，周宣所考，般庚所遷，夏卑宮室，唐虞採椽，三等之制也。且其為已久矣，非成帝所造，欲諫則非時，欲默則不能已，故遂推而隆之，迺上比於帝室紫宮，若曰：此非人力之所為，儻鬼神可也。又是時，趙昭儀方大幸，每上甘泉，常法從，在屬車間豹尾中。故雄聊盛言車騎之眾，參麗之駕，非所以感動天地，逆釐三神。又言屏玉女，卻慮妃，以微戒齊肅之事。賦成，奏之，天子異焉。」
〈河東賦〉	本傳：「其三月，將祭后土，上乃帥群臣橫大河，湊汾陰。既祭，行遊介山，回安邑，顧龍門，覽鹽池，登曆觀，陟西嶽以望八荒，跡殷、周之虛，眇然以思唐、虞之風。雄以為，臨川羨魚不如歸而結網，還，上〈河東賦〉以勸。」
〈羽獵賦〉	本傳：「其十二月羽獵，雄從。以為昔在二帝、三王，宮館、臺榭、沼池、苑囿、林麓、藪澤，財足以奉郊廟、御賓客、充庖廚而已，不奪百姓膏腴谷土桑柘之地。女有餘布，男有餘粟，國家殷富，上下交足，故甘露零其庭，醴泉流其唐，鳳皇巢其樹，黃龍游其沼，麒麟臻其囿，神爵棲其林。昔者禹任益虞而上下和，草木茂；成湯好田而天下用足；文王囿百里，民以為尚小；齊宣王囿四十里，民以為大；裕民之與奪民也。武帝廣開上林，南至宜春、鼎胡、御宿、昆吾，旁南山而西，至長楊、五柞，北繞黃山，瀕渭而東，周袤數百里，穿昆明池，象滇河，營建章、鳳闕、神明、馺娑，漸臺、泰液象海水周流方丈、瀛洲、蓬萊。遊觀侈靡，窮妙極麗。雖頗割其三垂以贍齊民，然至羽獵、田車、戎馬、器械、儲偫、禁禦所營，尚泰奢麗誇詡，非堯、舜、成湯、文王三驅之意也。又恐後世復修前好，不折中以泉臺，故聊因〈校獵賦〉以風。」
〈長楊賦〉	本傳：「明年，上將大誇胡人以多禽獸，秋，命右扶風發民入南山，西自褒斜，東至弘農，南驅漢中，張羅罔罝罘，捕熊羆、豪豬、虎豹、狖玃、狐菟、麋鹿，載以檻車，輸長楊射熊館。以罔為周阹，縱禽獸其中，令胡人手搏之，自取其

	獲，上親臨觀焉。是時，農民不得收斂。雄從至射熊館，還，上〈長楊賦〉，聊因筆墨之成文章，故借翰林以為主人，子墨為客卿以風。」
〈遂初賦〉	《文苑》：「歆少通詩書，能屬文。成帝召為黃門侍郎、中壘校尉、侍中奉車都尉、光祿大夫。歆好《左氏春秋》，欲立於學官，時諸儒不聽，歆乃移書太常博士，責讓深切，為朝廷大臣非疾，求出補吏，為河內太守。又以宗室不宜典三河，徙五原太守。是時朝政已多失矣，歆以論議見排擯，志意不得。之官，經歷故晉之域，感念思古，遂作斯賦，以歎征事而寄己意。」
〈北征賦〉	《文選》註：「更始時，彪避難涼州，發長安至安定，作〈北征賦〉。」
〈顯志賦〉	本傳：「衍不得志，退而作賦。」
〈幽通賦〉	敘傳：「固弱冠而孤，作〈幽通〉之賦，以致命遂志。」
〈西都賦〉	本傳：「時京師修造宮室，濬繕城隍，而關中耆老猶望朝廷西顧。固感前世相如、壽王、東方之徒，造構文辭，終以諷勸，乃上〈兩都賦〉，盛稱洛邑制度之美，以折西賓淫侈之論。」
〈東征賦〉	《文選》註：大家子穀，為陳留長，大家隨至官，發洛至陳留，述所經歷作〈東征賦〉。
〈二京賦〉	本傳：時天下承平日久，自王侯以下莫不踰侈，乃擬班固〈兩都〉作〈二京賦〉，因以諷諫，精思傅會，十年乃成。
〈南都賦〉	《文選》註：「南都者，光武舊里，故置都焉。時議欲廢之，衡乃作〈南都賦〉以風。」
〈思玄賦〉	本傳：「時衡為侍中，帝引在帷幄，諷議左右。嘗問衡天下所疾惡者，宦官懼其毀己，皆共目之，衡乃詭對而出。閹豎恐終為其患，遂共讒之。衡常思圖身之事，以為吉凶倚伏，幽微難明，乃作〈思玄賦〉，以宣寄情志。」

〈廣成頌〉	本傳：「是時，鄧太后臨朝，騭兄弟輔政。而俗儒世士，以為文德可興，武功宜廢，遂寢蒐狩之禮，息戰陳之法，故猾賊從橫，乘此無備。融乃感激，以為文武之道，聖賢不墜，五才之用，無或可廢。元初二年，上〈廣成頌〉以諷諫。」
〈長笛頌〉	《文選》：「融既博覽典雅，精核數術，又性好音，能鼓琴吹笛，而為督郵，無留事，獨臥郿平陽鄔中。有雒客舍逆旅，吹笛為〈氣出〉、〈精列〉相和。踰年，暫聞，甚悲而樂之。追慕王子淵、枚乘、劉伯康、傅武仲等簫琴笙頌，唯笛獨無，故聊復備數，作〈長笛頌〉。」
〈魯靈光殿賦〉	《文選》註：「延壽父逸，欲作此賦，命文考往錄其狀，文考因韻之以簡其父，父曰：『吾無以加也。』」
〈章華賦〉	本傳：「讓作〈章華賦〉，雖多淫麗之辭，而終之以正，亦如相之諷也。」
〈鸚鵡賦〉	《文選》註：「時黃祖太子射賓客大會。有獻鸚鵡者，舉酒於衡前曰：『禰處士，今日無用娛賓，竊以此鳥自遠而至，明惠聰善，羽族之可貴，願先生為之賦，使四坐咸共榮觀，不亦可乎？』衡因為賦，筆不停綴，文不加點。」
〈登樓賦〉	《文選》註：「時董卓作亂，粲避難荊州，依劉表。登江陵城樓，因懷歸而有此作，述其進退危懼之情也。」
〈景福殿賦〉	《文選》註：「魏明帝將東巡，恐夏熱，故許昌作殿名曰景福。既成，命人賦之，平叔遂有此作。」
〈鷦鷯賦〉	本傳：「華初未知名，著〈鷦鷯賦〉以自況。」
〈嘯賦〉	本傳：「綏雅好音律，嘗當暑乘風而嘯，泠然成曲，因為〈嘯賦〉。」
〈藉田賦〉	本傳：「泰始中，武帝躬耕藉田，岳作賦以美其事。」
〈西征賦〉	本傳：「岳選為長安令，述所經人物、山水，作〈西征賦〉。」
〈閒居賦〉	本傳：「岳既仕宦，不達，乃作〈閒居賦〉。」

〈射雉賦〉	李善曰：「〈射雉賦序〉曰：『余徙家於琅琊，其俗實善射，聊以講肄之，餘暇而習媒翳之事，遂樂而賦之。』」
〈江賦〉	《文選》註：「璞以中興，王宅江外，乃著〈江賦〉，述川瀆之美。」
〈天臺山賦〉	《文選》註：「綽為永嘉太守，意將解印以向幽寂，聞此山神秀，可以長往，因使圖其狀，遙為之賦。」
〈山居賦〉	靈運父祖竝葬始寧縣，幷有故宅及墅，遂移籍會稽，修營別業，傍山帶江，盡幽居之美，有終焉之志，作〈山居賦〉並自註，以言其事。
〈蕪城賦〉	《文選》註：「宋孝武帝時，臨海王子頊鎮荊州，明遠為其下參軍，隨至廣陵。子頊叛逆，照見廣陵故城荒蕪，乃漢吳王濞所都，照以子頊事同於濞，遂為此賦以風之。」
〈赭白馬賦〉	《文選》註：「宋文帝為中郎將，受武帝赭白馬之錫，及文帝即位，其馬乃死，帝命群臣賦之，而延之同有此作。」
〈舞馬賦〉	時河南獻舞馬，詔群臣為賦，莊所上其詞曰。
〈海賦〉	本傳：「宋孝武時，融出為封溪令，浮海至交州，於海中作〈海賦〉。」
〈郊居賦〉	本傳：「約性不飲酒，少嗜欲，雖時遇隆重，而居處儉素，立宅東田，矚望郊阜，嘗為〈郊居賦〉。」
〈舞馬賦〉	本傳：「天監四年三月，禊飲華光殿，其日，河南國獻舞馬，率與到洽、周興嗣同奉詔為賦，高祖以率及興嗣為工。」
〈南征賦〉	本傳：「纘為湘州刺史，述職經塗，作〈南征賦〉。」
〈孤鴻賦〉	本傳：「思道官塗寥落，隋高祖為丞相，以思道為武陽太守，作〈孤鴻賦〉以寄情焉。」
〈懲咎賦〉	本傳：「宗元不得召內，閔悼悔念往咎，作賦自儆曰懲咎。」

〈述征賦〉	正德三年，逆瑾蓄憾未已，必欲殺夢陽以舒其憤，乃羅織他事，械繫北行，夢陽在途，述所經歷，作〈述征賦〉，在獄作〈省愆賦〉。
〈述歸賦〉	景明登朝，頗有齟齬之歎，既罷歸，遂究思著作之原，又欲效子長好遊之意，抗志浮雲，徹跡九有，以博其大觀，於是敘出處之概，援聖賢之風，揄始終之志而作〈述歸賦〉。
〈九命〉	〈抽信〉，時在豫州。 〈朝濟〉，時濟河有事於衛，從醘醝使者而監撫者，適不說也，故臨流而徬皇。 〈哀三川〉，伊藩方僭恣，受符察之，為遷其黨於汝，同列欲攘其功，使不竟。 〈惜逝風〉，既受憲悲，為讒所沮，泥不得舉其操繩。 〈揚大江〉，已涉江而南遊，思曠遠極所之，遑遑乎繫心於初，託之列仙以見意也。
外篇	
〈笛賦〉	《文苑》註：「楚襄王立，三十六年卒，後又二十餘年而有荊卿刺秦之事，此賦果玉作耶？」按〈笛賦〉為後人依託無疑，聊附之此。
〈梁王菟園賦〉	中多脫誤。
〈文木賦〉	《西京雜記》：「魯恭王得文木一枚，伐以為器，意甚玩之，中山王為賦，恭王大悅，顧盼而笑，賜駿馬二匹。」
〈慰志賦〉	建武初，朝廷多薦言篆者幽州，又舉篆賢良。篆自以宗門受莽偽寵，慚愧漢朝，遂辭歸不仕，臨終作賦以自悼，名〈慰志〉。
〈論都賦〉	本傳：「光武時，篤以關中表裡山河，先帝舊京，不宜改營洛邑，乃上〈論都賦〉。」
〈歸田賦〉	《文選》註：「衡遊京師，四十不仕，順帝時閹宦用事，欲歸田里，故作是賦。」

〈述志賦〉	本傳：「玄盛緯世之量，當呂氏之末，為群雄所奉，遂啓霸圖，兵無血刃，坐定千里，謂張氏之業，指期而成，河西十郡，歲月而一，既而禿髮擅入據姑臧，且渠蒙遜，基宇稍廣，於是慨然著〈述志賦〉焉。」
〈撰征賦〉	本傳：「宋高祖伐長安，靈運奉使慰勞高祖於彭城，作〈撰征賦〉。」
〈感物賦〉	本傳：「亮布衣儒生，僥倖際會，既居宰輔，兼總重權，少帝失德，內懷憂懼，作〈感物賦〉以寄意焉。」
〈述身賦〉	元顥入洛，以諧為給事黃門侍郎，顥敗除名，乃為〈述身賦〉。
〈哀江南賦〉	本傳：「信留周，雖位望通顯，常有鄉關之思，乃作〈哀江南賦〉，以致其意云。」
〈緒寓賦〉	與〈宣歸〉同作。
〈禹廟〉	記云：「大梁多水災，故有禹廟。」
〈雙忠祠〉	記云：「雙忠祠在長垣縣，祠關龍逢、比干者也，干墓去長垣百里而近故祠，逢、干儔也，並祠焉。」

第八章

結　論

在傳統目錄學分類上，選本屬於集部總集類。關於總集的形成，《隋書·經籍志·總集類序》云：

> 總集者，以建安之後，辭賦轉繁，眾家之集，日以茲廣，晉代摯虞，苦覽者之勞倦，於是採摘孔翠，芟剪繁蕪，自詩賦下，各為條貫，合而編之，謂為《流別》。是後文集總鈔，作者繼軌，屬辭之士，以為覃奧，而取則焉。[1]

由於「辭賦轉繁，眾家之集，日以茲廣」，於是摯虞「採摘孔翠，芟剪繁蕪」，編纂文集以省卻覽者勞倦，可見總集的產生與辭賦的發展有直接關係。而其「自詩賦下，各為條貫」的編輯方式，則又與《皇覽》相似，簡師宗梧即認為總集實為另一種形態的類書：

> 《三國志·魏志·文帝本紀》說曹丕：「好文學，以著述為務，自所勒成，垂百篇。又使諸儒撰集經傳，隨類相從，凡千餘篇，號曰《皇覽》。」在他〈與吳質書〉中說：「徐、陳、應、劉，一時俱盡，頃撰其遺文，都為一集。」再根據《後漢書·孔融傳》所說：「魏文深好融文辭，歎曰揚班儔也，募天下有上融文章者，輒賞以金帛。」可見曹丕除敕編《皇覽》之外，還勤編文集，而且對文集愛好極深。……「撰集經傳，隨類相從」的《皇覽》，顯然是為了考查用典使事的依據而作，此外，在蒐存各家文集累積到相當分量之後，經過

---

[1]　見唐·《隋書》卷35，頁1089。

短短的五十年，為獵取豔辭的方便，又出現另一種形態
的類書——總集，即晉摯虞的《文章流別集》，採取分
類方式與《皇覽》相似，梁蕭統《文選》即其流裔。[2]

簡師以為《文選》的編纂用意，亦與《文章流別集》相同。〈文選
序〉云：

> 自姬漢以來，眇焉悠邈，時更七代，數逾千祀。詞人才
> 子，則名溢於縹囊；飛文染翰，則卷盈乎緗帙。自非略
> 其蕪穢，集其清英，蓋欲兼功，太半難矣！[3]

蕭統所謂的「略其蕪穢，集其清英」便是摯虞所謂的「採擿孔翠，
芟剪繁蕪」。《梁書·昭明太子傳》言蕭統：「引納才學之士，賞
愛無倦，恆自討論篇籍，或與學士商榷古今，閒則以文章著述，
率以為常。於時，東宮有書幾三萬卷，名才並集，文學之盛，晉
宋以來，未之有也。」[4]《文選》三十卷，極有可能就是利用東宮三
萬卷藏書編輯而成。

　　依據《隋書·經籍志》所錄，自《文章流別集》之後，總集類的
編纂如雨後春筍，而時人勤編總集，其目的當和討論篇籍、著述文章
時獵取其豔辭之用有關，這與曹丕編纂類書的用意相同，王夢鷗先生
就曾指出：

> 《皇覽》系統所提供的資料，可稱為「事類」；而《文

---

[2] 見簡師宗梧〈賦與類書關係之考察〉，「第五屆國際辭賦學學術研討會論文」，福建漳州師
　　範學院主辦，2011年5月。

[3] 見梁·蕭統《文選》，頁2。

[4] 見唐·姚思廉《梁書》卷8，頁167、171。

章集》系統所提供的資料，應稱為「辭類」。事類為古
書中剪輯而來的碎錦；辭類則是前世作家鎔裁碎錦組成
的佳句。大作家固能直從古書取錦以鋪採摘文，但同時
也須要從前人佳句中汲取靈感。謝靈運之逢詩輒取，即
其一例。[5]

可見魏晉六朝時期，文章選集的產生，多少和文人屬辭作文有關。

　　若以辭賦選本而言，唐宋時期大量出現的《甲賦》、《賦選》、
《桂香》、《典麗賦》、《後典麗賦》、《賦林衡鑑》等律賦選
集，多是為提供時人干名求試者應急之用；而元代現存的《古賦辨
體》、《古賦青雲梯》也是應科舉改試古賦後，為試子取法而生。是
知唐以後，辭賦選本的產生，大都是為指導士子寫作，而其編纂方向
則又與國家考試政策息息相關，故唐宋多律賦選集，元代則以古賦為
主。

　　然而，時至明代，朝廷科舉已不試賦，卻仍然出現為數不少的辭
賦選本，此一特殊現象，著實令人好奇。經查察發現，明代取士，
雖不以考賦作為拔擢人才的標的，卻仍然可見應制、獻賦、試賦之
舉。此外，明代的辭賦選本，多集中出現於萬曆時期，而此時期正是
中晚明商品經濟崛起，辭賦進入商品交易市場，不但成為文化消費中
的一環，也成為文人治生項目之一的特殊階段。在此前提下，一一檢
視本書處理的五種辭賦選本，發現無法如唐宋元時期的選賦為集，歸
納出統一屬性、找出典律作品，而是各具樣貌、百花爭鳴。

　　就刊刻機構而言，明代刻書，分為官刻、坊刻及家刻。施重光
《賦珍》（哈佛燕京圖書館藏本）於吳宗達序書口下刊「□邢部□□
鋪刊」，是知此帙為官刻；李鴻《賦苑》輯於上饒知縣任上，廣義而

5　見王夢鷗〈漢魏六朝文體變遷之一考察〉，《傳統文學論衡》（臺北：時報文化出版公司，
　　1987年），頁121-122。

言，亦屬官刻；俞王言《辭賦標義》題爲「金氏渾樸居刻本」、周履靖《賦海補遺》則署明「金陵書林葉如春繡梓」，是爲坊刻；至於陳山毓《賦略》，則是在其歿後，由其子陳舒、陳皋等付梓出版，則可視爲家刻。由於刊刻機構的不同，因此纂輯的目的，以及選文內容也就有所不同。

　　就纂輯目的而言，由於《賦珍》乃官方刻書，且選文以律賦爲主，有助於八股程文的寫作，是以其纂輯目的應是提供國子監生、翰林庶吉士及館閣、郎署等文臣，參與科舉考試及獻賦、試賦之用。《賦苑》輯於李鴻官於上饒知縣任上，從其選賦多達875篇、來源多依《藝文類聚》兩要件判斷，《賦苑》極有可能是爲官場酬酢之需而成的書帕本。由於書帕本只是作爲饋贈的禮品，因此但具書籍外形即可，刻印大都草率；然《賦苑》收賦875篇，可說是辭林一巨觀，對賦文的集佚而言，仍是有所貢獻。《辭賦標義》、《賦海補遺》均屬坊刻本，坊刻的目的多在營利，既爲營利，則編纂者須別出心裁以獲取市場青睞。就《辭賦標義》而言，該書以蕭統《文選》賦爲底本，再從劉節《廣文選》中選錄十六篇賦作，另增司馬相如〈哀二世賦〉，加以註釋。其註釋並非採用傳統箋註方式，而是加以簡化並多出以個人體悟，同時又採取對仗的美文形式，爲初學者提供快速掌握學習文章之方，具有梯航之功；加上內頁的排印格式乃寬行、窄行並列，寬行在左，窄行在右；寬行以大字刻印辭賦正文，窄行以小字刻印註釋，正文、註釋可以相互對照，方便閱讀，不同於《文選六臣註》、《文選纂註》等將註文夾入正文，容易導致只讀正文則難求字詞訓解，只讀註文又妨礙文氣貫通的弊端，以上皆爲《辭賦標義》極具巧思的地方。至於《賦海補遺》，則是除了收錄漢至唐賦270篇外，另又收錄編纂者周履靖倚韻追和前人之作268篇、自作賦347篇。該書中雖無評點、註釋，然於前人賦作之後輯入大量的次韻、同題材篇什，提供學習屬文者舉一反三之例，並隱含如何學習寫賦的步驟──先次韻，再仿擬，儼然具備今日坊間作文範本之姿，可說是坊刻本爲求市場競爭而別有用心之處。最後，屬於家刻本的

《賦略》，完成於編纂者陳山毓應浙闈前四月，相較於前此的幾部選本，其編纂體例相當嚴明。不僅於選文之前，安排〈緒言〉及〈列傳〉各一卷，用以論述辭賦源流、品評辭賦篇章、說明辭賦存佚情況、分析辭賦體裁、諷諭、情文、氣、比興、誇飾、物色、遲速等問題，並介紹各別賦家生平，對於初習賦者而言，具有津筏之效；更於其中展現個人強烈的賦學傾向，除了「祖騷宗漢」說乃延續元代祝堯及明代復古派賦學理路外，對於「詩→辭→賦」的生成譜系；「頌」、「七」、「九」是否可以獨立成體；《漢書・藝文志》分賦為四類的依據等議題，提出個人的觀點及見解，較一般以漁利為目的的選本更具系統、更見賦學主張。

就選文內容而言，除《辭賦標義》明確於序中告知讀者，此書選文乃依《文選》為據，並用增三十餘篇，且所增不出楚漢六朝範圍外，其餘四種選本對於歷代賦的選錄情況，整理如下：

《賦珍》

朝代		主要賦篇數量	引錄賦篇數量	合計	占全書比例
先秦		2	0	2	0.44%
漢		21	5	26	5.74%
魏		11	9	20	4.42%
晉		39	33	71	15.67%
南朝	宋	6	7	13	8.83%
	齊	1	0	1	
	梁	15	8	23	
	陳	2	1	3	
北朝	周	3	3	6	1.77%
	魏	1	0	1	
	梁	1	0	1	
隋		3	0	3	0.66%

朝代	主要賦篇數量	引錄賦篇數量	合計	占全書比例
唐	152	82	234	51.67%
宋	25	5	30	6.62%
元	6	0	6	1.32%
明	12	0	12	2.65%
總計	300	153	453	100%

《賦苑》

朝代	篇數	占全書比例
先秦	15	1.72%
西漢	40	4.57%
東漢	74	8.46%
三國	166	18.97%
兩晉	346	39.54%
南北朝	234	26.74%
總計	875	100%

《賦海補遺》

朝代	篇數	占全書比例
漢代	28	10.37%
魏	29	10.74%
吳	2	0.74%
晉代	112	41.48%
南朝	60	22.23%
北周	2	0.74%
隋代	2	0.74%
唐代	35	12.96%
總計	270	100%

《賦略》

朝代	正篇	外篇	合計	占全書比例
楚國	37	7	44	14.38%
漢代	50	30	80	26.14%
曹魏	5	0	5	1.63%
晉代	19	13	32	10.46%
南朝	16	19	35	11.44%
北朝	3	6	9	2.94%
隋代	1	0	1	0.33%
唐代	8	16	24	7.84%
宋代	0	1	1	0.33%
明代	38	37	75	24.51%
總計	177	129	306	100%

　　由上列諸表可知，《賦珍》選賦重在唐代，《賦苑》、《賦海補遺》重在兩晉六朝，《賦略》則重在漢、明兩代，各有所偏。《賦珍》選賦以《文苑英華》為據，故多唐賦且多律賦；《賦苑》、《賦海補遺》選賦以《藝文類聚》為憑，故唐以後賦不錄；陳山毓賦學觀點傾向「祖騷宗漢」，故《賦略》選賦多以漢、明為宗。

　　以上所述，均乃本書重要發現。是知，在科舉掄才不試賦的情況下，明代辭賦選本的多樣性，無法如前代選本般以一概全，此即本書必須採取單一選本論析模式的緣由。至於本書的研究貢獻，除了可令學界對明代賦學選壇有更多、更具體的認識之外，對於明代辭賦文本的研究亦當有所裨益。現今明賦至少存有5千餘篇，筆者於執行國科會「明成化至嘉靖中期吳地文人辭賦書寫研究」計畫時發現，吳地文人辭賦書寫的多元性，已非傳統「體物言志」一語可蔽之，當中以賦酬贈、以賦記遊的現象大幅提升，而傳統散體大賦、抒情小賦的篇什亦未銷聲，真可謂眾體喧嘩，難於其中勾勒出一統圖景。是以，若以本書挖掘出的賦學現象為一基準，藉以考察明賦篇什，或許不失為進入明賦研究殿堂的一把鑰匙，則本書對於當今明賦研究的冷清，亦略盡拋磚引玉之力矣。

參 考 文 獻

一、核心書目

〔明〕李鴻，《賦苑》，臺南：莊嚴文化事業有限公司，《四庫全書存目叢書》集部第384冊，1997年。

〔明〕周履靖、劉鳳、屠隆，《賦海補遺》，北京：北京師範大學圖書館古籍閱覽室藏，萬曆年間金陵書林葉如春刻本。

〔明〕俞王言，《辭賦標義》，蘭州：西北師範大學圖書館古籍書庫藏，萬曆二十九年休寧縣金氏渾樸居刻本。

〔明〕施重光，《賦珍》，臺北：國立臺灣大學圖書館藏，哈佛大學燕京圖書館縮製微卷。

〔明〕陳山毓，《賦略》，北京：北京國家圖書館善本部藏，明崇禎七年陳舒、陳皋等校刻本。

二、背景書目

(一) 古籍

〔漢〕班固，《漢書》，北京：中華書局，1997年。

〔晉〕陳壽，《三國志》，北京：中華書局，1997年。

〔南朝宋〕范曄，《後漢書》，北京：中華書局，1997年。

〔南朝梁〕劉勰著、〔民〕范文瀾註《文心雕龍註》，香港：商務印書館，1995年。

〔南朝梁〕蕭統撰、〔唐〕李善、呂延濟、劉良、張銑、李周翰、呂向註，《增補六臣註文選》，臺北：華正書局，2005年。

〔北齊〕魏收，《魏書》，北京：中華書局，1997年。

〔唐〕令狐德棻，《周書》，北京：中華書局，1997年。

〔唐〕李百藥，《北齊書》，北京：中華書局，1997年。

〔唐〕姚思廉，《陳書》，北京：中華書局，1997年。

〔唐〕房玄齡，《晉書》，北京：中華書局，1985年。

〔唐〕歐陽詢，《藝文類聚》，臺北：新興書局，1969年。

〔唐〕魏徵，《隋書》，北京：中華書局，1985年。

〔後晉〕劉昫，《舊唐書》，北京：中華書局，1985年。

〔宋〕朱熹，《楚辭集註》，臺北：河洛圖書出版社，1980年。

〔宋〕李昉，《文苑英華》，上海：上海古籍出版社，1998年。

〔宋〕章樵，《古文苑》，北京：中華書局，1985年。

〔宋〕歐陽修，《新唐書》，北京：中華書局，1985年。

〔明〕王世貞，《藝苑卮言》，上海：上海古籍出版社，《續修四庫全書》，集部第1695冊，1995年。

〔明〕吳訥等著，《文體序說三種》，臺北：大安出版社，1998年。

〔明〕陳繼儒，《小窗幽記》，臺北：文津出版社，1985年。

〔清〕張廷玉，《明史》，北京：中華書局，1997年。

〔清〕章學誠，《文史通義》，臺北：世界書局，2013年。

〔清〕黃虞稷，《千頃堂書目》，上海：上海古籍出版社，2001年。

〔清〕錢謙益，《列朝詩集小傳》，上海：上海古籍出版社，2009年。

〔清〕嚴可均，《全上古三代秦漢三國六朝文》，臺北：宏業書局，1975年。

㈡近人專著

1. 賦學專書

何沛雄，《漢魏六朝賦家論略》，臺北：臺灣學生書局，1986年。

何新文，《中國賦論史稿》，北京：開明出版社，1993年。

何新文、蘇瑞隆、彭安湘，《中國賦論史》，北京：人民出版社，2012年。

胡大雷，《中古賦學研究》，桂林：廣西師範大學出版社，2011年。

胡學常，《文學話語與權力話語：漢賦與兩漢政治》，杭州：浙江人民出版社，2000年。

馬積高，《歷代辭賦研究史料概述》，北京：中華書局，2001年。

徐志嘯，《歷代賦論輯要》，上海：復旦大學出版社，1991年。

郭建勳，《辭賦文體研究》，北京：中華書局，2007年。

孫海洋，《明代辭賦述略》，北京：中華書局，2007年。

孫福軒，《清代賦學研究》，杭州：浙江大學出版社，2008年。

曹明綱，《賦學概論》，上海：上海古籍出版社，1998年。

陳慶元，《賦：時代投影與體制演變》，桂林：廣西師範大學出版社，2000年。

許結、郭維森，《中國辭賦發展史》，南京：江蘇教育出版社，1996年。

許結，《中國賦學歷史與批評》，南京：江蘇教育出版社，2001年。

許結，《賦體文學的文化闡釋》，北京：中華書局，2005年。

許結、徐宗文，《中國賦學》，南京：江蘇教育出版社，2007年。

程章燦，《魏晉南北朝賦史》，南京：江蘇古籍出版社，2001年。

程章燦，《賦學論叢》，北京：中華書局，2005年。

詹杭倫，《清代賦論研究》，臺北：學生書局，2002年。

詹杭倫、李立信、廖國棟，《唐宋賦學新探》，臺北：萬卷樓圖書公司，2005年。

葉幼明，《辭賦通論》，長沙：湖南教育出版社，1991年。

鄭良樹，《辭賦論集》，臺北：臺灣學生書局，1998年2月初版。

鄭毓瑜，《引譬連類：文學研究的關鍵詞》，臺北：聯經出版事業股份有限公司，2012年。

簡宗梧，《漢賦源流與價值之商榷》，臺北：文史哲出版社，1980年。

簡宗梧，《漢賦史論》，臺北：東大圖書公司，1993年。

簡宗梧，《賦與駢文》，臺北：臺灣書店，1998年。

蹤凡，《漢賦研究史論》，北京：北京大學出版社，2007年。

龔克昌，《漢賦研究》，濟南：文藝出版社，1984年。

2.一般論著

Harold Bloom著，高志仁譯，《西方正典》（*The Western Canon*），臺北：立緒文化事業有限公司，1998年。

Rene Wellek & Austin Warren著，王夢鷗、許國衡譯，《文學論》，臺北：志文出版社，1990年。

Robert C. Holub著，董之林譯，《接受美學理論》，臺北：駱駝出版社，1994年。

卜正民，《縱樂的困惑：明代的商業與文化》，北京：三聯書店，2004年。

大木康著、周保雄譯，《明末江南的出版文化》，上海：上海古籍出版社，2014年。

牛建強，《明代中後期社會變遷研究》，臺北：文津出版社，1997年版。

王　紅，《明清文化體制與文學關係研究》，成都：巴蜀書社，2010年。

王書才，《明清文選學述評》，上海：上海古籍出版社，2008年。

毛文芳，《晚明閒賞美學》，臺北：臺灣學生，2000年。

余英時，《士與中國文化》，上海：上海人民出版社，2004年。

巫仁恕，《品味奢華：晚明的消費社會與士大夫》，臺北：聯經出版公司，2007年。

沈俊平，《舉業津梁：明中葉以後坊刻制舉用書的生產與流通》，臺北：臺灣學生書局，2009年。

李興源，《晚明心學思潮與士風變異研究》，臺北：花木蘭文化出版社，2009年。

邱江寧，《明清江南消費文化與文體演變研究》，上海：上海三聯書店，2009年。

周榆華，《晚明文人以文治生研究》，廣州：廣東高等教育出版社，2011年。

夏咸淳，《晚明士風與文學》，北京：中國社會科學出版社，1994年。

孫琴安，《中國評點文學史》，上海市：上海社會科學院出版社，1999年。

孫永忠，《類書淵源與體例形成之研究》，臺北：花木蘭文化出版社，2007年。

唐光榮，《唐代類書與文學》，濟南：巴蜀書社，2008年。

陳東榮、陳長房主編，《典律與文學教學》，臺北：書林出版有限公司，1995年。

陳萬益，《晚明小品與明季文人生活》，臺北：大安出版社，1988年。

梅家玲，《漢魏六朝文學新論：擬代與贈答篇》，臺北：里仁書局，1997年。

黃卓越，《佛教與晚明文學思潮》，北京：東方出版社，1997年。

張仲禮著、費成康、王寅通譯，《中國紳士的收入》，上海：上海社會科學院，2001年。

張伯偉，《中國古代文學批評方法研究》，北京：中華書局，2006年。

張昭維，《悖離與回歸：晚明士人美學態度的現代觀照》，南京：鳳凰出版社，2009年。

張德建，《明代山人文學研究》，長沙：湖南人民出版社，2005年。

郭孟良，《晚明商業出版》，北京：中國書籍出版社，2011年。

郭皓政，《明代狀元與文學》，濟南：齊魯書社，2010年。

戚福康，《中國古代書坊研究》，北京：商務印書館，2007年。

潘星輝，《明代文官銓選制度研究》，北京：北京大學出版社，
　　　2005年。

錢　穆，《中國歷代政治得失》，臺北：東大圖書，2014年。

鄒雲湖，《中國選本批評》，上海：上海三聯書店，2002年。

葉　曄，《明代中央文官制度與文學》，杭州：浙江大學出版社，
　　　2011年。

葉樹聲，《明清江南私人刻書史略》，合肥：安徽大學出版社，
　　　2000年。

廖可斌，《明代文學復古運動研究》，上海：上海古籍出版社，
　　　1994年。

廖國棟，《魏晉詠物賦研究》，臺北：文史哲出版社，1990年。

鄭利華，《明代中期文學演進與城市形態》，上海：復旦大學出版
　　　社，1995年。

鄧新躍，《明代前中期詩學辨體理論研究》，上海：上海古籍出版
　　　社，2007年。

錢茂偉，《國家、科舉與社會：以明代為中心的考察》，北京：北京
　　　圖書館出版社，2004年。

龍協濤，《讀者反應理論》，臺北：揚智文化事業公司，1997年。

鄺健行，《科舉考試文體論稿：律賦與八股文》，臺北：臺灣書
　　　店，1999年。

繆詠禾，《明代出版史稿》，南京：江蘇人民出版社，2000年。

龔鵬程，《晚明思潮》，臺北：里仁書局，1994年。

3.學位論文

江　曉，《陳山毓辭賦創作及其《賦略》研究》，首都師範大學中國
　　　古典文獻學碩士論文，2012年。

李翠瑛，《六朝賦論研究》，國立政治大學中國文學系博士論文，
　　　1998年。

林振興，《清代賦話述評》，文化大學中國文學系博士論文，2001
　　　年。

張　璉，《明代中央政府出版與文化政策之研究》，文化大學歷史研
　　　究所碩士論文，1982年。

陳昭珍，《明代書坊之研究》，國立臺灣大學圖書資訊研究所碩士論
　　　文，1983年。

麥杰安，《明代蘇常地區出版事業之研究》，國立臺灣大學圖書館學

系碩士論文，1995年。

梁承德，《魏晉南北朝賦論研究》，東吳大學中國文學系博士論文，1999年。

郭姿吟，《明代書籍出版研究》，國立成功大學歷史研究所碩士論文，2002年。

游適宏，《祝堯《古賦辨體》研究》，國立政治大學中國文學系碩士論文，1994年。

游適宏，《由拒唐到學唐——元明清賦論趨向之考察》，國立政治大學中國文學系博士論文，2001年。

葉俊慶，《周履靖及其《夷門廣牘》研究》（國立中正大學中國文學研究所，碩士論文，2007年。

楊清琴，《《辭賦標義》研究》，首都師範大學中國古典文獻學碩士論文，2010年。

廖鴻裕，《明代科舉研究》，中國文化大學中國文學研究所，2008年。

4.單篇論文

范宜如，〈明代中期吳中商業活動及其文藝現象〉，《中國學術年刊》第22期，2001年5月，頁417-452。

冷衛國、蹤凡〈陳山毓《賦略》及其賦學觀〉，《貴州社會科學》總195期，2005年5月，頁130-132。

袁逸，〈明末私人出版業的偽盜之風〉，葉再生主編《出版史研究》第一輯，北京：中國書籍出版社，1993年，頁151-158。

張璉，〈明代專制文化政策下的圖書出版情形〉，《漢學研究》第10卷第2期，1992年12月，頁355-369。

陳昌雲，〈明代辭賦屬詩說辨析——兼論明賦的理論嬗變及創作傾向〉《中國文化研究》2007年秋之卷，頁68-74。

許結，〈明代的選學與賦論〉，《南京師大學報》（社會科學版）2013年3月，頁113-124。

程章燦，〈《賦珍》考論〉，氏著《賦學論叢》，北京：中華書局，2005年，頁111-142。

程章燦，〈《賦苑》考評〉，氏著《賦學論叢》，北京：中華書局，2005年，頁185-187。

楊居讓、姜妮〈袁選《精鐫古今麗賦》價值初探〉，《圖書管理與實踐》，2010年1月，頁65-67。

蹤凡、孫晨，〈《賦海補遺》編者考〉，《中國典籍與文化》2011年（總第76期），頁16-19。

後　記

> 薛西弗斯面臨著永不止息的選擇，而他選擇了永不止息
> 的推動，這就是人類的命運，不斷地以行動來完成他自
> 己。
> 　　　　　　　　　　　　　　　　　　　　——卡謬

　　不知怎的，本書付梓之際，腦海中浮現的竟是卡謬〈薛西弗斯的
神話〉[1]——薛西弗斯「鼓足全身之力滾動著巨石，緊貼著石頭的面
頰，肩膀承受住佈滿泥土的龐然巨物，雙腳深深陷入泥中，兩臂伸展
開來，重新開始推動，支撐全身安危的一雙泥濘的手。到了以漫無穹
蒼的空間和毫無深度的時間才能度量的那漫長辛勞的盡頭時，目的達
到了。然後，薛西弗斯眼睜睜地看著那塊巨石以迅雷不及掩耳之勢滾
下山去，他得再從頭往上推起，推向山巔。他再度回到了山下的無垠
平野。」

　　學術研究何嘗不是如此？當一字一句在日月流轉中，好不容易滾
疊成一部龐然論著時，「那歇息的一刻」，正也提示著下一顆石子已
然在無垠平野上等待著。誠然，這無止盡的學術之路，看似一種負
荷，卻亦如卡謬所言，「一個人總是會再發現他的重負」、「奮鬥上
山此事本身已足以使人心充實」、「我們應當認為薛西弗斯是快樂
的」。是以，當我提筆寫作這則後記時，內心滿是無盡的感激與愉
樂。

　　感謝指導我碩士、博士論文的簡宗梧老師。老師儒雅卻堅毅的治
學態度，始終是我為學之路上的指引與典範；老師如沐春風般的諄諄
教誨，更是我始終堅守賦學研究的動力來源。

---

[1]　卡謬著、張漢良譯，《薛西弗斯的神話》（臺北：志文出版社，2014年再版），頁163-
169。

　　感謝栽培我的政大中文系，以及提供我安穩工作環境、並不斷付予我重任的輔大中文系。兩系師長對我的呵護與提攜，同輩好友給我的幫助與鼓勵，一如源頭活水，讓我在繁忙的教學研究工作中，得以常保光采與清新。

　　感謝協助我蒐集資料的西北師範大學文學院韓高年院長、圖書館李志剛副館長、吳永萍博士、北京大學圖書館張麗娟博士、北京師範大學文學院周雲磊副書記，以及輔仁大學中文系陳守璽、李依蓉、李家瑜、西北師範大學文學院邊思羽、北京師範大學文學院馬曉舟、王笑非、馬雲韻、中國人民大學文學院薛凡佳、李寒笑雨等同學。同時感謝輔仁大學中文系孫永忠主任，帶領我參加兩岸學術、吟唱等交流活動，使我得以結識對岸諸多好友、小友。因著這些好友、小友們的鼎力相助，本書方能順利完成，在此獻上我由衷的謝意。

　　感謝五南出版社副總編輯黃惠娟小姐、責任編輯盧羿珊小姐，在極為短促的時間內，協助我如期出版此書。感謝我親愛的家人，他們始終不懂我在做什麼，卻始終在我身旁支持我，給我最大的關懷與包容，讓我在漫長的寫作歲月裡，無後顧之憂，著實功不可沒；而他們卻一如五年前，我博士論文完成的那一刻，僅要求我回報以「大快朵頤」，讓美食補足他們在這些日子裡被我耗損掉的元氣即可，我實在感動。

　　如果說，學術研究是一條無止盡的不歸路，感謝一路上陪我同行的人兒。日後，我仍將恪盡真誠地不斷向前，以行動來完成自己，並樂在其中。

國家圖書館出版品預行編目資料

作賦津梁——明代萬曆年間辭賦選本研究／
王欣慧著. ──初版. ──臺北市：五南，
2015.04
　面；　公分
ISBN 978-957-11-8103-5（平裝）

1.辭賦　2.文學評論　3.明代

820.9206　　　　　　　　104006489

1X6X　　五南當代學術叢刊

作賦津梁
明代萬曆年間辭賦選本研究

作　　者— 王欣慧

發 行 人— 楊榮川

總 編 輯— 王翠華

主　　編— 黃惠娟

責任編輯— 盧羿珊　李鳳珠

封面設計— 童安安

出 版 者— 五南圖書出版股份有限公司

地　　址：106台北市大安區和平東路二段339號4樓

電　　話：(02)2705-5066　　傳　　真：(02)2706-6100

網　　址：http://www.wunan.com.tw

電子郵件：wunan@wunan.com.tw

劃撥帳號：01068953

戶　　名：五南圖書出版股份有限公司

台中市駐區辦公室/台中市中區中山路6號

電　　話：(04)2223-0891　　傳　　真：(04)2223-3549

高雄市駐區辦公室/高雄市新興區中山一路290號

電　　話：(07)2358-702　　傳　　真：(07)2350-236

法律顧問　林勝安律師事務所　林勝安律師

出版日期　2015年4月初版一刷

定　　價　新臺幣550元